国家社科基金
GUOJIA SHEKE JIJIN HOUQI ZIZHU XIANGMU
后期资助项目

元明戏曲与唐传奇的
历史因缘

The Historical Connections between
Yuan-Ming Drama and *Chuanqi* from Tang Dynasty

刘　玮著

中華書局
ZHONGHUA BOOK COMPANY

图书在版编目（CIP）数据

元明戏曲与唐传奇的历史因缘/刘玮著. —北京：中华书局，
2019.7（2024.4重印）
（国家社科基金后期资助项目）
ISBN 978-7-101-13937-2

Ⅰ.元…　Ⅱ.刘…　Ⅲ.①古代戏曲-文学研究-中国-元代②
古代戏曲-文学研究-中国-明代③传奇小说-小说研究-中国-
唐代　Ⅳ.①I207.37②I207.41

中国版本图书馆 CIP 数据核字（2019）第 124898 号

书　　　名　元明戏曲与唐传奇的历史因缘
著　　　者　刘　玮
丛　书　名　国家社科基金后期资助项目
责任编辑　潘素雅
责任印制　陈丽娜
出版发行　中华书局
　　　　　　（北京市丰台区太平桥西里 38 号　100073）
　　　　　　http://www.zhbc.com.cn
　　　　　　E-mail：zhbc@zhbc.com.cn
印　　　刷　三河市中晟雅豪印务有限公司
版　　　次　2019 年 7 月第 1 版
　　　　　　2024 年 4 月第 2 次印刷
规　　　格　开本/710×1000 毫米　1/16
　　　　　　印张 21½　插页 2　字数 350 千字
国际书号　ISBN 978-7-101-13937-2
定　　　价　86.00 元

国家社科基金后期资助项目
出版说明

　　后期资助项目是国家社科基金设立的一类重要项目，旨在鼓励广大社科研究者潜心治学，支持基础研究多出优秀成果。它是经过严格评审，从接近完成的科研成果中遴选立项的。为扩大后期资助项目的影响，更好地推动学术发展，促进成果转化，全国哲学社会科学工作办公室按照"统一设计、统一标识、统一版式、形成系列"的总体要求，组织出版国家社科基金后期资助项目成果。

全国哲学社会科学工作办公室

目　录

序　言

张 国 风

中国古代的小说和戏曲，犹如一对孪生的姊妹，她们之间，有一种剪不断、理还乱的关系。按理说，小说和戏曲各有自己的发展轨迹，各有独自的发展逻辑，她们毕竟是完全不同的两种艺术门类。可是，两条不同的轨迹居然长期地纠缠在一起，呈现出一种你中有我、我中有你的关系。前辈学者和当代学者对此做了很多的探讨，也积累了很多的成果，可是，因为这个问题非常庞大，也非常复杂，所以，还有很多探索的空间。我对戏曲没有研究，但研究古代小说的时候，却时时会注意到小说与戏曲的关系。我的体会：如果完全不去考虑小说与戏曲的关系，则小说的发展说不清楚，戏曲的发展也说不清楚。我在具体的作品中，涉及了小说与戏曲的关系，譬如说《水浒传》中的宋江杀惜与元杂剧的关系。我很希望有人从宏观上去研究一下这个问题，于是，就建议我的博士生刘玮做一个这方面的题目，作为她的博士论文。

选择博士论文的题目要满足多方面的要求：题目要有意义，有价值；有探讨的空间；不能太小，也不能太大，要在三年中做出来；最好是作为一个长期的研究方向，博士毕业以后，可以继续进行延伸性的研究。我感到，这方面的问题是够一辈子努力钻研的。基于以上这些考虑，我建议刘玮在古代小说和戏曲的关系这个大范围里选一个子题目。关键是刘玮对这个题目有没有兴趣。如果刘玮没有兴趣，我也不会勉强她。勉强的东西是做不好的。幸运的是，刘玮欣然接受了这一建议，最后敲定了博士论文的题目《唐传奇对元明戏曲的影响》。本来准备连清代也包括进来，但考虑范围实在太大，所以放弃了。毕竟大题小作是学术之大忌。我深知，这个题目的难度相当大，要说出点新的东西来不容易。对于刘玮能不能做好，我开始的时候并没有百分之百的把握。

刘玮在黑龙江大学读的本科和硕士，打下了很好的文史基础。毕业以后留校工作，先后在教务处和文学与新闻传播学院工作。她 2004 年报考人民大学文学院的博士生时,已经是一位具有多年教学经验的讲师。从她在黑龙江大学这一段时期发表的论文来看,还没有集中的研究方向。我想,如果通过博士论文的写作,能够把方向集中到小说与戏曲的关系方面来,未尝不是一件好事。刘玮为人质朴,勤奋踏实,从后来博士论文的写作过程来看,她的勤奋和思维的缜密超出了我的想象。在时下浮躁的风气之下,能够静下心来潜心学术,很不容易。要研究唐传奇对元明戏曲的影响,涉及大量的材料,需要阅读大量的古籍。时间跨度大,又涉及两大艺术门类。戏曲是一门综合性的艺术,中国的戏曲在发展过程中形成了无声不唱、无动不舞的传统,这方面的资料并不是现成的,需要自己去体会。当然,近年来,学界对元明戏曲的梳理和整理卓有成效,为刘玮的研究提供了方便,但要从小说和戏曲的关系去看,仍需要做更细致的选择工作。材料非常琐碎,没有一种坚韧的精神,是很难成功的。作为她的导师,我只能在大的方向上提出一些建议,提出一些粗线条的思考,提出一些方法上需要注意的地方,供她参考,具体的工作都要她自己去做。

刘玮通过探讨说唱文学在元明戏曲与唐传奇之间所起到的桥梁作用,揭示元明戏曲接受唐传奇的具体过程,进而探讨元明戏曲对唐传奇的承袭与变异及其原因,总结出戏曲接受唐传奇影响的模式。充分地注意到了戏曲作为一种综合性的艺术的特殊性,注意到了戏曲内部各种要素的发展不平衡性,注意到中国戏曲对"曲"的高度重视。刘玮将唐传奇对元明戏曲的影响,分为直观的和变相的两种类型,并分别地加以说明。在此基础上,论文又进一步分析元明戏曲承袭唐传奇的一些规律。论文对戏曲创作心态、创作目的、创作视角、艺术表现的变异,作了深入的分析。这些论述都富有创造性。

博士生毕业以后,因为教学工作的繁忙,刘玮的论文并没有很快地出版。刘玮自己认为,还需要进一步的充实、修改,以求更加完善。现在,她的成果终于可以面世,接受学界的检验,我很高兴。与此同时,也感谢中华书局能够承担出版这一学术著作的任务。学海无涯,学问是做不完的,现在已经有了一个很好的起点,假以时日,我相信,刘玮将给我们带来更加出色的成果。冬至已过,春天还会远吗?

2017 年岁末于北京西郊寓所

绪　论

一、论题的提出

中国古代戏曲与小说有着密不可分的关系。从显在的层面上看，它们在故事题材、某些艺术手法上相互渗透、相互借鉴；从内在质素上讲，二者之间在叙事性、抒情性等方面存在相通之处；从历史发展的角度说，中国古代戏曲和小说在各自的形成、演变过程中，又都在不同程度上和从不同方面受到史传和说唱文学的影响。要全面而深入地把握我国古代文学史上这两种文体各自的特征及其发展、演变的轨迹，就无法回避对二者关系的研究。

自明清两代以来，研究中国古代小说和戏曲的专家学人对上述问题给予了不同程度的关注。综观古代文学研究的历史，这一研究的起步相对于中国传统诗文的研究要晚得多，幼稚得多，这与戏曲和小说成熟相对较晚有关。加之中国古代文学理论与文学批评系统性较弱，对戏曲与小说关系的研究亦很少有系统性的论著保存下来。20世纪以来，在众多专家学者的不懈努力下，这一领域的研究取得了长足进展，产生了许多宝贵成果，但尚留有空白。唐传奇在中国古代小说史乃至整个古代文学史上所取得的成就是巨大的，它对后世小说、戏曲甚至其他文学样式的影响都极为深远。对这种影响的关注和研究代不乏人，亦取得了显著成果，但在不少方面仍然存在不足，特别是在后世戏曲与唐传奇的关系研究方面尚存在着不尽如人意之处。这些研究多数是立足于唐传奇的发展演变，对戏曲的丰富性、文体的特殊性在接受唐传奇影响过程中所起到的促进或制约作用探讨得不够，对说唱文学在戏曲与唐传奇之间的桥梁作用更少关注。虽有从后世戏曲角度着眼观照它们之间关系的著述，亦多从局部入手，将注意力更多地投注到本事的溯源或题材的流变上，对后世戏曲吸收唐传奇影响的过程，以及在这一过程中产生的变异等问题的探讨还很不够，对戏曲在吸收和改造小说的过程中不断发展衍化的现象、成因和规律的揭示亦留有缺憾。

基于上述状况,笔者选择元明戏曲和唐传奇的历史因缘这一论题,主要考察古代文学史上戏曲对唐传奇的接受这一特殊而有意义的现象,力图从多方面发掘戏曲对唐传奇的承袭和变异及其主要原因,并通过梳理说唱文学在元明戏曲和唐传奇之间所起到的桥梁作用,探寻戏曲接受唐传奇的历史过程,总结戏曲接受唐传奇影响的规律,进而努力发掘中国古代戏曲与小说这两种文体相互交融、渗透的历史规律,从而在戏曲与小说关系研究领域有所突破和创新,丰富这一领域的研究思路,拓宽研究视野,填补研究空白。

基于上述目的,本研究拟采取以下方法:

1.运用传统目录学方法,掌握古代戏曲与小说的相关文献,整理出与唐传奇相关的元明戏曲剧目。

2.运用统计学方法,将与唐传奇相关的元明剧目加以归类,做出分析。

3.运用社会学的研究方法,考察唐代和元、明的时代特征、社会环境变化及其对作家处境和心理的影响,探讨戏曲对唐传奇的承与变的社会历史原因。

4.运用历史学的研究方法,探求戏曲在接受唐传奇影响过程中,说唱文学(伎艺)所起到的桥梁作用。

5.借助国内外相关的文艺理论,解读并比较唐传奇与元明戏曲的文本,结合戏曲舞台演出,从艺术体式上分析戏曲与唐传奇之间的联系与差异,探讨形成联系和差异的文学内部因素。

二、20 世纪以来古代戏曲与小说关系研究状况

在正式展开论述之前,有必要对 20 世纪以来戏曲与小说关系的研究状况作一回顾。

对戏曲和小说关系的关注古已有之,如元夏庭芝在《青楼集志》开头追溯杂剧的源流从唐传奇始[①];元陶宗仪在《南村辍耕录》中亦做了类似的考

---

①(元)夏庭芝:《青楼集志》,载中国戏曲研究院编:《中国古典戏曲论著集成》第二集,北京,中国戏剧出版社,1959,第 7 页。

索①；明胡应麟在《少室山房笔丛》中对"传奇"始而为"小说书名"继而为戏曲名表示困惑等等②。他们的着眼点主要在戏曲与小说题材的承传与袭用、以及二者均具有的叙事功能上。尽管他们的认识尚不够清晰和明确，但他们所关注的这两点恰恰是古代戏曲与小说之间最为显豁的关联。以此为出发点，20世纪初有不少学者对戏曲与小说的关系进行了探索。刘师培在《中国中古文学史·论文杂记》中明确提出唐传奇乃"曲剧"（按，即指金元杂剧）的近源，这是从唐传奇为金元杂剧提供了故事题材的角度而言的③。如果说刘氏的这一论述多少还承袭着前代学人的思路的话，那么到了王国维《宋元戏曲史》中，则确立了近现代意义上的戏曲研究道路，在戏曲与小说关系的研究上亦颇有新见，指出小说在结构和"以演故事为事"上对戏曲给以重要影响。此后相当长的时期内，人们循着前人的道路，在戏曲与小说关系研究领域不断有所开掘和创新，在诸多方面取得了可喜的成果。为了论述上的方便，笔者将20世纪以来这一领域的研究分成几个阶段加以介绍。

(一)20世纪初至中华人民共和国成立时期(1900～1949)的研究

这一时期戏曲和小说关系的研究集中于两大问题，一是戏曲在其形成和发展过程中与小说的渊源关系，二是在对戏曲本事的探源和考证中涉及的古代戏曲直接或间接地取材于小说的问题。

　　1.戏曲与小说的关系研究

这项研究的开拓者首推王国维，他的《宋元戏曲史》对中国古代戏曲发展与成熟的过程作了追本溯源式的探讨和理析，材料相当翔实丰富。在讲到宋元时期戏曲逐渐走向成熟时，王国维谈到了戏曲与小说的关系问题，不仅指出在叙事性和题材上宋代小说给予后世戏曲以巨大影响，还涉及到二者在结构上的相沿关系："此种说话，以叙事为主，与滑稽剧之但托故事者迥异。其发达之迹，虽略与戏曲平行；而后世戏剧之题目，多取诸此，其结构亦多依仿为之，所以资戏剧之发达者，实不少也。"④并进而论述宋代

①(元)陶宗仪：《南村辍耕录》卷27"杂剧曲名"条，北京，中华书局，1959，第332页。
②(明)胡应麟：《少室山房笔丛·庄岳委谈》，北京，中华书局，1958，第555页。
③刘师培：《中国中古文学史·论文杂记》，北京，人民文学出版社，1984，第132页。
④王国维：《宋元戏曲史》，上海，华东师范大学出版社，1995，第36页。

的小说、傀儡、影戏等在"皆以演故事为事"上为戏剧的最终形成奠定了基础。其论断之清晰,概念之明确是此前所不曾有的。

从这一层面论述戏曲与小说关系的还有蒋祖怡的《小说纂要》。该书第一章在谈到小说和戏剧的分野和关系时说:"其实小说戏剧,同出一源,神巫之传说即为小说,祀祭之歌舞,即是戏剧。"①接下来又说在宋元之间出现了二者合流的现象,其表现即是盲词等说唱文学。相比于王国维的论述,蒋氏此书关于古代戏曲与小说关系的论述非常简略,原因在于他是运用西方小说和戏剧的概念来论述二者的区别。尽管如此,他还是涉及到了戏曲与小说的"同源"问题。这一问题在后来的戏曲与小说关系的研究中经常出现。

2.考索戏曲与小说题材的沿袭

这一时期从题材沿袭的角度研究戏曲与小说关系的较多,且以考证性论著居多。这一类论著的着眼点,有的在古代小说上,有的在古代戏曲上。

鲁迅的《中国小说史略》(初版于1923年)是近现代意义上系统研究中国小说史的开山之作。该书第八篇《唐之传奇文(上)》即明确指出了唐传奇对后世戏曲题材的深远影响②。虽系承前人之说,但论断更为清晰。

20世纪二三十年代蒋瑞藻、赵景深、孙楷第先后出版了一系列有关小说和戏曲的考证性论著,其中溯源戏曲、小说之本事的篇章占了大多数。蒋瑞藻《小说考证》和《小说考证拾遗》《小说考证续编》等著作③,辑集了我国自元代以来的四百七十余种小说、戏曲的作者事迹、作品源流及前人对作品的评价分析等资料,其中有相当的篇章是对戏曲与小说本事的溯源及对题材袭用的研究。赵景深的《小说闲话》《宋元戏文本事》《银字集》等著作,对戏曲与小说在题材上的关系更给予了密切的关注和较细的梳理④。孙楷第的《戏曲小说书录解题》在戏曲和小说本事源流方面作了详细考证,

①蒋祖怡:《小说纂要》,上海,正中书局,1948,第6页。

②鲁迅:《中国小说史略》,上海,上海古籍出版社,1998,第44页。

③蒋瑞藻:《小说考证》,上海,商务印书馆,1920;《小说考证拾遗》,上海,商务印书馆,1922。这几部著作虽名为"小说考证",实是综合了有关小说和戏曲的多篇文章而成的。从其著作的命名上可说明作者当时对小说、戏曲概念混淆不清,亦从一个侧面表明古代小说、戏曲的关系之密切。

④赵景深:《小说闲话》,上海,北新书局,1937;《宋元戏文本事》,上海,北新书局,1924;《银字集》,上海,永祥印书馆,1946。

其中部分篇章涉及戏曲与小说之间题材的袭用与流变①。

　　3.探寻同类故事在戏曲与小说间的演变轨迹

　　20 世纪 30 年代顾颉刚等人对孟姜女故事流变的考察,形成了不小的学术潮流,吸引了大批学者参与到这一问题的讨论中,同时也带动了一些学者对类似问题的探讨,如张寿林《王昭君故事演变之点点滴滴》②、赵景深《董永故事的演变》②《包公传说》③、阿英《玉堂春故事的演变》《关于杜十娘沉箱故事》等④,他们对一个故事在小说、戏曲、说唱文学、甚至诗歌间辗转流变的情况予以梳理,进而考察其中的继承与变异因素及其社会历史印迹,取得了可喜的成果,也促进了这一方法的传播。至今它仍是一个很好的考察视点⑤。

　　4.考索小说中保存的戏曲史料

　　1947 年商务印书馆出版了冯沅君的《古剧说汇》,其中《金瓶梅词话中的文学史料》一文对《金瓶梅词话》中保存的戏曲、说唱艺术作了考察分析,从一个新的视角揭示了戏曲与小说的密切关系。

　　以上诸位学者对戏曲与小说关系的研究主要停留在考证的层面上,对戏曲与小说题材的相互袭用、故事的演变关注较多,而在二者相互影响的其他方面则注意不够;此外,对两种文体在题材上交叉现象形成的原因亦缺乏理论探讨。尽管这一时期在戏曲与小说关系领域的研究尚嫌粗糙,成果缺乏系统性,但前辈学人孜孜矻矻的探求,毕竟给后人留下了不菲的遗产;特别是他们严谨、求实、朴素的治学态度为后人树立了良好风范。换言之,他们迈出的每一步都为后代学人在同一领域的深入研究开创了良好的开端。

(二)中华人民共和国成立初十七年(1949～1966)的研究

　　在这十七年当中,古代戏曲和小说的研究工作取得了较大进展。但由

①孙楷第:《戏曲小说书录解题》,北京,人民文学出版社,1990。这部著作虽于 1990 年出版,但其所收文章均于 1934－1938 年间完成。

②见周绍良、白化文编:《敦煌变文论文录》,上海,上海古籍出版社,1982;后一篇文章原收在赵景深《小说论丛》,上海,日新出版社,1947。

③见赵景深:《小说闲话》。

④这两篇文章作于 20 世纪 30 年代,由于战乱未能发行,而于 1949 年后出版,收入阿英:《小说二谈》,北京,中华书局,1959。

⑤参见徐大军:《中国古代小说与戏曲的关系研究·引言》浙江大学博士后报告,2003 年 5 月。

于特定的历史氛围,这一时期的古代戏曲与小说关系的研究工作不可避免地打上了时代烙印。

一方面,在古代戏曲和小说关系的考证上,基本上延续前一时期的成果或思路,或对原作加以修订、整理而再版,如蒋瑞藻的《小说枝谈》,基本上是他的《小说考证》及其续编、拾遗等的再版①;或沿以往的思路探讨相关问题,而有一定程度的深化,王季思《从莺莺传到西厢记》②,沿上一时期探寻故事演变的思路,着重对崔张爱情故事的发展演变进行梳理;而谭正璧的《话本与古剧》在戏曲对小说故事的因袭沿用方面的考证用力甚勤③,初版后又多次重印。傅惜华的《水浒戏曲集》(第一、二集)④,《元代杂剧全目》等系列著作⑤,则从文献学和目录学的角度为中国古代戏曲与小说关系研究提供了宝贵资料。

叶德均的《宋元明讲唱文学》⑥,详细考论了宋元明讲唱文学的种类及其发展演变,间或涉及戏曲与小说的关系,从一个新的视角切入,给人启发良多,至今仍有重要的参考价值。

另一方面,是这一时期开展了古典文学的普及工作,出版发行了大量古典文学原著、选本及其相关论著。与此前有所不同的是,由于系统引入了辩证唯物主义和历史唯物主义的研究方法,这一时期的古代戏曲与小说关系的研究,对作家作品思想性的开掘有所深化,但同时亦难免牵强附会、刻意拔高,染上了浓重的时代色彩。这一类的研究著作,较有学术性的有徐朔方《戏曲杂记》、严敦易《水浒传的演变》、何心《水浒研究》等。《戏曲杂记》所收的《元代的水浒杂剧及其代表作李逵负荆——兼评胡适、聂绀弩论元代水浒杂剧》,在个案研究方面涉及到了戏曲与小说的不同,特别是涉及到二者在内容、思想倾向上的差异,较以往仅停留于二者题材的因袭考证

---

① 蒋瑞藻:《小说枝谈》,上海,古典文学出版社,1958。
② 王季思:《从莺莺传到西厢记》,上海,上海古籍出版社,1955。
③ 谭正璧:《话本与古剧》,上海,古典文学出版社,1956。
④ 傅惜华:《水浒戏曲集》(第一、二集),上海,古典文学出版社,1957—1958。
⑤ 傅惜华:《元代杂剧全目》,北京,作家出版社,1957。除此,还有《明代杂剧全目》,北京,作家出版社,1958;《明代传奇全目》,北京,人民文学出版社,1959;《清代杂剧全目》,北京,人民文学出版社,1981。需要说明的是,《清代杂剧全目》亦完成于这一时期,但由于当时受极左思潮影响等原因,未能出版,而于1981年出版,见《清代杂剧全目·补充说明》。
⑥ 叶德均:《宋元明讲唱文学》,上海,上海古典文学出版社,1957。后收入叶德均《戏曲小说丛考》,北京,中华书局,2004。

上有所前进，但所持观点有着明显的时代烙印①。何心的《水浒研究》从题材上一一说明水浒戏对《水浒传》取材的影响及所作的改变②。相比之下，严敦易《水浒传的演变》一书在论及水浒故事与元杂剧关系时，较少受主流意识形态的干扰，在详细考辨的基础上，对二者的关系提出了自己的新见③。此外，这一时期的许多古代戏曲与小说的选本，前言和注释中也有涉及二者关系的，其观点基本不出上述范围。

　　尽管这一时期戏曲与小说关系的研究不可避免地打上了特定的时代烙印，使其学术性受到一定影响，但其成果仍然是值得珍视的。剔除其中"阶级分析"等观念的残留，仍可发现不少学术性的闪光，开拓了研究思路，开启了后世对戏曲与小说思想性的比较研究，在探寻同类故事在小说戏曲间演变轨迹方面比前人更深更细，为此后的研究提供了更丰富的经验。

（三）改革开放以来的研究

　　由于改革开放政策的实施，学术氛围相对宽松，学术交流日益频繁，学术视野大为拓展，加之前人研究所奠定的雄厚基础，这一时期的古代戏曲与小说关系的研究工作又有了长足进展。具体表现在以下几个方面：

　　1.梳理戏曲与小说在故事题材上的沿袭关系

　　对这一问题的研究有以资料考索为主的，有以论述为主的。在资料考索工作上用力较勤、成就较大者有庄一拂《古典戏曲存目汇考》④，谭正璧、谭寻《古本稀见小说汇考》⑤《话本与古剧》（重订本）⑥，邵曾祺《元明北杂剧总目考略》⑦，李剑国《唐五代志怪传奇叙录》《宋代志怪传奇叙录》⑧，郭英

①详见徐朔方：《戏曲杂记》，上海，古典文学出版社，1956。
②何心：《水浒研究》，上海，古典文学出版社，1957。
③认为元杂剧中的水浒故事多数并非现存《水浒传》的"孕育先驱"，从而"也校正了将元杂剧中水浒故事题材的来源、影响与作用，过分夸大和重视的不尽切合实际的看法"。见严敦易《水浒传的演变》，北京，作家出版社，1957，第121页。
④庄一拂：《古典戏曲存目汇考》，上海，上海古籍出版社，1982。
⑤谭正璧、谭寻：《古本稀见小说汇考》，杭州，浙江文艺出版社，1984。
⑥谭正璧、谭寻：《话本与古剧》，上海，上海古籍出版社，1985，重订本。
⑦邵曾祺：《元明北杂剧总目考略》，郑州，中州古籍出版社，1985。
⑧李剑国：《唐五代志怪传奇叙录》，天津，南开大学出版社，1993；李剑国：《宋代志怪传奇叙录》，天津，南开大学出版社，1997。

德《明清传奇综录》①，李修生主编《古本戏曲剧目提要》等②。这些著作排比小说或剧目，详考本事，或追源溯流，在戏曲与小说题材的沿袭关系上做了大量的、系统的资料爬梳工作，为进一步探寻戏曲与小说之间的关系打下了坚实的基础。

　　论述性的成果较多，或者从文学史的角度系统论述戏曲与小说在题材上的沿袭关系，或者就某一类情节模式考察二者之间的承袭关系，或者从个案入手细致考索这一关系。从文学史角度论述较有代表性的，有胡士莹《话本小说概论》，在系统地讲述话本小说发展演变历史的过程中，对戏曲袭用话本故事题材的现象做了细致的整理与说明③。沈新林关于古代小说戏曲的系列论文之一《同工而异曲——中国古代小说、戏曲题材的相互为用》④、徐大军的博士论文《论元杂剧对小说的接受》⑤，则分别从总体和断代的层面上系统地论述了戏曲与小说之间题材的袭用与原因。徐龙飞《从戏曲到小说——晚明清初才子佳人文学模式的承袭》，则从才子佳人这一文学模式入手，考察了晚明清初从戏曲到小说的跨体裁承袭现象⑥。从个案入手考察这一现象的论文数量较多，较有代表性的有徐朔方的多篇论文，如《〈牡丹亭〉的因袭和创新》《〈金瓶梅〉成书补证》《从宋江起义到〈水浒传〉成书》等，从具体作品入手详细考察了戏曲对前代或同时代小说题材的借鉴，或小说借用戏曲中个别情节的现象⑦。其他如程国赋《唐传奇与元杂剧相关作品的比较研究》⑧、胡淑芳《〈鲁斋郎〉与"金海陵"——〈包待制智斩鲁斋郎〉本事探索》等等⑨，也都从不同作品入手，对戏曲袭用小说题材的现象作了考察与分析。

①郭英德：《明清传奇综录》，石家庄，河北教育出版社，1997。

②李修生主编：《古本戏曲剧目提要》，北京，文化艺术出版社，1997。

③胡士莹：《话本小说概论》，北京，中华书局，1980。

④沈新林：《同工而异曲——中国古代小说、戏曲题材的相互为用》，《南京航空航天大学学报》（社会科学版）第3卷第1期，2001年3月。

⑤徐大军：《论元杂剧对小说的接受》，山东大学博士论文，2001年5月。此文后来出版成书《元杂剧与小说关系研究》，郑州，河南人民出版社，2006。

⑥徐龙飞：《从戏曲到小说——晚明清初才子佳人文学模式的承袭》，《洛阳师范学院学报》第29卷第4期，2010年8月。

⑦见徐朔方：《论汤显祖及其他》上海，上海古籍出版社，1983。

⑧程国赋：《唐传奇与元杂剧相关作品的比较研究》，《学术研究》1997年第2期。

⑨胡淑芳：《〈鲁斋郎〉与"金海陵"——〈包待制智斩鲁斋郎〉本事探索》，《艺术百家》2005年第3期。

　　上述研究成果不限于揭示戏曲与小说题材上的相互袭用现象,而是对同一题材在戏曲与小说中运用的同异及原因,这一现象所反映的作家创作心理、社会风俗等亦做了不同程度的开掘,显示出新时代学术风气下学人的探索精神。

　　2.探寻同类故事在戏曲与小说间的演变轨迹

　　这类研究中有少数成果基本上沿袭传统的思路,如出现于这一阶段早期的邵曾祺《宋元戏曲小说中的负心型故事及其后来》①,黄秉泽《包公戏源流叙录》之一、二、三等②。

　　更多成果则在承袭前人研究思路的基础上,又有新的拓展,主要是运用现代西方文艺理论重新审视同类故事在小说戏曲间的发展演变情况,予人以新的启迪。如黄大宏的专著《唐代小说重写研究》,即运用重写理论,以题材因袭、演变为中心,从创作论、接受论、传播论的角度,揭示唐代小说影响后世戏曲与小说的途径、方法与手段③。胡元翎《李渔〈蜃中楼〉对"柳毅"故事的重写》④《从"骨相仅存"到肌肤丰盈——李渔戏剧对小说重写的原则之二》⑤则立足于作家作品的个案研究,考察了柳毅故事流变及李渔戏剧对小说改写的现象及其成因。此外,还有运用"母题""原型"说考察同类故事在戏曲小说间的衍变的。如陆炜《白蛇戏曲与故事原型的意义》⑥,李玉莲《追溯原型——元明清小说戏剧的改编传播》⑦,王立《"逐兔见宝"与古代戏曲小说的幸运英雄母题》⑧,袁凤琴《"水神托人传书"母题的流变》⑨,司徒秀英《"乐昌分镜"母题在宋明"戏曲"文学演绎初探》等⑩。从个

①邵曾祺:《宋元戏曲小说中的负心型故事及其后来》,载赵景深主编:《中国古典小说戏曲论集》,上海,上海古籍出版社,1985。

②黄秉泽:《包公戏源流叙录》之一、二、三。分别载于《宁波职业技术学院学报》第 2 卷第 2 期(2002 年 6 月),第 2 卷第 3 期(2002 年 9 月),第 2 卷第 4 期(2002 年 12 月)。

③黄大宏:《唐代小说重写研究》,重庆,重庆出版社,2004。

④胡元翎:《李渔〈蜃中楼〉对"柳毅"故事的重写》,《文学遗产》2002 年第 2 期。

⑤胡元翎:《从"骨相仅存"到肌肤丰盈——李渔戏剧对小说重写的原则之二》,《学术交流》2003 年第 5 期。

⑥陆炜:《白蛇戏曲与故事原型的意义》,《艺术百家》1994 年第 2 期。

⑦李玉莲:《追溯原型——元明清小说戏剧的改编传播》,《北京社会科学》2000 年第 1 期。

⑧王立:《"逐兔见宝"与古代戏曲小说的幸运英雄母题》,《中国典籍与文化》2000 年第 2 期。

⑨袁凤琴:《"水神托人传书"母题的流变》,《盐城工学院学报》(社会科学版)2002 年第 3 期。

⑩司徒秀英:《"乐昌分镜"母题在宋明"戏曲"文学演绎初探》,《华中科技大学学报》(社会科学版)2004 年第 3 期。

案或宏观上探讨同一母题在小说戏曲间流变的现象,并通过理论分析揭示其发展演变与传播的规律。

3.探讨戏曲与小说艺术特性与创作手法的相互渗透

对这一问题的探讨形成专文的主要有:郭英德《叙事性:古代小说与戏曲的双向渗透》①,董乃斌《戏剧性:观照唐代小说诗歌与戏曲关系的一个视角》②,沈新林的系列论文之一《同花而异果——中国古代小说、戏曲创作手法比较》③,吕宏《浅析唐传奇梦幻手法在汤显祖"四梦"中的运用》④,邹越、陈东有《论中国古典戏曲艺术对古典小说的渗透与影响》⑤,潘建国《古代小说中的戏曲因子及其功能》等⑥。郭文在肯定戏曲和小说为两种不同文体的前提下,从叙事时间、叙事视角、叙事话语三个方面探讨了古代戏曲与小说所共有的叙事性特质,并分析了这些特质的审美内涵及其文化基因。董文是从唐代小说、诗歌所蕴含的戏剧性角度切入,以《长恨歌》《长恨歌传》向后世戏剧的演进为例,阐述戏剧性的存在形式及其发展过程,揭示了诗、小说、戏曲之间的关系。沈文则着重探讨了戏曲与小说在叙述体制、人物描写、情节安排等艺术手法运用上的相互影响和存在的差异。潘文则重点从小说创作的艺术层面考察了古代小说中存在的戏曲因子,探讨其对小说文学技巧、叙事方式、情节模式等方面产生的重要作用。吕文和邹文也都从不同角度论述了戏曲与小说在艺术手法上的相互借鉴与创新。

上述几篇论文从不同问题入手,以不同的视角,给我们揭示了戏曲与小说在艺术特性的呈现和创作手法运用上的相互渗透与借鉴。从较新的角度关注并探讨古代戏曲与小说之间的历史因缘关系,为这一领域的研究打开了一个新的窗口。

4.对戏曲与小说文体关系的辨析

系统论述戏曲与小说二者文体关系的专门论著较少,几篇有代表性的

①郭英德:《叙事性:古代小说与戏曲的双向渗透》,《文学遗产》1995年第4期。

②董乃斌:《戏剧性:观照唐代小说诗歌与戏曲关系的一个视角》,《文艺研究》2001年第1期。

③沈新林:《同花而异果——中国古代小说、戏曲创作手法比较》,《艺术百家》2001年第2期。

④吕宏:《浅析唐传奇梦幻手法在汤显祖"四梦"中的运用》,《浙江师范大学学报》(人文社会科学版)2003年第2期。

⑤邹越、陈东有:《论中国古典戏曲艺术对古典小说的渗透与影响》,《南昌大学学报》(社会科学版)第36卷第1期(2005年1月)。

⑥潘建国:《古代小说中的戏曲因子及其功能》,《北京大学学报》(哲学社会科学版)第49卷第3期(2012年5月)。

论文,或者从断代层面,或者就小说戏曲文体的某个侧面,或者从作品个案入手对这两种文体关系进行辨析。宋若云《宋元话本与杂剧的文体共性探因》,认为话本与杂剧文体的生成与审美接受、特别是接受对象与接受方式之间有着十分密切的关联,指出中国早期小说与戏剧之间具有"貌似神合"的文体共性①。刘勇强《中国古代小说的文体兼容性》从唐代文言小说文体兼容性之丰富入手,认为唐传奇具有构成剧本的重要成分,与唐戏弄之间存在着突出而微妙的关系②。沈新林的系列论文之一《同体而异构——中国古代小说、戏曲体制之比较研究》,是从戏曲与小说题目、篇首、正文等结构形式和韵散文结合等体制上的特征比较了二者的同异,从而总结出二者在体制上的规律以及由此引起的古代小说、戏曲界定之难③。李简《从"看钱奴"故事的改编看小说、戏曲两种文体的异同》,则从个案考察入手,具体分析了中国古代戏曲与小说文体上的异同④。

　　文体的辨析,在两种相关文体的关系研究中是至关重要的,两种相关文体之间的其他各方面的联系无不以此为出发点和落脚点。文体之辨,在我国古代文学发展史上已有传统,但多囿于古典诗、文等领域,对戏曲和小说文体的辨析则要晚得多,甚至直至晚清和近代还有相当数量的学者将戏曲与小说两种文体混为一谈,这固然反映出二者之间密不可分的关系,但人们对这两种文体各自的特殊性认识不足无疑是造成此种现象的一个重要原因。因此,上述学者们对古代小说、戏曲文体异同的关注,便显得尤为可贵,为我们在这个领域的研究提供了必要的前提。

　　5.综合论述二者关系

　　相对于前两个时期,这一时期更多学者对中国古代戏曲与小说关系的关注与研究往往是综合性的,上文分类列举的部分研究成果,即在侧重某些方面的比较之余,也能兼顾其他。这种综合性体现得较显著的则有程国

①宋若云:《宋元话本与杂剧的文体共性探因》,《求是学刊》1999年第5期。
②刘勇强:《中国古代小说的文体兼容性》,《北京大学学报》(哲学社会科学版)第49卷第3期(2012年5月)。
③沈新林:《同体而异构——中国古代小说、戏曲体制之比较研究》,《艺术百家》2000年第3期。
④李简:《从"看钱奴"故事的改编看小说、戏曲两种文体的异同》,《"历史与理论:中国古代小说文体研究"研讨会论文集》,北京,北京大学中文系中国古代文体研究中心、中国社科院文学所中国古代小说研究中心,2005年8月。

赋《唐代小说嬗变研究》①，许并生《中国古代小说戏曲关系论》②，徐大军《中国古代小说与戏曲的关系研究》③，涂秀虹《元明小说戏曲关系研究》④，刘书成《一个难以解开的“死结”——中国古代小说、戏曲关系论略》等⑤。

　　程著从神怪、婚恋、逸事等几方面探讨唐代小说的时代背景和嬗变规律，从受众的审美心理等几方面探讨形成这种嬗变的原因，从体制、叙事视角、情节、人物等多方面总结后代各体小说和戏曲与唐代小说的关系等等，纵向地、多角度地梳理了唐代小说在后世的发展演变，其中关涉到戏曲与小说关系的章节亦体现了这种综合性和历时性。许并生《中国古代小说戏曲关系论》从二者的渊源关系、发展关系、内在关系、建构关系、转换关系等几方面综合探讨了中国古代小说与戏曲的相关性，并在此基础上揭示出中国古代小说、戏曲在民族文化构成中的地位。徐大军和涂秀虹分别就特定时代中戏曲与小说相互交融或相互借鉴的状态，从不同视角透视了二者之间不可分割的关系。刘文则概略地论述了戏曲与小说在发展过程中所接受的影响、连接二者的桥梁以及二者艺术上的相通之处。

　　除了上述几个视角之外，这一时期关于中国古代戏曲与小说关系的研究还有如下视点：概念辨析、起源比较、批评比较、文化内涵比较、传播方式比较等⑥，充分反映出这一时期学者们对中国古代戏曲与小说关系的关注之密切与视野之广阔。

　　上述各个时期在中国古代戏曲与小说关系研究领域所取得的成果，主

---

①程国赋：《唐代小说嬗变研究》，广州，广东人民出版社，1997。

②许并生：《中国古代小说戏剧关系论》，上海师范大学博士论文，2000年5月。此文由文化艺术出版社于2002年出版成书，书名较原文略有变化，为《中国古代小说戏曲关系论》。我们在引用该文献时以书为准。

③徐大军：《中国古代小说与戏曲的关系研究》。

④涂秀虹：《元明小说戏曲关系研究》，上海，上海三联书店，2004。

⑤刘书成：《一个难以解开的“死结”——中国古代小说、戏曲关系论略》，《甘肃广播电视大学学报》1999年第2期。

⑥体现这些研究的成果有：沈新林：《中国古代小说与戏曲概念之比较》，《淮阴师范学院学报》（哲学社会科学版）第22卷，2000年第4期；沈新林：《正本而清源——中国古代小说、戏曲起源之比较研究》，《艺术百家》2002年第1期；姚民治：《中国古代小说戏曲同源互补论》，《内蒙古民族大学学报》（社会科学版）第30卷第2期（2004年4月）；沈新林：《中国古代小说、戏曲批评之比较研究》，《明清小说研究》2002年第2期；沈新林：《中国古代小说、戏曲文化内涵之比较研究》，《艺术百家》2004年第5期；李玉莲：《元明清小说戏剧传播方式比较研究》，《社会科学辑刊》1998年第5期等。

要集中在以下几个方面：

　　1.戏曲与小说的文献和目录整理；

　　2.戏曲与小说题材关系研究①；

　　3.同类故事在戏曲小说间的演变考索；

　　4.艺术特性与创作手法的相互渗透研究；

　　5.文体异同辨析。

　　从这些研究成果可以看出，20世纪以来，中国古代戏曲与小说关系的研究是一个从个案到宏观，从基础资料的爬梳、整理向着理论探讨逐步深入、日益拓展的过程，不仅具有中国传统朴学的坚实性，而且能适当地洋为中用、今为古用，在理论性和系统性上不断提高，以此开拓了中国古代小说、戏曲研究的新视角，在力求揭示它们各自的发展面貌、探索各自的本质特性、开掘二者间密切关系方面作出了不懈努力，并取得了较丰硕的成果。但仍留有缺憾，特别是对戏曲与小说相互影响的历史过程的研究尚欠深入，对二者在接受对方影响时各自的文体特殊性在其中所起到的促进或制约作用关注得不够，在戏曲是如何通过说唱文学这一重要中介接受小说影响这一问题上还需要进一步探讨。

三、本书的思路和结构

　　基于上述在古代戏曲与小说关系研究方面所取得的成就和存在的不足，本书选择了元明戏曲对唐传奇的接受这一论题，试图通过探讨说唱文学在元明戏曲与唐传奇之间所起到的桥梁作用，揭示元明戏曲接受唐传奇的具体过程，进而探讨元明戏曲对唐传奇的承袭与变异及其原因，总结出戏曲接受唐传奇影响的模式，从而在戏曲与小说关系研究领域有所突破和创新，为今后进一步的研究提供基础和平台。

　　本书主体部分分为五章。第一章就与本论题相关的方面简要探讨中国古代戏曲的综合特性，以及戏曲与小说之间的密切关系，为本论题的展开提供前提和基础。由于戏曲成熟较晚，一方面可以充分吸收其他文艺样

---

①这类研究时或涉及本事考证，虽提供了戏曲与小说题材上相互借用的线索，但与下文说到的对小说与戏曲题材关系的专门研究不同。

式的营养；另一方面，在兼收并蓄的过程中形成了综合性很强的特色。在戏曲所吸收的营养中，诗、文、小说等文学样式已经比较成熟，从而使戏曲的文学要素相对发达，而古代舞台表演艺术相对滞后，使得戏曲的表演要素比较幼稚，所以古代戏曲内部各因素的发展又呈现出不平衡的状态。对古代戏曲与小说关系的梳理，目的是要说明二者之间的密切联系，以及小说影响戏曲的可能与局限，为下文论述元明戏曲接受唐传奇的影响提供前提。

第二章重点讨论了说唱文学在唐传奇和元明戏曲之间的桥梁作用，即说唱文学为元明戏曲接受唐传奇的影响提供了一个巨大的平台。说唱文学种类繁多，发展变化亦错综复杂，这一章着重选取宋元明时期盛行的、在唐传奇与元明戏曲之间起到重要中介作用的几种样式，对它们所起到的中介作用进行理析。这几种有代表性的说唱文学是"说话""诸宫调""宋代叙事鼓子词""元明词话"等。此外，本章还对宋杂剧与金院本在唐传奇与元明戏曲之间所起到的过渡作用提出了个人的思索，并简述了宋元南戏对唐传奇的接受情况。

第三、第四、第五章分别论述元明两代戏曲对唐传奇的承袭和变异的现象和成因。第三章考察元明戏曲对唐传奇的承袭。元明戏曲对唐传奇的承袭均表现为"直观承袭"和"变相承袭"。前者是从作品的显在层面直观可见的承袭，主要是故事题材、某些艺术手段的承袭；后者是隐性的承袭，或者在承袭过程中发生了某些改变，但仍以承袭为主，如叙事性、叙事体例、抒情性等特点。在考察了上述承袭现象之后，总结了元明戏曲承袭唐传奇的规律。

第四章着重探讨在创作心态、创作目的和创作视角上元明戏曲对唐传奇的变异。取材于唐传奇的元杂剧所表现出的主要是作家的心理失衡与情绪宣泄；在创作目的上则表现为寻求心理补偿和精神慰藉，寄托沧桑之感和民族之情；同时由于社会地位的变化，元代戏曲作家的观察视角由文人视角转换成平民视角，使作品更具平民色彩。取材于唐传奇的明代戏曲则主要体现一种既重伦理又弘扬情感和个性的复杂心态，以及对现实社会的揭露和批判等，其态度是冷峻的；同时利用唐传奇题材的明代戏曲，表现出强烈的寓言性和抒怀寄慨的目的。相应地，明代戏曲在观察视角上则明显表现出向文人视角回归的倾向，同时亦保留一定的平民视角。

　　上述变异主要是时代变迁以及由此带来的其他诸多层面的变化等外部因素作用于创作主体的心理而产生的,既是纵向的,又具有鲜明的主观色彩。

　　此外,元明戏曲对唐传奇的变异,还呈现出两种文艺样式的横向差异,更具客观性。本文第五章即着重讨论在艺术表现和美学风貌上元明戏曲对唐传奇的变异。戏曲语言的动作性、表演的程式化、虚拟化、夸张与滑稽等,均与作为小说的唐传奇不同,元明戏曲在这些方面对唐传奇的变异是相通的;而在雅与俗的美学风貌的变迁上,元明戏曲对唐传奇变异的表现则不尽相同,元杂剧对唐传奇的变异主要是变雅为俗,即在美学风貌上以变为主;明代戏曲则是先表现为向唐传奇典雅风格的回归,继而又有意识地追求雅俗兼顾,对戏曲的某些俗的质素有所承继和保留,从而对唐传奇的美学风貌在变中有承。

　　结论部分是对本书主体部分的简要回顾与总结。此外,为了论述的方便,本书还制定了几个表格(详见书末附表),力图将元明戏曲与唐传奇的关系以及说唱文学的中介作用以直观的形式呈现出来。

第一章　中国古代戏曲的发展状况
及其与小说关系

与中国传统的诗歌、散文相比,戏曲发展成长的历史要漫长而艰难得多,不过恰恰因此,它却可以得天独厚地吸收众多姊妹艺术样式的长处,从而造就了综合性很强的特色。同时,戏曲在成长的过程中,更与小说结下了密切关系。

第一节　戏曲的综合性特征及其发展的不平衡

一、戏曲的综合性特征

中国古代戏曲的成熟是在 13 世纪的元代,表现形态为元杂剧,在此之前出现过与成熟形态相近的表演形式,但就总体发展历程而言,戏曲的成长非常缓慢,使戏曲广泛吸收其他相关艺术样式的某些特点成为可能,从而造就它综合性很强的特色[①]。

(一)从戏曲的初步形成看其综合性特征

中国古代戏曲由萌芽到成长极其缓慢,由早期的歌舞到唐代大型乐舞,由早期的俳优到北朝、隋唐的参军戏、踏摇娘等初步戏剧化的表演,作为胚胎已经初步成熟。即作为萌芽状态的戏曲,已经含有音乐、舞蹈、角色、简单的情节、代言的体式等基本元素。

据王国维《宋元戏曲史》,古代戏曲孕育于上古祭祀仪式:

> 至于浴兰沐芳,华衣若英,衣服之丽也;缓节安歌,竽瑟浩倡,歌舞之盛也;乘风载云之词,生别新知之语,荒淫之意也。是则灵之为职,

---

[①] 在说明过程中,除注明所引用原文或重要观点的出处外,有些观点为学术界所普遍认可,恕不一一注出。

或偃蹇以象神,或婆娑以乐神,盖后世戏剧之萌芽,已有存焉者矣。[1]

其歌、舞经后世不断发展,产生了诸多变化,如唐宋大型乐舞,规模更加宏大,乐曲的结构、舞蹈的动作均更加繁复,但无论如何变化,乐歌与舞蹈作为构成戏曲的基本元素留存至今。此外,上古的祭祀仪式还有一定的扮相:"或偃蹇以象神";"灵"的这种表演是用以娱神的,娱人的早期表演者"俳优"也有一定的扮相,著名的"优孟衣冠"故事即为典型体现。同样,后来出现的参军戏、踏摇娘以及其他杂戏,均无一例外地有"扮相"。这也是戏曲最显见也是最重要的一个元素。

除了歌舞、扮相之外,戏曲的其他一些因子也见于早期的娱乐形式之中。如汉代角抵戏即包含着一些武术和杂技因子:"名此乐为角抵者,两两相当,角力角技艺射御,故名角抵,盖杂技乐也。"[2]武术或杂技,在古今戏曲中都是重要的组成部分。除了这两种因子,角抵戏还逐渐有了一定的故事情节,如汉代角抵戏之一《东海黄公》,据《西京杂记》记载:"有东海人黄公,少时为术,能制龙御虎,佩赤金刀,以绛缯束发,立兴云雾,坐成山河。及衰老,气力羸惫,饮酒过度,不能复行其术。秦末,有白虎见于东海,黄公乃以赤刀往厌之。术既不行,遂为虎所杀。三辅人俗用以为戏,汉帝亦取以为角抵之戏焉。"[3]戏虽然仍以打斗为中心,但已经具备了简单的故事。

魏晋南北朝时期,随着民族融合进程加剧,少数民族歌舞同汉族歌舞、角抵相结合,进一步发展出《踏摇娘》《兰陵王》《拨头》等带故事的歌舞来。以《踏谣娘》为例[4]:

> 北齐有人姓苏,齁鼻,实不仕,而自号为郎中,嗜饮酗酒,每醉辄殴其妻。妻衔悲,诉于邻里。时人弄之。丈夫著妇人衣,徐行入场。行歌,每一叠,傍人齐声和之云:"踏谣和来,踏谣娘苦和来!"以其且步且歌,故谓之"踏谣";以其称冤,故言苦。及其夫至,则作殴斗之状,以为笑乐。[5]

---

[1] 王国维:《宋元戏曲史》,第3页。

[2] 文颖语,转引自王国维:《宋元戏曲史》,第5页。

[3] (汉)刘歆撰,(晋)葛洪集,王根林校点:《西京杂记》,见(汉)刘歆等撰,王根林校点:《西京杂记》(外五种),上海,上海古籍出版社,2012,第23页。

[4] 踏谣娘:多数戏曲史类著作题作"踏摇娘"。

[5] (唐)崔令钦:《教坊记》,中国戏曲研究院编:《中国古典戏曲论著集成》第一集,第18页。

这一表演不仅具备简单的故事,更重要的是初步出现了一种新的元素:"代言"的表演模式。"著妇人衣"者即代妻,后至的"夫"显然也是由表演者所扮,表演者借助代言的形式再现生活情景。而由此也有了固定的角色和相应的动作。众所周知,代言模式和角色扮演亦是戏曲两个重要元素。

"参军戏"在角色扮演上更具典型性。据《太平御览》卷五百六十九所引《赵书》记载,后赵石勒参军周延任馆陶令时贪污官绢入狱,后来优人将此事排演成戏,以为笑乐:"使俳优著介帻、黄绢单衣。优问:'汝为何官,在我辈中?'曰:'我本为馆陶令。'斗数单衣曰:'政坐取是,故入汝辈中。'以为笑。"这一表演后来逐渐固定为一种模式:表演中,有一人扮官被戏弄或被打,这一角色称作"参军";执行戏弄或打人之职的演员则称为"苍鹘"。这一优戏遂称作"参军戏","参军"和"苍鹘"则成为角色名称,可以扮演不同的人物,有不同的扮相,也有简单的对白,可表演不同的故事①。

戏曲正式诞生之前,具有上述特点的表演形式不止上述几种。如早期其他一些杂戏,宋代出现的"傀儡戏""影戏"等,这些表演形式不断丰富和改进,其中包含的一些戏曲因子也随之愈加显豁,如歌舞、杂技、角色扮演、代言模式等。不过究其实质,它们仍属滑稽调笑类的伎艺表演,还称不上"戏曲"。要成为"戏曲",首要的元素是"故事",如王国维所说"戏曲者,谓以歌舞演故事也"②,而且这"故事"不能只是简单的"段子",必须是连续的、相对完整的、有较曲折情节的。也就是说,戏曲要有一定的长度,各种形式的表演并非独立存在。随着社会经济的发展和人们娱乐需求的增长,"故事"这一要素在一些表演形式中越来越突出,逐渐出现了连续的、相对完整的故事,甚至情节比较曲折,人物也越来越丰富,人物性格也越来越鲜明。这些表演形式有"说话"、诸宫调等说唱文学,也有宋杂剧、金院本等接近戏曲的伎艺。在故事性日益增强的过程中,唐传奇起到了巨大作用。

大体上说,唐传奇发轫于初盛唐时期,于中唐达到鼎盛,晚唐五代时逐渐转衰。唐传奇的出现和兴盛恰值戏曲由早期形态向成熟形态过渡的时期,在戏曲的形成过程中得以发挥巨大作用。这一作用并非直接产生的,而是经过了一些艺术形式的过渡,有说唱文学,也有接近戏曲的表演形

①参见张庚、郭汉城主编:《中国戏曲通史》上册,北京,中国戏剧出版社,1980,第24—27页。
②王国维:《戏曲考源》,见《王国维戏曲论文集》,北京,中国戏剧出版社,1957,第201页。

式——宋杂剧和金院本,它们在题材的选择和加工、音乐、体制及表演形式等方面为戏曲提供了宝贵的借鉴,说唱文学的作用留待下文讨论,这里着重谈谈唐传奇是如何通过宋杂剧、金院本在戏曲走向成熟的过程中发挥重要作用的。

宋代,市民社会进一步发展,市民娱乐需要的增长和娱乐场所的增加,为众多伎艺的演进提供了丰沃的土壤。这一时期承袭前代优戏、歌舞和各种伎艺,出现了"宋杂剧"这一表演样式。继之,金代出现了"院本",与杂剧相类,而在戏剧性上更进一步。这两种表演样式,王国维均称为古剧,以区别于成熟的戏曲元杂剧。实际上它们已经初步具备了戏曲的特点,最显著的一点是:宋杂剧已经开始有较完整的故事表演了[①]。据周密《武林旧事》所载的官本杂剧段数可以推知它们的内容,如《相如文君》《崔智韬艾虎儿》《王宗道休妻》《李勉负心》《裴航相遇》《郑生遇龙女》等,显然是表演一段完整故事的,而《崔护六么》《莺莺六么》《裴少俊伊州》《崔护逍遥乐》这些以乐名作为"后缀"的"段数",也应该有较完整的故事作为依据。宋杂剧所依据的故事,较多取自唐传奇[②]。如莺莺的故事即取自元稹的《莺莺传》,《郑生遇龙女》以沈既济《任氏传》为蓝本,《裴航相遇》则取材于裴铏《传奇·裴航》等等。据统计,周密所记载的宋官本杂剧段数可确认为取材于唐传奇的有 9 种,疑为取自唐传奇的有 5 种,共计 14 种;其中 4 种取材于唐传奇时有重复:《崔护六么》和《崔护逍遥乐》均取材于孟棨《本事诗》,《崔智韬艾虎儿》和《雌虎》则取自薛用弱《集异记》之《崔韬》,即题材来源实际是 12 种。

金院本与宋杂剧具有许多相似之处,陶宗仪认为:"院本、杂剧,其实一也,国朝,院本、杂剧,始厘而二之。"[③]但与宋杂剧相比,金院本稍有进步:故事性更强,表现为对前代音乐的依赖有所减弱,而更多故事表演[④]。《南

[①]宋杂剧仍保留一些滑稽调笑的成分。事实上,滑稽调笑的成分在元杂剧以至后世戏曲中始终未曾泯灭,我们熟知的"插科打诨",戏曲表演过程中穿插的与所演故事无关的滑稽小戏或杂耍等,即是这一成分的遗留。

[②]据谭正璧《宋官本杂剧段数内容考》,宋杂剧内容可考者仅有 50 余种。见谭正璧著,谭寻补正:《话本与古剧》,上海,上海古籍出版社,1985,第 171 页。

[③](元)陶宗仪:《南村辍耕录》,第 306 页。

[④]据王国维《宋元戏曲史》,宋官本杂剧段数运用大曲的有 103 本,法曲 4 本,词调时曲 39 本;而金院本则分别为 16 本、7 本、37 本。见本书第 58、64、70 页。

村辍耕录》所载金院本题目,可确定为表演较完整故事的剧目实较宋杂剧为多,其中取材于唐传奇的,共计 22 种,确考者 17 种,约为同类宋官本杂剧段数的两倍[①]。

值得一提的是为宋杂剧和金院本所取材的唐传奇,在宋元话本中可找到同题材的作品,这些作品显然是从唐传奇改编而来的。这种情况,宋杂剧有 8 本,金院本 9 本,二者重合的 4 本。而取材于唐传奇的宋杂剧和金院本,包括有宋元话本改编本的,大多数都有相应的元明戏曲作品[②],这一现象并非偶然,而是表明唐传奇对后世小说戏曲的影响有些是直接的,有些是间接的。从而说明戏曲首要的构成成分"故事"的发展演进,受唐传奇影响甚巨。

唐传奇之所以能藉由宋杂剧和金院本促成戏曲"故事"的成熟,主要在于其故事多曲折离奇,能引起一般民众的兴趣,容易吸引受众;唐传奇所写的人物所涉范围较广,有帝王、将相、书生、妓女、豪侠等,而且人物形象真实、丰满、感人。另外,唐传奇是现成的文学作品,其故事经过时间检验,向这类现成作品取材,是艺人们充实表演内容、拓展题材范围的一个有效而又简便的途径。这样一来,在前代"参军戏""踏摇娘"等初步戏剧化的表演形式基础上,经过艺人们的不断探索和实践,吸收唐传奇等前代文学内容,逐渐形成了宋杂剧、金院本这样的更接近成熟的戏曲形式。

戏曲是以歌舞演故事,故事性增强,歌舞也要随之演进。在这方面,特别是在音乐上,宋杂剧与金院本也有较大改进。这是它们吸收诸宫调及同时代其他说唱伎艺的音乐组成形式并加以改进的结果。

除上述诸要素,戏曲还涉及到服装、舞台、道具、化妆等因素,这些因素的逐步成熟,同样离不开各时期众多文艺样式的滋养,由于这些内容与本论题关系疏远,故略而不论。

综上所述,戏曲在从萌芽到初步形成的漫长过程中,广泛吸取多方面营养,并不断演进,从而呈现出综合性极强的特征。

(二)从诸要素的逐渐成熟看戏曲的综合性特征

宋杂剧与金院本较前代优戏故事性大为增强,这既得力于对唐传奇故

---

① 宋官本杂剧段数和金院本取自唐传奇的剧目详见书末附表 2。
② 详见书末附表 2。

事的吸收改造,也从当代的话本中汲取了不少营养。从表层意义上说,宋杂剧与金院本是借助于唐传奇与宋元话本的故事题材以丰富其表演内容,再深一层追究则可以发现,题材的借用会促成一系列的演进。首先,故事丰富了,则表演的时间必然延长,表演的过程也要有一定的组织结构。据《都城纪胜·瓦舍众伎》记载:"杂剧中……先做寻常熟事一段,名曰艳段;次做正杂剧,通名为两段。"①已经具备了清晰的结构,从这一结构推测,演出时间较以前的参军戏等优戏必然是延长的。金院本承宋杂剧而来,与之结构相似,但其故事性更强,在表演结构上,是"艳段"的形式丰富了,出现了"冲撞引首""拴搐艳段""打略拴搐"等形式,除表明院本的表演较杂剧更细致之外,这些形式更重要的是表明了一种趋势:使一场两段的表演能够更加统一,更有内在联系。所谓"拴搐"就是拴束起来、捆起来的意思,即将此前与正杂剧故事关联不大的"艳段"改变成能与之有关联的故事表演。由表演的有一定组织结构推测,其脚本应该也具有清晰的结构,因未见其文本流传,姑存疑。

其次是故事渐趋复杂,使得上场人物增多,必然导致角色分工更趋细致。宋杂剧的表演一般有四到五个角色:"杂剧中,末泥为长,每四人或五人为一场……末泥色主张,引戏色分付,副净色发乔,副末色打诨,又或添一人装孤。其吹曲破断送者,谓之把色。"②金院本与此相类:"院本则五人:一曰副净,古谓之参军;一曰副末,古谓之苍鹘;……一曰引戏;一曰末泥;一曰孤装。"③不仅角色较以往优戏表演更加丰富,分工也更加细致,而且其角色名称与元明戏曲的一些角色称谓已经相当接近了④。

再次,故事的丰富、角色分工的细致,必然导致对演员要求的提高。从诸多材料的记载看,"杂剧色"的演员与其他伎艺的演员相比,人数之多和伎艺精湛的程度都是首屈一指的。《梦粱录》说:"散乐传学教坊十三部,唯

---

① (宋)灌圃耐得翁:《都城纪胜》,见(宋)孟元老等:《东京梦华录(外四种)》,上海,上海古典文学出版社,1956,第96页。

② (宋)灌圃耐得翁:《都城纪胜》,见(宋)孟元老等:《东京梦华录(外四种)》,第96页。

③ (元)陶宗仪:《南村辍耕录》卷二十五"院本名目"条,第306页。

④ 以上部分内容参考张庚、郭汉城主编:《中国戏曲通史》上册,北京,中国戏剧出版社,第48—66页。

以杂剧为正色。"①《都城纪胜》"瓦舍众伎"条有与此相同的记载②。承宋杂剧而来、与宋杂剧极为相似的金院本亦如是。与此前的"参军戏""踏摇娘"等的表演相比,演进之迹甚明。

上述多种因素使宋杂剧和金院本受到空前欢迎。据《东京梦华录》记载,杂剧一般在瓦舍勾栏中演出,尽管当时杂剧与百戏杂伎一起表演,但从"不以风雨寒暑,诸棚看人,日日如是"、供宫廷杂剧演出的"教坊钧容直,每遇旬休按乐,亦许人观看"的记载看③,杂剧在当时是很受欢迎的。张择端《清明上河图》所画观杂剧情形,即是当时民风的真实写照。至南宋,杂剧艺术有了进一步发展,人们对它的热情也就更加高涨。《武林旧事》卷六记载"瓦子"有二十三处,瓦内又有"甚多"勾栏,其中当有不少表演杂剧的场所;而有些"路岐"人"不入勾栏,只在耍闹宽阔之处做场"④。可见,若不是杂剧表演大受欢迎,定不会有如此多艺人纷纷参与进来。承宋杂剧而来的金院本,在其基础上进一步吸收了其他伎艺,同样受到观众的喜爱。上文说,金院本较宋杂剧有较多改进,如故事性更强,表演的各环节内在联系更紧密,更接近后来的元杂剧。

综上所述,构成戏曲的一些基本要素——故事、角色分工、表演结构、演员伎艺均较此前更加成熟。这就不难解释,何以从宋杂剧和金院本能直接演化出元杂剧这一成熟的戏曲形态。元陶宗仪在《辍耕录》中说:"唐有传奇,宋有戏曲、唱诨、词说。金有院本、杂剧、诸宫调。院本、杂剧,其实一也。国朝,院本、杂剧始厘而二之。"⑤"戏曲"当指宋代的杂剧,由宋杂剧而金院本、诸宫调,由金院本而"国朝"杂剧,线索非常清晰。元代南戏《宦门子弟错立身》有这样一段:

　　末白:你会甚杂剧?

　　生唱:【鬼三台】我做《朱砂担浮沤记》;《关大王单刀会》;做《管宁割席》破体儿;《相府院》扮张飞;《三夺朔》扮尉迟敬德;做《陈驴儿风雪

①（宋）吴自牧:《梦粱录》卷二十"妓乐"条,见（宋）孟元老等:《东京梦华录（外四种）》,第308页。

②（宋）灌圃耐得翁:《都城纪胜》"瓦舍众伎"条,见（宋）孟元老等:《东京梦华录（外四种）》,第95页。

③（宋）孟元老:《东京梦华录》,见（宋）孟元老等:《东京梦华录（外四种）》,第30页。

④（宋）周密:《武林旧事》,见（宋）孟元老等:《东京梦华录（外四种）》,第441页。"路岐"人所表演的不一定都是杂剧,但应该包括杂剧。

⑤（元）陶宗仪:《南村辍耕录》,第306页。

包待制》;吃推勘《柳成错背妻》;要扮宰相做《伊尹扶汤》;学子弟做《螺
蛳末泥》。①

　　末白:不嫁做杂剧的,只嫁个做院本的。

　　生唱【调笑令】我这爨体,不查梨,格样,全学贾校尉。趁抢嘴脸
天生会,偏宜抹土搽灰。打一声哨子响半日,一会道牙牙小来胡为。

　　末白:你会做甚院本?

　　生唱【圣药王】更做《四不知》《双斗医》,更做《风流浪子两相宜》,
黄鲁直,《打得底》,《马明王村里会佳期》,更做《搬运太湖石》。②

生所唱"院本名目",大多可在朱权的《太和正音谱》"古今无名杂剧"中找
到:"《策立阴皇后》《双斗医》《明皇村院会佳期》《黄鲁直打到底》《风流娘子
两相宜》《搬运太湖石》……"③同样地,在明朱有燉《香囊怨》第一折两段曲
文中亦有:"你教我做一段清新甚传奇,我数与伊:……做一个《包待制双勘
丁》……做一个《黄鲁直打到底》……做一个《还乡衣锦薛仁贵》……做一个
《李亚仙花酒曲江池》。"(【油葫芦】)"做一个《半夜雷轰荐福碑》……你教我
做一个新的,有一个《双斗医》……做一个旦本儿进西施的范蠡……"(【天
下乐】)④这里所说的"传奇"当指元杂剧。《太和正音谱》中的"古今无名杂
剧"也指元以后兴起的北曲杂剧。那么《错立身》曲文所涉及的"杂剧"呢?
由"生"的唱词【鬼三台】所列举的杂剧名称看,也均是北曲杂剧而非宋杂
剧。将上述三条材料相比勘,可以发现,"院本"与"(北曲)杂剧"剧目相同
者甚多,这绝非巧合,是北曲杂剧(即元杂剧)沿袭金院本而成的有力
证据⑤。

　　经过宋杂剧与金院本的充分发展,加之其他伎艺的融会贯通,戏曲的

①据《永乐大典戏文三种校注》此条注释,本曲所举金元杂剧共九种,有作者姓名可考者五种:《关
　大王单刀会》《管宁割席》《伊尹扶汤》,均为关汉卿撰;《相府院》,花李郎撰,曹本《录鬼簿》作《莽
　张飞大闹相府院》;《三夺朔》,尚仲贤撰。无名氏四种:《朱砂担浮沤记》《陈驴儿风雪包待制》《柳
　成错背妻》《螺蛳末泥》。以上各本杂剧或见《元刊杂剧三十种》《古今杂剧》,或被《录鬼簿》《太和
　正音谱》等文献著录。

②钱南扬校注:《永乐大典戏文三种校注》,北京,中华书局,1979,第 244 页。

③(明)朱权:《太和正音谱》"群英所编杂剧",见中国戏曲研究院编:《中国古典戏曲论著集成》第三
　集,第 43 页。此书所著录的"古今无名杂剧",有个别剧目名称与上引曲文微有不同,当属流传
　过程中的正常现象。

④见《元明杂剧》,北京,中国戏剧出版社,1958 年,影印本,未标注页码。

⑤以上参考了胡忌《宋金杂剧考》的有关内容,上海,古典文学出版社,1957,第 68—69 页。

构成要素不断演进,促成了戏曲的最终成熟。换言之,中国古代戏曲的晚熟,使得它先天就具有充分吸收其他各体文学、艺术长处的优势。也正是各体文学和艺术样式的共同孕育,形成了戏曲的综合性特征。

二、戏曲内部各因素的不平衡发展

由上所论,中国古代戏曲在其漫长的成长历程中形成高度的综合性特征,而构成这一综合特性的各要素并非齐头并进,这样就造成戏曲内部各因素发展的不平衡。

(一)戏曲中的部分文学要素相对发达

无论是古代戏曲还是现代戏剧,主体部分都离不开文学,即要有故事、人物、情节、特定的场景等①。作为中国土生土长的戏曲,除了上述几种因素外,主体部分还包括音乐和舞蹈。由于其独特的发展历史,中国古代戏曲的这几种要素都相当发达。戏曲中的舞蹈和音乐在此存而不论;曲词与古代诗歌有着极深的渊源关系②,将在下文涉及。

首先,古代戏曲是"演故事"的,故事是任何戏曲作品都不可或缺的。任何一位戏曲作家在创作时首先要考虑的就是要表演一个怎样的故事;而演员的表演若离开了故事,则将无异于普通的歌舞、伎艺。也就是说,故事,是构成戏曲的最主要的文学因素,若抽去了这一因素,戏曲的其他种种将成为无源之水、无本之木。在"故事"这一层面上戏曲与小说一致。

我国古代戏曲的故事异常丰富。从历史、传说到现实社会,从现实人生到虚幻的天国、地狱、神鬼世界,故事素材源源不断,取之不竭。这得益于多方面的滋养。首先是我国悠久的史传文学传统。我国既有悠久的历史,丰富的历史事件,又有浩如烟海的书史文传记载这些事件,从而为文人、艺人们的创作提供了巨大的题材宝库。此其一。其二,是小说的发展。唐前已有许多目录学意义上的小说、杂史、杂记之类的著述,其中不乏可供戏曲改编的良好素材;而唐代中期兴盛起来的唐传奇,则打破了"实录"的法则,根据现实人生虚构故事,描写细腻、叙述委婉,人物形象更加丰满,故事情节更加感人,这又为后世戏曲提供了绝好的取材之源。其三,是唐宋

————————

①西方某些现代派的戏剧(其影响亦波及中国现代戏剧)试图打破传统戏剧观念,而摒弃传统戏剧的一些要素,这又另当别论。

②这里指广义的诗歌,包括诗、词、曲、民谣等。

时期发展起来的各种说唱伎艺，它们或从前代书史文传中取材，或将唐传奇改编，或从市井生活中获得灵感，从而产生了众多鲜活、生动、引人入胜的故事，这些无疑又汇聚到戏曲题材的洪流之中。总之，我国古代戏曲的故事之丰富、取材之广泛，放在世界戏剧史中也毫不逊色。

其次，有故事就必然会有人物，这一点同样非常重要。戏曲是由演员在台上"扮演"的，若没有人物，戏曲就无法将故事演绎给观众，在表演过程中，演员与戏中人物合而为一，即我们通常所说的"代言"。小说也不能没有人物，但与戏曲不同，小说中的人物是由作家或叙述人以讲述的方式塑造的。

我国古代戏曲人物之多是众所周知的事实。这里的"多"，不仅仅是数量上的多，更指人物类型的丰富。从时代上说，远至传说中的三皇五帝，近至"今上""国朝"人物，以及当时的左邻右舍；从身份上说，上至王公贵富、士夫文人，下至市农工商、倡优乞丐；从伦理上说，从至忠至孝，到说不得忠孝、说不得奸恶，到大奸大恶；从性情上说，从本本分分到风流倜傥，从温柔敦厚到尖酸刻薄，从沉默寡言到口若悬河等等。几乎无所不包，无奇不有。这与戏曲取材之广泛分不开。

再次，要有情节。这一因素与故事类似，所以这两个词往往被连用。但细析之，则发现它们又有区别。许多文学理论论著对此均有精辟阐述，这里出于行文需要，不得不班门弄斧，谈谈粗浅的看法。故事，是指一个事件的整体，从发生、发展到结束，在一个相对完整的时空中是自足的。而情节是指一个个具体事件，是故事这个链条上的一个个节点。如果将故事比作一条完整的项链，则情节就是一颗颗珠子，要有一定的线索将它们穿起来，才形成一个完整的故事。也就是说，故事离不开情节，情节是故事的有机组成部分；情节必须依托故事，否则将成为一盘散珠。像故事一样，情节，是一切叙事性文学不可或缺的元素。在这一元素面前，戏曲与小说又一次握手。

故事丰富、人物众多，带来情节的丰富多彩。但情节的特色与这二者的联系并非必然的。古代戏曲的情节多数比较离奇，至少与普通的日常生活有一定的距离。从表层说，这与戏曲题材的来源有关，其来源之近者是当时的话本、小说，稍远些的是唐传奇。而这些故事多数以情节曲折离奇著称。即使是取之于更早时候的书史文传，所选取的故事也多半具有传奇色彩。从深层说,则与民众的"爱奇"心理有关。戏曲之所以能取到离奇故事之素材,首先是有这类故事存在;这类故事出现了而能被记录下来,或者说没有出现而被创作出来,都要有相应的动力,这动力就是民众的爱奇心理。同样,戏曲作为一种新兴的艺术样式,要吸引观众,其手段之一,也要赖于这类富于传奇色彩的故事内核,而构成故事的传奇性的,则是一桩桩、一件件具体的离奇的事件,也就是一个个离奇的情节。所以我国古代戏曲在情节上的一个突出特征,就是传奇性。

最后谈谈戏曲的另一个文学要素:特定的场景①。所谓场景,通常包括两个方面,一是时代的、社会的背景,这是大的方面;二是故事所发生的具体的、当下的环境,这是小的方面。这在小说中通常称为"环境"。我国古代戏曲在演出时,一般不会特意交待故事的场景,特别是时代背景。而普通观众对此似乎也不大关心,因为许多故事在社会上流传既广且久,时代背景对他们的观赏已经不构成障碍了;至于那些稍通文墨或者精通书史的观众,他们只要一看场上表演的故事和人物,时代背景自然也就清楚了。这是一方面。另一方面,古代戏曲有时会通过剧中人物的自我介绍或自报家门顺便交待场景,这种交待通常涉及的是场景中"小"的层面,即剧中人物所生活的具体环境,或故事发生的具体情境。此外,我们也发现古代戏曲中有关场景的另一常见的现象是时代、地名、官职等的混乱状况。这与戏曲的取材和反复改编有关。戏曲场景处理的上述特点,与古代小说微有不同,小说、特别是话本小说,其开头往往是"话说赵宋(或国朝)某年"等模式,与"说话"伎艺一脉相承。戏曲虽从中吸取不少营养,但要适应其特殊的艺术形式,有些方面不得不有所舍弃或改变,从而形成其简约的特色。

综上所述,我国古代戏曲在文学要素的一些方面比较发达,这些方面均与小说有极其密切的联系。在戏曲还在艰难地孕育之时,作为文言小说的唐传奇已经相当成熟,取得了巨大成就;同时,唐代的俗讲、变文亦很兴盛,开后世说唱文学之先声;宋元时期,市民社会迅速发展,"说话"伎艺十分发达,形成了白话小说创作与传播的繁荣局面。这源源不断的文学之泉,汇聚在戏曲这一新兴的艺术体式之内,融会贯通;在其滋养、孕育之下,

① 这里所说的"场景"与通常所说的戏曲(剧)中的"布景"不完全相同,关于布景及相关问题,将在下文讨论。

戏曲在文学这一层面上取得卓越业绩,自然是顺理成章的事了。

戏曲在吸收上述营养的过程中也暴露出某些不足。比如戏曲往往从前代或同代的小说中取材,甚至直接取材于前代戏曲,造成题材陈陈相因,同一个故事被反复改写、翻案的现象屡见不鲜,致使故事题材缺乏创新性。此其一。其二,有时为追求情节的离奇,过多地运用巧合手法,给人以生硬之感。此外,与第一点相关,情节模式往往形成固定的套路,缺乏新鲜感,如"才子佳人"式的情节模式。其三,由于同一故事的多次改写,往往赋予前代故事以当代的色彩,这是艺术发展的必然规律;但由于改写者的历史知识相对缺乏、文化修养较低及为追求时效而操之过急等原因,往往在官职、地名、品物、风俗、称谓等方面发生时代错讹现象,这是古代戏曲改写过程中的疏漏。其四,角色的定型化造成了人物的类型化。人物一上场就把其身份、性格固定下来,没有给人物的成长留出足够的发展空间,人物形象亦缺乏立体性。

此外,需要补充说明的是,戏曲文学要素相对发达,并不等于说它没有自己的个性。戏曲对其他艺术样式的吸纳并非原封不动,而是"为我所用"的,也就是说,戏曲在保持并发展其自身特性的同时对其他艺术样式、包括文学的诸因素兼收并蓄。

(二)戏曲内部某些因素相对幼稚

文学因素仅构成了戏曲特性的一个层面,作为一种戏剧形式,戏曲还必须具备其他许多品格,以成为"场上之曲"。其他层面的因素,在谈到戏曲的综合性时已有涉及,这里我们要强调的是作为戏剧的戏曲的一些情况。

如何使观众感到有"戏"可看,是决定戏曲成功与否的关键。所谓有"戏",从理论上说就是"戏剧性"的问题。作为中国土生土长的戏曲,与西方戏剧存在诸多差异,不能简单地用西方的戏剧理论来衡量评判。但另一方面,它毕竟是一种戏剧样式,戏剧的某些普遍原则也适用于戏曲。

决定戏剧性的关键因素之一是戏剧冲突的安排,所谓没有冲突就没有戏剧。中国古代戏曲对戏剧冲突缺乏足够的意识,从创作者、欣赏者到戏曲理论家,所注重的往往是"曲",而非"戏"。戏曲作家在创作时被称为"度曲"或"填词",戏曲理论家在评述作家时所关注的多半是他们剧作的曲词是否合律、感人。古代许多戏曲作品集、戏曲理论著作命名时也往往离不开"曲"字,如明人臧晋叔编的元人杂剧的选本名为《元曲选》或称《元人百种曲》,毛晋所编明人传奇集名为《六十种曲》,明人的戏曲评论著作有《曲论》《曲藻》《顾曲杂言》《谭曲杂札》《曲律》……,清代著名戏曲作家、戏曲理论家李渔的戏曲集叫做《笠翁十种曲》,清无名氏的戏曲目录学著作名为《曲海总目提要》等等。说明我国古代、直至现代的许多戏曲作家和理论家在创作和赏评时更注重曲词本身。而观众在观赏戏曲表演时往往是"听戏",是对演员"唱"曲的欣赏,从一个侧面说明了观众也更注重"曲"而非"戏"。这就必然造成创作者在创作时对曲精心营造而忽视了戏剧冲突的安排。体现在剧本上,人物对话、科范的说明文字所占比重很小,尤其是早期戏剧①,更是简略,通常只说某某"做哭科""做看科"或"内做起风科",甚至连做什么"科"或说什么"白"都省略了,干脆只说"某某发科了"或"某某科白了"②。与此相反,曲词占去大量篇幅,且一般都经过精雕细琢。曲词大部分是用来抒情的,即使叙事,一般说来,抒情氛围亦很浓厚。这种安排无疑突出了作品的抒情性,而削弱了戏剧冲突③。这类作品较典型的如元马致远《汉宫秋》、白朴《梧桐雨》杂剧,第四折均是主人公的抒情性演唱,前者表达汉元帝因听雁鸣而触动对远嫁匈奴的昭君的思念之情,后者抒发唐明皇面对凄风苦雨对赐死于马嵬的杨贵妃的愧疚与思念。在替主人公抒情的过程中还用较大篇幅渲染景物和环境,《汉宫秋》从各个角度写雁鸣之声,《梧桐雨》则极尽描摹秋雨梧桐的凄清意境。在这浓郁的抒情氛围中,前几折所表现的人物之间的冲突没有得到进一步发展,而是退居次要地位,作为人物抒情的背景存在了。在这一刻,情节基本停滞,冲突也已静止,但情感却异常活跃,并逐步深化。因此从戏剧结构和冲突安排的角度

①这里说的早期戏剧,主要指元代的戏曲。从中国古代戏曲发展史的角度说,这一时期的戏曲已经是古代戏曲的成熟形态,或者说已正式形成了。而相对于此后进一步发展的戏曲形态而言,这一时期的戏曲则处于"早期"。

②形成早期剧本这一特点的因素是多方面的,其中重要的一点,是许多戏曲作品是奏之场上的,有些程式化的东西约定俗成,创作者和表演者彼此心照不宣,无需标出,亦不会影响表演。也就是说,发的什么"科",什么"科"该如何"发",创作者和表演者都很清楚,而大多数观众只需在现场观看,不需要阅读剧本,自会清楚演员所演的和作品要表现的内容。遗憾的是,我们现在所能见到的只有这些"死"的文字,而活生生的表演却无从得见。所以这里的论述仅仅从剧本出发,并不是有意以偏概全。

③中国古代戏曲的曲词具有多重功能,除了抒情和叙事外,还具有描写性、动作性,可以推动剧情的发展,表现人物之间的冲突,特别是随着戏曲的发展,曲词的叙事功能和动作性都逐渐增强。但这只是相对而言,其抒情性始终占有优势。

说，《汉宫秋》和《梧桐雨》以及相类的戏曲作品不能算是成功的，但仅就曲词而言，达到的艺术成就又相当高。

对"曲"的高度重视，曲词的浓郁的抒情色彩，是中国古代戏曲区别于西方戏剧的一个重要特色。这一特色与中国悠久的诗歌传统一脉相承。中国古代诗歌自《诗经》《楚辞》起就形成了特有的抒情风格，此后的发展几乎没有离开这一轨道，且不断有所发展和深化。即使民歌中有叙事诗出现，但旁枝侧出，不足以撼动抒情诗这株根深叶茂的大树。而与"唐诗""宋词"并称为"一代文学"之"元曲"，也就天然地带有强烈的抒情色彩，其重要组成部分"剧曲"当然也不能例外了。

任何事物都有两面性。中国古代戏曲的抒情性令无数人为之倾倒，体现了中国戏曲的独特魅力。另一方面，作为戏剧品种之一的戏曲，抒情性的张扬必然导致戏剧性的缺失。换句话说，就是古代戏曲内部各因素发展失衡：抒情性强，而戏剧性较弱。

中国戏曲戏剧性较弱的另一方面表现是戏剧语言的动作性时显不足。"能把个人的性格、思想和目的最清楚地表现出来的是动作，人的最深刻方面只有通过动作才见诸现实。"[1]而戏剧是表演给人看的，观众如果不能从演员的表演中清楚地了解到剧中人物的思想、性格，进而把握剧情，这戏剧就是不成功的。抒情固然也是人物的一种特殊动作，观众可以通过这一特殊动作把握人物当下的内心活动，进而了解其性格。但这一特殊动作若过度使用，则有可能喧宾夺主，适得其反。《汉宫秋》《梧桐雨》在只有四折的戏中，用四分之一的篇幅来抒情，而且所抒情感几乎处于同一平面，既没有使人物性格进一步深化，也没有起到推动剧情发展的作用，这样的抒情显然削弱了戏剧的动作性，使戏剧表演在这一单元变成了单纯的歌唱表演，若用乔吉"豹尾"的标准来衡量[2]，无疑显得散漫拖沓，致使整本戏的演出不够紧凑。

类似《汉宫秋》和《梧桐雨》的现象在古代戏曲中屡见不鲜，或者是整折的抒情或主人公的独唱，或者在剧情进行中穿插大段的抒情性唱词，削弱了戏剧语言的动作性，掩盖了戏剧冲突，使剧情推进缓慢，给人以松散拖沓

---

[1]〔德〕黑格尔著，朱光潜译：《美学》第一卷，北京，商务印书馆，1979 年，第 2 版，第 278 页。
[2]转引自（元）陶宗仪：《南村辍耕录》卷八"作今乐府法"条，第 103 页。

之感。

　　古代戏曲对戏剧冲突的不够重视和语言动作性的相对较弱,除了由于抒情诗的悠久传统导致的曲词抒情化这一因素之外,另一方面原因是其成熟较晚,相对于西方戏剧,缺乏气势恢宏的早期形态。早在公元前 7 世纪左右,古希腊就出现了大型叙事诗《荷马史诗》,奠定了西方叙事文学的基础;而此后不久即涌现出结构宏伟的悲剧和以埃斯库罗斯为代表的一批悲剧作家,他们笔下,有完整、连贯的故事,丰满、复杂的人物形象,和人物之间激烈的冲突,这一传统相沿下去,积千百年而形成了西方的戏剧传统①。而中国直到 12、13 世纪才出现了成熟形态的戏剧,而且是从篇幅短小、故事简单的、有时甚至是即兴表演的优戏中脱胎而出,即使其来源之一的唐宋大曲、队舞有较大规模的表演,但却缺乏连贯的故事和完整的人物形象,人物之间的冲突也不够鲜明。中国戏曲的这一渊源,使它先天地缺乏充分展开人物冲突、表现人物动作的时空条件,这也是造成其戏剧性薄弱的一个重要原因。

　　另一方面,我们必须强调的是中国古代戏曲对人物动作的表现力又比较强。这一方面得之于史传、小说等文学样式的滋养,更重要的是从说唱伎艺、百戏表演中受到启发,将人物思想性格的表现甚至剧情的推进寓于人物丰富、复杂的动作之中。古代的戏曲表演我们虽看不到了,但从现在的戏曲演出中应该可以约略窥知某些情形。我们知道,戏曲演出的布景极其简单,有时甚至根本没有布景,但我们却可以从演员的身段、步法、动作上了解人物所处的具体环境,了解剧情的发展。如演员绕场一周或几周,就可以表明经过了千山万水的跋涉;手拿一支船桨做划船的动作,就表示在乘风破浪;手举马鞭做相应的动作就表示骑马或驯马;扮演小姐的演员提着裙子,低眉碎步地走,就表示在上楼梯等等。这些动作都具有丰富的内涵,且都有严格的步法、身段的要求,而这些不必一一详细地写在剧本中,只做些简要提示即可,如"圆场""趟马""蹉步"等等。而观众在观看演员的这些程式化的动作表演时,会根据自身的生活经验,展开充分的想象和联想,在头脑中形成更广阔的空间、更丰富的场景,不仅能明了剧作所要

---

① 古希腊的文化传统于中世纪曾一度中断,直至文艺复兴时期被重新开掘,西方文学艺术受其滋养甚深。

表现的情境,了解剧中人物的所思所想,甚至会丰富之、拓展之、深化之。这些属于戏曲的程式化、虚拟化范畴,与语言的动作性还不完全是一回事,而且在戏曲形成的初期,有些表演一定还比较粗糙。但广义地看,中国古代戏曲的动作性仍有其自身特色。一方面,其曲词的浓郁抒情性削弱了戏剧语言的动作性;另一方面,戏曲的程式化、虚拟化又使戏曲的动作极富张力,扩大了舞台演出的时空,让观众充分参与进来,与创作者、表演者共同完成戏曲这一艺术品的创造。从这个意义上说,中国戏曲的"动作性"又是极强的,时空的限制在此被彻底打破了:"……全部中国传统戏剧剧作和欧洲戏剧的剧作的不同点就在于它提供了在舞台上表现这一切行动的可能性,它要求的不是地点受限制的、幻觉的空间,而是一个想象的、比实际的舞台空间不知要大多少倍的空间,也就是说,剧情发生的地点实际上是没有任何限制的。"①舞台时空的扩大靠演员的程式化动作实现,这在西方写实性的戏剧中显然是不可能的。

除了上述两方面的失衡,古代戏曲在结构布局上也存在不足。元杂剧的关目安排有时不免失于经营,显得粗疏草率。对此王国维曾指出:"元剧关目之拙,固不待言。此由当日未尝重视此事,故往往互相蹈袭,或草草为之。"②"关目",按照《中国戏曲曲艺词典》和《元曲大辞典》的解释,指的是剧本的结构、情节的安排和构思③。通观《元曲选》中诸剧,会发现在结构上惨淡经营者不多,而草草安排者则较为常见。这就形成了两种弊端:一是情节安排欠考虑,造成许多疏漏;二是互相蹈袭现象较多,形成固定模式,缺乏新意。前者如《裴少俊墙头马上》一剧,为了将关目安排得紧凑、不枝蔓,牺牲了人物和情节的真实性。第一折写裴少俊与李千金一见钟情。二人感情发展之迅速简直令人难以置信,刚一见面,李千金即唱道:"休道是转星眸上下窥,恨不的倚香腮左右偎;便锦被翻红浪,罗裙作地席。……既待要暗偷期,咱先有意,爱别人可舍了自己。"不仅与她的身份不符,更缺乏情感发展、心理转变的必需过程。类似的故事,《西厢记》对崔莺莺这一

---

①〔苏联〕谢·奥布拉兹卓夫:《中国人民的戏剧》,林耘译,北京,中国戏剧出版社,1985,第61页。
②王国维:《宋元戏曲史》,第121页。
③上海艺术研究所、中国戏剧家协会上海分会编:《中国戏曲曲艺词典》,上海,上海辞书出版社,1981,第34页;李修生主编:《元曲大辞典》,南京,凤凰出版社(原江苏古籍出版社),2003,修订本,第477页。

形象的处理则显得真实得多。大概是为了尽快展开情节,使关目更加紧凑,《裴》剧才这样安排的。若是这样,则是为关目紧凑而牺牲了人物形象的真实性。同样地,为使关目紧凑,情节安排上也有不甚合理之处,如第四折,裴少俊中状元授洛阳县尹后去李府找李千金以期重修旧好。李千金不肯见他;他径自进入李府。偌大个府第,怎么可能说进就进? 何况他又不熟悉李府——除了在花园墙头跳进跳出过以外,剧本没有交待他进过李府。这还是细枝末节。当他见了李千金,李千金不肯认他时:

> (尚书引夫人、端端、重阳上,云)老夫裴尚书。我问人来,这便是李总管家府里。听的少俊孩儿得了官,授本处县尹,媳妇儿不肯认他。我引着两个孩儿,同老夫人,可早来到也。左右,报复去,道裴尚书在于门首。(第四折)①

剧中并未交待尚书从家里赶到洛阳。从此剧的上下文得知裴家在长安,而这会,少俊刚到李府,尚书夫妇就得知"媳妇儿不肯认他",带着孙儿孙女来到李家,是不是太快了些? 两段情节之间缺少必要的过渡和交待。这样一来关目是紧凑多了,但同时也使情节丧失了可信性。另外,裴、李二人在裴家后花园住了七年,裴尚书和夫人居然丝毫不知,也令人匪夷所思。这是为使关目紧凑而牺牲剧情和人物形象的典型例子。

　　元杂剧之所以出现这种状况,一个重要原因,是它一本四折的严格限制。就目前能看到的元人杂剧的剧本,除极少数的特例外,没有打破这个成例的②。这就要求剧作家在创作时不能不尽可能地将丰富的内容安排在短小的篇幅之内,尽可能地突出主要人物、主要事件,多数时候不得不忽略必要的交待、甚至人物和情节的真实性,特别是在处理头绪纷繁、或时空跨度较大的事件时,上述疏漏就更难以避免。中国古代戏曲可以借助程式化和虚拟化的处理手段,打破舞台的时空限制,有时还可以采取暗场处理的方法作一些必要的交待,这是在戏曲的发展过程中逐渐成熟的,在其初起阶段,必然经过了一段反复摸索和不断实践的过程,在这一过程中出现疏漏也属正常现象。明人的作品中,无论是杂剧还是传奇,这类疏漏相对

---

① (元)白朴:《裴少俊墙头马上》,见(明)臧晋叔编:《元曲选》第一册,北京,中华书局,1989,第334、346页。
② 关于元杂剧"一本四折"的结构模式及特例、变例的介绍,广见各类戏曲史著作,此不赘。

少得多,就是一个明证。

以上是元杂剧在关目处理上的一个不足,此外,许多关目重出复现现象较多,缺乏新鲜感。如类似"才子佳人"式的爱情剧,是大家所熟知的,勿庸多言。再如公案剧,往往是由好人蒙冤——贪官受贿——清官昭雪等几部曲组成。而无论何种故事,最终几乎都免不了团圆喜庆的结局,蒙冤的得到昭雪,有情的成了眷属,结仇的遭到报复等等。元杂剧这种情节模式的形成有其特定的时代、社会、心理等多方面因素,但戏曲初起时戏剧艺术、戏剧观念的相对不发达无疑也是一个重要原因。随着戏曲的发展,情节模式逐渐丰富,结构布局渐渐引起重视,李渔在《闲情偶寄》的"词曲部"中就将戏曲结构放在首要位置论述,并强调"立主脑""密针线""减头绪"的重要性。但另一方面,由于新剧种的兴起,人们的兴趣、剧作家的精力又有所转移,所以在情节模式的突破和创新上,依然留有缺憾。

元杂剧以及后代戏曲的上述不足,说明戏曲内部各因素的发展是不平衡的。作为成熟的戏曲形态,其文学诸因素均较发达,并成就了其辉煌业绩,这是从前代和同时的小说、诗歌、说唱文学之中汲取营养的结果。而作为戏剧艺术的组成部分,如戏剧冲突、语言的动作性、结构布局等,相对幼稚,则是中国戏剧艺术欠发达的历史造成的。

第二节　古代戏曲与小说关系简述

一、古代戏曲与小说的密切联系

中国古代戏曲与小说都经过了漫长的发展演变过程,形成了各自的文体特征。众所周知,戏曲与小说在不少方面存在相交叉之处,由于这种交叉,古代许多文人、学者、艺人对二者的称谓一直"混乱"不清。"传奇"一语,在宋元之前,其所指称尽管经历了种种变化,但基本上没有离开小说的范畴,而到了宋元,则有不少人用它来指称诸宫调和杂剧(当然也正是在宋元时,用它来明确指称唐代出现的具有新的特征的文言短篇小说),明代更有用这一称谓指称戏曲体裁，并且直至现在我们仍在两种意义上使用这一概念①。清代，古代戏曲和小说都有了长足的发展，但在概念的使用上，仍是界限不清，或者有意将二者比并而谈。清人醉犀生在序《古今奇闻》时说：“然而稗官小说亦正有移风易俗之功，如《琵琶》《荆钗》二记，采入《续文献通考》经籍一门……”②将戏曲与小说混为一谈。伪斋主人在评《无声戏》时说“以为戏可，以为《春秋》诸传亦可”③，将小说与戏曲相比并。《无声戏》乃李渔为自己的小说集所起的名字。作为小说家、戏曲家、小说戏曲理论家的李渔将小说视为无声的戏曲，与他“稗官为传奇蓝本”的主张一脉相承，同时他多次将自己的小说改编成戏曲，从实际行动上贯彻着他的理论。在这一风气影响下，时至近代，不少学者在小说、戏曲概念的区分上仍未给以足够的重视。近人蒋瑞藻《小说考证》和《小说考证拾遗》《小说考证续编》等著作，题为“小说考证”，实际上是戏曲与小说兼考。这种称谓上的“通用”现象说明，古人在观念上是将戏曲与小说视为相同或相近的文体或文艺样式，这种观念上对二者的不予明确区分表明，戏曲与小说之间存在着割不断的密切联系。

中国古代戏曲与小说的联系是多方面的，而由于这两种文体漫长而复杂的发展过程，这种联系所涉及的问题并非都处在同一平面上，换言之，中国古代戏曲与小说的关系，其考量指标是多层面的。共同的渊源，成长轨迹的交叉等，是处在“源层面”的一个指标，即由这一层面的相同或相近，会派生出其他方面的相似。而从它们文本的外在特征及艺术特性等许多方面又的确能找到一系列的相似或相通之处，这些相通之处又可以在不同程度上追溯至它们的渊源及所接受的营养上。因此，要详细考察戏曲与小说的关系，就要从多个层面作纵深透视。为了描述的方便，我们不得不将它们的关系所涉及的层面并列起来考察：

第一，共同的祖先和养育者——中国古代戏曲与小说的渊源与发展关系。

首先，中国古代戏曲与小说有着共同的远祖：神话。

---

①对“传奇”这一概念的演化轨迹将在下文描述，此处不予展开。

②（清）醉犀生：《古今奇闻序》，见丁锡根编：《历代小说序跋集》中册，北京，人民文学出版社，1996，第854页。

③（清）伪斋主人：《无声戏序》，见丁锡根编：《历代小说序跋集》中册，第822页。

关于中国小说的远源,目前多数学者认为是神话。这一说法以鲁迅先生的《中国小说史略》为代表,尽管近年来有的学者在这个问题上提出不同看法①,但都没有从根本上否定神话乃小说的远祖这一基本观点。而对于中国古代戏曲的起源,自王国维《宋元戏曲史》问世以来,历来治戏曲史者在这一问题上并未达成一致,可谓众说纷纭。其主要原因在于戏曲这一体裁的特殊性及其发展过程的曲折性和复杂性。

戏曲的源头究竟应该追溯到何处？综合前贤时达的意见,我的看法是戏曲的远源亦可追溯至神话。固然,神话是一切意识形态的源头,说小说和戏曲都源自于神话,并不能解决什么实际问题。但在神话与戏曲和小说之间应该还有连接的纽带,它将古代戏曲和小说与神话纠结在一起,从而使我们认识到戏曲和小说的基本要素在远古时即以某种特殊形态存在于神话之中。

正如有些学者指出的,由于先民在创造和传播神话时,都是口耳相传,并在流传过程中不断充实、丰富和改编。记录手段的原始、时代的过于久远,致使神话的变异和佚失现象相当严重(特别是中国的神话),所以神话作为一种实体我们已无法得知其形态。我们今天所获得的神话,是经过后人(相对于先民而言)加工改造的、已形成文本形态的神话,确切地说应称为传说。而由于中国特定的史官文化的悠久传统,在这一加工改造过程中,原始神话的面貌已不易得见。但是神话中的故事和人物(在神话中更多地是指动物、神灵等)这两个基本要件却多多少少地保存了下来。按照王国维的说法,戏曲是"合言语、动作、歌唱,以演一故事"②,构成小说的最基本的因素也是故事③。中国古代小说从故事题材到情节构成方式上均受到神话故事的影响④,而古代戏曲中的故事亦有不少是包含着神话因素或神话故事的精神的,如元人郑廷玉的杂剧《楚昭公疏者下船》,昭公之妻、

①如石昌渝认为:"神话文体是一个无法讨论的问题","对于小说而言,神话的影响主要表现在意态结构方面","在神话与小说之间横亘着巨大的史传实体"。见石昌渝:《中国小说源流论》,北京,生活·读书·新知三联书店,1994,第55、57页。苗壮也认为神话"固然与小说的产生及发展有关,但并不直接","正是诸子和历史散文,孕育了小说这一文体"。见苗壮:《笔记小说史》,杭州,浙江古籍出版社,1998,第18、19页。

②王国维:《宋元戏曲史》,第40页。

③〔英〕爱·摩·福斯特:《小说面面观》,苏炳文译,广州,花城出版社,1984,第22—37页。

④参见石昌渝:《中国小说源流论》,第55—57页。

子跳入江中后为龙神所救等情节就带有鲜明的神话传说色彩;明人陈伯将的《晋刘阮误入桃源》以及同题材的其他戏曲作品,则完全是从神话故事改编而成。所以说在故事这一要素上,古代戏曲和小说共同受益于神话是无疑的了。而神话中的人物,严格地说是动物、其他自然现象或者某些神灵,其原始形态则存在于种种巫祭仪式中。这一论断是在考古学上的不断新发现和人类学研究的逐步深入基础上得出的①。换句话说,神话是巫祭仪式的内容、核心,以此为依据的形体动作则可视为早期的一种表演形式,因此可以认为,巫祭仪式中具备产生戏曲的原始因子,由这些原始因子经历漫长的过程发展出成熟的戏曲形态。由此可以说,神话中蕴含着戏曲与小说的因子,特别是在为二者提供了"故事"的因素这一点上,是二者的共同的远祖。

其次,中国古代戏曲与小说都从史传获益匪浅。

上文说,近年来不少学者对小说起源于神话说表示怀疑,其立论的依据之一是这一说法太空泛,并没有解决小说起源的实际问题,依据之二是神话缺乏一个"实体"形态,小说从文体上与神话的传承关系是说不清的②。从而认为"在神话和小说之间横亘着巨大的史传实体"③,"子史是小说的母体"④。史传孕育了古代小说,或者说古代小说在文体上更多更直接地受到史传文学的滋养,这一观点已成古典文学界的共识,本文不必词费。可是关于戏曲是如何受史传滋养的,所见论述却并不多,且仅停留于戏曲运用史传题材这一方面。

笔者以为,中国古代戏曲同小说一样受到史传的滋养,这种滋养不仅仅表现在史传为戏曲提供了题材的武库,而且对戏曲某些观念的形成亦起到一定的影响作用:

1.史传——戏曲取材的宝库

史传在题材上对戏曲产生了巨大影响,对此,近年已有学者指出。许并生在《中国古代小说戏曲关系论》一书中,对关汉卿采用史传题材的剧作

①参见朱狄:《艺术的起源》,北京,中国青年出版社,1999,第116—130页;林克欢:《戏剧表现论》,北京,中国社会科学出版社,1993,第44页;〔苏联〕普列汉诺夫:《普列汉诺夫美学论文集》,曹葆华译,北京,人民出版社,1983,第383—384页。
②参见石昌渝:《中国小说源流论》,第53—57页。
③石昌渝:《中国小说源流论》,第57页。
④苗壮:《笔记小说史》,第18页。

（包括佚作）进行了统计，在此基础上，指出："戏曲作为一个独立品种，由于从史传中汲取了剧作素材，作为剧作题材来源、使戏剧表演有充实的文学内容，具体的剧目才能形成。拥有文学剧本和众多剧目，保证了表演的规范性、演出的重复性和可塑性，标志着戏剧品种的形成。"[①]就史传为戏曲创作提供了丰富的素材而言，它对古代戏曲的影响的确是巨大的。但并不是有了素材就会保证戏曲具有稳定的、可重复表演的剧目，这些素材自产生之日起，就不断地受到小说家的青睐，戏曲产生之前的许多小说作品及民间表演伎艺就是历史题材的。小说如刘宋时的《世说新语》、唐代的《虬髯客传》、宋代的《杨太真外传》《开河记》等，是从前朝史料中取材的；民间表演伎艺如"说话"中的"讲史"一类，则专门讲说历史故事，所涉及的时代上自春秋战国，下迄隋唐两宋，包罗广泛，所依据的材料除前人的笔记外，就是史传了。戏曲却是在宋金之际即12世纪末才开始形成，并逐渐繁荣起来。这说明有了稳定的素材来源，不一定就能保证会产生可作为戏曲表演依据的剧本。剧本的产生还需要其他方面的条件，比如要有大量的重复性戏剧表演的需要，要有稳定的作家群，要有虽依据史料而不拘泥于史料的创作观念，而且要形成相对固定的戏剧表演程式，以作为作家创作剧本时的一种依凭。因此，仅有题材，并不足以催生戏曲文本。

　　但不管怎么说，史传为戏曲提供了大量素材是显见的事实。基于此，本文将元明两代戏曲中采用史传题材的剧作做一个统计，以进一步说明史传在题材上对戏曲的滋养作用。

　　在进行统计工作之前，有一个问题必须弄清楚，即"史传"范围的界定。许著在统计关汉卿采用史传题材的剧目时，没有对此做出明确界定，但从他的统计表中看出，他的"史传"范围较宽泛，不仅包括正史，也包括某些故事、传说、甚至与史实有关的小说。笔者在进行统计工作时，也遇到不少类似的情况：很多作品的题材并非直接来自正史或传统目录学意义上的"史部"诸书，其来源相当复杂。较典型的如三国故事戏、李杨故事戏、岳飞故事戏等等，往往在一定的历史框架内加上丰富的艺术想象和虚构，使具体情节和事件与史实有了距离。为解决这一问题，近年有的学者在研究古代历史剧时将"历史剧"的范围规定得比较宽泛，除了时代界定之外，认为"剧

<hr>

①许并生：《中国古代小说戏曲关系论》，北京，文化艺术出版社，2002，第67—69页。

中人物,主角(杂剧之末、旦,传奇之生、旦)须为历史真实人物,其他人物不论","剧中情节,主要关目或其具体背景或人物精神有相关的文献依据即可,可据正史,可据野史,也可据文学艺术创作实际等"。具体操作时就是将那些"利用在正史基础上产生的野史、小说、戏剧、传说、诗文作品等相关材料"的"间接取材于正史"的剧作也算作"历史剧"①。但问题是,"取材于史传的戏曲作品"和"历史剧"在外延上是否完全重合?史传的范围是否可以作这种扩大?"间接取材"涉及的范围是否过于宽泛?为了既符合我国古代戏曲创作的实际,又不至于将取材于史传的戏曲范围放得过宽而将史传题材对戏曲影响这一问题表面化,我们在考察史传对戏曲题材上的影响这一问题时,对如何确定戏曲作品是否与史传题材相关做这样的规定:戏曲作品的主要人物必须为历史真实人物,人物身份、形象与史实相符,其性格的主要方面或者说其思想倾向与史传所记基本吻合;作品中心情节或主要事件发生的背景有史可据,事件的轮廓大体与史传所载相符。而符合这一规定的剧作,当然不能简单地用"取材于史传的戏曲作品"来概括,所以我们不妨这样说:取材于史传、野史笔记、历史传说的戏曲作品②。也就是说我们的规定与许著相近,而较孙著范围有所缩小。

根据上述规定,宋元明戏曲取材于史传的作品总计644种,其中元明杂剧372种,宋元明南戏88种,明代传奇184种③。

2.忠奸善恶——史官的评价尺度对戏曲是非观念的影响

我国古代史官文化成熟较早,据考,至迟在西周就出现了史官建置,他们除了职掌藏书、作书和读书之外,最重要的就是协助有关"执事"料理宗庙祭祀以及与此有关的"赐谥读诔"等后世的所谓"考功"工作④。而统治我国数千年之久的宗法制度也是在周代建立并逐渐成熟稳定的,史官所掌管的宗庙祭祀工作就是宗法制度最集中、最典型的一种表现形式。在后世

---

① 孙书磊:《中国古代历史剧研究》,南京,南京师范大学出版社,2004,第6、39页。
② 书末附表1中的几个表格,题为"采用史传题材的……",是出于表格名称的简便,与此处所论并不矛盾。
③ 详见书末附表1。戏曲作者包括有姓名可考的和无名氏;其剧作包括存、残(包括存有曲文、残曲、散出等)、佚三类,其中残、佚两类均有相关文献可证其题材符合我们的界定的。另:作品以系列剧出现的,如来集之杂剧《秋风三叠》(含3种杂剧)、沈璟传奇《十孝记》(由10种短剧组成),则均计为1种。
④ 参见钱茂伟、王东:《民族精神的华章:史学与传统文化》,北京,北京图书馆出版社,2004,第31—36页。

尽管宗庙祭祀与修史之间有了明确的分工,但由于中国古代社会的基本结构并未发生根本性的变化,先秦时期发展起来的史官文化始终笼罩着这片古老的土地。"所谓'史官文化',就是先秦时期以史官为代表的早期知识人士所承继、发展和创造出来的一种文化形态的总称。"其基本特点是"求实"和"明德"①。前者体现了史官的记事功能,姑不论。后者则深深镌刻着伦理本位的烙印。这与它建立之初的社会统治观念密切相关。相比于为他们所取代的殷商"率民以事神"的习俗和制度,周人更注重"人事"。殷人诸事问诸鬼神,周人更多地是礼敬祖先,注重人伦道德。这种伦理本位从严格意义上说,是一种政治伦理本位,史官尽管已不再像殷商时期的巫官那样凡事诉诸神灵,但他们所关注的人事并非普通人的事,而是王朝的命运。当唐朝正式确立了史馆修史制度以后,史官的职能则更要由"国家"利益来决定了。所以能够青史留名的,除了帝王将相之外,就是那些在伦理道德上具备"忠""孝""节""义""善"等质素的人。而在评价帝王将相时,对他们道德的评价也往往与其历史事功等量齐观,如果不是将前者凌驾于后者之上的话。这样一种自上而下的强势文化,必然波及于社会的各个角落。因此,千百年中,人们习惯于用"好"与"坏"、"善"与"恶"、"忠"与"奸"作为评价人的尺度。

在这样的社会环境下,作为"人学"的"文学",自然也打上了这个烙印,特别是与史传有着密切关系的小说(包括"说话"),自其诞生之日起,不少人物就被贴上了道德的标签,以便于读者或观众识认和接受。在这一巨大文化氛围中降生的戏曲,自然也未能例外。作为一种表演艺术,戏曲受时空限制较大。虽然一部戏可以反复上演,部分观众也可以反复观看,但就其总体而言,戏曲是"一次性完成"的艺术,不能像书面文本那样可以在任意时间、任意场合、选择任意段落阅读。同时,戏曲的观众大多是出身下层的普通市民,他们受教育的程度较低,因而思想观念相对单纯,容易形成忠奸、善恶这样对人物形象的简单划分。上述因素要求戏曲作家在创作时,演员在表演时,必须想办法在短时间内给观众以明晰、强烈而深刻的印象。于是随着戏曲艺术的逐步成熟,遂逐渐形成了人物的固定造型,包括脸谱、穿关、某些程式化的动作等等,从而形成了人物形象的类型化特征。这些

①钱茂伟、王东:《民族精神的华章:史学与传统文化》,第26页。

类型化了的人物形象本身,就寄寓着作者、表演者乃至观众的评判在内,这种评判,主要是伦理道德意义上的。对这一现象我们不妨用下面一段话概括:"公忠者雕以正貌,奸邪者刻以丑形,盖亦寓褒贬于其间耳。"①尽管吴自牧描绘的是"影戏"的制作情况,但对于与之表演形式相近的宋元戏剧而言同样适用,只不过一个是"以羊皮雕形",一个是以真人扮相。比如我们熟知的、现在仍活跃在戏曲舞台上的曹操和关羽的形象,他们不过是特定历史时期活跃在政治、军事舞台上的风云人物,很难用一两句话概括其功业成败,但在戏曲舞台上,前者是白脸的所谓"奸邪"者的典型,而后者则是红脸的"忠义"者的代表。很难设想,将曹操的白脸去掉,换成普通帝王的装扮;将关羽的红脸,改扮成一般的侯爵或武将的面貌,观众是否还能接受他们。这个典型的例子说明,忠奸善恶观念在普通百姓意识中已经根深蒂固,非一朝一夕所能消除,从而也证明了传承了几千年的以伦理为本位的史官文化,浸润国人之深,熏染艺术之久。

综上所述,中国古代戏曲的题材和某些观念的形成不同程度地受到史传及史官评价尺度的影响,与受史传浸润颇深的古代小说在这个链条上再次相会。这是二者在发展过程中的又一次交叉碰撞,显示出它们之间的亲密关系。

再次,在发展过程中,古代戏曲和小说均受到说唱文学的重要影响。

中国古代小说和戏曲在各自的发展过程中,均很大程度地受到说唱文学的影响,是说唱文学的繁荣为小说和戏曲的发展、成熟提供了巨大的平台,使它们能充分地、顺利地成长。中国古代说唱文学种类繁多,发展演变情况极其复杂,本文将影响小说、戏曲较大的几种提出来,通过勾勒小说和戏曲受到它们影响的大致轮廓,说明戏曲与小说在发展过程中密切联系之又一表现。同时,从这一联系中又可看出,说唱文学在戏曲接受小说影响的过程中所起到的重要的桥梁作用②。

1."说话"

"说话",是我国古代民间一种表演伎艺。说,即讲说之意;话,一般来

---

① (宋)吴自牧:《梦粱录》卷二十"百戏伎艺"条,见孟元老等:《东京梦华录(外四种)》,第311页。
② 这一问题将于下文详论,此处仅就小说与戏曲同受说唱文学影响这一角度说明二者之间的密切关系。

说,指的是故事。所以"说话"就是说故事①。

　　我国说故事的传统最早可追溯至先秦俳优侏儒说故事的阶段,经过漫长的发展过程,到唐代初具规模②,至宋代大为盛行,即勾栏瓦肆中的各种"说话"。"说话"人的底本就是"话本",是备说话人遗忘或作师徒授受之用的。随着说话的盛行,"说话"人的老故事已不能满足听众的需要,于是出现了文学市场,出现了专门为"说话"人编撰底本的文人。文人"话本"最初也还是供给"说话"人"说"的,而非用来"读"的。随着受众文化需求的扩大,"话本"逐渐由不公开的艺人表演的底本发展成公开刊行的、供人阅读的文本,并且可以脱离"说话"人的表演而独立存在。于是"话本"遂发展成中国通俗文学的一种文体——话本小说。由此可见,话本小说直接产生于"说话"这种民间伎艺。由于这种直系亲属关系,"话本小说"与"说话"在各个方面存在着相似乃至相同之处。而出现于明代并迅速成长起来的长篇章回小说,亦与"说话"有着密切关联。

　　对于古代小说与"说话"的密切联系,文学史和相关著述论述颇详,此处从略。下面着重谈谈"说话"对戏曲的影响。

　　首先是在体制上,戏曲在开场时一般有诗词,与"说话"的开场相似,结尾的"题目正名"与"说话"结尾的诗句有着类似的形式和功能,人物的下场诗与"说话"中间的"正是"云云也颇为相近。此外,戏曲表演中人物上场时的自我介绍,也是受"说话"的启发而形成的。比如元杂剧《窦娥冤》,由卜儿扮演的蔡婆婆最先登场,她一上场,按照程式先吟一首开场诗,紧接着就展开了自我介绍:

> 老身蔡婆婆是也。楚州人氏。嫡亲三口儿家属。不幸夫主亡逝已过。止有一个孩儿。年长八岁。俺娘儿两个。过其日月。家中颇有些钱财。这里一个窦秀才。从去年间我借了二十两银子。如今本利该银四十两。(楔子)③

这里蔡婆婆不仅介绍了自己的"自然状况"——姓氏、乡籍、家庭成员、职业

---

①胡士莹对"话""说话""话本"几个概念进行过详细的辨析,见胡士莹:《话本小说概论》,北京,中华书局,1980,第156—161页。本节所使用的"说话"和"话本"这两个概念,取的是文学史上的一般意义。

②胡士莹:《话本小说概论》,第4、15页。

③(元)关汉卿:《感天动地窦娥冤》,(明)臧晋叔编:《元曲选》第四册,第1499页。

等,而且在说明自身职业的同时,还引出了另外一个人物——窦娥之父窦秀才,由窦秀才自然地引出该剧的主人公——窦娥。而剧情正是在上述情况的基础上步步展开,逐渐达到高潮的。这一点明显吸取了"说话"的形式:

> 却说绍兴十年间,有个秀才是福州威武军人,姓吴,名洪。离了乡里,来行在临安府求取功名。(《西山一窟鬼》)
>
> 绍兴年间,行在有个关西延安府人,本身是三镇节度使咸安郡王。(《碾玉观音》)①

《西山一窟鬼》和《碾玉观音》两种话本,均属"宋人小说",较多地保留了当时"说话"伎艺的痕迹。上述对人物的介绍是在开篇的诗词和"入话"之后的,是进入正题的开始。

其次,是题材上戏曲与"说话"的相互袭用。戏曲与"说话"同为兴起于民间的伎艺,由于二者的创作者、表演者、受众身份的相近,它们所关注的题材也有相通之处。从产生较早的宋官本杂剧、金院本到宋元南戏、元杂剧、明清传奇等,其题材均有不少与"说话"相类甚至相同。如宋官本杂剧《简帖薄媚》,其故事与《简帖和尚》完全一致;宋元戏文有《曹伯明错勘赃》,《清平山堂话本》中有《曹伯明错勘赃》话本,约为宋人所作;宋元戏文有《陈巡检梅岭失妻》(一名《陈巡检妻遇白猿精》),《清平山堂话本》中有同题话本②。胡士莹说:"宋人话本和官本杂剧、金院本、宋元南戏等,彼此袭用的题材,据可考者,约三十多种。"③此言不虚。元杂剧《赵元好酒遇上皇》与《古今小说》所收宋元话本《赵伯升茶肆遇仁宗》题材相似;《三战吕布》故事来自于宋人的"说三分"和元刊《三国志平话》;元明有关司马相如和卓文君故事的杂剧《相如题柱》《鹔鹴裘》等颇多,《清平山堂话本》中《风月瑞仙亭》亦讲说二人故事;清人传奇《十五贯》明显袭用了《错斩崔宁》的题材等等,不胜枚举。

此外,宋、元"说话"的许多素材来自唐传奇,这类题材的"说话"有的被

---

①无名氏等原著,程毅中等校点:《京本通俗小说(等五种)》,南京,江苏古籍出版社,1991,第3、28页。

②谭正璧著,谭寻补正:《话本与古剧》,上海,上海古籍出版社,1985,第175、239、243页。

③胡士莹:《话本小说概论》,第91页。

话本小说吸取,有的被写入戏曲,或二者兼而有之。如上文所举《陈巡检梅岭失妻》,其素材来源即为唐初传奇《补江总白猿传》,被先后编入话本小说和戏曲。与此相类的还有《蓝桥记》《种瓜张老》《黄粱梦》等。从题材上说明"说话"这种伎艺在戏曲接受唐传奇影响过程中曾起到了重要作用。详下文。

综上,小说和戏曲均与"说话"存在着密切关系,在各自历史进程的这一个环节上它们再一次相遇了。

2.诸宫调

诸宫调也是说唱文学的一种形式。宫调,我国戏曲、音乐名词。我国古代音乐中以宫、商、角、变徵、徵、羽、变宫为七声,以任何一声为主均可构成一种"调式"。以宫为主的调式称"宫",以其他各声为主的调式称"调",如"角调""商调"等;二者统称"宫调"。以七声配十二律,理论上可得八十四调,但实际音乐中并不全用。如隋唐燕乐是二十八宫调,南宋词曲的音乐只用七宫十一调等①。我们这里要说的诸宫调,系从隋唐燕乐的二十八宫调而来。所谓"诸宫调",是指它联合许多不同宫调的乐曲来演唱故事,又叫"诸般品调"。一般认为诸宫调产生于宋代,金、元时期继续存在,元杂剧兴盛后,诸宫调的伎艺逐渐衰亡。

诸宫调行于世的历史既不长,留存下来的本子亦不多。《西厢记诸宫调》卷一提到的曲目有 8 种,元杂剧《诸宫调风月紫云亭》第一折提到 4 种,南戏《张协状元》卷首提到的有 1 种,《东京梦华录》《武林旧事》等书中提到3 种,《太平乐府》提到的 5 种(其中 2 种与《诸宫调风月紫云亭》重),计有19 种,今已不传。留存至今的只有《西厢记诸宫调》《刘知远诸宫调》《天宝遗事诸宫调》,除第一种完整保存下来外,另外两种只有残本。

从现存的诸宫调作品看,它与戏曲的关系非常密切。这里只就它对戏曲的巨大影响略谈一二:

(1)对元杂剧音乐体制构成的影响。元杂剧一般是一本四折一楔子。每折由同一宫调的若干曲牌按一定规律组成。这是受到诸宫调的启发的。

(2)对元杂剧曲调的影响。元杂剧所用曲调的来源主要有大曲、唐宋词、诸宫调、宋代旧曲等。其中来源于唐宋词调的有 75 章,与诸宫调曲调

①参见《中国戏曲曲艺词典》,上海,上海辞书出版社,1981,第 29 页。

多出于唐宋词一样;元杂剧中还有一些曲调不见于其他三种乐曲,而直接来自诸宫调,这样的曲调有 28 章,在可考知的曲调来源中,其数量仅次于唐宋词[①]。

(3)对元杂剧表演形式的影响。元杂剧的表演有唱有说,以唱为主,白为宾,故一般称"说"的部分为"宾白"。这与诸宫调韵散结合,有唱有说的方式一致。元杂剧的唱词一般较宾白文雅,在全剧所占比例亦较宾白大得多,与诸宫调的唱与说的特点和构成比例相同。元杂剧中人物上、下场时吟诵诗句,与诸宫调中在"说"的部分常以诗句承上启下亦相近。

(4)元代曲分南北,诸宫调亦有南北之分[②]。影响于元杂剧的主要是北诸宫调。南诸宫调形成于南宋时期,更接近于早期诸宫调,它对南戏产生了一定影响。如南戏的开场与南诸宫调的引辞有相似之处;南戏的尾声一般是 12 拍,南诸宫调的尾曲以七言三句为常格,也是唱 12 拍。

(5)题材上的袭用。无论是杂剧还是南戏,许多故事题材是取自诸宫调的。王实甫的《西厢记》直接改编自董解元的《西厢记诸宫调》;南戏《张协状元》取材于《张协状元传诸宫调》;杂剧有《迷青琐倩女离魂》,诸宫调有《离魂倩女》;杂剧有《崔护谒浆》,诸宫调有《谒浆崔护》;南戏有《柳毅洞庭龙女》,杂剧有《柳毅传书》,诸宫调有《柳毅传书》等等。尽管这些题材或为当时盛传的故事,或有着更早的渊源,但戏曲作家从创作的方便着眼,从诸宫调取材或借鉴则会较之他种文艺形式更为直接。

相比于诸宫调对戏曲的影响,它与小说的联系则表现得不那么显豁,主要是通过"说话"这一伎艺间接地与小说发生联系:

(1)与说话中的"小说"一家同属"乐曲系讲唱文学":宋代说话中的"小说"韵散文夹用,亦说亦唱,诸宫调也是韵散文相间,有说有唱;现存的宋代小说话本,其演唱部分以词调为主,诸宫调亦大量运用唐宋词调。

(2)"小说家"表演时自称为"说话",称他们所用的底本为"话本";诸宫调的作者也称自己的作品为"话"。二者在"话"的"故事"这一意义上是相通的。

(3)结构上,"小说"常以诗句作为两段情节间的过渡,诸宫调的说白部

---

① 王国维:《宋元戏曲史》,第 80—85 页。

② 叶德均:《宋元明讲唱文学》,见叶德均:《戏曲小说丛考》,北京,中华书局,2004,第 2 版,第 640 页。下文多有参考叶德均此文之处,为避免注释过繁,恕不一一注出。

分也常以诗句作起结。诸宫调说白部分还常辅以诗歌或赋赞用于描写和抒情，这也是从"说话"移植过去的[①]。

（4）题材上的相互影响。从现存诸宫调名目及文本看，许多是取自唐传奇的。这些题材在宋元时代小说、戏曲中用得也不少。这反映了小说、诸宫调、戏曲之间错综复杂的关系，下文将详细讨论这一现象。诸宫调在题材的分类上同样受到"说话"的影响，也分为"小说""讲史""说经"等几类，而以"小说"和"讲史"为主。

综上所述，诸宫调与小说和戏曲均有着密切关系，甚至可以说它在二者之间起到了重要的桥梁作用。

3.其他

宋元时期的说唱文学种类异常繁多，除上述两种外，还有不少说唱文学对戏曲和小说产生了不同程度的影响。现举两种以概之。

（1）宋代的叙事鼓子词

叙事鼓子词是宋代盛行的一种小型乐曲。韵散夹用，韵文部分是由同一词牌的若干首词组成，结合散文，用以咏唱一个完整的故事。由于这种说唱形式曲调较为单调，所以南宋以后逐渐为新的变化繁多的新乐曲所取代。现留存的叙事鼓子词作品有北宋赵令畤的《元微之崔莺莺商调蝶恋花》和《清平山堂话本》所收《刎颈鸳鸯会》两篇。尽管这一说唱样式存在的时间不长，留下的作品不多，但它对小说和戏曲却产生了较大影响。宋代"说话"四家之一的"小说"一家，本是说唱的，从现存的宋人小说话本中未被明人删节韵文的几篇可以看出，当时"小说"的歌唱情形有两种：一种是杂用各种散词，如《西山一窟鬼》；一种是用鼓子词，如《刎颈鸳鸯会》。也就是说，鼓子词这种伎艺和乐曲为宋代"说话"中的"小说"所采用。而鼓子词这种以同一词调反复咏唱一个故事的乐曲组织形式，是后来诸宫调所赖以产生的一个基础，从而间接地促成了戏曲音乐体制的形成。至于现存鼓子词题材为小说和戏曲所袭用，则显而易见。

（2）元代的词话

词话是元明时期一种说唱文学的称谓，属"诗赞系讲唱文学"，即其韵文部分以诗赞为主。相比于前代的说唱文学，元代的词话篇幅加长了，历

史题材的作品大量出现。词话与戏曲和小说的关系至为密切。

元代词话虽未见完整作品,但却大量出现于元杂剧中。这一现象说明元杂剧与词话有着传承和发展的关系,词话是元杂剧的直接源头之一(另一直接源头是诸宫调)。

元代还有一类词话作品,是集前代和同时的许多同题材小故事而为长篇说唱文学,如《水浒传词话》。这类作品没有完整保存下来的,在流传过程中经过明人的删削,而变成了散文体的小说。但在散文体小说中仍残存着词话的痕迹。由此可以证明,一些长篇小说、特别是经过世代累积而形成的长篇小说,与词话之间亦存在着传承的关系。

词话自明代以后产生了分化,形成了弹词和鼓词两个系统。其称谓异常混乱,发展演变的线索也较复杂。虽不同程度地与小说和戏曲相互产生着影响,但却明显地呈现出各自独立的趋势,按着各自的规律发展着。

第一,题材上的相互袭用。

戏曲与小说另一方面的联系表现为题材上的瓜葛。这一点早已成为学术界的共识,先后有不少论著对这一问题进行研究。故此处只略说大概,以避重复。

由于戏曲是一门综合性艺术,成熟既晚,对其他文艺样式的吸收亦较小说为多,从取材上说,则戏曲向小说取材较小说向戏曲取材为多。取材于唐(含)以后小说的戏曲,其题材来源又可分为三种:唐人小说,话本小说,长篇白话章回小说。据统计,现存元明杂剧、宋元明南戏、明传奇中取材于唐人小说的作品有 200 种[1],取材于宋元明话本小说的戏曲作品也很多,如“三言”中的大量作品均有宋、元、明、清同题材的戏曲作品,仅《古今小说》中被改编为戏曲的就达 30 种之多,去掉其中与唐传奇题材重复者 4种,亦有 26 种[2]。长篇章回小说问世以后,更成为戏曲取材的一大宝库。从元代起出现了大量的三国戏、水浒戏。虽不能说这些作品完全取材于同题材的长篇小说,但其题材的借鉴作用却是不可忽视的。诚如何心所说:“《水浒传》盛行以后,明清两朝曲家所编传奇杂剧,取材于此书甚多。”[3]

在我国古代文学发展史上,各种文体间的渗透现象普遍地存在着。在

---

[1] 见书末附表 3。

[2] 参见谭正璧著,谭寻补正:《话本与古剧》,第 120—125 页。

[3] 何心:《水浒研究》,第 396—397 页。

题材上,小说给戏曲以丰富的营养,戏曲同样给小说提供了借鉴。宋元南戏的不少作品被后世作家改编成小说,元明清的一些戏曲、特别是李渔的一些作品也被写成小说。小说取材于戏曲的情况有两种,一种是直接由戏曲作品改编成小说;另一种是戏曲本取材于前代或同代小说,流传既广,遂被好事作家二度创作,写成小说。

戏曲与小说在题材上相互借鉴的情况,说明二者之间联系密切。

除了题材上相互借鉴,戏曲与小说在题材的选择上还有着共同的趣味,那就是对历史题材的青睐。上文已对取材于史传的戏曲作品作了统计,现在说说小说的情况。在我国古代小说尚未取得文体独立之前,许多小说作品本身就是"史余",即便后来小说有了更多的虚构作品,许多小说家还是以"拾遗补阙""补史之遗"为己任,大量撷拾野史传闻以结撰故事,从而使作品带有浓重的史的气息①。宋、元"说话"专门有"讲史"一家,所讲内容几乎涵盖了此前整个历史,其中不少经文人整理改编而形成了历史小说,如《三国志通俗演义》《东周列国志》《两汉通俗演义》《隋唐演义》等;即使那些后来被归入其他题材类型的小说,最初往往也是依托于历史的,如《水浒传》《封神演义》《西游记》等。上述所举均为白话小说,文言小说取材于史事的就更常见了。《世说新语》所记均为历史上的真实人物,其事迹于史有征;唐、五代以迄宋代小说中亦有不少取材于前代书史或当代人事、以补史阙的作品,如《隋唐嘉话》《大唐新语》《唐国史补》《大业拾遗记》《开河记》《海山记》《杨太真外传》等。明清两代的文言小说多为模拟之作,才子佳人小说盛行一时。这是文言小说发展过程中出现的新风气,而同时期的白话长篇章回小说,却出现了大量历史演义类或从历史题材演为其他类型的作品,即小说对历史题材的青睐这一总的倾向并没有改变。

由上观之,戏曲与小说均对历史题材情有独钟,这是中国古代史学发达的一种典型表现。皇帝们是"以史为鉴",士大夫之流以"淹通书史"为博学多才的标志,普通民众同样对历史具有浓厚兴趣,他们不仅仅将历史上的重大事件和传奇人物当作茶余饭后的谈资,也有获取历史知识的需求,

---

① 如(唐)李德裕在《次柳氏旧闻序》中说:"惟次旧闻,俱失其传,不足以对大君之问,谨录于左,以备史官之阙";(唐)皇甫枚《三水小牍·殷保晦妻》说:"命笔削以备史官之阙";(唐)高彦休《唐阙史序》:"贞元、大历已前,捃拾无遗事……"分别见丁如明等校点:《唐五代笔记小说大观》,上海,上海古籍出版社,2000,第464、1190、1327页。

但在当时的社会环境下,他们中只有少数成员可以通过求学的渠道达到这一目的。于是流行于市井的一些表演伎艺,如"讲史"或"说书"、戏剧表演,以及后来成为案头之作的通俗小说等等就有意无意地成为普及历史知识的手段。这些表演首先是艺术创造,所说、所演、所写往往并不都是历史的真实面目,民众听、看或读这些作品或表演也多出于消遣和娱乐的需要。但不管怎么说,创作者和受众们的共同取向,或者说他们之间在题材趣味上的互相影响,推动了历史知识的普及,为中国悠久的史学传统营建了一个别开生面的范围。

第二,叙事性上的相通。

一般地说,小说更强调叙事性,戏曲更注重戏剧性。但这并非意味着二者在这一点上是截然分开、界线分明的,而是呈现为相互包容相互渗透的样态,小说在叙事性中含有戏剧性,戏曲在戏剧性中含有叙事性。作为较早成熟的小说,延续着中国悠久的说故事传统,并受到史传的巨大影响,故事始终是小说的最基本层面,叙事始终是小说最首要的任务。在戏曲发展并逐渐走向成熟的过程中,小说和叙事性的说唱文学起到了至关重要的作用,许多戏曲作品以小说为创作蓝本,吸收说唱伎艺,将说故事变成表演故事。从这个角度说,叙事性是联结戏曲与小说的纽带,是二者共同的艺术特性。所以在描述小说、说唱文学、戏曲等的发展脉络时,人们很早就已经注意到它们之间的这种联系:"唐有传奇。宋有戏曲、唱诨、词说。金有院本、杂剧、诸宫调,院本、杂剧,其实一也。国朝,院本、杂剧,始厘而二之。"[1]

戏曲与小说在叙事性上的联系可从三方面看:叙事时间,叙事视角,叙事话语[2]。

首先,在叙事时间上,戏曲与小说都以直线式的顺叙为主。一般地说,中国古代小说在讲述故事时是遵循着时间的自然发展脉络,依次讲来,虽间有插叙、倒叙、补叙等手法,但整体上并不打断顺时脉络。古代的戏曲也同样按照这样的叙事时间表演故事,塑造人物。

其次,在叙事视角上,戏曲与小说均存在着全知视角和限知视角的转

---

[1]（元）陶宗仪:《南村辍耕录》,第 306 页。
[2] 参见郭英德:《叙事性:古代小说与戏曲的双向渗透》,《文学遗产》1995 年第 4 期。

换,但一般是以全知视角为主。在中国古代小说的叙事过程中,叙述者通常大于所叙人物,充当全知全能的叙事角色。人物的所作所为、所思所想,叙述者无不了解得清清楚楚,娓娓道来,听众或读者也习惯于这样的叙事角度,并从中获得好奇心的满足。戏曲作为代言体的艺术样式,叙述者往往不能直接站出来说话,但却可以利用剧中人物变相地充当这种全知的叙述者,如戏曲中经常出现的旁观者的描述,人物自身的独白等,可以将作者不可能看到或知道的场景、事件、人物心理等等讲述给观众。这时的全知视角已经转换成了一种限知视角,但在限知视角中实际上仍然包含着全知视角,许多隐秘的事件、人物心理,还是通过某种方式传达给受众了。受戏曲的这种叙事视角的影响,小说的叙述者也逐渐从无所不知的角色退出,在描绘场景或刻画人物心理时,有时也会通过故事中相关人物的感官呈现给读者,而不是直接站出来充当一个无处不在的旁观者了。也就是说以全知视角为主,间或将全知视角转换成限知视角,在限知视角中包含着全知视角,是中国古代戏曲与小说常用的叙事手段之一。

　　再次,与上述两点相联系,中国古代戏曲与小说在叙事话语上,是叙述体和代言体的统一。一般地说,戏曲属代言体,小说属叙述体。戏曲是作者根据剧中人物的身份、处境、性格等代人物说话,小说则是作者以自己的口吻直接讲述故事。如上所言,由于二者在叙事视角上的相通,在叙事话语上也并非泾渭分明。代言体的戏曲中有叙述体的痕迹,叙述体的小说中掺杂着代言体的成分。如戏曲中经常出现的探子或类似探子的报告,将不便于在舞台上表现的场景、事件讲述给观众,实际上这时的探子就在替作者充当叙述者,他(她)的报告实际上是作者在叙述而非代言。小说、特别是成熟的或较优秀的小说在描写人物语言时,是要揣摩人物的性格、心理、处境等作个性化描述的,这种描述实质上已经不是作者的叙述而是代人物"立言"了。鲁迅先生说:"《水浒》和《红楼梦》的有些地方,是能使读者由说话看出人来的。"①指的就是这一点。因此,古代戏曲与小说在叙述话语上是相通的。戏曲以代言为主,辅以叙述;小说以叙述为主,杂以代言。这是二者相互借鉴、相互渗透的结果。

　　由上观之,中国古代戏曲与小说在叙事这一艺术特性方面你中有我,

---

①鲁迅:《花边文学·看书琐记》,见《鲁迅全集》第5册,北京,人民文学出版社,2005,第559页。

我中有你,充分表明了二者不可分割的内在联系。

最后,审美追求的相似:求"奇",求"俗"或者雅俗共赏。由于上述多方面的共性或相通之处,中国古代戏曲与小说在审美取向上也有相似的追求,都求"奇",求"俗"或者雅俗共赏。

奇,其显在层面是指题材的奇异,即所叙事件及人物"奇"。所谓"非奇不传",如果不奇就不足以引起听众或读者的兴趣,用现在的话说,就没有"卖点"。宋元以后,"说话"以及由此逐渐发展起来的白话小说,说话人和小说作者、书坊主的根本出发点和目的在于赢利。没有或缺少听众或读者就意味着生路会出现危机。而他们所面向的受众多是下层百姓,他们喜好的往往是新奇、新异之人、之事。这样一来,传"奇"就成了说话人和小说家们选择题材的一个标尺。由于题材的奇异,要求说话人和小说家在讲述故事时也要使用非同一般的手法,或纵横捭阖、起落无端,或出其不意、想落天外,从而最大限度地满足受众"好奇"的审美心理。这种艺术手法的"奇"构成了"奇"的内在层面,与题材的"奇"共同营造了审美效果之"奇"。

不过,在叙事性作品中求奇求异的趋向并非始自宋元,早在先秦、汉代即已开其端。战国时的策士游说诸侯,向各国君主兜售自己的政治主张,为了使自己具有更强的竞争力,他们除了要淹通书史外,还必须具备高超的舌辩能力,以获取他们所向往的名和利。在他们雄辩的言辞中就已埋藏着"好奇"的种子,这从现存的《战国策》中即可见端倪。经过数百年的动荡和秦朝的短暂统治,由汉朝建立了大一统的国家,但战国策士的精神并未消亡,依然附着于许多士人身上。著名的史学家司马迁就是其中的代表,《史记》体现了他对"天人之际、古今之变"的深沉感悟和思索,从这部恢弘的著作中我们依然可以窥见战国时代那种汪洋恣肆的笔触以及"爱奇"的审美取向。其"爱奇"除了表现为选材的特异外,在叙事写人的笔法上也"疏荡多变,忽起忽落",来去无迹,令人莫测①。这也成了后代某些正统之士诟病他的所在②。但司马迁给我们留下的这份遗产却为后代小说家继承下来。魏晋南北朝的志怪小说,所记多为鬼神怪异之事,不可不谓之奇;

①袁行霈主编:《中国文学史》第一卷,北京,高等教育出版社,2014,第三版,第187页。
②"爱奇"说出于扬雄《法言·君子卷》,见(汉)扬雄撰,韩敬注:《法言注》,北京,中华书局,1992,第319页。扬雄虽承认《史记》"圣人将有取焉",但将孔子"爱义"与司马迁"爱奇"对比言之,似有微词。而班固说《史记》"是非颇谬于圣人",则对扬雄的观点作了更为明确的表述。

即使志人的轶事小说，所记人事亦往往非同寻常。它们的用笔虽简，其手法却变化多端，奇诡莫测。至唐人小说，在继承前人的基础上，又有新创，所谓"作意好奇"①，即有意识为小说，而依然落在了"奇"上。所以后人称之为"传奇"。尽管唐传奇多数为上层文人所作，但随着说唱伎艺的发展和兴盛，许多具备一定文化修养的下层文人从前代书史文传中取材，以丰富自己的创作内容，提高伎艺，吸引更多的听众。从现存说唱文学的底本来看，不少故事是取材于唐传奇或借鉴唐传奇故事框架的，如《清平山堂话本》中的《陈巡检梅岭失妻记》与初唐传奇《补江总白猿传》情节模式相同，《西厢记诸宫调》由元稹《莺莺传》改编等。此外，唐传奇的许多作品被后世改编成戏曲而搬上舞台。这些均与它"好奇"的审美取向分不开。也正是"好奇"这一共同的审美取向，拉近了戏曲与小说的距离。

与说唱伎艺和白话小说一样，戏曲的接受主体也以普通市民为主，同样要适应他们的审美需求。所以戏曲与小说一样求"奇"，在取材、创作手法和表演上不仅借鉴小说和说唱伎艺的"奇"，也根据自身的特点出奇制胜，比如情节结构的巧妙安排、出人意表，夸张手法的运用，人物化妆和服饰的奇美等等，以其手段的奇妙给观众以特定的审美享受。

如果说求"奇"是戏曲和小说为适应受众的审美需求而形成的美学品格，那么"俗"与受众的审美趣味就更是血肉相连。它们就像一对孪生兄弟，共同孕育于市民文化的母体之中。而由于古代戏曲与小说在发展过程中，创作主体和接受主体的范围都经过了由市井向上层社会转化的过程，所以在审美趣味上，也经过了由尚俗到追求雅俗共赏的演变。

所谓"雅俗"，是一对相对立的概念。用于文学作品审美品格的评价，"雅"一般指典雅、优雅，"俗"指浅俗、通俗。形成这两种审美品格的因素是多方面的、复杂的，这里不拟详加推究，只探讨涉及戏曲与小说的审美共性因素。

戏曲与小说审美追求俗的表现，首先是思想内容的俗，即选取那些贴近百姓生活或为百姓所关注的人和事作为素材，加以叙述或表演；其次是语言载体的俗，即通常是运用当时的口语、俗语、成语、甚至谣谚等，浅显易懂，生动活泼；再次是传播方式与传播途径之俗，无论是小说还是戏曲，最

①（明）胡应麟：《少室山房笔丛》，第486页。

初的兴起和传播多半是在民间进行的,其传播途径从街谈巷议到勾栏瓦肆,再到酒楼茶馆,直至今天可以无所不在①。也就是说,戏曲和小说的接受主体——下层百姓,他们的生活环境、受教育程度、所处地位等决定了他们的欣赏口味之"俗"。为争取受众,戏曲和小说必须要适应大众的这种审美需要,所以会在思想内容的取舍上,语言载体的运用上,传播方式和传播途径的选择上,尽力向市民群众靠拢,从而形成了尚俗的美学品格。但问题总是有两面性的,当小说和戏曲盛行之后,文人的创作或拟作也开始大量涌现,甚至逐渐占据主流,如小说之《红楼梦》《儒林外史》,戏曲之文人传奇等案头之作,甚至出现了"家班"这种小型的私家表演团体(主要是戏曲,小说如"说书"也有类似的表演)。这就使得古代小说和戏曲出现了"雅化"的趋向,体现了文学、艺术发展的一种必然趋势。但并不等于有了"雅化"的形态,戏曲与小说原来那种活泼的"俗"的面貌就消亡了,这一面貌还会以与前代相近或虽不同但与前代样式一脉相承的形态存在,从而使得许多文人创作的戏曲与小说作品既能为上层文人所欣赏,也为广大民众喜闻乐见,呈现出雅俗渗透的状态。小说如说书,其表演形式从根本上说仍是俗的;而在文人创作的小说中保留着的"说话"人的痕迹,则是通俗小说向文人创作的渗透。戏曲如昆曲——花部——京剧的演变②,反映出戏曲艺术由俗趋雅,复由雅趋俗,雅俗相兼的发展规律;而文人曲作之中同样有着"俗"的特色的留存等③。上述现象反映出戏曲与小说在审美取向上的一个共同趋势,即由尚俗到追求雅俗共赏。

综上所述,戏曲与小说之间存在着历史因缘关系。这种关系的形成既有小说对戏曲影响的因素,又与这两种文体在发展过程中所接受的共同营养以及由此形成的相似性相关。也就是说,小说影响戏曲是在两种文体的相似性基础上发生的;而由于这种影响,戏曲与小说之间的关系越发亲密。

---

① 由于传播工具的变化或进步,如收录机、电视机、影碟机及其他相关的播放设备的出现,使得戏曲和小说传播场所的范围变得更加宽泛,甚至无所不在。

② 昆曲最初兴起于民间,是为广大民众喜爱的戏曲样式,而雅化后逐渐成了贵族富户们的专利。与此同时,戏曲中的花部各腔遍地开花,赢得了普通百姓的认可与喜爱;昆曲也并未从市井彻底消失,而是为后来的京腔吸收,与皮黄腔等一起共同形成了今天为民众喜闻乐见的戏曲表演形式之一——京剧。

③ 对此下文将会详论。

二、古代戏曲与小说之间的差异

必须承认，戏曲与小说是两种不同的文体，确切地说，戏曲是一种艺术形式，而非仅仅是一种文学体裁。所以戏曲与小说虽有亲缘关系，终究是"两个"而非"一个"，它们之间存在着明显的差异。这些差异主要表现在：

（一）戏曲与小说在各自的发展演变过程中，从创作到接受的传播过程，以及创作主体和接受主体的变化轨迹不同。

戏曲与小说的接受主体有相一致的一面，都以普通市民为主，因此形成了题材选择和审美取向上的相似。但另一方面，戏曲与小说在创作主体和接受主体上还存在着很大的差异，从创作到接受的过程也经历了不同的演变轨迹。概括地说，小说从创作到接受的过程经历了这样几个阶段：

1.文人①——文人

2.书会先生或艺人②——说唱艺人——普通市民

3.书会先生或艺人＼　　　　　＜普通市民
　　文　　　　人／书坊主＜文　　　人

4.文　　　　人——书坊主＜普通市民
　　　　　　　　　　　　　＜文　　　人

戏曲则经历了三个阶段：

1.书会先生或艺人——艺人（或曰演员）——普通市民

2.书会先生或艺人＼　艺　　　人／普通市民
　　文　　　　人／（或曰演员）＜文　　　人

3.文人——文人

这里每个图示的第一项表示创作者或称创作主体，最后一项是受众或曰接受主体，中间一项是表演者或曰传播者。小说有三个阶段、戏曲有两个阶段，均包含三项内容，即除创作主体和接受主体外还有传播者，小说的第一个阶段和戏曲的最后一个阶段，是由创作主体直接传达给接受主体。下面对小说和戏曲从创作到接受所经历的这几个阶段做一说明。

史家著录小说始自《汉书·艺文志》，《隋书·经籍志》、新旧《唐书》的

---

①指贵族文人或落魄贵族文人，而不与普通市民为伍者。

②据《话本小说概论》，"书会先生"是书会中编撰话本和剧本的人，其身份和地位与普通市民非常接近。而书会才人则是书会先生中"高才重名"的"公卿显宦"，略等同于我们所说的"文人"。

《艺文志》亦收录一些"小说"篇目,此后修史者承前例著录小说,但小说的范围却一直比较混杂,叙器物游乐服用的,乃至数典故、纠讹谬者均列入此类。直至清代修《四库全书总目》,将小说分为三类,才稍清晰①。由此可确定我国古代较早时期可称得上小说的作品有《西京杂记》《世说新语》《朝野佥载》《穆天子传》《神异经》《汉武故事》《述异记》《酉阳杂俎》及其《续集》等若干种,分别属于"小说家类"之"杂事""异闻""琐语"等"属"②。这些小说的作者可考者多为上层文人,不可考者也多为后世文人伪托前辈文人之作,或至少经过文人的注释整理,如《神异经》《穆天子传》等,即可基本认定创作者是文人。其接受者一般也是文人,这些作品多用当时的书面语言写成,或者成书较早,非具备深厚语言文字修养者不足以读懂;而且在造纸术发明之前,一般是写在简册或帛上,普通百姓没有能力购置收藏并阅读。因此这一阶段古代小说从创作主体到接受主体均为文人。这一阶段出现于唐代(含)以前。

当然,至修《四库全书》时,许多古代小说都已佚失了,从《汉书·艺文志》著录的小说篇目、自注、颜师古注及目录后的简短说明看,许多小说的确是来自"街谈巷语"或为地位低下的文人所著。这一传统,在民间应该始终存在着,只不过由于当时技术等原因,只能依靠口耳相传,这类小说多数均已失传,即或有被史家采用到史书中的,也是经过筛选和加工,难见其本来面目了。唐代中后期,由于寺院俗讲的盛行,记录条件的改进,许多民间或接近于民间流传的故事被保存下来。宋元时期,民间"说话"盛行,许多下层文人——"书会先生"参与创作,由说唱艺人将故事表演给观众,其接受者则是广大的市民群众。于是形成了小说的第二个传播阶段。在这一阶段中,"说话"中的"小说"和"讲史"两家对后世小说的形成影响最大。它们多数通过口耳相传的方式传播,当时虽有"话本"存在,但它的主要功能是供"说话"人参考或备忘的,而非在市面流通以获利。我们今天所能见到的当时的话本,"小说"类有《京本通俗小说》和《清平山堂话本》(即《六十家小说》)所收作品③;"讲史"类有《新编五代史平话》《新刊大宋宣和遗事》

①参见鲁迅:《中国小说史略》,第1—5页。
②(清)永瑢等:《四库全书总目》,北京,中华书局,1965,第1182—1204,1205—1213,1213—1215页。上述作品的排列顺序亦据此书。
③这些作品多为宋元艺人的旧作,经明人整理汇编,较多地保留了"说话"人讲说的痕迹。

《全相平话五种》《薛仁贵征辽事略》等①。

当书会先生和艺人的小说创作和表演受到越来越多的欢迎,其影响日益扩大时,许多文人也参与到这类作品的创作和改编的行列中。如明代出现的白话短篇小说集"三言",长篇章回小说《三国志通俗演义》《水浒传》等。这里的情况稍显复杂,"三言"中的作品很多是宋元旧篇,经文人的加工整理,虽还保留着说话人的口吻,但无疑更适合阅读了;《三国志通俗演义》和《水浒传》,则是由文人在历史材料、民间传说、艺人创作的不断积累的基础上去芜存精而写成的。它们的出现,是下层艺人与上层文人合作的结果,这种合作不是完全有意识的,他们中多数也并非同时期的人,其合作是上层文人在书会先生、说唱艺人和普通市民创作和接受的热潮中忍不住一试身手的结果。在这热潮中起到推波助澜作用的是那些刊刻发行这类通俗小说的书坊主们,他们在这类小说由创作主体到接受主体的传播过程中起到了重要的牵线搭桥作用。由创作主体和传播中介所决定,这类小说的接受主体也较以往有所扩大,既包括有较高文化修养的上层文人,也包括受教育程度较浅的普通市民。这就形成了小说从创作到传播的第三个阶段。

第四阶段与第三阶段相似,只不过在创作这一环节上,主要参与者没有了以书会先生为代表的下层文人和说唱艺人。这类作品出现较晚,白话短篇小说有"二拍"、《型世言》《醉醒石》《无声戏》等,长篇章回小说有《醒世姻缘传》《红楼梦》和前代作品的续书如《水浒后传》《续金瓶梅》等。

戏曲的传播所经历的阶段与小说不同。小说是先经过由文人到文人的阶段,而戏曲则在形成之初就是由下层文人创作,面向广大普通市民,从创作主体到传播者到接受主体均为生活于下层的人群。而随着戏曲在民间的广受欢迎,许多文人参与到剧本的创作中来,出现了戏曲发展的第二个阶段。这一阶段,虽与小说传播的第三个阶段相近,但就戏曲与小说的总体发展脉络而言,则二者所走过的道路是有差异的。在戏曲发展的后期,即明清时期,出现了一些专供案头阅读的戏曲作品,即它们的创作者和接受者都只有上层文人或贵族,出现了由文人到文人的传播。

---

① 前两种是元人增益并编刊的宋人之作,《宣和遗事》有文人"掇拾故书"的痕迹。后两种是元人编刊的。

当然,上述小说与戏曲的传播过程所经历的发展阶段,并非绝对的,当下一阶段到来后,上一个(或几个)阶段的传播过程并不一定消失,有可能出现几种传播过程并存的情况。

由上述小说与戏曲从创作到接受的传播过程的差异,还可发现,二者的创作主体和接受主体的演变亦经历了不同的轨迹。据上图图示如下:

创作主体:

小说:文人——书会先生或艺人——书会先生或艺人＋文人——文人

戏曲:书会先生或艺人——书会先生或艺人＋文人——文人

接受主体:

小说:文人——普通市民——普通市民＋文人——普通市民＋文人

戏曲:普通市民——普通市民＋文人——文人

(二)二者的传播和接受方式存在不同。

戏曲与小说传播过程的发展演变轨迹已如上言,从中我们还可发现二者的传播和接受方式也存在差异。一般地说,小说文本通过刊刻、发行进入市场,读者购买后通过阅读实现对它的接受;戏曲则必须经过演员的排练、表演,观众通过观看演出才能实现对它的接受。换言之,小说主要是以文本的形态存在,戏曲如不经过表演和观看,就会丧失其存在的价值。这只是就一般状况而言,在小说文本被大量刊刻涌入市场以后,仍然存在着一部分小说文本被说书艺人作为底本加以说唱表演的现象;而戏曲虽说以演员表演和观众观看为主要传播方式,但是亦存在着大量专供案头阅读的戏曲文本,而从未"奏之场上"。

尽管戏曲和小说都包含有"表演"的成分,但二者的表演并不相同。戏曲的表演是"代言",演员代戏中人说话、行动;而小说则是叙述,说书人是以第三者的身份讲述故事,虽有时不免模仿故事中人物的语言、动作,但从本质上说仍是讲述式而非代言式的。戏曲的表演一般是群体性的,即每一个戏中人都由相应的角色来扮演,而说书或"说话"的表演基本上是个体性的,早期的"说话"也有他人伴奏或演唱的情况,但伴奏和演唱只起辅助作用,也没有相应的服饰、化妆、道具等,受众更多地是"听"而非"看",这些均与戏曲的表演迥然不同[1]。

（三）二者使用的语言不同，虽都可笼统地概括为韵散相间，但各有侧重。从总体的发展趋势看，小说以散文为主；戏曲则以韵文为主。

在小说的发展史上，较早出现的小说多是以散文写成的。西汉末年佛教传入我国。魏晋时，出现了可"诵"的"俳优小说"[2]。当时的"诵"究竟是怎样一种情形，所诵的是韵文、散文还是韵散夹杂？目前尚无定论，不过从"诵"的一般意义上说，其对象应该是韵文，而且有可能受到梵音的影响。近年来，有学者认为"俳优小说"是一种类似后来"说话"的调笑表演，也有学者认为"俳优小说"类似俗赋[3]。唐代"俗讲""变文"则是韵散夹杂的讲唱形式[4]，影响于后世"说话"等其他说唱文学，特别是"说话"中"小说"一家，也是韵散文并用。但从目前留存的宋元话本看，散文主要起叙事作用，韵文主要用于开篇、转折、描写等处，而"说话"的主要目的是讲故事，所以在"说话"中，散文占据主导地位。后来写成文本的小说，从总体看，无论短篇、长篇、中篇，其韵文成分均越来越少，散文的主导地位越来越突出。

在戏曲的发展过程中，最初以唱为主，所以人们把散体的说白称为"宾白"，以其地位不重要而言，所以我们今天所见的《元刊杂剧三十种》基本上都是唱词，只有少量的极简短的说明科介的散文。戏曲发展至后来，虽然宾白、科介所占比重较前代有所增大，表现力也增强了，但唱词无疑始终居于主导地位，所以我们一般说戏曲演员表演为"唱戏"。

（四）其他方面存在差异。

除上述几方面差异之外，戏曲与小说在语言的动作性、表演的程式化、虚拟化、时空的压缩、夸张和滑稽等方面亦存在明显的不同。简单地说，戏

---

① "说话"或说书严格地说，是一种说唱伎艺，而非小说创作。当其经历创作——刊刻——发行——购买——阅读这样一系列环节时，它才真正成为小说。但它毕竟对小说的形成起到至关重要的作用，许多"话本"流传下来就是小说。"说话"对戏曲也产生过影响，但相比之下，对小说的影响更深重大，所以我们把它与小说放在一起，与戏曲进行比较，是符合其发展规律的。

②（晋）陈寿：《三国志·魏书》卷二一《王卫二刘傅传》裴松之注引《魏略》，北京，中华书局，1959，第603页。

③ 张莉认为"俳优小说"是俳优的一种调笑表演，有一定的故事性和民间色彩，是"说话"伎艺的初步形成（张莉：《从"俳优小说"看"说话"伎艺的初步形成》，《西南大学学报》（社会科学版）第37卷第5期，2011年9月）；王齐洲等则认为"俳优小说"应指"俗赋"（王齐洲、李平：《曹植诵俳优小说发覆》，《学术研究》2013年第5期）。

④ 关于"变文"名称及体制的来源，学界一直众说纷纭；不过关于变文的体制意见基本一致，即是韵、散相间，而且随着这一体式的发展，散文的成分越来越突出，对后来的"说话"有较大影响。

曲较小说语言动作性更强，特别是对人物内部动作——心理活动的表现，更真实细腻和富于层次感。戏曲是一种舞台表演艺术，受到舞台时空的限制，因此形成了表演的程式化、虚拟化和时空的压缩，而作为语言艺术的小说则不必受此限制，也不必使用这类艺术形式。与舞台表演及其发展历史和传播方式相关，戏曲在创作和表演中均大量使用夸张手法，使戏曲成为一种夸张的艺术，同时，又大量保存着滑稽戏谑的成分，这些都与小说形成了明显差异。

三、古代小说影响戏曲的局限

由上观之，戏曲与小说之间在发展、取材、艺术特性、审美取向等多方面存在着相通或相近之处，从而使得小说影响戏曲成为可能，或者说它们的历史因缘关系使这种影响具备了一个必要的前提。

戏曲在接受小说影响时，也难免存在局限，这些局限是由戏曲自身的特点决定的。如戏曲只限于舞台表演，有些场景，不可能像小说那样作具体、细致的描绘或再现。戏曲的角色往往有明确的分工，人物一上场，观众就能从其脸谱、服饰等特点分辨出其性格的基本特征，而不能像小说那样写出人物性格发展变化的过程。戏曲强调冲突，特别是早期的杂剧，要求在较短的表演时间内以最快的速度集中人物间的主要矛盾，将剧情推进到高潮，而不能像小说那样，在处理人物间矛盾时，其节奏更接近实际生活。戏曲以唱词为主，而中国古代的韵文主要是抒情的，戏曲中的韵文也在相当大的程度上起着抒情作用，这一方面增强了戏曲的艺术魅力，一方面则削弱了戏曲的叙事性。由于唱往往比说慢，以及戏曲表演时间的限定，因而为了使关目紧凑，戏曲作品在叙事时不得不省掉许多必要的交待，给人以突兀之感。有的作品更是将大段的抒情性极强的唱词作为一折或一出，运用不好，会造成拖沓繁冗之弊。

戏曲的上述特点是在其发展过程中逐渐形成的，有民族艺术的深厚传统，既有优长，又存在不足，特别是在接受相邻艺术形式影响时会受到一定的限制。

附论 1:"传奇"概念的演变及唐传奇的界定

　　说到"传奇",人们一般会想到两种东西——一是唐代的小说,一是明清戏曲。其实这一概念从形成之初到后来的基本定型,其含义经历了多重演变。本文的目的是研究元明戏曲对唐传奇的承袭与变异,辨析"传奇"这一概念是题中应有之义。对这一问题学者们多有研究,现综合前达时贤的相关研究对"传奇"这一概念的演变进行简要梳理,并在此基础上,对唐传奇作出界定。

　　明代胡应麟说:"传奇之名,不知起自何代。陶宗仪谓唐为传奇,宋为戏诨,元为杂剧,非也。唐所谓传奇,自是小说书名,裴铏所撰。"①胡应麟的这段话表明,到他生活的那个时代,"传奇"之名已经传之颇广,不过很少有人知道它的源起;其次,胡应麟认为这一名称原本指唐人裴铏所著小说集的名称,不应与戏诨、杂剧等并称。的确,终唐一代,除了晚唐裴铏将其创作的小说集命名为《传奇》之外,并未有人用"传奇"来统称他们自己创作的小说,而是一般称"杂录"或"杂纪"②。至于有的学者认为元稹《莺莺传》原名《传奇》,则是宋人的改称,李剑国在《唐五代志怪传奇叙录》中对此辨析甚明③。北宋时,人们除用"传奇"一语指裴铏的"小说书"名之外④,在称唐人的新体小说时也还是用"传记"或"杂传记"之名,这在他们编的类书和目录类书籍中有明确反映⑤。直到清代还有人用这一称呼指唐人传奇,如纪昀就将《会真记》称为"传记类也"⑥。这是传统的小说附庸于史传观念的投影。不过尽管这一观念在历史上始终未绝如缕,但唐代小说家们以其

---

①(明)胡应麟:《少室山房笔丛》("庄岳委谈下"),第 555 页。

②(唐)高彦休《唐阙史序》:"故自武德、贞观而后,眈笔为小说、小录、稗史、野史、杂录、杂纪者多矣。"见丁如明等校点《唐五代笔记小说大观》,第 1327 页。

③见李剑国:《唐五代志怪传奇叙录·唐稗思考录——代前言》第 8 页,及该书第 310-314 页《莺莺传》叙录,天津,南开大学出版社,1993。下文所引李剑国《唐稗思考录》一文均出自该书,不另注明。

④(宋)陈师道《后山诗话》:"范文正公为《岳阳楼记》,用对语说时景,世以为奇。尹师鲁读之曰:'传奇体尔。'《传奇》,唐裴铏所著小说也。"见(清)何文焕辑:《历代诗话》,北京,中华书局,1981,第 310 页。

⑤详见李剑国:《唐稗思考录——代前言》第 7 页注③。

⑥《阅微草堂笔记·姑妄听之》盛时彦跋引纪昀语曰:"刘敬叔《异苑》、陶潜《续搜神记》,小说类也;《飞燕外传》《会真记》,传记类也。"纪昀:《阅微草堂笔记》,上海,上海古籍出版社,1980,第 472 页。

天才的创造所汇成的这一条河流,却充满生机地向前流淌着。单篇传奇之后,继之以传奇集。至宋代,模仿之作继有所出;同时,唐人传奇被大量收入宋人所编大型类书《太平广记》之中。

尽管传奇小说的创作与结集盛行一时,但有关的理论、观念的到来却要晚得多。直至南宋谢采伯,才首次在小说统称意义上使用"传奇"这一概念:"经史本朝文艺杂说几五万余言,固未足追媲作者,要之无牴牾于圣人,不犹愈于稗官小说、传奇志怪之流乎?"①当时这一称谓并未流传开去,也没有固定地指唐人创作的新体小说,倒是在通俗文学领域使用甚广。比如,宋代"说话"人在说到"传奇"时,主要有两种含义:狭义的,指恋爱故事;广义的,指经史之外的所有故事②。说话人运用这一称谓还是从裴铏的小说集名借来的,多半是取其方便。此外,宋元时人们还把当时出现的诸宫调、南戏、杂剧等也称作"传奇"③。由此可见"传奇"一词颇受欢迎,人们往往用它来指称某一类题材的、有别于经史的所有故事,无论这故事是以说唱还是戏曲的形式表演。

谢采伯所说的"传奇"的含义与《醉翁谈录》等书中的"传奇"不同,后者更多地是从题材意义上说的,前者则在文体类别的意义上使用这一概念;当然,民间流传甚广的称谓不可能不对谢采伯产生影响,他所使用的这一概念,显然和"圣人"之"古作"对立。但谢采伯还没有明确地用这一概念专指唐人创作的新体小说。到了元代,在文人中这一称谓的指向越来越明确。元人虞集在《写韵轩记》中说:"唐之才人,于经艺道学有见者少,徒知好为文辞。闲暇无可用心,辄想象幽怪遇合、才情恍惚之事,作为诗章答问之意,傅会以为说。盍簪之次,各出行卷,以相娱玩。非必真有是事,谓之传奇。元稹、白居易尤或为之,而况他乎!"④虞集所说的"谓之传奇",是指后人的称谓,而不是唐人自己的叫法,但有一点可以肯定的是:虞集在使用

<hr />

① (南宋)谢采伯:《密斋笔记·自序》,《景印文渊阁四库全书》,子部一七○,台北,台湾商务印书馆,1986。

② 参见李剑国:《唐稗思考录——代前言》,第8页。

③ 关于"说话"和民间其他伎艺中使用"传奇"称谓的情况,详见(南宋)灌圃耐得翁:《都城纪胜》"瓦舍众伎"条,见(宋)孟元老等:《东京梦华录(外四种)》,第96页;(宋)罗烨:《醉翁谈录》甲集卷一,见《续修四库全书》第1266册,上海,上海古籍出版社,2002,第408、409页;(元)钟嗣成:《录鬼簿》,见中国戏曲研究院编:《中国古典戏曲论著集成》第二集,第104、117页;钱南扬:《永乐大典戏文三种校注》,北京,中华书局,1979,第231页等。

④ (元)虞集:《元蜀郡虞文靖公道园学古录》卷三十一,台北,华文书局,1969,影元刊本,第1862页。

"传奇"这一概念时至少已经相当接近我们今天所说的意思了，即他是从文体学的意义上称呼唐人的新体小说，而且不仅限于男女情爱题材，也包括写"幽怪遇合"之作。到元末陶宗仪的笔下，这一概念的含义更加明确："唐有传奇。宋有戏曲、唱诨、词说。金有院本、杂剧、诸宫调。""稗官废而传奇作，传奇作而戏曲继。"①综合这两段话，可知陶宗仪在使用"传奇"这一概念时已经明确指称唐人的新体小说了，并把其与后世的戏曲紧密联系起来，从而表明后世戏曲与唐传奇之间存在着承袭关系。陶宗仪以后，明人杨慎说："诗盛于唐，其作者往往托于传奇小说神仙幽怪以传于后。"②胡应麟把小说分为六类，其中一类即为"传奇"，臧晋叔更创"唐人传奇"一语："近得无名氏《仙游》《梦游》二录，皆取唐人传奇为之敷演。"③于是唐传奇之称遂大行于世④。

不过，从上文所述"传奇"这一概念的演变情况看，这一称谓并非唐代某类小说的专利，在宋元时即已用它来指称包括戏曲在内的一些通俗文艺样式。明清两代，人们沿此习惯，用它来称呼戏曲，成为区别于杂剧的一种篇幅较长、以南曲为主、可多个角色演唱的戏曲体裁的名称，并逐渐固定下来，且与历史上其他通俗文艺样式相区别，即我们今天仍在使用的"明清传奇"这一概念。于是，"传奇"一语遂固定下来，成为唐代一种小说和明清一种戏曲的共用称呼，出现了一名两用的现象，所以我们在说"传奇"时，就不能不在它之前加上必要的限定词，否则就会因指代不明而引起误解。

"传奇"之名何以会受到如此青睐？应该说是得益于这一词的含义。"传奇"，我们现在一般读作 chuán qí，即传述奇闻异事之意。不过，"传"最初应当是"传记"之"传"，即记、志，这一层意思里面本就含着"传示"之意，即作传以传示于后世。从这个意义上说，"传奇"实与"志怪"意义相近，只不过"奇"较"怪"所涵盖的范围更广，不仅指神仙鬼怪之事，亦指人间种种奇闻异事⑤。而无论是"传(zhuàn)奇"还是"传(chuán)奇"，其最终目的都是要给人看，传之于世的。所以"传(chuán)奇"成了唐代某类小说和明清

---

① 分别见(元)陶宗仪：《南村辍耕录》卷二十五"院本名目"条和卷二十七"杂剧曲名"条，第306、332页。
② (明)杨慎：《艺林伐山》卷一七，上海，商务印书馆，1936，第108页。
③ (明)臧晋叔：《负苞堂集》卷三《弹词小序》，上海，古典文学出版社，1958，第57—58页。
④ 参见李剑国：《唐稗思考录——代前言》，第8—9页。
⑤ 参见李剑国：《唐稗思考录——代前言》，第6页。

一种戏曲的约定俗成的称谓,就不足为奇了。从文艺创作和审美的角度说,奇,的确是一个较普遍的要求。从司马迁的"爱奇",到韩愈的"惟陈言之务去"①,到李渔主张戏曲乃至其他文章要"非奇不传"②,无不贯穿着求"奇"之创作思维;不仅在创作上如此,欣赏者也是时时求新求奇的,所谓"审美疲劳",就是对陈陈相因的作品在心理上的一种排斥。求奇的审美心理虽具有某种普遍性,但"传奇"却最终成为唐代一种小说和明清一种戏曲的共同称谓,则表明这两种文艺样式之间存在着某些只有它们之间才有的共性,确切地说,它们之间存在着承传关系,这种承传关系既是明清戏曲在发展演变过程中接受唐传奇影响的结果,也体现出两种文艺样式本身的相通性。

　　"传奇"概念的演变、定型及其含义既已明了,下面我们就对本论题所涉及的"唐传奇"作出界定。

　　鲁迅在《中国小说史略·唐之传奇文(上)》中说:"小说亦如诗,至唐代而一变,虽尚不离于搜奇记逸,然叙述宛转,文辞华艳,与六朝之粗陈梗概者较,演进之迹甚明,而尤显者乃在是时则始有意为小说。"在与六朝小说的比较之中,揭示出唐传奇的演进之迹。随后又说:"此类文字,当时或为丛集,或为单篇,大率篇幅曼长,记叙委曲,时亦近于俳谐……""传奇者流……故所成就乃特异,其间虽亦或托讽喻以纾牢愁,谈祸福以寓劝惩,而大归则究在文采与意想……"③这几段话,实际已揭示出唐传奇的基本特征:篇幅较长;有意虚构;情节曲折;文辞华艳;题材与六朝志怪有相承之处;间有寓意,或近俳谐。其涉及的范围,既有单篇,亦有专集。后世论唐传奇文体特征者几乎无不引此以发明阐扬,大体不出这一范围。李剑国在此基础上,又作出补充,认为唐代承六朝志人小说而来的作品已"蜕化"成"笔记或笔记小说",其"目的是备史官之阙,手法是历史家的'记注'法",而不应列在传奇或志怪小说之内。在区分传奇和志怪时,则以鲁迅上述意见为准绳。但在涉及具体作品、特别是专集时,并不好区分,故"举其重"而将其分为"传奇集(以传奇体为主)、志怪集(以志怪体为主)、志怪传奇集(二

①(唐)韩愈:《答李翊书》,见马通伯校注:《韩昌黎文集校注》,上海,古典文学出版社,1957,第99页。
②(清)李渔:《闲情偶寄·词曲部》,见中国戏曲研究院编:《中国古典戏曲论著集成》第七集,第15页。
③以上所引鲁迅语均见鲁迅:《中国小说史略》,第44—45页。

体各具相当比例）"。① 陈文新则"从历史和逻辑统一的维度"，对唐传奇的文体特征提出新的见解：唐传奇的基本特征可概括为"传、记的辞章化"，既有承史传传统形成的某些叙事特征，又吸收了辞章（诗、赋、骈文等）的选材角度和艺术表达方式，从而形成了既不同于现代意义上的小说，又区别于传统的子、史等文的独特的文体特征②。

综合上述学者的研究成果，结合鲁迅辑录的《唐宋传奇集》和汪辟疆校录的《唐人小说》，以及唐人著作的实际情况，我们对唐传奇作出如下界定：

1.作于唐、五代；

2.具备一定的、有意识的虚构和想象成分；

3.人物形象鲜明，记叙首尾完整；

4.关注个人生活和感受；

5.注重文辞。

凡符合上述条件的均可看作唐人传奇。当然，除第一条之外，其他几个条件不一定同时都要满足，只要具备多数即可。因此对于一些专集，就要做具体分析，有的篇章符合我们的条件，就可认定是唐传奇。如《本事诗》《中朝故事》《云溪友议》等集中，虽多为"诗话"或"笔记"之作，但亦不乏符合上述条件的作品，如《本事诗》中记韩翃和柳氏悲欢离合之事、人面桃花的故事，《云溪友议》所记韦皋与玉箫两世姻缘之事，《中朝故事》所记宣宗微服私访遇赵某事等等。这些故事不仅首尾完整，而且情节生动，人物形象也较鲜明，为元明戏曲家反复改写，堪称唐传奇的优秀之作。

补充说明一点，不独戏曲中存在着同一题材被反复改写的现象，在唐传奇中就已存在不同作家共同关注同一故事的现象，如上举韩翃和柳氏的故事，"唐时盛传"，除《本事诗》所记之外，此前许尧佐之《柳氏传》亦详叙此事；记谢小娥事的则先后有李公佐《谢小娥传》、李复言《续玄怪录》之《尼妙寂》、李绅《谢小娥传》等；关注李、杨爱情故事的就更多了，有《高力士外传》《长恨歌传》《梅妃传》等。唐传奇和元明戏曲的题材重复现象，是传奇小说和戏曲在选材上的一个共同特点；同时，从倍受关注的题材亦可见出唐传

---

① 李剑国：《唐稗思考录——代前言》，第4—6页。
② 详见陈文新，王炜：《传、记辞章化：从中国叙事传统看唐人传奇的文体特征》，《武汉大学学报》（人文科学版）第58卷第2期，2005年3月；陈文新：《文言小说审美发展史》，武汉，武汉大学出版社，2002，第186—188页。

奇作家和元明戏曲作家们共同的题材兴趣。而戏曲对唐传奇题材的承传又引发了其他相关方面的承袭;在承袭唐传奇的同时,元明戏曲又在诸多方面对唐传奇产生了变异。这正是本书所关注的问题。

第二章　说唱文学——从唐传奇到元明戏曲的桥梁

从唐传奇到后世戏曲,中间经过了说唱文学的发展阶段。这些通俗的说唱文学为戏曲接受小说的影响提供了巨大的平台和不可或缺的桥梁。戏曲经由说唱文学的滋养浸润,愈加成熟:体制上愈加完备,戏曲音乐愈来愈适应舞台表演的需要,舞台表演愈趋成熟,从而客观上为戏曲吸收小说(就本文而言,主要是唐传奇)的优长提供了充分的条件。当然,戏曲接受小说和说唱文学的影响,二者之间并非截然分开、界限分明,小说和通俗的说唱文学对戏曲的作用是交错发生的。

说唱文学,又称"讲唱文学"。叶德均在《宋元明讲唱文学》中对这一概念下的定义是:"讲唱文学是用韵散两种文体交织而成的民族形式的叙事诗,叙述时是有说有唱的。"并进而解释道:"唐以后的各种讲唱文学相互间虽有差异,但都遵守着韵散夹用且说且唱的基本规律,而且一定是叙事的。"[①]这一定义相当精辟,具有高度的概括性。但本文在论述说唱文学在唐传奇与后世戏曲之间的桥梁作用的时候,对这一定义的外延有所突破,并不完全局限于"且说且唱"这一特定范围内,比如对"说话"四家是否均属说唱文学这个问题,就与上述定义略有出入,详下文。

说唱文学源自寺院的俗讲,从一开始它的受众就是广大下层民众,而且其充分发展、不断演变都发生在民间,是民间文学的重要组成部分,因此具有民间文学的许多特征。首先是它的丰富性。自宋代开始,讲唱文学的种类日益增多,不断变化,叶德均根据它们所用韵文形式的不同,将之分为"乐曲系"和"诗赞系"两大类。这两大类中,前者先后出现了 9 种不同的形式,后者则有 5 种。各个种类之间又错综交织、你中有我、我中有你,形成了说唱文学发展演变异常繁复的现象。其次,说唱文学还具有不稳定性。表现在许多方面:第一,因说唱文学往往依靠口耳相传的方式授受、流传,

---

①叶德均:《戏曲小说丛考》,北京,中华书局,2004,第 625 页。

其主要内容、体制和表演形式等在一次次、一代代流传过程中,不可避免地会发生变化。这一变化总体上是趋于完善的,但由于艺人们的水平、社会环境、社会风俗等诸因素的影响和制约,也不能避免局部时期、局部水平的下降,从而使其发展呈现出明显的不稳定性,也使得戏曲在借鉴它们的时候会受到影响。第二,说唱文学具有很强的地域色彩。某一类型的说唱文学在流传到异地时不可避免地会受到当地环境、风俗等诸因素的影响,从而发生不同程度的改变,这种改变同样会折射到戏曲上。第三,说唱文学是适应受众需要而产生和发展的,不断变化。尽管几乎所有的文学样式都具有这个特点,但说唱文学在这方面表现得最为突出、最为强烈。可以说它们就是从民众这个丰饶的土壤中生长出来的。民众的喜好一般具有不稳定性,或趋利避害或趋时附势(这里没有丝毫贬义),所以一旦一个地区一种新的说唱艺术开始流行以后,原有的说唱艺术就会很快被取代,或者为求得生存而不得不对自身加以改造。第四,相对于文人文学,说唱文学随社会、时代的变迁而变化的频率较高,速度也较快。由上述种种原因造成的说唱文学这种消长、变异是在不断进行着的,势必对戏曲的发展产生巨大的冲击作用。

此外,说唱文学另一个、也是最大的特点就是上文说到的口头传播性,造成书面材料极其匮乏,能留存至今的更是少之又少。所以,在一千多年之后,要想对它们加以精确把握几乎是不可能的。然而,从现有的材料以及现存的一些说唱伎艺的情况可知,它们在戏曲形成过程中的确曾起到过巨大作用,甚至现在也还是如此。所以本文就几种现存材料较丰富、发展线索较清晰、其中介作用表现得较突出者考察它们在元明戏曲接受唐传奇过程中所起的桥梁作用。以少总多,期于能由此一端重申中国古代戏曲与小说之间的血肉联系,以及产生这一联系的特定的历史发展线索。

第一节　宋元"说话"的桥梁作用

宋元"说话"最初是一种说唱伎艺,由艺人们口头讲说,在师徒之间主要靠口耳相传。但所习故事之多,完全凭记忆显然不够,于是他们就有了专供备忘、揣摩、传习之用的底本。这种底本就是最初的"话本"。后来,由一些文人组成的"书会"专门替"说话"人编撰这种底本。宋代"说话"伎艺发达,艺人众多,故事丰富,产生了不少"话本"。这些"话本"起初并未在市场上流通,随着说话伎艺的日益发达,受众欣赏水平的提高和娱乐需求的增长,加之印刷术的发展,书商的谋利需要等因素,"话本"被不断增删、润饰,并逐渐公开传抄、印行,进入市场,成为可供阅读的书面文本,这就是文学史上所说的"话本小说"。"话本小说"是从"说话"中"小说"一家发展而来的;"讲史"一家则发展成为后来的长篇章回小说。因此,我们现在所说的古代小说与"说话"实有着深厚的渊源关系,甚至可以说是一而二,二而一的东西,可视为一种文体的不同发展阶段,或者说是一种文体的两种不同载体形态。这就为我们从现存的"话本"这种书面材料中了解当时"说话"的特点,并进而考察它们在唐传奇与后世戏曲之间的中介作用,提供了必要的前提。我们在选取这类书面材料时,尽可能选取那些最能反映当时"说话"面貌的作品,以求稳妥。

一、宋元"说话"的"家数"、题材及体制

"说话",就是说故事的意思。它是宋、元时民间盛行的一种说唱伎艺。据《东京梦华录》卷五"京瓦伎艺"条记载,北宋汴京的伎艺表演科目繁多,其中可认为是"说话"伎艺的有"讲史""小说""说诨话""说三分""五代史"等,且每一科均列出专门艺人,多者达到五六位,并说"不以风雨寒暑。诸棚看人,日日如是"。[①] 可见当时说话伎艺的发达和受欢迎的程度。这种局面的形成与北宋商业的繁荣、市民社会的发展密切相关。南宋时,商业进一步繁荣,各行业的分工越来越细,影响之于"说话"伎艺,也逐渐产生了明确的"家数"。

（一）"说话""家数"及其题材

小说史研究者多认为南宋"说话"有四家数,其根据是耐得翁《都城纪胜》所记:

> 说话有四家:一者小说,谓之银字儿,如烟粉、灵怪、传奇。说公案,皆是搏刀赶棒,及发迹变泰之事。说铁骑儿,谓士马金鼓之事。说经,谓演说佛书。说参请,谓宾主参禅悟道等事。讲史书,讲说前代书

---

① 见(宋)孟元老等:《东京梦华录(外四种)》,上海,上海古典文学出版社,1956,第29—30页。

史文传、兴废争战之事。最畏小说人,盖小说者能以一朝一代故事,顷刻间提破。合生与起令、随令相似,各占一事。商谜,旧用鼓板吹《贺圣朝》,聚人猜诗谜、字谜、戾谜、社谜,本是隐语。①

《梦粱录》与此说法大同小异。但后人对"说话四家"的具体分法却存在分歧。对"小说""讲史"和"说经"三家意见基本一致,而对说参请、说公案、说铁骑儿、说诨经等则各执一词。胡士莹先生综合各家之说,并仔细研究《都城纪胜》的断句之后,认为四家的分法应该如下:

1.小说(即银字儿)——烟粉、灵怪、传奇、说公案,皆是朴刀杆棒及发迹变泰之事。

2.说铁骑儿——士马金鼓之事。

3.说经——演说佛书;

说参请——宾主参禅悟道等事;

说诨经。

4.讲史书——讲说前代书史文传兴废争战之事。②

这四家中"说经"一家所说的内容最初与佛理有关,逐渐演变成"说诨经",即以宾主问答("说参请")的形式讲说市井谐谑之词。这一家与本论题关系不大,从略。"说铁骑儿",据《都城纪胜》是讲"士马金鼓之事",显然与战争有关,胡士莹采用严敦易的解释,认为系指南宋农民起义和抗金斗争。因南宋朝廷屈辱求和的政策,故这一内容受到压制,只兴盛了不长的时间,所以在后来的《梦粱录》《武林旧事》等书中已经看不到关于这一"家数"的记载了。"讲史书",是"讲说前代书史文传、兴废争战之事",即我们现在所说的历史故事。"小说"包容范围较广,内容也最丰富,"烟粉"一类主要讲烟花粉黛,人鬼幽期之事;"灵怪"讲神仙妖术的故事;"传奇"则讲人间男女悲欢离合的故事;"公案"是讲说摘奸发复及发迹变泰之事③。即"小说"这一家主要讲述的是现实和超现实世界中发生的奇闻异事。"小说"又名"银字儿"。"银字儿"指银字笙或银字觱篥,即在笙或觱篥的按孔处钿之以银,又名"银字管"。据此,有学者认为"小说"之所以又名"银字儿"是由于在讲

①(宋)灌圃耐得翁《都城纪胜》"瓦舍众伎"条,见(宋)孟元老等:《东京梦华录(外四种)》,第98页。

②胡士莹:《话本小说概论》,北京,中华书局,1980,第106—107页。

③参见胡士莹:《话本小说概论》,第111页。

说时伴有歌唱，就是用这种银字管伴奏的。也正因此，在"说话"四家数中只有"小说"确可称得上讲唱文学①。这是从"讲唱文学"的严格意义上说的，这里我们不妨将其外延略加扩大，将"说话"的"讲史书"与"说铁骑儿"两家也囊括进去，姑称之为广义的说唱文学。

由上可见，宋代"说话"的题材类型比较丰富，内容相当广泛，既有对前代文学样式、特别是与之体式相近的小说尤其是唐传奇的继承与借鉴，后世小说、戏曲的各种题材在其中也几乎均能找到相对应的类型甚至相重合的故事。即在古代文学发展史上，"说话"无论在题材类型上还是具体取材上均起到了承前启后的作用。

(二)"说话"的体制

现存宋人"话本"以"小说"类为主。"说铁骑儿"在南宋即受到压制，作品不多，元以后由于时代原因，它作为"说话"之一家已经不复存在，其中的某些故事则并入"讲史"一类中了②。宋代"讲史"话本留存下来的也极少，即使有，也经过元人的改编，更多的"讲史"话本出自元代。因此，我们在考察"话本"体制时，主要是就"小说"和"讲史"这两大门类而言，前者的依据，是保存在《京本通俗小说》《六十家小说》《熊龙峰刊四种小说》以及"三言"中可考为产生于宋代或宋、元时期作品③；后者的依据是《新编五代史平话》《新刊大宋宣和遗事》和《全相平话五种》等。从这些"话本"的体制，我们基本能了解当时"说话"的情形。

首先看"小说"话本的体制。

《都城纪胜》说："最畏小说人，盖小说者，能以一朝一代故事，顷刻间提破。"④道出了"小说"体制短小的特点。其"说"既不长，其话本的篇幅自然也较短小。但"麻雀虽小，五脏俱全"，"小说"话本的体制还是比较完备的，有一定的格式。一般地说，"小说"话本由六个部分组成：题目、篇首、入话、头回、正话、篇尾⑤。

----

①叶德均：《宋元明讲唱文学》，见叶德均：《戏曲小说丛考》，第631页。
②"说铁骑儿"虽与"讲史"合流，但其侧重点与"讲史"毕竟有别，因此，到明代，"讲史"的话本发展成历史演义类长篇小说，"说铁骑儿"则演化成英雄传奇一类的长篇小说。
③这些作品有的虽经明人的修订、改编，但仍然或多或少地留存着宋、元"说话"的痕迹，我们在应用它们作例子时，尽量参考保留这种痕迹较多的作品。
④(宋)灌圃耐得翁《都城纪胜》"瓦舍众伎"条，见(宋)孟元老等：《东京梦华录(外四种)》，第98页。
⑤"小说"话本体制的六部分系参考胡士莹《话本小说概论》有关论述，下文不另注明。

（1）题目。"小说"的题目是根据正话的内容确定的。"小说"最初的题目可能是人名、地名、物名等简短的形式，后来为了使"说话"的内容更加醒目、更能吸引受众，便将题目加长为七言、八言等较长的句子，尽量概括故事的大意。如《醉翁谈录》记录的"说话"名目既有《李亚仙》，又有《李亚仙不负郑元和》；既有《王魁负心》，又有《王魁负心桂英死报》①。宋人《青琐高议》中的小说每篇都有长短两个题目，也许正是这种情况的遗留。

（2）篇首。"小说"话本往往以一首诗（或词）或一诗一词、多诗多词开篇。这诗词就形成了"篇首"。在"说话"艺人表演时则成为"开"或"开呵""开科"。篇首或"开"所用的诗词有说话者自撰的，有引用古人的。其作用或者点明主题，或者烘托意境，或者衬托故事内容。篇首或"开"有时与"入话"结合，构成"入话"的组成部分。充当篇首的诗或词，并不仅限于一篇之首，也用在每回或每段之首，如《碾玉观音》《陈巡检梅岭失妻记》的上下两回或前后两段处各有一诗。篇首不能脱离正话而独立存在。

（3）入话。对篇首的诗或词加以解释以引入正话的文字（或"说话"）叫做"入话"。"入话"可长可短，在"小说"话本中起到承上启下的作用，对"说话"艺人的表演而言，则可以肃静现场，聚集听众，启发听众，是整个"说话"不可或缺的环节②。在这一环节中，说话艺人施展自己的语言才华和丰富知识，广征博引，上天入地，收到引人入胜的效果。

（4）头回。不少"小说"话本的开头，在诗词和入话之后，往往还有一段与正话相似或相反的故事，可自成段落，单独存在，又由于其所处位置，人们将它叫做"头回"，也称"得胜头回"或"笑耍头回"，取其吉利或资笑乐之意。头回是一段小故事，具有相对独立性，甚至可以衍化成完整的"话本"。但需注意的是，就每一篇"小说"话本而言，与之相匹配的"头回"一般不相重复，这是由正话故事的内容决定的。

"头回"和"入话"二者所起的作用相近，都是为了突出正话的主题，照顾听众，所以有时两者交替使用，有时并用。但二者毕竟性质不同，是可以

①《李亚仙》《王魁负心》之类较简短的题目见（宋）罗烨《醉翁谈录》甲集卷一"小说开辟"；《王魁负心桂英死报》见该书辛集卷二"负约类"；《李亚仙不负郑元和》见该书癸集卷一"不负心类"。分别见《续修四库全书》编纂委员会编：《续修四库全书》，第1266册，第408、447、457页。

②绝大多数"小说"话本都有入话，例外的只有《京本通俗小说》中的《菩萨蛮》一篇。而有的"小说"入话被刊刻者削落了，只标明"入话"二字，如《清平山堂话本》和《熊龙峰刊四种小说》中的作品。

区分开的。在明人编的话本集中,有时将二者混称,是极少数的例外。

(5)正话。说至此终于可以"言归正传"了。这"正传"就是"正话"的另一称谓,意即正文——用于书面叫做"正文",在"说话"艺人那里自然称作"正话"。正话就是"说话"人要讲述的主要故事,构成"话本"的核心内容。因此它有比较复杂的情节,相对丰满的人物形象。

从体制上看,正话具有如下两个特点:

第一,正话明显分为韵文和散文两种,而且各司其职。

散文主要是当时的口语,起叙述故事的作用,既有事件的讲述,又有对故事中人物的言语、行动、心理的描写。这部分语言风格完全是"说话"人的口吻,如"话说""却说""说话的""话休絮烦"等等,现存"小说"话本中,这类词语俯拾即是。

韵文包括诗、词、骈文、赋等,主要用于唱念,是正话的有机组成部分。韵语的安排,一般以"正是""有诗为证""怎见得""俗语说""常言道""古人云"等引出。韵文主要是对环境、景物、事件、人物服饰、容貌、行动等作静止的描绘或品评,以补散文叙述的不足,发挥疏通、衬托的功能,同时也可起到调剂场面、活跃气氛的作用。

第二,出现了分回的迹象。

"说话"表演时,有些故事相对较长,一次说不完,"说话"人在说到紧要关头时忽然打住,留待下次再说,形成了分回的现象。绝大多数"小说"话本,基本上是不分回的。但由于"说话"人临场发挥,对故事加以充实和渲染,往往不能一次讲完,就必须分回。经过长期摸索,艺人们逐渐发现了讲故事的规律,找到了适合分回的段落,这样分回就渐渐固定了下来。同时,分回也是为了保证听众数量的一个有效办法。所以,较短的"小说"故事有的也采用了类似分回的办法,如《碾玉观音》《西山一窟鬼》等,为以后长篇章回小说的分回打下了基础。

上文说"头回"可以衍化成"正话",同样,正话的故事也可以转化成其他"小说"的"头回"。可见,"小说"话本中的"头回"和"正话"有一定灵活性。

(6)篇尾。篇尾与"小说"故事的结局不同。故事结局是情节发展的结果,是本事不可分割的组成部分。"小说"话本的篇尾,却是说话人附加的,有一定的主观性和相对独立性。其表现形式主要有诗、词、对句等几种,有的在诗、词或对句前交待题目,有的说明故事来源,个别的在诗、词或对句之后宣布散场。这些诗、词或对句,一般具有如下功能:对全篇大意加以总结;对故事中的人物、事件进行评价,甚至借题发挥,对社会现实发表见解;对听众进行劝戒。

其次看"讲史"话本的体制。

讲史话本通称"平话",又作"评话"。其体制特点如下[①]:

第一,篇幅较长,分卷分目。

平话与"小说"话本不同,它通常讲述整个一朝一代的故事,内容丰富复杂,需要较大的篇幅。今天所见到的平话,一般均在四五万字,长的可达十余万言。由于篇幅长,为了讲述和阅读的便利,就有分卷分目的必要。如《新编五代史平话》中各朝的平话均分成上下两卷,《全相平话五种》的《武王伐纣》《乐毅图齐》《秦并六国》《续前汉书》和《三国志》平话则分别析为上、中、下三卷。平话的分卷不一定依据内容,主要出于篇幅的考虑,使其分量均等。

除分卷外,平话还依故事内容分立节目。如《新编五代史平话》各史卷首有目录。《全相平话五种》上图下文,图上有题目,有的话文中还有阴文的小题目。这些题目,是故事情节内容的概括。

第二,有"开场诗"和"散场诗"。

在整部讲史话本的开端,往往有一两首七绝或七律诗,称为"开场诗"。开场诗有的概括全部历史,有的交待该平话的主要内容,有的发表评论。讲史话本的篇末,则以一首七绝或七律"散场",或用以总结全书内容,或发表议论以为鉴戒。

"讲史"平话的"开场诗"和"散场诗"与"小说"话本的篇首和篇尾相似。

第三,使用断代编年的叙事方法。

讲史话本的基本情节依据正史,所叙的本事一般是断代的,所采取的叙事方法则是编年的。此外,在讲说本书所叙故事之前,开场诗之后,往往说一段前代的史事,以与本事相衔接。

"说话"题材类型和体制的上述特点,是"说话"艺人们在前代相关艺术形式的基础上,根据受众的审美、娱乐需求,适应受众的欣赏习惯,经过长

[①] "'讲史'话本的体制"系依据胡士莹《话本小说概论》第 707—711 页的内容。

期共同摸索而形成的,也是特定历史时期和社会环境的产物。同时,"说话"作为说唱伎艺的一个门类,又构成文艺发展史这个链条上的重要一环,对同时和此后的相邻艺术样式产生影响,从而在前代和后世相关文学、艺术样式之间起着承前启后的桥梁作用。

二、题材上"说话"的中介作用

《都城纪胜》记载"说话"有"四家",细按其文意,这"四家"是按照所"说"内容、确切说是故事题材类型划分的。对这四种类型的概括我们采取胡士莹的说法,即有"小说""说铁骑儿""说经""讲史书"。其中"说经"与我们所论的叙事性的说唱文学存在较大距离,姑不论。另三种具有较强叙事性的"说话家数",其题材在文学史上发挥着承上启下的重要作用,"讲史书"是讲说"前代书史文传、兴废争战之事",上承前代丰富的史传文学,满足当代人们对历史、特别是"兴废"的关注,下启历史演义小说与历史题材的戏曲;"说铁骑儿",是特定历史时期的产物,反映了当时尖锐的现实矛盾,也开启了后世英雄传奇小说和与之相类的戏曲。而我们最为关注的是"小说"一家,正是这一家为唐传奇与后世戏曲的连通架起了一座桥梁①。

"小说"一家包括"烟粉、灵怪、传奇、公案"等细目,在四家中是内容最为丰富的一类,所讲故事涉及范围广阔,与民众生活最为接近。这些故事虽说植根于现实生活,但从前代文学所吸收的东西亦不在少数,其中对唐传奇的借鉴更是显而易见。首先是子目中的"传奇"。这一词语,在当时还没有明确指称唐代出现的新体文言小说,但它作为唐人一部小说集的名称却众所周知,而这部小说集所收作品则是唐传奇的重要组成部分。从现存"小说"话本或其名目看,"传奇"一类主要演述人间男女悲欢离合的故事,与唐代传奇小说的主要题材相一致。如《六十家小说》中的《风月瑞仙亭》,《警世通言》中的《宿香亭张浩遇莺莺》,《醉翁谈录》所录的话本名目《李亚

---

①我们在讨论"说话家数"时,主要依据宋人的文献,而涉及"小说"话本作品时则说"宋元",原因在于:第一,元代说书情况缺少必要的文献资料,除有部分讲史"平话"保存下来外,有关"小说"的情形难得其详;第二,元代去宋未远,民间伎艺的表演情形与宋代相差不大;第三,现存的"小说""话本"中即使保留"说话"痕迹较多的作品,许多也不好遽然断定出自宋代还是元代,只能大致认为是宋元时期。

仙不负郑元和》等,这类故事在唐传奇中俯拾即是,如《莺莺传》《李娃传》等;而且从题目看,《李亚仙不负郑元和》显然直接改编自唐人传奇《李娃传》①。即无论从名称还是从故事类型上说,"传奇"这一"小说"的子目无不受到唐传奇的重要启示。"烟粉""灵怪"这两个子目,一个讲人鬼幽期,一个讲神仙灵怪。这两类故事在唐传奇中也不难发现,前者如《京本通俗小说》中的《碾玉观音》,唐传奇中有类似的《离魂记》《霍小玉传》;后者如《六十家小说》中的《陈巡检梅岭失妻记》,《古今小说》中的《张古老种瓜娶文女》,唐传奇中有相应的《补江总白猿传》《续玄怪录·张老》等。"公案"一类的故事,在唐传奇中似乎不多,但豪侠故事却蕴含着向发迹变泰、摘奸发复、甚至朴刀杆棒故事发展演变的内因,如《冯燕传》《无双传》《虬髯客传》《聂隐娘》等。

宋元"小说"一家的故事,在吸收借鉴唐传奇题材类型的同时,对当时或后来的戏曲题材分类亦产生了不小的影响。据《梦粱录》载:"凡傀儡,敷演烟粉、灵怪、铁骑、公案、史书历代君臣将相故事话本,或讲史,或作杂剧,或如崖词。"同书还说"更有弄影戏者……其话本与讲史书者颇同,大抵真假相半……"②作为戏曲的重要发展阶段之傀儡戏、影戏,其表演题材与当时的"说话"几乎完全相同,铁骑、史书,是承"说话"之"说铁骑儿"与"讲史书"而来,烟粉、灵怪、公案,则与"小说"一家的子目几乎重合,难怪它所用的脚本就是当时的"话本"③!可见,"说话",特别是"小说"一家在题材类型上对其他伎艺的重要影响,而这影响将历史地由这些伎艺带入戏曲中。综观元明戏曲作品,爱情戏、历史戏、公案戏占据了大部分,这一现象的形成绝非偶然,其渊源即在于此。

以上仅就题材类型说明了"说话"特别是"小说"一家的承上启下作用。具体到每个故事,会更清楚地发现这种作用。现存的宋元"小说"话本,有相当数量的题材系取自唐传奇或与唐传奇相关。这些题材的故事多半又为后世戏曲所袭用。依据《醉翁谈录》所载和《宝文堂书目》著录的宋元"小

---

① 关于故事的具体取材,将于下文详论。

② 以上两条引文均出自(宋)吴自牧《梦粱录》卷二十"百戏伎艺"条,见(宋)孟元老等:《东京梦华录(外四种)》,第 311 页。

③ 也不排除这种可能:当时的许多伎艺表演,所用的底本并非"说话"之底本,但也可称为"话本"。但名称的借用,同样也反映出"说话"对其他伎艺的重大影响。

说"话本,比照其他相关文献,可得出宋元"小说"话本总计约 186 种[①],其中取材于唐传奇或与唐传奇题材相关者共计 33 种[②],占总数的 1/6;其中为宋、元、明戏曲借用或改编者计 26 种[③],约占取材于唐传奇的话本总数的 79%,其中存疑者 11 种,这 11 种中仅话本题材来源存疑者 5 种,话本创作时代存疑者 4 种,话本、戏曲题材来源同时存疑者 1 种,仅戏曲题材来源存疑者 1 种[④]。

　　上述统计表明,宋、元"小说"话本题材上承唐传奇,下启宋、元、明戏曲,为什么会出现这种现象? 笔者以为,这与"说话"和戏曲的性质有关。"说话"与戏曲虽是两种不同的艺术样式,但它们之间一个共同之处在于,都面向或基本面向市民群众,即其审美主体相同或至少有相当部分重合。这就使得它们在语言的运用、观念的体现、情趣的流露、艺术手段的调动等方面尽可能地迎合这一审美主体,由此导致了一系列特征的相似,这一系列相似的特征实际上正是通俗文学所具有的特征[⑤]。这些特征为它们在题材选取上的相同或相近提供了可能。而这一可能又为通俗性的戏曲取材于唐传奇这种"雅文学"样式创造了难得的契机。

　　话说到这似乎已经将"小说"话本题材上的中介作用阐明了。但深究一步,为什么作为通俗文学的"小说"话本,却向文人创作的唐传奇中取材呢? 有这样几方面的原因。首先,我国文言小说发展到唐传奇已经成熟,在取材的广泛、虚构意识的加强、文笔的委婉、情节的曲折、故事的离奇等方面,都超越了前代同类或相似的作品,其成就之高,必然造就其影响之大。其次,唐传奇故事所涉及的人物许多是下层民众所熟知的妓女、豪侠,形象塑造鲜明生动,事件叙述委婉曲折,不仅为上层文人所喜闻乐道,也吸

[①] 此数字主要参考谭正璧《宋元话本存佚综考》一文,见谭正璧著,谭寻补正:《话本与古剧》,上海,上海古籍出版社,1985,第 1—12 页。因宋元话本的时代、存佚情况多数难以确定,为对其题材、内容的探源溯流带来难度。此处的一系列统计数字从前辈学者的研究成果获益匪浅,但亦不能保证没有失误或疏漏,这应该计在笔者的账上。

[②] 上述两种文献及其他相关文献重复著录,或题目不同,但内容相同或基本相同者,计为 1 种。

[③] 这里所说的宋、元、明戏曲包括宋杂剧、金院本、宋元南戏和元明杂剧、传奇。

[④] 见书末附表 2。

[⑤] 关于通俗文学的定义和外延、内涵等问题,目前学术界的观点不尽一致,此处取其一般意义。另外,"说话"作为口头表演的艺术形式,本是一种伎艺,存留下来的"话本",最初也不是供阅读的,但从中可窥知当时"说话"的许多重要特征;这些话本后来发展成为一种小说体裁,在文学史上意义重大,影响深远。因此,这里我们将其归入通俗文学的范畴中。

引着众多的普通群众。再次,宋、元"说话"艺人们为提高竞争力,要不断增广见闻,加强修养,锤炼伎艺,以吸引更多听众,这就促使他们不断地从前代书史中吸取营养。如《醉翁谈录·小说开辟》所说:

> 夫小说者,虽为末学,尤务多闻。非庸常浅识之流,有博览该通之理。幼习《太平广记》,长攻历代史书。烟粉奇传,素蕴胸次之间;风月须知,只在唇吻之上。《夷坚志》无有不览,《琇盈集》所载皆通。动哨中哨,莫非《东山笑林》;引倬底倬,须还《绿窗新话》。①

艺人们素日所习的重要参考资料之中,《太平广记》是一种大型类书,收录大量以"小说家"为主的各种杂书、野史传记等,特别是收入了大量唐传奇作品,有的原作佚失,赖此书得以保存、流传②。《绿窗新话》是宋人编的一部小说集,是纂录前人杂著而成,其中唐五代的书约 30 多种,多为传奇集,也有不少单篇传奇文,虽经删节编订,但基本可以保持原著(文)概貌。这说明唐传奇的影响范围比较广,"说话"艺人们直接、间接地从中取材。当然,"说话"艺人们在利用这些资料时有所去取,其标准当为当时听众的喜好。而由上文统计及书末相应附表可以看出当时听众所喜闻乐见的故事类型。

综上所述,宋、元"说话",特别是其中"小说"一家,既是一种说唱伎艺,在文学发展史上又构成了不可或缺的一环,在题材类型和内容上,上承唐传奇,下启宋、元、明戏曲,为戏曲取材于唐传奇提供了一个巨大的平台。这承上启下的桥梁作用,还表现在"话本"的体制上。

三、体制上"说话"的中介作用

"说话"体制上的中介作用,以"小说"话本体制体现得最为显豁;"讲史"话本的中介作用更多地体现在其题材类型上,体制上除其"开场诗"与"散场诗"略具承前启后作用之外,则与前代史传、后世长篇章回小说更具勾连作用。因此下文着重阐述"小说"话本体制在唐传奇与元、明戏曲之间

---

① (宋)罗烨:《醉翁谈录》,甲集卷一,见《续修四库全书》编纂委员会编:《续修四库全书》,第 1266 册,第 408 页。

② 《太平广记》编成于太平兴国二年(977),因当时有人说此书非后学所急需,故将其版收贮于太清楼,所以当时人见者不多。但北宋人已有节取本书材料编成类书或有书目著录此书的,宋人文集旧注中也或有引用本书材料者,可知本书在南宋时已有翻印本。参见石昌渝主编:《中国古代小说总目·文言卷》,太原,山西教育出版社,2004,第 451—452 页。

的中介作用。

"小说"话本已如上言,下面说说唐传奇的体制。

宋人赵彦卫说唐传奇"文备众体,可以见史才、诗笔、议论"①,从一个方面道出了唐传奇体制上的特点,即:史传式的体例,诗词歌赋的穿插,议论式的结尾。其中议论式的结尾,基本上可以纳入到"史传式叙述体例"之中。这些特点我们在"小说"话本中同样可以找到。

首先,是唐传奇史传式的叙述体例。综观唐人传奇,其单篇的题目或为"某某传"或为"某某记",前者多以写人为主,后者则重在叙事,如《柳氏传》《枕中记》等;传奇集中的作品则多以所叙人名冠之,如《裴航》《红线》等。无论哪一种,往往以介绍主人公身份、籍贯、家世、品行、性情等开端,结尾或为作者自己的议论,或在叙故事之来源及与友人之交流后,假他人之口对所叙故事或人物予以品评,这些显然是借鉴史传的写法而来。而唐宋两代,人们仍以"史家杂传记"目之,直至元代才有人正式以"传奇"之名称呼它。"小说"话本的题目,就我们所见到的,以"某某传""某某记"、或径自以所叙主要人物为名的也不在少数,如《崔智韬》《李亚仙》《陈巡检梅岭失妻记》《莺莺传》等。每于故事正式开始之初,亦有此等介绍性文字。"小说"结尾的议论与唐传奇虽有韵散文之不同,其目的则是一致的,或对所讲故事加以总结,或表明作者或"说话"人对人物、事件的态度,或者直接提出劝戒,以警世人。此外,唐传奇的史传式叙述体例还表现为故事均首尾完整,主要人物的来龙去脉交待得清清楚楚。这一点同样为"小说"话本所继承。

其次,由于唐代诗歌鼎盛,诗风浓郁,当时的传奇作者同时并为诗人,所以难免在传奇小说中穿插大量的诗词歌赋,既以此逞才,又借以发抒怀抱②。从现存"小说"话本中,同样可以见到大量诗词韵语的穿插使用。大量韵文的穿插,是说唱文学的共同特点,其来源之一是唐代寺院的俗讲。唐代俗讲繁荣,"说话"亦开始出现,并受到民众的欢迎,这些无不波及于唐传奇。如《李娃传》即与当时流行于市井的"一枝花话"关系密切,甚至就是从此脱胎来的。同时,唐时的"话本"、特别是俗讲中,大量穿插诗歌韵文,

①(宋)赵彦卫:《云麓漫钞》卷八,北京,中华书局,1996,第134页。该书所言唐人用传奇文"温卷"之说已为当代学者质疑,但它所总结的唐传奇"文备众体"的特点还是比较恰当的。

②唐传奇受唐代诗歌影响,还表现为整体散发出浓厚的抒情气息。此点下文将涉及。

这一体例为唐传奇在行文中穿插诗词歌赋提供了借鉴。因此从某种程度上说，宋、元"小说"话本诗词韵语的穿插，虽未直接得到唐传奇的沾溉，但与唐传奇还是有着一定的亲缘关系。不过，二者之间出现了较明显的差异。

"小说"话本与唐传奇在诗词运用上的不同，体现了文学上"俗"与"雅"的差异。如果说后世戏曲在体制上对宋元"小说"话本的承传较唐传奇为多、为显豁的话，那么恰好表明，唐传奇这一"雅"文学与"俗"文学之间的差异是有历史延续性的；根据这种历史延续性，可从更深一层上透视出雅文学与俗文学之间并非横亘着不可逾越的鸿沟。在唐传奇与后世戏曲的"鸿沟"上架起桥梁的，当有"小说"话本不可磨灭的功劳。

下面我们就看看"小说"话本是如何架起这座桥梁的。

唐传奇和"小说"话本开头都有主要人物的介绍，戏曲在人物出场后也安排了这类介绍，只是前两者用的是第三人称的叙述口吻，后者则用第一人称，是人物自我介绍，属代言体。试比较：

> 汧国夫人李娃，长安之倡女也。节行瑰奇，有足称者，故监察御史白行简为传述。天宝中，有常州刺史荥阳公者，略其名氏，不书。时望甚崇，家徒甚殷。知命之年，有一子，始弱冠矣；隽朗有词藻，迥然不群，深为时辈推伏。(《李娃传》)[1]

> 却说绍兴十年间，有个秀才是福州威武军人，姓吴，名洪。离了乡里，来行在临安府求取功名。(《西山一窟鬼》)[2]

> (外扮郑府尹引末郑元和张千上。诗云)几年政绩远相闻，采得民谣报使君。雨后有人耕绿野，月明无犬吠黄昏。老夫姓郑名公弼。荥阳人也。自登进士，久著政声，官授洛阳府尹。所生一子，叫做郑元和，今年二十一岁了。从幼儿教他读书，颇颇有些学问。来年春榜动，选场开，须着元和孩儿取应去。(《曲江池》)[3]

---

[1] (唐)白行简：《李娃传》，见汪辟疆校录：《唐人小说》，上海，上海古籍出版社，1978，第100页。下文所引《李娃传》均出自该书，不另出注。

[2] 无名氏等原著，程毅中等校点：《京本通俗小说(等五种)》，第28页。下文所引《西山一窟鬼》均出自该书，不另出注。

[3] (元)石君宝：《李亚仙花酒曲江池》，见(明)臧晋叔编：《元曲选》第一册，第263页。下文所引石君宝《曲江池》均出自该书，不另出注。

（外上）（曲词略）专城千里保无危，抚字黔黎得所宜。讼简化行无个事，自公退食尽委蛇。下官姓郑，名儋，乃桓公之后裔。家世甚振于荥阳，时望颇崇于朝野。官居刺史，任莅常州。夫人虞氏，相夫有睢鸠之风；孩儿元和，肖父无豚犬之诮。今年正当大比，欲著孩儿去应试。（《绣襦记》）①

以上分别是唐传奇、"小说"话本和元杂剧、明南戏开头的例子。《李娃传》是讲荥阳公子与倡女李娃的一段悲欢离合的恋情，所以开宗明义既简单介绍了女主人公李娃②，继而又对男主人公的家世、身份、才华等作了描述。《西山一窟鬼》则在篇首词以及"入话"之后引出主人公，与唐传奇开头对作品主要人物加以介绍一样。这篇话本是讲吴秀才娶鬼妻并在西山遇鬼，后得真人救助，从而悟道成仙之事，所以一开头先交待了他的身世。《曲江池》系据唐传奇《李娃传》和"小说"话本《李亚仙》（惜不传）改编的，秉承这一传统，在戏的楔子一开场即让剧中人荥阳公进行自我介绍，并同时将剧中男主人公的身世情况带出。明南戏《绣襦记》与《曲江池》系同一题材，在戏正式开始的第二出由外扮荥阳公对自家情况、包括本剧男主人公郑元和的身世作了交待。上述两剧开始部分的情形，在古代戏曲中是非常常见的现象，无需赘言。可同为戏剧，西方戏剧和受其影响的中国现代话剧却很少见到这类现象。这是古代戏曲区别于现代戏剧之处，其渊源在于中国悠久的史传文学传统，唐传奇承此传统虚构故事，受唐传奇浸润颇深的"小说"则从唐传奇那里接续这一传统，运用更为通俗的语言讲述故事，介绍人物。戏曲承"小说"话本，继续运用这一手法，以适应观众早已形成的欣赏习惯。因此，可以说戏曲人物上场时的自我介绍并兼介绍他人，实际是"小说"正话开头人物介绍的一种"变体"，即变叙述者以第三人称视角介绍主要人物为让人物以第一人称视角作自我介绍，并同时充当"叙述人"引出剧中其他人物。这是由戏曲"代言"这一特殊体例决定的。

除开头介绍人物外，唐传奇和"小说"话本的结尾往往还有作者或"说话"人的议论。如：

①（明）徐霖：《绣襦记》，见（明）毛晋编：《六十种曲》第七册，北京，中华书局，1958，新1版，第2页。下文所引《绣襦记》均出自该书，不另出注。
②介绍李娃时，"节行"数句带有品评人物和说明写作缘由的意味，这在唐传奇的开头不很见。但文字简短，且兼带人物介绍，不致影响全文。

嗟呼，倡荡之姬，节行如是，虽古先烈女，不能逾也。焉得不为之叹息哉！予伯祖尝牧晋州，转户部，为水陆运使，三任皆与生为代，故谙详其事。贞元中，予与陇西公佐话妇人操烈之品格，因遂述汧国之事。公佐拊掌耸听，命予为传。（《李娃传》）

十二年后，遇甘真人于终南山中，从之而去。诗曰：

一心办道绝凡尘，众魅如何敢触人。邪正尽从心剖判，西山鬼窟早翻身。（《西山一窟鬼》）

（郑府尹云）且喜孩儿认了我也。又得了一个贤惠的媳妇儿。便当杀羊置酒，做个庆贺的筵席。（词云）亲莫亲父子周全，爱莫爱夫妇团圆。郑元和风流学士，李亚仙绝代婵娟。曲池前偶逢情赏，杏园后益显心坚。早遂了跳龙门桂枝高折，空余下莲花落乐府流传。（《曲江池》）

【大环着】（众）捧龙章宝篆，捧龙章宝篆，望阙朝天。报答洪恩，抚绥荒甸。天下文明运转，海不扬波争羡。扫胡尘干戈收敛，周南化风行草偃。麒麟现，出醴泉，看王气祥云远笼金殿。

【前腔】（众）喜书生弱冠，喜书生弱冠，赴试长安。车马金装，盛其服玩。紫府佳娃罕见。遽尔坠鞭属意，买笑挥金，暮乐朝欢。早不觉囊空长叹。娃留意，阿母嫌。看撰出机关悄然抛闪。

【余文】唱莲花六出天，襦护郎寒。剔目劝，汧国夫人元有传。（《绣襦记》）

上述结尾的总结、议论，唐传奇《李娃传》用的是散文，"小说"话本《西山一窟鬼》是诗歌，元杂剧《曲江池》用的是"词"①，明南戏则用的是"众"同唱的三支曲子。它们之间的同中之异只是"小异"，其"大同"才是主要的。前两者都是叙述人出面对故事中的人物或事件加以评说；而元杂剧和明南戏则由剧中人物（甚至是全体剧中人）直接对剧情进行概括、评述。从语气看，完全站在局外人的角度，也就是说，此时这个（些）人物已经出离了剧情。如果说在戏中作者和演员是在替剧中人"代言"，那么这时，剧中人则成了作者的"代言人"，是在代作者对剧情和剧中人物作概括、评论。同时，戏曲结尾的议论与"小说"话本结尾的议论一样都是诗词、对句或其他韵语，即

---

①这里的词不同于"诗余"的词，是戏曲运用词话之词，详下文。

使明南戏结尾的唱词,也有不少对句,这种现象在古代戏曲中非常普遍,是戏曲受"说话"影响并保留其特征的一个突出迹象。而"说话"这一特征亦非凭空产生的,其直接来源当是时代较近、对其滋养较深的唐传奇。换句话说,"说话",特别是其中的"小说",在体制上构成了戏曲吸收唐传奇写作特点的中介。

"小说"话本除篇首和结尾外,在讲说过程中也插用大量诗词韵语,这是直接继承唐代俗讲的体例,并与唐传奇存在着亲缘关系。戏曲以唱为主,曲词构成了它的主体部分,此外,戏曲的说白部分也有不少诗词的插用。这种穿插用在人物上、下场,结尾全剧总结,以及剧中景物或人物描写、事件概括等处。戏开场时人物上场诗和结尾的剧情总结的"词云",与"小说"话本篇首和结尾运用诗词的形式十分相近。剧中运用诗词,其形式和功能与话本也几乎相同。如《曲江池》第一折对春景的描摹:"(诗云)家家无火桃喷火,处处无烟柳吐烟。金勒马嘶芳草地,玉楼人醉杏花天。"再如《绣襦记》李亚仙与侍女咏春:"(旦)鸳鸯绣枕芙蓉褥,红日三竿睡方足。(小旦)惆怅无语立东风,笑看紫燕将花蹴。"(第八出《遗策相挑》)与"小说"话本用诗词等韵文写景状物如出一辙,语言风格也较相近。所不同的,是"小说"话本的这类描绘或概括都是由叙述人完成的,而戏曲则必须从剧中人物眼中看见,口中说出。这种差异是由艺术样式的不同造成的,除了视角的不同,在运用形式、功能等其他方面并无区别,所以就戏曲而言,说白中运用诗词描摹景物、概括事件可以说是以戏曲之"新瓶"装"小说"之"旧酒"。

上述"旧酒"并非始自"小说"话本。"小说"话本中穿插诗词源自唐代寺院的俗讲,其作用更多地是体制上的,而非情节叙述和人物塑造的有机组成部分。唐传奇中运用诗词歌赋,多为人物之间的赠答唱和,如《柳氏传》中韩翃与柳氏别后的赠词,《莺莺传》中张生与莺莺之间的诗简往来,《柳毅》中柳毅与洞庭君、钱塘君之间的唱酬,《李章武传》中李章武与王氏子妇鬼魂之间的临别赠答,以及沈亚之的作品中人物之间的歌赋往来、抒情寄意等等;偶有故事局外人因事而赋,如《莺莺传》中作者以张生好友名义所续的《会真诗》。可见,唐传奇中的诗词歌赋多因故事情节而设,虽有时难免作者炫才逞技之嫌,但基本上能与故事情节的铺叙与人物形象的塑造融为一体。这是唐传奇运用诗词等韵文与"小说"话本及戏曲的相异之处,这种相异是"雅""俗"两种形态的文学之间出现的现象,对此下文将会涉及。

综上所述,"小说"话本无论在题材类型、故事取材,还是在结构体制上,均上承唐传奇,下启元杂剧以至后世戏曲,是沟通唐传奇与元、明戏曲之间必不可少的桥梁。

第二节　宋金元诸宫调的桥梁作用

诸宫调,是宋代兴起,兴盛于金代和元前期的一种说唱伎艺。它以同一宫调的若干曲牌联成一套,再合不同宫调的套曲,间以说白,以咏唱长篇故事。作为一种大型说唱伎艺,诸宫调广泛吸取众伎之长,将之融会贯通,在当时产生了广泛影响,对我国古代音乐、戏曲、说唱文学均产生了不可低估的重要影响,特别是在结构形式、音乐体制、表演方式等方面对后世戏曲的成熟起到了推波助澜的巨大作用,而在题材上又紧承唐传奇,从而在唐传奇与元明戏曲之间搭建了又一座桥梁。

一、诸宫调的历史和体制[①]

据宋王灼《碧鸡漫志》,诸宫调兴起于北宋熙、丰、元祐间:"熙丰元祐间,兖州张山人以诙谐独步京师,时出一两解。泽州孔三传者,首创诸宫调,古传士大夫皆能诵之。"[②]叶德均怀疑此文的"熙丰元祐"(1068－1094)是"熙宁元丰"(1068－1085)之讹。"熙丰元祐"与"熙宁元丰",仅 10 年之差,不影响诸宫调产生的大体时间的推定,即诸宫调系产生于 11 世纪中后期的北宋,其创始人为"泽州孔三传"。"三传"是当时人们对"多知古事,善书算阴阳"之伎艺人的美称,由诸宫调曲调的繁复、结构的宏伟看,非有弘富之才不足以创始之,由此可见,上述记载颇符事实。另一书《都城纪胜》也说:"诸宫调本京师孔三传编撰,传奇、灵怪、八曲、说唱。"[③]由以上两条

---

① 这一部分内容参考了叶德均:《宋元明讲唱文学》,见叶德均:《戏曲小说丛考》,第 636－641 页;龙建国:《诸宫调研究》,南昌,江西人民出版社,2003,第 17－91 页。

② (宋)王灼:《碧鸡漫志》卷二,见《丛书集成初编·碧鸡漫志(及其他三种)》,北京,中华书局,1991,第 10－11 页。

③ (宋)灌圃耐得翁《都城纪胜》"瓦舍众伎"条,见(宋)孟元老等:《东京梦华录(外四种)》,第 96 页。疑"八曲"为"入曲"之误。

记载可知,当时的诸宫调是有说有唱的叙事文学,所叙之事多为历史、传奇、灵怪等故事;听众除一般市民之外,也有一些士大夫爱好者,范围非常广泛。

北宋时,诸宫调与杂剧、说话、影戏等同在瓦肆中演出,且有孔三传、耍秀才等专业演员,与其他伎艺一同受到广大市民群众的欢迎。惜无作品流传,难窥其面貌。南宋的诸宫调演出有了进一步发展,见诸记载的诸宫调专业伎艺人有五个,但仍远不能和杂剧、唱赚等其他伎艺相比[①]。南宋诸宫调有名目可考者有《诸宫调霸王》《诸宫调卦铺儿》《双渐苏卿》三种,前两种载于《武林旧事》"官本杂剧段数"中,后一种见诸《太平乐府》卷九所收杨立斋散曲《哨遍》。均亦散失。

从相关文献中了解到,形成初期的诸宫调,歌唱是用鼓、板、笛子伴奏,若不用鼓、板,就用敲盏打拍来代替[②];或用鼓,则由演唱者自己击打[③]。

诸宫调说唱伎艺,在金代达于极盛,产生了《刘知远诸宫调》和《西厢记诸宫调》两部代表作品。前者作者名氏失考,作品亦残缺不全,其残本是上世纪初在黑水古城发掘出的。《刘知远诸宫调》原本共十二则,现残存第一、二、三、十一、十二则,其中第二、十二两则全,其他三则残缺。是讲五代后汉高祖刘知远发迹变泰故事,其中刘知远与李三娘悲欢离合之事最为动人。《西厢记诸宫调》产生于金章宗时期,较《刘知远诸宫调》晚,其作者为董解元。"解元"是当时人们对读书人的统称,同时又与"秀才""贡士""书生"一样用于民间艺人的称呼。关于董解元的生平,缺乏较完整的资料,根据《录鬼簿》《太和正音谱》等书,知他主要生活于金章宗时期,曾入仕,后辞官,从事专业创作,过着"秦楼谢馆鸳鸯幄,风流稍是有声价","醉时歌,狂时舞,醒时罢"的放浪不羁的生活[④],对当时的民间伎艺非常熟悉。《西厢记诸宫调》是现存最为完整的诸宫调作品,运用套曲193套,演述张生和崔

①(宋)吴自牧:《梦粱录》卷二十"妓乐"条、(宋)周密:《武林旧事》卷六"诸色伎艺人"条,见(宋)孟元老等:《东京梦华录(外四种)》,第310、459页。

②(宋)吴自牧:《梦粱录》卷二十"妓乐"条,见(宋)孟元老:《东京梦华录(外四种)》,第310页。

③(宋)洪迈:《夷坚支志》乙集卷六,见叶德均:《戏曲小说丛考·宋元明讲唱文学》,第638页。

④《董解元西厢记》卷一,凌景埏校注:《董解元西厢记》,人民文学出版社,1962,第1页。下文所引《董解元西厢记》(或称《西厢记诸宫调》)均出自该书,不另出注。

莺莺之间的爱情故事,无论在音乐体制还是在故事改编上,都取得了巨大成就,因此《录鬼簿》将董解元列为前辈名公的第一人,后人称他为"北曲之祖",《西厢记诸宫调》也被称为《董西厢》。

　　金代诸宫调是从宋代诸宫调基础上发展起来的。金人入主中原,政治、军事上虽与南宋对峙,但文化上则为汉民族的先进文化同化,特别是音乐伎艺几乎全盘吸收了宋代的成就。据《三朝北盟会编》所载,"靖康之变"前,金国的伎艺与北宋无大差异,显然是从北宋传入的①。宋室南渡,宋金形成对峙局面以后,金国多次派人向宋朝索要伎艺、工匠等人物,前后多达2000余人,充实其教坊②。这庞大的数目足以说明,金代对宋代的文化艺术几乎是全盘接受。同时在金代占据的北方,瓦肆伎艺沿北宋时期的成就继续发展。在这一背景下,金代诸宫调承宋诸宫调而继续发展当是很自然的了。

　　金诸宫调的曲牌联套方式主要有三种:一曲独用;一曲一尾;二曲或多曲一尾。前两种方式应该是早期诸宫调常用的,而第三种显然是诸宫调发展的结果。如《西厢记诸宫调》运用二曲或多曲联套方式的共有43套,占全部套数的近1/4。金代诸宫调的发展,除体现为联套方式的进步外,还表现为每部作品所演唱故事加长了。《西厢记诸宫调》共有193套曲子,残存1/3的《刘知远诸宫调》也有79套乐曲。演唱的加长,必然会对作者和演唱者提出更高的要求,或者说二者是相互影响的。《董西厢》和《刘知远》两部诸宫调作品都是词曲过渡体,和词、曲各有同异,而与词同者较之与曲同者为多。说明这一时期的诸宫调主要是继承词的特点逐步向着曲体演进的。诸宫调所用曲调除词、曲外,还有当时流行的民间小曲,并吸收了不少赚词的成分。

　　元代诸宫调作品有商道改编的《双渐苏卿诸宫调》和王伯成创作的《天宝遗事诸宫调》。前者散失不存,后者仅存残曲。两部作品都产生于元代初年。从《天宝遗事诸宫调》残曲看,所用曲调已与元曲无异,其联套方式与元杂剧和散曲也基本一致,说明诸宫调这种说唱伎艺随着时代发展不断

---

①《三朝北盟会编》卷二十"次日诣房庭,赴花宴"一段对此有详细描述,见(宋)徐梦莘:《三朝北盟会编》,上海,上海古籍出版社,1987,影印版,第146页。

②分别见(宋)徐梦莘:《三朝北盟会编》卷七十七"金人求索诸色人"条、卷七十八"二十九日己未驾在青城金人来索诸人物"条,第583、586—587页。

发生着演变，以适应新兴的乐曲形式。而随着元杂剧逐渐兴盛，元代末期，说唱诸宫调的艺人寥寥无几，甚至《西厢记诸宫调》已"罕有人能解之"了[①]。明代更连"诸宫调"这一称呼也几乎无人知晓，徐渭称它为"弹唱词"，胡应麟则以为是"金人词说"，竟以元明的称谓加诸其上。这体现了民间文艺随时代、环境、地域等因素的变化而不断消长，呈现出极大的不稳定性的特点。

金元诸宫调的演唱，系由演唱者自击锣和拍板打拍，与宋代用鼓板一套乐器稍有不同。

如上所述，诸宫调是合若干宫调的曲子，杂以说白，以咏唱一个长篇故事。宫调理论是在古代的七音、十二律的基础上产生的。宫调从理论上说可有八十四个，但实际应用的并没有这么多。唐代的燕乐只有二十八调，南宋词曲只用七宫十一调，而元代则只用六宫十一调了[②]。可见，燕乐在宋元时期变化十分迅速，诸宫调处于这样一个时期，其曲调的运用反映出当时音乐变化的情况。综合《刘知远诸宫调》和《西厢记诸宫调》，可得十六种宫调，其中《刘知远》所用宫调有的在《董西厢》中已经不用了，而后者则较前者多出若干宫调。这些宫调与宋代教坊所演奏的乐曲和词所用曲调稍有不同，应掺入了民间常用曲调。

诸宫调每首曲子都有曲牌。曲牌，即曲调名。现存诸宫调共用曲牌230多个，其中《刘知远》和《董西厢》两篇作品用曲牌共约150个，《天宝遗事诸宫调》新增了80多个。前两种所用曲牌更接近唐宋词调，后一种新增的曲牌则已经和元曲基本一致了。

诸宫调的曲牌联套方式有三种，上文已述及。其中一曲一尾的形式最为常见，是套曲最简单的形式。二曲或多曲一尾的形式，形成了结构较大的套曲，适宜叙述曲折多变的故事或描写人物复杂的内心世界，是诸宫调随音乐的发展，并吸收其他民间伎乐形式而形成的，是此后戏曲中套曲的先声。

诸宫调在演唱中杂有说白，说白一般在每两个宫调的套曲之间，以使演员在转宫换调时不致太过突兀，听众听起来也更容易适应；同时也

①（元）陶宗仪：《南村辍耕录》，第332页。
②可与本书第一章相关论述互参。

起到交待故事情节的作用。诸宫调由一个演员从头说唱到底。如此鸿篇巨制,不可能一次表演完,所以应当是分若干场次进行的,惜无文献提供确凿证据。但每场的演唱情形,我们却可以从《水浒传》第五十一回"插翅虎枷打白秀英"中了解到,即先由一老者"开呵",继而主要演员出场,击锣鼓以静场,然后说"开话",唱引子,接着说唱正文,说唱到关键处(即"务头")则停下来向观众索取赏钱,之后继续表演①。其中的"引子",又称"引辞",在故事正式开始之前,一般由一至两个套曲组成(《天宝遗事诸宫调》辑本的"引辞"系有三个套曲),有的并带有说白,目的是交待故事创作的缘起,介绍主要人物,提示故事题材,有时并抒发作者自身的怀抱。

二、诸宫调对戏曲音乐体制、表演形式的影响

在古代戏曲发展史上,说到戏曲的音乐、尤其是音乐体制时,往往不能不说到诸宫调的贡献。诸宫调的曲调及音乐构成形式对戏曲音乐产生了巨大影响。此外,诸宫调在故事题材等方面对戏曲亦有重要启发作用,特别是对戏曲吸收前代其他文学样式、包括唐传奇的题材提供了重要借鉴和铺垫。可以说,诸宫调音乐体制的影响为戏曲借鉴、改编唐传奇提供了一个良好的平台,而题材方面在唐传奇与后世戏曲之间架起的桥梁则更加显豁地体现出诸宫调的中介作用。

首先是诸宫调音乐体制对戏曲的影响。

诸宫调音乐上对戏曲的影响,已经为大家所熟知。这里出于行文的需要,不得不旧事重提。如有与前辈时贤观点相重合之处,并非有意掠美,实在是这一问题已成公论。

上文说,宋金诸宫调所用曲调以词调为多,除词调外,还有唐宋教坊所用乐曲和当时民间的时曲,郑振铎并认为除上述曲调和其他来源之外,当有艺人们创作的曲调。而宋元南戏和元杂剧所用曲调有相当一部分是继承诸宫调,或与诸宫调相近。据王国维统计,南戏所用曲调543章中,有13章出于金诸宫调,24章出于大曲,190章出于唐宋词,10章出于南宋唱赚,同于元杂剧者13章,其他不可确考来源的当出自古曲;元杂剧所用的335

①施耐庵、罗贯中:《水浒传》,北京,人民文学出版社,1997,第2版,第656—657。

章曲调中,出于诸宫调的有 28 章,出于唐宋词的有 75 章,出自大曲者 11 章,另有可考为出于宋金旧曲的若干章①。可见南戏和元杂剧中所用曲调或直接来自诸宫调,或与诸宫调来源相同。

这是曲调上诸宫调对后世戏曲的影响。音乐体制上的启发作用更为明显。

早期南戏不分折或出,"永乐大典戏文三种"均属此种形式②,曲词之间穿插说白,以演述一段较为曲折的故事。诸宫调是以不同宫调的多个套曲,间以说白来讲唱一个篇幅较长、情节较曲折的故事。南戏盛行于南宋,产自北方的诸宫调亦随宋室南渡而流传到江浙一带,即诸宫调传入南方时正值南戏方兴未艾之际,广泛吸收各种民间伎艺以丰富自身,诸宫调这种音乐组织形式恰与南戏的特点相近,它们之间相互借鉴③,当非臆测。

元杂剧一般一本由四折一楔子构成,每折用一个宫调的若干曲牌按一定规律组成套曲,间以说白。诸宫调是由一曲或多曲带尾的形式组成套曲,每一套曲之宫调相同。最初是一曲一尾的形式较常见,到《西厢记诸宫调》中多曲一尾的形式则开始增多。但这时诸宫调的曲子,用词调者居多,且每曲大多有后叠,与后来戏曲中不用后叠者不同(如果用也改为独立的"幺篇"或"前腔")。元代,音乐发生了变化,诸宫调的曲调亦随之而变,而且多曲一尾的形式占了主导地位,曲子不再用后叠,而是出以"幺"或"幺篇"的形式,已经非常接近元杂剧的联套形式了。此外,诸宫调在多曲联套时,吸取了宋代"缠达"的音乐组织形式,这一形式在元杂剧中也可见到④。诸宫调使用"缠达"的套曲有:《刘知远诸宫调》第一则:中吕调【安公子缠令】——【柳青娘】——【酥枣儿】——【柳青娘】——【尾】。《西厢记诸宫调》第五卷:仙吕调【六幺实催】——【六幺遍】——【哈哈令】——【瑞莲儿】——【哈哈令】——【瑞莲儿】——【尾】(按:哈哈令与哈咍令有可能是同一曲调)。第八卷:黄钟宫【间花啄木儿第一】——【整乾坤】——【第二】——【双

① 王国维:《宋元戏曲史》,上海,华东师范大学出版社,1995,第 134－140、80－85 页。
② "永乐大典戏文三种"虽经明人整理,但从其不分折或出,并较多保留了鄙俚的语言风格,特别是《张协状元》开篇以诸宫调讲说故事"来因"看,应该是接近原貌的。
③ 诸宫调流传至江浙一带以后,也吸收了南方的一些曲调,甚至有用南曲演唱的南诸宫调,《张协状元》开篇之诸宫调当即一例。参见佘峥嵘:《传承与融合:诸宫调与南戏及梨园戏的关系》,《太原城市职业技术学院学报》2014 年第 12 期。
④ "缠达",《梦粱录》的解释是"引子后只有两腔迎互循环"。

声叠韵】——【第三】——【刮地风】——【第四】——【柳叶儿】——【第
五】——【赛儿令】——【第六】——【神仗儿】——【第七】——【四门子】——
【第八】——【尾】。元杂剧用缠达的有：马致远《陈抟高卧》第一折：仙吕宫
【点绛唇】——【混江龙】——【油葫芦】——【天下乐】——【醉中天】——【后
庭花】——【金盏儿】——【后庭花】——【金盏儿】——【醉中天】——【金盏
儿】——【赚煞】。郑廷玉《看钱奴买冤家债主》第二折：正宫【端正好】——
【滚绣球】——【倘秀才】——【滚绣球】——【倘秀才】——【滚绣球】——【倘
秀才】——【滚绣球】——【倘秀才】——【塞鸿秋】——【随煞】。余不多举。
虽然不能因此说元杂剧借鉴这一形式是通过诸宫调才得以实现的，但二者
同时借鉴一种音乐形式，至少说明它们在体制上有诸多相近之处，元杂剧
晚出，诸宫调的经验还是可资吸取的。

　　宋代缠达等乐曲形式，是小型的伎乐，篇幅短小；大型伎乐如大曲、法
曲则反复用同一曲调，联成一遍。只有诸宫调除一曲一尾外，还有多曲一
尾的形式，特别是用多个宫调的套曲合起来讲述一个故事，可谓前无古人
的、具有开创性的举动。这种以同一宫调的多种曲牌联成一套，以多套曲
子演唱一个故事的方式，对此后的戏曲无疑起到了极其重要的启发作用。

　　其次，在表演形式上诸宫调也为戏曲提供了经验。

　　除音乐形式和体制上的创举外，诸宫调在每两套唱词之间又穿插说
白，以补充曲词叙事，在说白中又时而插入诗赋等韵文，以描写景物、概括
事件等。戏曲在借鉴诸宫调音乐体制的同时，对其"说白"应该是有所借鉴
的，但诸宫调的说白实际上来源于"说话"。"说话"出现较早，在诸宫调出
现之前即已相当兴盛，作为后起的说唱伎艺，诸宫调受其影响不足为奇。
"说话"与诸宫调之间存在差异，前者以散说为主，后者以唱为主。如果说
戏曲对诸宫调的说白有所借鉴的话，它更多地是借鉴了如何在演唱的主体
中适当地穿插说白这一经验。

　　诸宫调是由一位演员从头唱至尾，元杂剧也是由一位演员主唱。这之
间应该也存在传承关系。诸宫调的说白除了上述作用外，当还有缓和演员
疲劳、使宫调的转换不致于让演员和听众难于适应的作用。元杂剧除一人
主唱外，又增加了其他角色，其他角色可以散说或念诵韵白，这一方面起到
交待必要情节、补充曲词叙事不足的作用，在纾解主唱演员疲劳、调节剧场
气氛的作用上，应与诸宫调中的说白一样——杂剧的表演时间较长，故事

较复杂,不可能由一人独立完成。另外,杂剧的分折与诸宫调的"务头"、杂剧的开场与诸宫调的"开呵",杂剧的楔子与诸宫调的"引辞"等,也存在着一定的承袭关系,姑不赘述。

综上所述,诸宫调的曲调及其构成方式是吸收前代及同时代的音乐形式而成的,但同时亦进行了伟大的创造。这一创造为后世戏曲吸收前代伎乐形式并形成自身的独特体制铺平了道路。同时,诸宫调说白的安排、表演程序的组织等经验,也为元杂剧所继承。可以说,诸宫调为戏曲向成熟形态迈进又铺就了关键的一级台阶,也为戏曲吸收借鉴前代或同代其他文学样式、特别是唐传奇的诸多特点创造了良好的条件。

三、诸宫调对唐传奇与后世戏曲故事题材的连通

诸宫调现存的作品除上举三种外,还有南戏《张协状元》开场的一个片断。其中完整保存下来的只有《西厢记诸宫调》一种。这硕果仅存的一种,又恰恰是以文学史上家喻户晓的"西厢"故事为题材进行创作的,它上承著名的唐传奇《莺莺传》,下启后世诸多同题材戏曲作品,无论是在载体形式上,还是在故事情节、人物形象、思想观念上,都发挥着不可替代的桥梁作用。如果说,众多诸宫调作品的佚失和残缺给文学史、艺术史的研究造成了遗憾的话,那么,这部仅存的硕果则可谓不幸中之万幸,令治古代小说、戏曲乃至音乐者额手称庆。

下面就综合前辈时贤的成果,对《西厢记诸宫调》的中介作用作简要说明。

《西厢记诸宫调》讲述的是崔、张的爱情故事,这一故事的蓝本是唐元稹所作传奇《莺莺传》,也称《会真记》。故事内容不烦多说。需要说明的,是《董西厢》与《莺莺传》相比,除所使用的载体不同之外,在故事篇幅、人物形象、主题思想等方面均进行了不同程度的改造,艺术手法也更加丰富,这种改写具有不同寻常的意义。事实证明,《西厢记诸宫调》对同题材唐传奇的改写多半为王实甫的《西厢记》所采用,并对此后同题材的戏曲创作产生了深远影响,成为这一故事不同艺术形式的改编和传播的一个全新起点,直至现在活跃在戏曲舞台上的《西厢记》,许多情节仍是来自王实甫的《西厢记》,而《王西厢》的许多情节又直承《董西厢》。此前,虽也有说唱伎艺说唱过这篇小说,如赵令畤的《商调蝶恋花》,但基本上是原作的演唱本,几乎

没作什么改动。真正在创造的意义上改写《莺莺传》使之得以升华并广为传播的,董解元当为第一人,因此可以说《西厢记诸宫调》无论在小说还是戏曲的发展史上均扮演着举足轻重的关键角色,在《莺莺传》与后世《西厢记》戏曲之间搭建起一座不可或缺的桥梁。

《西厢记诸宫调》对《莺莺传》的改写主要表现在以下几个方面:

首先,是篇幅的加长。

元稹的《莺莺传》约 3300 字左右,董解元的《西厢记诸宫调》则长达 65000 多字。是原作的近 20 倍,即使去除说唱体裁的因素,其篇幅的加长也还是相当可观的。篇幅的加长只是表层现象,要靠诸多因素支撑才得以成立。而这些因素的具备则需要作者丰富生活经验的积累和高超的创作才能作为基础,在此基础上,才有可能深入理解和体会原作,进而对其做出适当的扩充。《西厢记诸宫调》对元稹小说的扩充主要表现在这样几个方面:增添了景物描写;增加了一些情节;人物外貌描写更加细腻;情节铺叙更委曲详尽;增添了大量心理描写。后三者涉及到作品的艺术手法,留待下文讨论,下面简单说说前两点。

第一,增添了景物描写。

《西厢记诸宫调》在叙事中往往穿插景物描写,使作品文学色彩更浓,叙述也更错落有致。如叙张生从西洛初到河中府蒲州,以说白的诗歌、仙吕调套曲描绘了河中府的风物景色,写张生游览普救寺时又以仙吕调、商调、双调三个套曲加白,细致描摹出普救寺的雄丽、清幽。这类描写在《莺莺传》中几乎是看不到的。同样的景致,王实甫《西厢记》在第一本第一折中借张生之眼看出,借张生之口唱出,较《董西厢》更简明扼要,将景物描写融于作品的叙事中,有的词句甚至直接袭用《董西厢》。如《王西厢》第一折仙吕【油葫芦】曲中描写黄河的一句唱词"竹索缆浮桥,水上苍龙偃",与《董西厢》卷一仙吕调【赏花时】【尾】曲的"正是黄河津要,用寸金竹索,缆着浮桥",如出一辙;再如《王西厢》同折【天下乐】曲末三句"滋洛阳千种花,润梁园万顷田,也曾泛浮槎到日月边",与《董西厢》同卷说白中的诗句"傍有江湖竞相接,上连霄汉泛浮槎",也有相承迹象。

第二,增加了一些情节。

《西厢记诸宫调》较《莺莺传》篇幅加长的另一个重要因素是其情节的增加。如莺莺拜月,张生与莺莺诗歌互答;孙飞虎兵围普救寺、强索莺莺;

莺莺先许郑恒,后郑恒从中做梗,阻挠崔张的婚事;莺莺听张生抚琴等,均为唐传奇所无的情节。不能不佩服作者的丰富想象力和创作技巧——将新增事件与原作情节结合得天衣无缝,在塑造人物形象和升华主题上起到了重要作用。这些新增情节多数为王实甫之《西厢记》所用。

其次,是人物形象的改变。

《西厢记诸宫调》与《莺莺传》相比,主要人物性格发生了变化,这一变化为王实甫所接受,并在此基础上进一步改造,成就了中国古代戏曲艺术画廊中两个光彩照人的艺术形象①。

先看张生这一形象。《莺莺传》的张生,既有着封建儒生所共有的传统道德观念,同时,作为青年书生,其内心对于美好爱情的渴望又是难以遏制的。关键在于,张生对二者都不能坚持始终如一。"非礼不可入"的传统道德观,在美丽、温婉、富于青春气息的莺莺面前,变得不堪一击。而当他两入长安,文战不胜之时,则又舍此求彼,对仕途、功名的追求最终战胜了对"情"的牵扯,终于一去不返。张生这种看似矛盾的举动,实际上有着深刻的社会根源:在唐代,科举是士人、特别是下层士人进身上层社会的主要途径之一;另一条途径是攀附士族大姓。所以薛元超感叹"始不以进士擢第,不得娶五姓女,不得修国史"乃其人生三大恨事②。在这一歧路面前,他最终摒弃了内心深处人之本性的呼唤,而选择了功名。这既是张生的无奈和矛盾,也是时代环境赋予个体的品性。而历来最令人可憎的就是张生为自己始乱终弃举动的辩解。既然爱情和功名都是人生不可避免的选择,又何必将不能两全的责任统统推到一个弱女子身上? 既能此时忍情,当时为何不忍? 既忍之,为何又推卸责任,甚至不惜诽谤曾经的爱人? 如果说张生的矛盾代表了当时下层封建士子处境之无奈,那么,他的虚伪以至为人起码之厚道的丧失则是时代和个人所共同成就的负面品格。而结末所谓时人许之以"善补过者",则是以作者和张生为代表的士人为维护自身利益而下的托辞,是不合理的时代规范使然③。

---

①由于篇幅的关系,本文只讨论《西厢记诸宫调》中张生和莺莺形象的变化及这一变化对王实甫
　《西厢记》的影响。红娘等其他形象暂不涉及。
②(唐)刘餗撰,程毅中点校:《隋唐嘉话》,北京,中华书局,1979,第28页。
③此段引文除标注的之外,均出自(唐)元稹:《莺莺传》,见汪辟疆校录:《唐人小说》,上海,上海古
　籍出版社,1978,新1版,第135－140页。下文所引《莺莺传》均出自该书,不另出注。

　　与唐传奇不同,《西厢记诸宫调》中的张生形象,消弥了不少道学气,代之以更为鲜活的青春气息和青年书生所特有的憨痴、疯魔,不仅予人以亲切可爱之感,可贵的是他对莺莺始终如一的心肠,更透出封建时代士子少见的本真意味。他对莺莺的倾慕是如此的强烈而毫无遮掩:先是一见钟情,不顾礼法,欲接近莺莺;继而是不尽的渴念,终因郑夫人的食言而相思成疾,甚至欲寻自尽;与莺莺私自结合后又是倍加怜惜,誓不相负;郑夫人无奈许婚后则欣喜万分,以金为定。概言之,张生与莺莺的爱情虽有波澜,但多出于以莺母为代表的礼教之阻力,当然还有莺莺内心情与礼的矛盾,就张生而言,他对爱情的追求则始终如一,表现出的是因情而生的疯魔与痴狂,从这疯魔与痴狂中透出的是天然的人性,是生命中本真的一面,与《莺莺传》之张生囿于环境、迫于外力而抑制感情,进而百般虚饰而产生的矛盾与挣扎迥然有别。在这一个张生身上,我们看不到爱情与功名的两难抉择,更看不到抉择之后的辩解与挣扎。若说这一个张生在功名与爱情之间要做出选择的话,他要做的不过是在同爱人分别而求取功名与同爱人厮守而弃取功名之间的选择。而他在赴试途中对莺莺的深切思念和凄凉心境,则反证出他对莺莺的一往情深。可见《董西厢》中的张生是一位痴于情、深于情者,而非“忍情”之人;是一位虽“有大志”,却并没有因大志而分裂人格的士子。诚然,《董西厢》让张生成为已故尚书之子,莺莺也摇身一变而成为故相之女,可谓门当户对,使张生不必在门第上有所去取。但当时的张生已是家道凌替,旅食僧舍半载后,要向寺僧告贷;莺莺之父亦已故去,孤儿寡母,寓居僧房,很难说还有什么势力。也就是说,所谓尚书、相国,不过是市井民众对他们所热爱的人物的一种自高位置,是一种美好的想象和愿望。实际上,男女主人公二人热切、真诚的爱恋才是作者、演唱者、听众更关注、更倾心的。事实上,这一个张生同样要凭科举进身,而他忍痛与莺莺分别入京赴试,也并非完全出于自愿,是在夫人发觉他们二人私情,而以“莺未服阕,未可成礼”为由以施间阻之时。

　　总之,《董西厢》中的张生较《莺莺传》的张生更加可爱,更符合民众所期待的书生形象,既富于才,又深于情,是一个不受世俗约束,活得更本真、更具统一人格的人。当然,《董西厢》中的张生并非完美无瑕,难免风流士子的轻佻习气,当逾垣而过被莺莺奚落之后,他竟跟红娘说:“如今待欲去又关了门户,不如咱两个权做妻夫。"①在郑夫人说莺莺守制未满不能成礼之时,主动提出赴京应试,又暴露出其软弱、屈从的个性。不过,瑕不掩瑜,董解元笔下的张生毕竟比元稹笔下的同名人物在勇于追求爱情,突破环境、礼法乃至自我的压制上有了不小的进步。这进步了的形象为一代戏剧大师王实甫所接纳采用,进而改造、升华,从而成为中国古代戏曲史、文学史,乃至世界文学艺术画廊中不朽的形象之一。

再看莺莺。《莺莺传》以莺莺名篇,显然作者对这一人物情有独钟。这一形象在该作品中较张生要可爱得多,也真实得多。她身为富家小姐,自幼受到母亲的严格管教,形成"贞慎自保"的性格,所以对张生最初的"以词导之",始终"不对";即使后来"待月西厢",仍然有所拘束而"大数张"而归。然而,时当十七岁之青春妙龄,内心亦不能不萌动着对爱情的渴望,"往往沉吟章句,怨慕者久之";并在此心理基础之上,许张生以"明月三五夜""待月西厢下"。也就是说,莺莺的身上同样存在着情与理、礼的矛盾。所以当莺莺内在的自我战胜礼法的束缚而与张生私自结合之时和之后,都表现得异常矜持。在张生两次去长安之前,也都无难词,并明确表示"始乱之,终弃之,固其宜矣。愚不敢恨"。这是封建礼法和社会环境在她心中投下的阴影,但表面的柔顺和谦卑却掩盖不住内心的痛苦,在张生临行前她鼓琴时的"泣下流连"和琴音的"怨乱",就充分暴露了她内心极度的痛苦与无奈。不过,就在将两个人共同酿造的"苦果"独自吞下,并慢慢咀嚼的过程中,莺莺变得更加清醒和成熟。

综上所述,《莺莺传》中的莺莺是一位美丽聪慧而又充满矛盾的富家少女。她的矛盾虽同张生一样是来自社会规范和生命本性的争斗,但较张生可爱的是,她并没有虚饰,没有为自身的行动寻找托辞,她的人格始终如一。由此观之,小说对莺莺这一形象倾注了心血与同情,其同情的角度虽然与我们不尽相同,却在客观上为我们塑造了一个具有一定代表性的女性形象。在此基础上,《董西厢》让她的脚步更大胆了,让她的深情得到了更多展示的机会,沿着这条路径,《王西厢》终于为我们精心描画出一位光彩照人的女性形象。

---

①张生的这一举动表现出封建士子的纨绔习气,甚至带有些许市井之徒的无赖作风,但更可能与说唱文学惯用的插科打诨有关,是作者故意插入以调节气氛的。从这个意义上说,似乎不足以破坏张生对爱情追求的专一与执着。但不管怎么说,这一举动使张生形象染上些许瑕疵。

《董西厢》中，莺莺的内心也有情与礼的争斗，但一旦挣脱礼法的枷锁，她便充分而恣意地享受爱情带来的欢愉和畅快：与张生第一次幽会之时，虽不无羞涩，但临别时却是"幽情脉脉，别恨匆匆"；且次夜又至，如此持续了半年，显示出她对爱情充满信心，以及选定目标就勇于前行的干脆果决的性格。而非如唐传奇中的莺莺，虽迈出了一步，但仍怀着犹疑、矜持与矛盾。由于《董西厢》此后的情节较同题材的唐传奇有了较大改变，所以莺莺虽也饱尝与爱人离别之苦，但这痛苦却是混合着甜蜜的，满含着希望。所以这时的莺莺没有了小说中的幽怨、隐忍与无奈，封建礼法对女性的压制在这个莺莺身上已略显模糊，突出的是她对爱情的执着与信念，是她内心因离别而生的酸楚、担忧与期盼。从这个意义上说，《董西厢》中的莺莺较《莺莺传》中的莺莺感情表现得更直露、更少牵绊，其性格也显得更单纯、更透明。之所以存在这种不同，与两部作品所产生的时代、所代表的阶层、所面向的受众有关。《莺莺传》中的莺莺是封建礼教熏陶出的大家闺秀的典型，矜持、柔弱、犹疑，内心世界相对复杂；《董西厢》中的莺莺虽被写成相国之女，但她身上散发的更多的是新鲜的市民气息，自信、透明、果决，内心世界相对单纯。这是宋代以后商品经济发展、市民阶层壮大、作者与下层民众广泛接触的结果，是作者观念相对进步的反映。因此，这一个莺莺与这一个张生最终结成一对鸳侣，他们在勇于冲破封建礼法的牢笼、追求自由幸福的爱情上是一致的。王实甫同样接受了莺莺的这一改变，并进一步精雕细磨，塑造出一位光彩照人的女性形象。

再次，是主题思想的变化。

《西厢记诸宫调》对《莺莺传》情节和人物形象的改造，带来了主题思想的变化，确切说，正是要表达的主题思想与原作不同，才使作者对故事情节和人物形象作出如此重大的调整。这一调整，不仅使作品色调更明朗清新，扩大了这一故事的受众群，更使这一故事从总体上获得了升华。同题材的元杂剧之所以赢得长期和广泛的赞誉，正是有了这一基础；而此后不同时代、不同戏曲形式的多种作品对这一故事题材的改编，恐怕也与《董西厢》对该故事的成功改写不无关系。

就创作主旨而言，《莺莺传》无非要写出一名士子的一段有悖于封建礼法的爱情经历，通过叙述他始乱终弃的举动，突出他"忍情"和"善补过"的品格。与此不同，《董西厢》开宗明义地提出，要"唱一本儿倚翠偷期话"，奠定了作品的基调,并在结尾进一步明确提出"从今至古,自是佳人,合配才子"的思想,突出其爱情主题,所以故事的男女主人公对自由爱情的渴望是一致的,突破礼法的行动是一致的,对爱情的执着、专一也是一致的。

《董西厢》这一思想观念的提出可谓前无古人。尽管唐传奇中实际已存在不少佳人与才子遇合的故事,但其结局多半为悲剧,往往始于聚而终于散。《董西厢》的作者文化修养较高①,在改写《莺莺传》时,不可能没有看到与此题材相类的唐传奇作品,所以他提出"从今至古,自是佳人,合配才子",当是有所针对、有感而发的。而在他之前,改写《莺莺传》的作品,基本上是原作主题和内容的不同文体或艺术形式的重复,如秦观、毛滂的《调笑转踏》曲词、赵令畤《商调蝶恋花鼓子词》等。这是由于改写者身份、地位、处境与原作者相近,他们所受的教育和熏陶相近,遵循着几乎相同的社会规范,必然有着类同的思维方式和思想观念。董氏处于金代,金虽必不可免地汉化,特别是董氏所处的章宗朝更是积极提倡和学习汉族文化,但较之唐宋,礼法对人们思想的制约相对较弱,社会环境相对宽松;同时,董氏辞官后即混迹于"秦楼谢馆",与下层艺人和普通民众有着密切接触,不仅熟知他们的生活和所思所想,也必然会受到他们思想观念的影响,加之他深厚的文学修养,和作为文人的敏锐的思维力与深刻的洞察力,这些因素综合起来,渗透进他的创作中,便出现了新的情节和人物形象,表达了与以往完全不同的主题。这是对长期以来制约人们的封建礼法、门第观念的一种反拨,表达了人们对自由爱情的渴望。从这个意义上说,《董西厢》对原作主题的改变,既有其创造性,又表现出作者在思想观念领域的先见性。元明时期,涌现出众多才子佳人小说和戏曲作品,尽管是诸多因素共同作用的结果,但首倡之功却不能排除董解元。王实甫更在这一思想基础上提出了"愿普天下有情的都成了眷属",较"才子佳人"之说更进了一步。如果说"佳人配才子"还多少带着封建时代郎才女貌、男尊女卑观念的残迹的话,那么"愿普天下有情的都成了眷属",则只将"情"字拈出,只要有情,就该成为眷属,让爱情成为男女结合的唯一理由,则无疑已带有近代爱情婚姻观念的色彩了。王实甫是伟大的,他的伟大正是建筑在董解元铺成的阶

①据龙建国考证,董解元曾仕于金,官为学士,后辞官从事创作。详见龙建国:《诸宫调研究》,第36—39页。

梯之上。

　　除在篇幅、人物、主题等方面,《西厢记诸宫调》较《莺莺传》有了较大的改变,并为王实甫《西厢记》乃至后世同题材戏曲所吸收、借鉴外,《西厢记诸宫调》在艺术手法上亦较原作丰富、富于创造性,这些同样影响于《西厢记》及后代同题材戏曲。具体地说,《西厢记诸宫调》艺术手法的丰富性与创造性主要体现在以下几方面:

　　第一,人物外貌描写更加细腻。

　　这方面既有吸收同题材唐传奇作品的地方,又较之更为丰富、细腻了。《莺莺传》在莺莺出场时对莺莺肖像的描写堪称一绝:

　　　　常服睟容,不加新饰,垂鬟接黛,双脸销红而已。颜色艳异,光辉动人。

简炼概括,含蓄有致。再看《董西厢》中莺莺的出场:

　　　　【仙吕调】【点绛唇缠】楼阁参差,瑞云缥缈香风暖。法堂前殿,数处都行遍。花木阴阴,偶过垂杨院。香风散,半开朱户,瞥见如花面。

　　　　【风吹荷叶】生得于中堪羡,露着庞儿一半,宫样眉儿山势远。十分可喜,二停似菩萨,多半是神仙。【醉奚婆】尽人顾盼,手把花枝撚。琼酥皓腕,微露黄金钏。

　　　　【尾】这一双鹘鸰眼,须看了可憎底千万,兀底般媚脸儿不曾见。

接下去的一个套曲更从张生眼中对莺莺的神态、气质、服饰等进行工笔细描,可谓极尽描摹之能事,其篇幅加起来是元稹小说的10多倍。既有对人物出场环境的渲染:“楼阁参差,瑞云缥缈香风暖。”又有未见其人、先闻其香的铺垫:“香风散,半开朱户,瞥见如花面。”既有正面细描:“宫样眉儿”“琼酥皓腕”;又有比喻夸张:“十分可喜,二停似菩萨,多半是神仙。”既有静态勾勒:“如花面”;又有动态描写:“手把花枝撚”等。从各个角度,运用多种手法,极写莺莺的青春和美丽。尽管其中不乏套语——如说白中的韵语,即为小说、戏曲中常见的描写美人的套语,无法显示人物的个性;但《董西厢》乃一种通俗的说唱文体,运用当时通用的套语,既是文体所需,难以避免,听众也习惯了这种表演方式。也就是说,套语的运用,不足以掩盖其描摹的细致多姿。

　　王实甫在写莺莺出场时即采纳了《西厢记诸宫调》的这一段描写,特别是莺莺"手撚花枝"的举动，几乎成了莺莺出场的一个标志性特征，现在昆剧舞台上的《西厢记》莺莺出场即是手拿花枝的形象。诸宫调在描写人物上注重细节的刻画，为戏曲表演提供了非常生动的人物表现方式，这不能不说是作者的一个创造。

第二，情节铺叙更委曲详尽。

较前代丛残小语式的"志怪""轶事"小说，唐传奇在故事的叙述上更加详细，但毕竟尚属短制，且受到其语言载体的限制，有些情节的记叙仍不免简略。相比之下，董解元的《西厢记诸宫调》在这方面则有所前进，在关键情节的叙述上更加委曲详尽，收到更加形象生动的叙述效果，也于有意无意之间为此后戏曲的舞台表演打下了良好基础。

张生与莺莺互赠诗简后，张生逾垣去会莺莺，是崔张故事的一个重要情节。《莺莺传》张生前去会莺莺的一段叙述只有60余字：

> 是夕，岁二月旬有四日矣。崔之东有杏花一株，攀援可逾。既望之夕，张因梯其树而逾焉。达于西厢，则户半开矣。红娘寝于床，生因惊之。

《西厢记诸宫调》叙述这一段情节时则先用黄钟宫的一个套曲描写张生盼望天黑的心理①，继而又用三个套曲写张生如何攀杏树逾垣而过，并遇到红娘，以及他当时的内心活动、与红娘的对话，中间还插有简短的说白，总计近600字：

> 黄钟宫【出队子】咫尺抵天涯，病成也都为他，几时到今晚见伊呵？业相的日头儿不转角，敢把愁人刁虐杀？假热脸儿常钦定，把人心不鉴察。邓将军你敢早行么？咱供养不曾亏了半恰，枉可惜了俺从前香共花。
>
> 【尾】一刻儿没巴避抵一夏，不当道你个日光菩萨，没转移好教贤圣打。
>
> 是夕一鼓才过，月华初上，生潜至东垣，悄无人迹。
>
> 中吕调【碧牡丹】夜深更漏悄，张生赴莺期约。落花薰砌，香满东风帘幕。手约青衫，转过栏干角。见粉墙高，怎过去？自量度。又愁

---

① 这段情节诸宫调与小说微有不同，后者写张生收到莺莺诗简是在二月十四，前者则说是十五日，且没交待月份。

人撞着，又愁怕有人知道。见杏梢斜堕嫩，手触香残红惊落。欲待逾墙，把不定心儿跳。怕的是：月儿明，夫人劣，狗儿恶。

【尾】照人的月儿怎得云蔽却？看院的狗儿休唱叫，愿劣相夫人先睡着。

黄钟官【黄莺儿】君瑞，君瑞，墙东里一跳，在墙西里扑地。听一人高叫道："兀谁？"生曰："天生会在这里！"闻语红娘道："踏实了地，兼能把戏，你还待跳龙门，不到得恁的。"

见其人，乃红娘也。红娘曰："更夜至此，得无嫌疑乎？"

双调【搅筝琶】红娘曰："君瑞好乖劣！半夜三更，来人家院舍。明日告州衙，教贤分别。官人每更做担饶你，须监守得你几夜。"张生闻语，急忙应喏。"听说！听说！不须姐姐高声叫，怀儿里兀自有简帖，写着'启户迎风，西厢待月'。明道暗包笼，是您姐姐。红娘，你好不分晓，甚把我拦截？"

【尾】"今宵待许我同欢悦，快疾忙报与您姐姐，道门外'玉人来'也。"

从篇幅上说，《西厢记诸宫调》这段叙述文字较《莺莺传》多出 9 倍，详细程度的差别显而易见。而二者的差异又不仅仅停留于详略与否上。试看前者，从其叙述中，我们只是了解到一个事件——一个书生于月圆之夜攀树过墙去会他久已渴见的情人。而从后者，我们则不仅了解到这个事件，还了解到：这个书生想见情人的心情是如何急切；欲逾垣而入时，内心又是如何忐忑；情急之下又是如何莽撞，以至将情人的女仆误当成其人；面对女仆的数落又是如何地胸有成竹——这段描叙，不仅让一个痴情、莽撞、单纯而略显呆傻的书生形象跃然纸上，也让听众在对书生生出同情的同时，不免为他的莽撞呆痴哑然失笑。试想，如果把上述两段不同的叙述搬上舞台，哪一个更具观赏性？哪一个更能收到生动形象的场上效果？而事实也恰恰如此，是后者而非前者被戏曲所吸收改编，奏之场上。从而再次说明，《西厢记诸宫调》在同题材的唐人传奇和元明戏曲之间所起到的不可或缺的过渡作用。

第三，增添了大量心理描写。

《西厢记诸宫调》较《莺莺传》艺术手法更丰富的又一个表现是人物心理描写成分的增多。如上文所述张生欲去见莺莺前盼望太阳落山和担心被人发现的心理描写。再如卷六写张生与莺莺别后第一夜宿于客店时的心理：

> 越调【厅前柳缠令】萧索江天暮，投宿在数间茅舍，夜永愁无寐。谩咨嗟，床头上怎宁贴？倚定个枕头儿越越的哭，哭得悄似痴呆。画橹声摇曳，水声呜咽，蝉声助恓切。
>
> 【蛮牌儿】活得正美满，被功名使人离缺。知他是我命薄？你缘业？比似他时，再相逢也，这的般愁，兀的般闷，终做话儿说。料得我儿今夜里，那一和烦恼啀喓。不恨咱夫妻今日别，动是经年，少是半载，恰第一夜。
>
> 【山麻稭】淅零零地雨打芭蕉叶，急煎煎的促织儿声相接。做得个虫蚁儿天生的劣，特故把愁人做脾鳖，更深越切。恨我寸肠千结，不埋怨除你心如铁。泪痕儿淹破人双颊，泪点儿怕揾不迭，是相思血。
>
> 【尾】兀的不烦恼煞人也！灯儿一点甫能吹灭，雨儿歇，闪出昏惨惨的半窗月。

这段心理描写与上述一段一样，是与叙事交织进行的，而且还巧妙渗入了环境描写，烘托出离别的凄凉氛围。这种写法，情景交织、情事相生，不仅使情节跌宕起伏、摇曳多姿，也使人物形象更加鲜活灵动，从而增添了故事的感染力。元稹《莺莺传》表现人物心理，主要借助描写人物言行、神态的手法，使作品含蓄有余，形象性和感染力相对较弱。如张生与莺莺私下结合后不久，张生欲去长安，这时的莺莺是何心理？作品只写她"愁怨之容动人"，（张生）"将行之再夕，不复可见"，并没有详细描写她此时的所思所感；张生再次入长安前，则只通过莺莺的语言和行动表现她当时愁怨而无奈的心情："徐谓张曰：'始乱之，终弃之，固其宜矣。愚不敢恨。必也君乱之，君终之，君之惠也。则没身之誓，其有终矣。又何必深感于此行？……'因命拂琴……不数声，哀音怨乱，不复知其是曲也。"很少直接描写人物的心绪变化。与此不同，《西厢记诸宫调》则较多人物心理活动的直接描写，且多出现在唱词中。以《董西厢》为代表的诸宫调这种表现人物心理活动的方式，对此后戏曲表现人物心理具有重要的启发作用。戏曲可以吸取唐传奇的故事，但要将故事表现得生动，让观众观赏时能较容易地理解剧中人物的感情，就必须在舞台上让演员将所演人物的内心世界展示出来。要实现这个目的,则需要有某种中间形态的艺术形式提供借鉴或启发,诸宫调无疑起到了这一作用:戏曲只要稍作改动,将诸宫调第三人称视角的叙述变成第一人称的代言,就可以让演员将所演人物的心理"唱"出来,观众也自然能了然于心了。

除直接描写外,《西厢记诸宫调》在表现人物心理时,还运用了记梦的手法。如卷五莺莺赖简后,张生回到书斋后梦到莺莺来就他,卷六张生与莺莺离别之后,住在客店第一夜梦见莺莺与红娘私自追随而至,均从不同角度展示了人物不同境遇下的内心活动。

《西厢记诸宫调》的心理描写,对人物形象的塑造和情节的演进起到了画龙点睛、点染深化的作用。尽管这类描写还存在着视角较单一、缺少层次性和深度等不足,但较之唐传奇,仍是我国古代叙事性作品的一个进步,也为此后戏曲表现人物心理提供了宝贵经验。

第四,语言风格发生了改变。

除上述几点之外,《西厢记诸宫调》较之《莺莺传》在语言风格上也有了很大的转变。这种转变是由诸宫调的说唱伎艺的身份决定的;正是这种转变,为戏曲吸收唐传奇的故事并"为我所用"提供了可供借鉴的中间形态,创造了宝贵的契机。

《西厢记诸宫调》语言风格的变化首先表现为"套语"的运用。《西厢记诸宫调》运用的"套语",是当时通俗文艺作品中通用的一套文词,多为诗、赋、骈语等韵文,一般用于描写景物、人物外貌以及概括场景等。如第一卷莺莺出场,在用了仙吕调的一个套曲对其外貌进行描写后,以一篇小赋概括莺莺的美貌:"手捻粉香春睡起,倚门立地怨东风。鬓绾双鬟,钗簪金凤。眉弯远山不翠,眼横秋水无光。体若凝酥,腰如弱柳,指犹春笋纤长,脚似金莲稳小。"这在"说话"、杂戏等伎艺中非常常见。但套语的运用,不足以掩盖其描摹的细致多姿,反而为作品增添了一种来自民间的"俗"气。

除套语的运用外,《西厢记诸宫调》还大量运用当时民间的俗语、口语,形成了生动活泼的语言风格。如称眼睛为"渌老儿"——"那鹘鸰渌老儿,难道不清雅?见人不住偷睛抹……"(卷一中吕调【香风合缠令】);称出声为"子声"——"牙儿抵着不敢子声"(卷四中吕调【尾】);形容女子美丽用"稔色"——"脸儿又清秀,怎不教那稔色的人人挂心头"(卷四中吕调【古轮台】);忍耐为"宁耐"——"君瑞攀鞍空自撅,道得个'冤家宁耐些'"(卷六黄钟宫【出队子】）；程度大、严重等用"唓嗻"——"料得我儿今夜里，那一和烦恼唓嗻"（卷六越调【蛮牌儿】）等。而其他如"恁""甚""子个"（即"则个"）等俗语、口语更是不胜枚举。此外，叠字、"儿"字后缀这类口语中的常见现象，在《西厢记诸宫调》中也运用得得心应手。前者如"纤纤手""好好承当""急煎煎""白泠泠"等；后者像上举的"渌老儿""牙儿""脸儿"，以及"庞儿""车儿""情诗儿""些儿""出口儿气"等。口语、俗语在《西厢记诸宫调》中俯拾即是，为作品平添了浓郁的生活气息，使原来文雅的佳人才子故事染上了市井色彩。这种由民间俗语、口语所带来的鲜活的市井气息，同样为通俗的艺术样式——戏曲所需要，这一切是唐传奇这一"高雅"的文体所无法给予的，所以戏曲在吸收唐传奇题材时，以《董西厢》为代表的诸宫调为之提供了一种活生生的范本。

此外，《董西厢》的语言在通俗中又透出清丽可喜的一面，无论是写景、状物、摹人均具有较强的表现力和感染力。从上文对人物外貌和心理描写的分析中我们已略窥一斑，现在再看看其写景、抒情的语言：

> 大石调【玉翼蝉】蟾宫客，赴帝阙，相送临郊野。恰俺与莺莺，鸳帏暂相守，被功名使人离缺。好缘业！空悒怏，频嗟叹，不忍轻离别。早是恁凄凄凉凉，受烦恼，那堪值暮秋时节！雨儿乍歇，向晚风如漂冽，那闻得衰柳蝉鸣凄切！未知今日别后，何时重见也。衫袖上盈盈，揾泪不绝。幽恨眉峰暗结。好难割舍，纵有千种风情，何处说？
>
> 【尾】莫道男儿心如铁，君不见满川红叶，尽是离人眼中血！

此套引子写得情景交融，巧妙融宋词（柳永《雨霖铃》）意境于叙事体的说唱文学之中，写景、抒情纯用白描，与所写故事情节、人物形象非常契合，语言于通俗中蕴含雅丽与清新。《王西厢》的语言以清新雅丽著称，与《董西厢》的这一语言风格不无承袭关系，前者有些语句和意境就是化用后者的。如《王西厢》第四本第三折中"晓来谁染霜林醉，总是离人泪"，其意境语句显然是化用上引"君不见满川红叶，尽是离人眼中血"而来。其他类似的描写在《董西厢》中所在多有，兹不枚举。《董西厢》的这一语言风格，为元明乃至后世戏曲作家所借鉴，对戏曲语言寓俗于雅、雅俗相得风格的形成起到了重要的影响作用。

当然，《西厢记诸宫调》也有许多地方承《莺莺传》而来，许多语句、包括男女主人公互相赠答的诗词均原文照录,有的甚至不大合于已经改变了的情节和人物形象,如崔张二人离别时,莺莺送给张生的诗"弃置今何道",即是《莺莺传》中莺莺被弃若干年后,张生再欲与之相见之时莺莺所赠,与《董西厢》的情境完全不同,《董西厢》用在此处显然是不合适的。但瑕不掩瑜,《西厢记诸宫调》在情节、人物、主题、艺术手法等方面均较原作有了不小的进步,表现出作者超乎寻常的想象力与创造力,为王实甫创作《西厢记》打下了非常坚实的基础,为《王西厢》以及此后更多同题材戏曲作品的出现树立了一个更高的、全新的起点,其创造力与影响力,是不可刊灭的,堪称发挥说唱文学在唐传奇与后世戏曲之间桥梁作用的典范之作。

第三节　其他说唱文学的桥梁作用

　　除上述"说话"与诸宫调外,宋元以至于明代的说唱文学,种类尚夥,其中不乏给予戏曲以影响的。本节选择其中几种与小说和戏曲关系较大者,略加讨论。

一、宋代的叙事鼓子词与覆赚

　　宋代鼓子词有两种,一种是士大夫宴会所用的小型乐曲,不具有叙事性;一种是叙事性的讲唱文学,既可供士大夫宴会之用,也可以在勾栏中表演以供市民娱乐。两种鼓子词在演唱时都有鼓伴奏,因而得名。我们这里要说的是后一种,即叙事性的鼓子词。

　　我们今天能见到的宋代鼓子词是保存在北宋赵令畤《侯鲭录》卷五中的《元微之崔莺莺商调蝶恋花》和收在《清平山堂话本》中的《刎颈鸳鸯会》。这两篇作品上文已述及。《刎颈鸳鸯会》的体制与《元微之崔莺莺商调蝶恋花》相同,散文叙事,韵文是《商调醋葫芦》十首曲子。所不同的是,这篇作品的散文部分用的是白话,唱词用的是曲调而非词调。因为收在"小说"话本中,其体例和说唱的"小说"又十分相似,所以目前学术界关于它究竟是叙事的鼓子词还是小说还有不同意见,但在说唱故事这一点上二者均对后世戏曲产生了启发作用。这里我们着重谈谈《元微之崔莺莺商调蝶恋花》在唐传奇和元明戏曲之间的中介作用。

　　这篇作品是讲唱元稹《莺莺传》故事的,完全忠实于原作,除穿插十首词咏叹人物和事件外，并无新的创造。这是由作者的创作目的决定的，开篇说：

> 至今士大夫，极谈幽玄，访奇述异，无不举此（引者按，指《莺莺传》）以为美话。至于娼优女子，皆能调说大略。惜乎不被之以音律，故不能播之声乐，形之管弦。好事君子，极饮肆欢之际，愿欲一听其说，或举其末而忘其本；或纪其略而不及其终篇。此吾曹之所共恨者也。今于暇日，详观其文，略其烦亵，分之为十章。每章之下，属之以词；或全摭其文，或止取其意。[①]

由上述引文可知，作者改写元稹小说的目的是为了使之“播之声乐，形之管弦”，以供“好事君子”在饮宴之际消遣娱乐之用，也就是说，作者无意改动故事本身，只是让它可歌可唱，以便于人们记忆和娱乐。基于这个出发点，作品没有对原作进行新的创造。其散文部分，基本上是《莺莺传》的节略，而唱词，是以十首《蝶恋花》词分别插于叙述之间，是对前述故事的咏叹，没有进一步叙事。此外，开头表述创作缘起，复缀以《蝶恋花》词，以隐括、咏赞全篇大意；结尾以散文发抒议论，进而以一首同调词作结。

作者的上述创作目的，决定了作品主题并无根本性的变化。如果说与原作有所不同的话，那就是站在后来人的立场上，对故事及故事中的人物予以评说，借友人何东白先生之口，从伦理道德的角度对崔、张二人作了委婉的批判：他们之间的结合“既不能以理定其情，又不合之于义”，因此才会有“相失之遽”的悲剧结局。作者本人的反应是“聚散离合，亦人之常情，古今之所共惜也”，即张生的始乱终弃属“人之常情”，古往今来并不少见，也就是说他并无大错，况且是出于“不得已”。[②] 如果说原作者让张生诽谤莺莺是为其心理寻求平衡、为其无情行为寻找托辞的话，如果说原作者对莺莺还存在些许同情的话，那么《商调蝶恋花》的作者则明确站在封建士大夫的立场，从封建伦理、礼义角度，对崔张二人的自由结合给予无情的批判，并对张生终弃莺莺而去，即所谓二人“相失”，找到了更为有力的伦理上的支持，对莺莺几无同情可言。简言之，张生即使不需要从科举以进身上层社会，不需要攀附士家大族以提升其社会地位，仅仅从伦理道德的角度，对

---

① （宋）赵令畤：《元微之崔莺莺商调蝶恋花》，转引自汪辟疆校录：《唐人小说·莺莺传附录》，第145页。
② 汪辟疆校录：《唐人小说》，第150页。

莺莺始乱终弃的举动也是无可厚非的。若说《商调蝶恋花》与原作存在思想上的差异，其差异正在这里。由此，我们愈加体会得出《西厢记诸宫调》之难能可贵。

在思想观念上，赵令畤《元微之崔莺莺商调蝶恋花》是保守的，但他将散文的故事改编成说唱文学，使之"播之声乐，形之管弦"，从而使只能流传于士大夫酒宴之间的谈资得以在市井勾栏间传播，让更多的、更广大的民众了解这一故事，这一做法有开创之功。任何一种原创性的工作必然带着粗糙、幼稚的痕迹，《商调蝶恋花》也不可避免，无论从形式上还是思想内容上都存有不足。思想内容上的不足是由作者身份、教养及其所处的时代、环境等因素决定的；形式上的不足与他所使用的这一说唱形式有关。从上文所述已约略可见这一说唱文学的大致体制：韵散间用，散文叙事，韵文抒情，而且所用韵文均是同一词调的词，说和唱由两人分别担任，这从作品每在唱词前说"奉劳歌伴，先定格调，后听芜词"或"奉劳歌伴，再和前声"即可见出。运用同一词调反复咏唱，给人以单调、重复之感，如果故事较长，容易使听者感到沉闷。因此，这一形式的说唱伎艺，没有持续多久，当乐曲富于变化的说唱伎艺兴起以后，它就渐趋衰微，所以南宋以后叙事性的鼓子词几乎绝迹了。

鼓子词在南宋逐渐衰微，这时兴起了一种较繁复的说唱伎艺——赚词。赚词兴起于北宋，后经艺人张五牛改造。其音乐形式是联合同一宫调的若干曲子来演唱。其早期形式有缠令、缠达，后来又出现了覆赚。覆赚可以敷演故事，是叙事体的说唱文学。赚词的音乐组织形式对诸宫调和元代戏曲的音乐产生了重要影响。现存诸宫调曲牌以"缠"或"缠令"为名者特别多，显然是运用赚词的痕迹；而其曲牌联套的形式，亦从缠令、缠达、以及后来赚词曲牌的组织形式中受到了极大的启发，并进而影响于元代戏曲的音乐组织形式。

据《都城纪胜》和《梦粱录》记载，覆赚主要演唱"花前月下及铁骑之类"的故事[1]，惜无作品留下。王国维只从《事林广记》中辑得一套赚词《圆社市语》[2]，从中我们约略可了解到其演唱情形。

---

[1]（宋）灌圃耐得翁：《都城纪胜》"瓦舍众伎"条，（宋）吴自牧：《梦粱录》卷二十"妓乐"条，见（宋）孟元老等：《东京梦华录（外四种）》，第97、310页。

[2]王国维：《宋元戏曲史》，第53—56页。

赚词,包括覆赚,其兴盛的历史亦不长,前后只有约 200 年的时间,但其乐曲的组织形式,却成为诸宫调曲牌联套形式的先声,并进而为戏曲的音乐组织形式奠定了基础。即,赚词更主要地是从音乐上启发了诸宫调并于戏曲的成熟贡献良多,恰恰是这一贡献,使得诸宫调能更好地演唱故事,更好地架设起唐传奇与戏曲之间的桥梁,从这个意义上说,赚词间接地为唐传奇与戏曲之间的连通起到了中介作用。

二、元明词话①

词话是出现于元明时期一种说唱文学,其韵文部分以七言或十言诗赞为主。"词话"的"词"为唱词或文词之义,在"词话"中主要指诗赞词,有时也包括"诗余"的词②。

词话是由宋代"说话"的"小说"一家发展演变而来。较"小说"不同或发生变化的是:词话的篇幅加长了;所说故事的题材更广,在"小说"原有题材的基础上,可以讲述更复杂的事件,同时又增加了历史题材;韵文部分以诗赞为主体,与"小说"用词调的乐曲不同;表现出散文化的趋势。

词话在元代的盛行与元杂剧的盛行约略同时而略早,从现存元明戏曲中,我们发现很多"词话"的遗迹,主要表现为:元杂剧人物说白中有不少诗赞体的唱词,以"诗云""词云""断云""诉词云"等引出。如《包待制陈州粜米》的结尾:

> [(末)云]张千,将刘衙内拿下者。听老夫下断。(词云)为陈州亢旱不收,穷百姓四散飘流。刘衙内原非令器,杨金吾更是油头。奉敕旨陈州粜米,改官价擅自征收。紫金鎚屈打良善,声冤处地惨天愁。范学士岂容奸蠹,奏君王不赦亡囚。今日个从公勘问,遣小懒手报亲仇。方才见无私王法,留传与万古千秋。③

这类"词"多以七言句为主,间有十言或杂言,也有全部用十言的。由戏曲

---

① 这部分内容参考了叶德均《宋元明讲唱文学》的相关段落,引文未注明出处的均出自该文。见叶德均:《戏曲小说丛考》,第 657—683 页。

② 元代还有《大唐三藏取经诗话》一种,穿插不少的诗,这类诗也是通俗的诗赞体。所以叶德均认为它应属于词话范围,而非和词话对立的另一种。

③ (元)无名氏:《包待制陈州粜米》,见(明)臧晋叔编:《元曲选》第一册,第 52 页。

中这类"词"的运用可知当时词话盛行的情况,以及对戏曲的深刻影响。据叶德均统计,《元曲选》所选元明人杂剧 100 种中,有 92 种有词话,占所收作品的 90% 以上。这 92 种应用词话的作品,所用词话均不只一见,每折也不只一处,总计有 188 处之多。其分布情况如下:"(一)仅见于一折的,计五十七种,六十五处;(二)全剧的剧中和剧末都有的,计三十四种,一百二十一处;(三)散见于全剧中间两折的只有一种,两处。而最值得注意的是:见于全剧之末的第四折或第五折的,计有八十七种,一百十九处(在其他各折的只有六十九处),占百分之六十以上。"这种于全剧之末引用词话的风气直到明代朱有燉时还一直持续着。

　　除说白中的"词"外,元杂剧中的唱词也有引用词话的现象。如关汉卿《赵盼儿风月救风尘》第三折【滚绣球】【幺篇】中有"那唱词话的有两句留文:'咱也曾武陵溪畔曾相识,今日佯推不认人。'"这句词话引文在元明其他戏曲作品中也能找到,如戴善夫《陶学士醉写风光好》第三折【滚绣球】:"咱正是武陵溪畔曾相识,今日佯推不认人。"吴昌龄《花间四友东坡梦》第二折【乌夜啼】:"桃也,你与我武陵溪畔曾相识。"王子一《刘晨阮肇误入桃源》第三折【耍孩儿】【二煞】:"我和他武陵溪畔曾相识。"李唐宾《李云英风送梧桐叶》第一折【寄生草】:"多管是武陵溪畔曾相近。"①元明杂剧中武陵溪的故事系指刘晨阮肇遇天台神女事;"留文"意为常用而留在人们口头上的成语。由此可见,刘阮的故事曾播于词话并广为流传,以至于其中这两句话已为人们所熟知。而戏曲中频繁引用这两句话,则说明戏曲作家对词话非常熟悉,戏曲接受词话影响亦十分广泛。

　　戏曲中大量运用词话这一现象表明,二者之间存在着极密切的关系。戏曲虽为代言,但其中仍可看到许多叙述体的痕迹,如人物上场时的自我介绍、甚至连自己的劣迹也一并说出,这显然不符合生活实际,是作者欲向观众揭示人物性格特征而使用的一种手段。这一手段是从叙述体的"小说"或"词话"移用过来。再如戏曲中常见的探子或类似探子的角色的报告,将不便于在场上展示的事件或场面叙述出来,再如每折或全剧的末尾,让一位剧中人置身剧外对剧情、剧中人物加以总结、评论等,都完全是叙述

①以上引文分别见(明)臧晋叔编:《元曲选》第 201、536、1243、1364、1223 页。另,李唐宾《李云英风送梧桐叶》虽编入《元曲选》,但据相关资料,李唐宾为明人。故本书在做统计时,将其归入取材于唐传奇题材的明代杂剧。

性的。叶德均认为这些现象是戏曲由"词话"传承而来的"化石"。我们虽不能完全同意这一说法，但戏曲受到词话极大的影响，却显而易见。

戏曲接受词话的影响主要是体制上的，即戏曲应用词话的某些手段解决了以代言体叙事的难题。戏曲的故事必须由场上人物表演给观众，作者不能像说故事者那样直接出面讲述或评论；同时，晚出的戏曲受到既有的其他叙事文学的影响，往往有评有述。这样一来，戏曲吸取流行于市井的说唱伎艺的某些既有程式当是极便利的事。由于这个因素，戏曲吸收借鉴了"说话"中"小说"一家的诸多特点；词话作为"小说"发展演变了的形态，对戏曲的影响与"小说"相仿。

词话在明代继续流行，其情形与元代基本相同。所不同者，有以下几点：称谓较元代混乱；万历前后又有用词话名称指散文体的小说的；出现了分化——发展成弹词和鼓词两个系统。

综上所述，说唱文学对戏曲的贡献是巨大的。正是由于有了说唱文学这座桥梁，戏曲在吸收、改编唐传奇时，才会有如下便利：1.作为代言体的戏曲吸收、演绎叙述体的唐传奇故事时，能够得心应手，解决不少体制上的难题，从而形成中国古代戏曲独有的表演特点；2.作为通俗文艺样式，戏曲在运用相对文雅的唐传奇题材时，可以从同题材说唱文学中吸取丰富的改编经验；3.戏曲在改编唐传奇故事时，同题材的说唱文学在情节设计、人物塑造、艺术手法等方面的创造，为之作了成功铺垫，奠定了良好基础。以上数端，充分表明说唱文学在唐传奇与元明戏曲之间的重要中介作用，难以想象，若没有这座桥梁，戏曲在利用前代文学作品过程中，其步履将会怎样。

第四节　宋杂剧与金院本——唐传奇与
元明戏曲之间最后过渡

在元杂剧逐渐成熟定型的过程中，宋杂剧与金院本发挥了重要作用。由于它们没有脚本存世，仅能从相关材料中推测出其题材的大致内容及表演的大体情况。就现存的材料可知，宋杂剧与金院本在元代戏曲接受唐传奇影响的过程中发挥了重要作用，其直观表现是题材上的过渡，下面对其略作说明，并对其他相关问题提出个人的思索。

　　据第一章对宋杂剧和金院本中可考的运用唐传奇故事题材的剧目的统计,我们要进一步探讨的是:这些剧目倾向于哪些题材类型? 为宋杂剧与金院本所运用的唐传奇故事哪些为元明戏曲所应用? 元明戏曲作品在运用唐传奇故事题材时,其中间环节除说唱文学外,有无宋杂剧与金院本? 如果它们借鉴了宋杂剧与金院本的改编经验,主要体现在哪几个方面?

　　首先看第一个问题。目前可考知的运用唐传奇题材的宋杂剧与金院本的剧目中①,宋杂剧与金院本取材重合的有 9 种,包括存疑的,即宋官本杂剧段数与金院本取材唐传奇的总计为 27 种。在这 27 种剧目中,爱情题材的有 14 种,占总数的半数略强;宗教题材的有 5 种;政治历史题材的 4 种;轶事题材 4 种。由此可见,爱情题材占了绝大多数。

　　其次,这些剧目中很多有相应的元明戏曲作品。据统计,只有 3 种宋杂剧或金院本剧目在元明两代找不到相应的戏曲作品,即《郑生遇龙女薄媚》《马头中和乐》(金院本题《马明王》)、《老孤遣妲》。采用唐传奇故事题材而与宋杂剧或金院本题材重合的元明戏曲,不少是利用同一题材进行创作的,如白朴《唐明皇秋夜梧桐雨》、庾天锡《杨太真霓裳怨》(佚)、汪道昆《唐明皇七夕长生殿》(杂剧)、屠隆《彩毫记》(传奇)等系演唐明皇与杨贵妃的故事;王实甫《西厢记》、屠本畯《崔氏春秋补传》(杂剧,佚)、李日华《南调西厢记》(南戏)、陆采《南西厢》(南戏)等,取材于莺莺和张生故事;石君宝《曲江池》、高文秀《郑元和风雪打瓦罐》(佚)、朱有燉《曲江池》(杂剧)、徐霖《绣襦记》(南戏)等演李娃故事等。

　　以上是取材于唐传奇、并与宋杂剧和金院本同题材的元明戏曲的统计情况。下面需要考虑的是上文提出的后两个问题,即:这些戏曲在创作或改编时所经由的中间环节有无宋杂剧或金院本? 如有,则戏曲从中借鉴了些什么? 这两个问题要解决起来难度相当大,因为迄今为止,尚未发现任何一种宋杂剧与金院本的演出脚本,其内容无从得知。就有限的材料看,宋杂剧与金院本在元明戏曲接受唐传奇影响的过程中,发挥了较为重要的过渡作用。不仅从题材上在唐传奇与元明戏曲之间搭建起重要桥梁,而且在表演形式、表演体制上也为元明戏曲提供了重要借鉴,为元明戏曲在戏曲艺术这一框架内实现对唐传奇的承传和变异提供了丰富的经验,与说唱

　　———————
　　①详见第一章及书末附表 2。

文学一同构成了唐传奇与元明戏曲之间的重要桥梁。但很难判断,除题材上的过渡作用之外,在元明戏曲利用并改编唐传奇的过程中,它们是如何发挥作用的。因此,本文只能录此以存疑,留待将来发现更多材料时,再作探讨。

附论 2：宋元南戏接受唐传奇影响情况简述

大约在宋元之交,温州一带兴起了一种戏曲形式,人们将其称为"南戏"。南戏在元代与杂剧同时存在,由于艺术上没有元杂剧成熟,故产生的影响较弱。当元末明初北曲杂剧逐渐衰落之时,南戏异军突起,渐趋兴盛,并在此基础上,进而发展成"传奇"这一具有深远影响的戏曲体制。不过由于明代文人对宋元南戏不够重视,保存不利,所以它们散失比较严重,我们今天能见到的作品非常有限,完整存世的只有 15 种,有辑本的 119 种,完全佚失的 34 种,总计 168 种[1]。其中可考知取材于唐传奇的作品有 18 种,有文本存世的只有 1 种,其他或者仅存残曲,或者完全佚失。这些南戏绝大多数作者姓名、创作时代已不可考,所以难以与元杂剧并在一处论述,加之作品存世者极其有限,所以对其单独讨论。

由于这一情况,我们在讨论这类题材的宋元南戏时,很难就其对唐传奇的承袭与变异做全面的观照,主要是依据相关目录类文献及所存的残曲对它们题材上接受唐传奇影响的情况进行简要梳理。

取材于唐传奇的宋元南戏按题材可分成爱情、宗教、轶事等 6 类。其中以爱情类题材作品数量最多,为 9 种,占取材于唐传奇的宋元南戏总数的一半。其次是侠义公案和轶事类的,各 3 种,其他各类均各 1 种。在爱情题材的作品中,又以才子佳人类作品数量最多,计 3 种,占爱情类题材作品的 1/3[2]。有趣的是,在取材于唐传奇的元杂剧和明代戏曲中,爱情和轶事题材作品的数量也均居于前列。在爱情题材的作品中,又以才子佳人和青楼题材的作品居多。可见,向唐传奇取材时,元杂剧与明代戏曲的作者与宋元南戏的作者,兴趣何其一致!

---

[1] 钱南扬:《宋元戏文辑佚前言》,上海,上海古典文学出版社,1956,第 8 页;庄一拂:《古典戏曲存目汇考》,第 1—91 页。

[2] 详见书末附表 3—1。

宋元南戏在向唐传奇取材时，有对同一题材故事反复利用的现象，如取材于王仙客与刘无双故事的作品，有白寿之《无双传》和无名氏《王仙客》2 种（均存残曲）；以乐昌公主破镜重圆故事为蓝本的有无名氏《乐昌公主破镜重圆》和《赛乐昌》2 种（均存残曲）。宋元南戏的这一特点，在取材于唐传奇的元明戏曲中也明显存在，显示出它们之间在接受唐传奇影响上的延续性。

取材于唐传奇的宋元南戏中仅存佚曲的有 12 种，它们是：元人白寿之《无双传》和李景云《崔莺莺西厢记》2 种，无名氏《韩翃章台柳》《李亚仙》《王仙客》《崔护谒浆记》《乐昌公主破镜重圆》《赛乐昌》《韩文公风雪阻蓝关记》《韩湘子三度韩文公》《磨勒盗红绡》《陈巡检梅岭失妻》等 10 种①。这些佚曲，从三支到三十几支不等；有 2 种分别有完整套曲保存，其他均是支曲，有些支曲可能属于一个套曲②。从这些残存的曲子，结合故事所据本事，约略可推知演唱角色、人物当下的情绪、所发生的事件等，尚不足以完整、准确地推知作者的心态与意图。因此，这些存有佚曲的宋元南戏，我们仅能从题材上判断出它们对唐传奇的接受情况。

存世的宋元南戏《吕蒙正风雪破窑记》，今存明代金陵富春堂刻本《新刻出像音注吕蒙正破窑记》和书林陈含初、詹林我绣刻《李九我批评破窑记》③。据学界一般观点，明刊本南戏多经过明人修订，《破窑记》亦在此列。但就现有文献而言，宋元南戏极少有完整的原始文本流传下来，可考知取材于唐传奇的宋元南戏有完整文本存世的只有《吕蒙正风雪破窑记》1种。据孙崇涛《明人改本戏文通论》，南戏《破窑记》在"文本性质形态"上属于"元（原）本"，以区别于"依昆剧排场削定"的"改本"④。俞为民也认为富春堂本和李评本《破窑记》对原本改动较小⑤。而且，据现存南戏《破窑记》元刊本的佚曲看，南戏《破窑记》的主要人物和情节、特别是重要情节，并无大的改动。故这里依据明刊本《李九我批评破窑记》，简述其对唐传奇蓝本的承传情况。

---

①《吕蒙正风雪破窑记》亦存有元本佚曲，但因其有全本存世，故不计入这类仅存佚曲的宋元南戏。
②参见钱南扬：《宋元戏文辑佚》。
③后一种见古本戏曲丛刊编辑委员会编：《古本戏曲丛刊初集》，上海，商务印书馆，1953—1954。
④孙崇涛：《明人改本戏文通论》，《文学遗产》1998 年第 5 期。
⑤俞为民：《南戏〈破窑记〉本事和版本考述》，《文献》1990 年第 3 期。

　　该戏中"斋后钟"事取材于五代王定保《唐摭言》中所记唐王播事，另外，五代孙光宪《北梦琐言》所记唐段文昌事与此相类。剧写宋相吕蒙正早年贫寒，居于破窑，宰相女儿刘千金结彩楼招婿，看中吕蒙正日后必发迹，将绣球抛中，千金父嫌蒙正寒酸，将夫妻二人逐出家门，二人住在破窑。吕去寺中赶斋，僧人弃嫌他而饭后鸣钟，吕题诗壁上。后来考中状元，见寺中其昔日题诗已为碧纱笼罩，宰相亦将他们夫妻迎回，全家喜获封赠。此剧的题材虽不完全取自唐传奇，人物也换成了宋人，但其核心情节与原作大体相同，只是原作较短，此剧铺写详细；原作着重记录名人轶事，此剧则将贫寒读书人向往发迹的热望、对世情冷暖的愤慨之情抒发得比较充分，意在告诫世人不可轻视读书人，书生终有出人头地之日。如吕蒙正中了状元之后，他和夫人的对话（唱）：

　　　　【寄生草】……（生）满城中乱纷纷争看状元，怎想着寒儒犹有今生愿。夫人，我如今前呼后拥，有多少人侍从我。摆列着青衣喝道在马前。……（旦）相公，你今日居了官，相貌比前也不同了。（生）正是居移气，养移体，称心处，红光满面。（旦）劝世人休把儒生贱。（第二十七出《游观破窑》）

言谈中充满了中状元之后的抑制不住的得意与喜悦，刘千金更明确地提出劝惩："劝世人休把儒生贱。"作品结构上的安排同样表露了这一心态：全剧共二十九出，从第二十出至第二十九出的整整十出，从各个角度、各个侧面描写渲染吕蒙正中状元后的风光和夫荣妻贵后二人的志得意满，与此前所描写的吕蒙正的贫寒之状形成极其鲜明的对比，藉此给世人以劝戒。而第二十六出《夫妻游寺》，吕蒙正对木兰寺僧的惩罚更是毫不掩饰地将内心的郁愤发泄出来。这既是贫寒书生发迹之后的扬眉吐气，更是在宣泄对轻贱读书人的世态的极度不满，也是对这一现象的有力鞭挞与警示。

　　除表现寒儒终有发迹之日、不可轻视读书人这一思想之外，作品还借宰相之女刘千金识英雄于贫贱、与寒儒同甘共苦、坚持始终性格的塑造，给寒苦中的士子们一线心理慰藉，与所叙吕蒙正终于发迹之事一起，共同印证了"书中自有黄金屋，书中自有千钟粟，书中自有颜如玉"的劝世名言。

　　除上述心态之外，作品还表现出民间普遍流行的命由天定的思想。第二出吕蒙正"卜问前程"卖卜之人所说，第十二出"夫妇祭灶"时刘千金所言,第十七出"神明显圣"对未来相国之妻刘千金的保护等等,均表现出民间相沿已久的天命思想和贵人总有鬼神护佑的观念。此外,作品中还不时地流露出对女性贞节之德的褒扬,如刘千金昔日侍女和母亲曾先后劝她回家重新嫁人,她都严词拒绝:"我坚心立志持贞女,不做那败俗伤风薄幸人。"(第二十一出《夫人看女》)

《破窑记》所反映出的上述种种心态中,除寒儒终会发迹变泰这一心态,在其所资取材的唐传奇中微有流露之外,其他种种均无表露,从而显示出对原作的重大变异。而这些变异在元杂剧和明代戏曲中也不同程度地存在着,说明宋元南戏中的一部分作品,在创作心态和创作意图上,与元明戏曲存在相通之处,宋元南戏与元明戏曲在接受唐传奇影响时具有延续性。

第三章　元明戏曲对唐传奇的承袭

　　任何一种文学体裁,其发展成熟都离不开相关艺术样式的滋养和扶持。作为综合艺术的戏曲更是如此。元明时期,古代戏曲成熟并进一步发展,取得了巨大成就。王国维将元杂剧称为有元"一代之文学",将其与楚骚、汉赋、六朝骈文、唐诗、宋词并称,给予了极高的评价①。明代,传奇戏曲兴起并逐渐兴盛,北曲杂剧虽繁华不再,但依然不断发展,大批具有较高修养的上层文人参与到戏曲创作中来,为戏曲带来了许多新变,体制更加完备,对戏曲艺术的探索也更加全面,为后世留下许多宝贵的剧目和丰富的创作经验。无论元杂剧还是明代戏曲,其巨大成就的取得,是广泛吸收借鉴多种文艺样式的结果,其中不可忽视的是对唐传奇的接受。

　　由于种种原因,元杂剧散失较多,目前我们所依据的元杂剧文本主要是明人臧晋叔编《元曲选》和今人隋树森编《元曲选外编》。《元曲选》编写于晚明,一般认为,其中的元杂剧作品多经过编者的改编,不完全是元杂剧的原貌。据现有资料,元人杂剧的原始文本几乎不可见,就一般学者认为的最接近元人杂剧面貌的、编成于明代初年的《元刊杂剧三十种》,主要是演出本,从文本上看,存在三个主要问题:一是作品不全,二是缺漏错误较多,三是有的没有宾白。这些问题导致其剧作关目、语言甚难索解。而且这些文本也是经过改编的,不能当作反映当时舞台演出的可靠资料。《脉望馆钞校本古今杂剧》与《元曲选》的来源基本一致,但相对较粗疏。明代其他数种元杂剧的集子,多数是《元曲选》的覆刻本。臧晋叔对元人杂剧文本进行了改编,虽有文人化倾向,但与明初一些文人剧作家创作的杂剧相比,还是保留了较多的元人风味,加之其对戏曲有较敏锐的感受力,总体上看,《元曲选》是目前能见到的元人杂剧最具代表性的集子,可以作为研究

---

① 王国维:《宋元戏曲史》序,第1页。

元人杂剧面貌的较适宜的依据①。《元曲选外编》是隋树森收罗《元曲选》未收之元杂剧。一般认为,《元曲选外编》与《元曲选》一起,包罗了现存全部的整本元人杂剧,与《元曲选》同样具有较强的代表性②。此外,王实甫《西厢记》不见于上述二本,故用《古本戏曲丛刊初集》所收明弘治戊午刊《奇妙全相注释西厢记》作为依据。

依据上述两种元杂剧选本以及戏曲目录类著作,元杂剧存世和存目、以及有残折、残曲保存下来的作品中,取材于唐传奇并从多方面受到唐传奇影响的作品数量非常可观。取材或部分取材于唐传奇者共计 79 种,其中有完整作品存世的 26 种,占现存元代戏曲总数 208 种的 12.5%③。

明代戏曲袭用唐传奇的数量较元代稍多,就现有的戏曲目录著作,可知明代杂剧、南戏、传奇袭用唐传奇题材的总计 109 种,其中存世的共 63 种,佚失的 38 种,存有佚曲或残出者 8 种。在这 109 种戏曲作品中,有 42 种是杂剧,其中 18 种佚失;67 种是南戏和传奇,其中有南戏 11 种,6 种存世;56 种传奇中有 7 种存有残出或佚曲,15 种佚失,在存世的 34 种传奇中,王元寿《郁轮袍》传奇与张琦的同名传奇是否同一本,待考,此处姑作两本处理④。

元明戏曲在接受唐传奇影响时,有承有变。本章主要探讨承袭情况。承袭主要是在题材传承基础上发生的,表现为直观承袭和变相承袭两种形式。直观承袭主要是指能从作品的字里行间直接找到痕迹的,如故事的框架、中心情节、主要人物、艺术手段等的相同或相近。变相承袭表现得比较隐蔽,多数情况下表现为一种"变相",是承中有变,寓承于变的。变相承袭主要表现在叙事体例、叙事性、抒情性等方面。

①参见(荷兰)伊维德撰:《我们读到的是"元"杂剧吗——杂剧在明代宫廷的嬗变》,宋耕译,《文艺研究》2001 年第 3 期;王季思:《全元戏曲序》,北京,人民文学出版社,1999;顾学颉:《明人臧晋叔整理编选〈元曲选〉工作中的得失初探》,《河北师院学报》(社会科学版)1994 年第 3 期。

②参见何贵初:《隋树森与元曲研究》,《东南大学学报》(哲学社会科学版)第 5 卷第 1 期(2003 年 1 月)。此外,《全元戏曲》是目前搜罗元代戏曲最全的一种,所依据的底本,不出以上几种,曲白俱全者以《元曲选》和《元曲选外编》为主,故本书所论取材于唐传奇的元杂剧仍以《元曲选》《元曲选外编》本为主。

③此处的现存元代戏曲的总数系根据王季思主编《全元戏曲》,其中存残折、残曲、残句等的作品未计算在内。王季思主编:《全元戏曲》,北京,人民文学出版社,1990。另:取材于唐传奇的元杂剧剧目及所依据的文献见书末附表 3-2。

④详见书末附表 3-3,3-4。

第一节　元明戏曲对唐传奇的直观承袭

元明戏曲对唐传奇的承袭最显著的表现是题材的袭用，以及由此带来的故事框架、中心情节、主要人物、艺术手段等的相同或相近。这些承袭是直观的，从作品的字里行间能直接找出承袭的痕迹，所以我们称之为"直观承袭"。

一、元杂剧对唐传奇的直观承袭

（一）题材、内容的直观承袭

元杂剧对唐传奇题材的承袭早已为众多学者指出。这里我们就相关戏曲目录著作，将它们题材的沿袭关系作一个量化统计。取材于唐传奇的元杂剧按题材可分成爱情、宗教、轶事、政治历史等 6 类。由每一类作品数量的多寡可以看出元人在选择唐传奇进行再创作时，题材兴趣之所在。

首先，爱情题材仍是元杂剧作家关注的热点，共 29 种，约占取材于唐传奇的元杂剧总数的 36.7% 强。其中不少是同一题材为不同的作家反复利用的，如石君宝《曲江池》和高文秀《打瓦罐》（佚），其蓝本均为唐代白行简所作传奇《李娃传》；崔护觅水故事也先后有白朴《崔护谒浆》（佚）、尚仲贤《崔护谒浆》（次本，佚）2 种；运用"红叶题诗"题材的作品则有白朴《流红叶》（存残曲）、李文蔚《题红怨》（佚）、无名氏《红叶传情》（佚）等 3 种。此外，为人们所熟知的"西厢"题材、倩女题材也都存在上述现象。尽管元代戏曲作品散佚不存或失于著录者良多，但从目前所知的剧目所发现的上述现象，足以说明元代作家兴趣集中之所在。这是一个方面。另一方面，元代取材于唐传奇的爱情题材的作品，又以才子佳人和青楼题材居多，分别为 11 种和 8 种，二者之和占这类作品总数的近 2/3。

除爱情题材外，元杂剧袭用唐传奇较集中的还有轶事题材，共 18 种，其中以讲述文官轶事的居多，共 12 种，占这类题材作品的 2/3。再其次是宗教题材，共 16 种。其中以仙道题材居多，有 14 种，占这类作品的 87.5%。政治历史题材的也不少，共 10 种，其中尤以写唐明皇与杨贵妃事迹的居多，达 7 种，均以史传有关记载和《长恨歌传》《开元天宝遗事》等唐传奇中的李杨故事为创作蓝本。其余的有侠义公案题材 4 种,其他题材 2 种①。

综观上述取材于唐传奇的元杂剧,其题材所涉范围尽管较宽,但就其题材的美学特征而言,却具有一个共同特色:奇。唐传奇,作为文体之名,虽然并非唐人自称,但其选材多为耸人听闻的奇人异事却是当时作者们的共同追求,所以后人才以此命名这类小说。元人在进行戏曲创作时,不约而同地将唐传奇作为取材的宝库;在运用唐传奇题材时,又经常不约而同地选取同一题材。如爱情题材在唐传奇中占了大部分,承袭唐传奇的元杂剧,这类题材的数量也占绝对优势;而在爱情题材中又以才子佳人和青楼题材作品最多,且多为同题反复。实际的本事,才子佳人 4 种,青楼题材 6 种。政治历史题材中,唐代就有不少作者将注意力集中在李杨事迹上,元杂剧在承袭唐传奇时仍有许多作家将关注点集中于此事。出现这一现象的一个因素是元代戏曲作家对题材之“奇”的共同追求,这一追求与唐传奇作家存在着相沿关系。“唐人乃作意好奇,假小说以寄笔端”“搜奇记逸”等语说的就是唐传奇作家取材上这一美学倾向②。

取材于唐传奇的元杂剧,除在题材的类型及其“奇异”趣味的追求方面上承唐传奇之外,由题材上的承传关系必然地带来故事框架、主要人物等的承袭,这一点前人时贤多有论述,不赘。

(二)艺术手段上的直观承袭

元杂剧对唐传奇的直观承袭,在某些艺术手段上也能找到明显痕迹。

首先,元杂剧善于通过语言、动作的描写刻画人物心理,这与唐传奇有相承之处。

中国古代小说受史传文学影响,往往遵循“实录”原则,所以在表现人物心理方面发展较缓,多是通过描述人物语言、动作来间接地刻画人物内心世界。这有它消极的一面;从另一方面看,则丰富了小说塑造人物的手段,使人物的心理刻画更真实可信,耐人寻味,从而促进了这一艺术手法的成熟。在优秀小说家笔下,通过人物语言、动作描写刻画人物的手法运用得炉火纯青,给戏曲创作带来巨大影响。

---

①详见书末附表 3—2。
②分别见(明)胡应麟:《少室山房笔丛》,第 486 页;鲁迅:《中国小说史略》,第 44 页。

唐传奇标志着中国古代文言小说发展的成熟,不仅在有意为小说、描写委婉细腻、文辞优美等方面堪称典范,在人物心理刻画上亦达到了古代小说的一个高峰。在借助人物语言、动作间接地表现人物内心世界方面,艺术手段的娴熟予后世小说、戏曲等叙事性文学以深刻启迪。

就拿我们熟知的《莺莺传》为例。当莺莺第二次得知张生要离去时,作者是这样表现她内心波澜的:

> 崔已阴知将诀矣,恭貌怡声,徐谓张曰:"始乱之,终弃之,固其宜矣。愚不敢恨。必也君乱之,君终之,君之惠也。则没身之誓,其有终矣。又何必深感于此行?然而君既不怿,无以奉宁。君常谓我善鼓琴,向时羞颜,所不能及。今且往矣,既君此诚。"因命拂琴,鼓《霓裳羽衣》序,不数声,哀音怨乱,不复知其是曲也。左右皆欷歔。崔亦遽止之,投琴,泣下流连,趋归郑所,遂不复至。

"崔已阴知将诀矣",这是作者对莺莺心理的直接描写,但到此就打住了。接下来则是对莺莺一系列语言动作细节的刻画:先是"恭貌怡声",说明此时她还保持着一向的柔顺姿态。而当她鼓琴时,则无法抑制内心的悲伤、愁怨,"不数声,哀音怨乱,不复知其是曲也",揭示出在平静外表下掩盖着的情感波澜;而"投琴,泣下流连,趋归郑所",一连串动作在再次表现出人物隐忍性格的同时,也生动刻画了人物此刻的微妙心理——内心无比怨苦,甚至不乏激愤,但又不肯在他人面前、哪怕是自己的爱人面前表现出来。至于她对张生所说的一番话,则与她上述动作相辅相成,既体现出人物隐忍柔顺的性格,又昭示出此刻她不想怨但又不能无怨,对张生、对自己的感情投入无比留恋的复杂心理。

同样地,同题材元杂剧在表现莺莺与张生离别的心理时,也借助人物语言、动作进行刻画:

> (红云)姐姐,今日不打扮?(旦云)红娘呵,你那里知道我的心哩!
> 【叨叨令】(旦唱)见安排着车儿、马儿,不由人熬熬煎煎的气;有甚么心情花儿、靥儿,打扮的娇娇滴滴的媚;准备着被儿、枕儿,则索昏昏沉沉的睡;从今后衫儿、袖儿,揾湿做重重叠叠泪。兀的不闷杀人也么哥,兀的不闷杀人也么哥!久以后书儿、信儿,索与我恓恓惶惶的寄。

（王实甫《西厢记》第四卷第三折）①

这里通过莺莺与红娘的问答将女主人公此刻不忍别离、触景伤情，以及对今后相思的预想与苦闷等心理揭示给观众。戏曲由于以演唱为主的特定体制，对人物动作的直接描写不是很多也不够具体，元杂剧尤其如此。但在剧本中还是不乏人物动作的简洁提示，这提示在刻画人物心理方面发挥了重要作用。如上引曲词后的几处科范提示和曲词中，作者屡屡写到"旦长吁科""旦把盏长吁科""一个这壁，一个那壁，一递一声长吁气"。可以想象，演员在表演时势必根据这些提示做出相应的动作，这样一来，剧本对人物"长吁"动作的描写，就会转化成演员舞台上的实际表演，观众从这表演中能直观地领会到剧中人物面对别离和此后长长的相思时难以言说的痛苦心理。

元杂剧对借助人物语言、动作展示人物心理艺术手法的运用，是对唐传奇的承袭，在承袭时是适应着戏曲这一特定体式的。

其次，元杂剧在某些关目的设计上承袭了唐传奇的情节模式。元杂剧常常运用巧遇、巧合的手法作为剧情展开的契机。如《西厢记》张生游普救寺时巧遇莺莺，《柳毅传书》柳毅下第访友途中巧遇龙女，《两世姻缘》中韦皋巧遇再生的玉箫等等。如果没有这种种巧遇、巧合，上述诸剧的情节将无法展开或推进。元杂剧情节的这种巧合安排，显然是承袭与之同题材的唐传奇的结果。元杂剧在运用同题材唐传奇的故事时，在情节上或多或少地有所改变，但独于这些巧合处几乎原封未动地承传下来，这绝非巧合，而是遵循特定规律的结果。

巧合，反映了生活的偶然性。小说、戏曲是对生活的艺术再现，其创作过程就是对现实生活中的事件、人物所进行的典型化过程，是将创作主体与接受主体的思想、精神、愿望等进行高度概括和升华后再融入所创作的人物、事件之中的过程。而巧合在生活中随时随处都可能发生，只不过由于日常生活的琐碎繁冗，这些巧合被淹没于其中而不易被察觉罢了。作家在进行小说和戏曲创作时，则敏锐地发现了这些巧合，并将它们的作用发挥到最大限度，所以有了俗语所谓的"无巧不成书"。就在这些偶然性的巧

---

①（元）王实甫：《奇妙全相注释西厢记》，明弘治戊午刊，古本戏曲丛刊编辑委员会编：《古本戏曲丛刊初集》。

合中往往蕴含着必然性，或者说是必然性的结果。张生遇莺莺是巧合，但青年男女之间的相互吸引、相互爱慕却是必然的，对自由、幸福的爱情生活的追求则是广大被封建礼教束缚的青年男女的共同愿望；柳毅遇龙女是巧合，但挣脱父母包办婚姻，寻求相互体贴的伴侣，则是当时无数挣扎在无爱婚姻中的男女青年的共同企盼。因此，可以说元杂剧在关目安排上对相应题材唐传奇情节巧合手法的袭用，既是对唐传奇艺术手法的承传，也是遵循特定创作规律的结果。

再次，袭用唐传奇题材的元杂剧，往往会设计一件核心的、或在结构上起承前启后作用的事件，或者一种具有穿针引线功能的物品，将剧中人物和情节巧妙地勾连起来。这一点也是直接从唐传奇那里继承来的。如《黄粱梦》中钟离权通过吕生的梦中经历，达到点化他的目的；其蓝本《枕中记》同样是道士借助卢生之梦使之觉悟人生"宠辱之道、穷达之运、得丧之理、死生之情"的。《西厢记》若无张生解莺莺一家之围，则不会有夫人允婚以及接下来的一系列情节，同样是承袭《莺莺传》而来。这是作品中起到结构作用的事件。唐传奇还有不少作品设计了具有穿针引线作用的物品，如《幻影传·陈季卿》中的竹叶舟，《唐摭言》裴度故事中的玉带，《本事诗》崔护故事中的"水"（浆）、桃花等等。与此相同，承传上述题材的元杂剧也均以这些物品作为贯穿全剧的关键，有的甚至直接体现在剧本标题上，如取材于《陈季卿》的《竹叶舟》径自以原作中的"竹叶舟"命名；取材于《唐摭言》的《裴度还带》，题目即标明"带"；取材于崔护故事的《崔护谒浆》杂剧（有正、次两本），题目中的"浆"（水）即是崔护与桃花女相爱的穿针引线之物等等。

上述事件和物品犹如一根红线，将一个个情节的珠子穿在一起，形成一个整体，有助于故事主题的表达。这一艺术手法经唐传奇的成功运用，遂为后世小说、戏曲不断借鉴吸收，成为古代小说、戏曲中非常常见的一种情节串连模式。在这一传承过程中，元杂剧无疑是一个重要环节。它的巨大成就为后世其他形式的戏曲成功运用小说中这种常用的情节结构模式，提供了可资借鉴的宝贵经验。如明清传奇《浣纱记》《南柯记》《彩毫记》《一捧雪》《桃花扇》等，均以一事或一物作为引发剧情或贯穿全剧的重要线索，元杂剧袭用唐传奇上述情节模式的做法，为其提供了宝贵经验。

二、明代戏曲对唐传奇的直观承袭

明代戏曲对唐传奇的直观承袭与元杂剧对唐传奇的直观承袭基本相同,主要表现在题材内容和艺术手段两大方面。

(一)题材、内容上的直观承袭

从上文对取材于唐传奇的明代戏曲所做的简单统计中知道,在可考知的明代戏曲中,题材上承袭唐传奇的数量较为可观。在这些剧作中,又以爱情类题材占绝大多数,共计 46 种,超过取材于唐传奇的明代戏曲总数的40％。而爱情类题材中,又以才子佳人类题材的作品占多数,共计 23 种,占这类题材的半数。这是明代才子佳人类小说、戏曲盛行之风的重要组成部分。数量较多的还有青楼题材的作品,有 12 种,超过爱情类题材的四分之一。对才子佳人题材和青楼题材的关注,明代戏曲家与元杂剧作家有共同之处。可见,“爱情是文学永恒的主题”这一文学作品选材规律,也同样适用于中国古代的戏曲;而古代戏曲中的爱情故事又多半发生在才子佳人或者书生与妓女之间。此外,与同题材的元杂剧相类似,明代取材于唐传奇的爱情戏也有不少是袭用唐传奇同一题材,如朱有燉《曲江池》杂剧与徐霖《绣襦记》南戏,即同取材于唐人白行简《李娃传》;无名氏《玉环记》与陈与郊《鹦鹉洲》,则据范摅《云溪友议》之《韦皋》与《苗夫人》;杂剧孟称舜《桃花人面》、凌濛初《桃花庄》(佚)和传奇金怀玉《桃花记》(残)、无名氏《登楼记》(佚)及南戏无名氏《题门记》(佚)则皆改自孟棨《本事诗·崔护》;至于本于《莺莺传》(及王实甫《西厢记》)而作的戏曲作品就更多了。

除爱情题材外,现存明代戏曲中袭用唐传奇较集中的还有轶事题材,共计 20 种,同元杂剧相似,也是以讲述文臣事迹的作品居多,计 18 种,占这类题材的90％。仅次于轶事题材的是侠义公案类作品,共 16 种,其中又以写豪侠的作品居多,计 13 种,超过这类作品总数的80％。再其次是宗教题材,计 14 种,其中以仙道题材占多数,共 9 种,超过这类题材总数的60％。此外,政治历史题材的有 11 种,其他类有 1 种。由此统计可知,明代的戏曲作家在袭用唐传奇题材时,在爱情、轶事、宗教和政治历史题材上与元杂剧作家有着共同或相似的兴趣,而与元杂剧作家有所不同的是,明代作家对豪侠题材的兴趣较元杂剧作家有了较大增强。明代戏曲作家在豪侠题材的选择上,又集中于“三红”(红线、红绡、红拂)的故事。演磨勒盗红绡故事的有梅鼎祚《昆仑奴》杂剧,梁辰鱼《红绡妓手语传情》杂剧(佚),更生子《双红记》、无名氏《双红记》传奇(合红绡与红线二人事迹为一本)等4种;演红线盗盒故事的有更生子《双红记》、无名氏《双红记》传奇,以及佚作梁辰鱼《红线女》,胡汝嘉《红线》(又名《暗掌销兵》)两种杂剧,而演虬髯翁、红拂故事的则有凌濛初《虬髯翁》《北红拂》和《蓦忽姻缘》3种杂剧(最后一种佚失),张凤翼《红拂记》和冯梦龙《女丈夫》两种传奇。

明代戏曲作家在承袭唐传奇题材时,在追求题材的"奇"这一点上同样秉承元代剧作家的趣味,继承了唐传奇作家"作意好奇""搜奇记逸"的选材特点。而由题材上的承袭所带来的故事框架和主要人物的相沿则是必然的,也早已为学者们所关注,这里不再赘言。值得关注的,是明代戏曲、特别是南戏和传奇,由于篇幅较元杂剧和唐传奇原作均大为增加,所以经常会出现增入某些人物、情节等的现象,情节的改动也较大,这是与袭用唐传奇的元杂剧不同的,这一特点涉及到明代戏曲对其蓝本的变异,容下文详论。

(二)艺术手段的直观承袭

在艺术手段上,明代戏曲对唐传奇的直观承袭,与元杂剧对唐传奇的直观承袭相似。

首先是借助人物的语言和动作刻画人物心理。许自昌《橘浦记》中洞庭龙女因被丈夫泾河小龙虐待,要托人捎书给父亲:"欲待修书一封与我爹爹诉此苦楚,再没一个便人,如何是好？ 不免假以牧畜为名,走到人间世去,择个俊雅丈夫,慷慨男子,央他寄这封书信便了。"(第五出《觅鲤》)①这段话不仅道出了龙女的内心活动,亦写出了龙女的行动,以及这一行动的前因,可谓一石三鸟。唐传奇《柳毅》对龙女内心活动的刻画同样借助于人物的语言,先是她向柳毅诉说所受苦楚,继而托其寄书:"洞庭于兹,相远不知其几多也？ 长天茫茫,信耗莫通。 心目断尽,无所知哀。 闻君将还吴,密通洞庭。 或以尺书,寄托侍者,未卜将以为可乎？"②这段话不仅将龙女与父母音信不通的忧愁和欲托人寄书又恐被拒的心理刻画得非常逼真,而且将龙女托柳毅寄书的行动亦连带写出。 在人物的语言、动作中寓含着心理

①古本戏曲丛刊编辑委员会编:《古本戏曲丛刊初集》。下文所引《橘浦记》均出自该书,不另出注。
②(唐)李朝威:《柳毅》,汪辟疆校录:《唐人小说》,第 62 页,下文所引《柳毅》均出自该书,不另出注。

活动。再如冯梦龙《女丈夫》写红拂与李靖连夜出逃到了灵右地方,红拂正在梳头,虬髯客目视之,则通过人物的典型动作揭示人物此刻的心理——欲以此引起其丈夫的注意,以便与之结交。而李靖不识其意,怒,红拂"摇手"示意,亦写出红拂此刻的心理——虬髯客仪貌非俗,他此举并无恶意。怀着这一心理,她主动与虬髯结交,为李靖与虬髯客的定交走出了关键一步(第十三折《同调相怜》)①。此戏对唐传奇《虬髯客传》做了不少改动,但这段情节特别是人物关键的言语、动作则基本袭用了原文,将三个主要人物各自的内心活动和不同性格表现得惟妙惟肖。

其次,是利用偶然和巧合来设计关目,展开剧情。最典型的如沈璟《红蕖记》,其剧名全称即为"重校十无端巧合红蕖记",是巧合且是无端巧合,而且其巧合的频率非常之高!作品的关目安排的确名实相副:郑德璘去表兄家遇卖菱芡老翁与之同酌松醪春酒,而这老翁竟是洞庭龙王,为报德璘赠酒之恩,后来免其水患,又将韦楚云送给他成亲;韦楚云与邻船女子曾丽玉交好,丽玉采得红蕖,楚云题字,投入水中,这红蕖被正巧路过此地的书生崔希周拾得,赋诗一首;这诗却为楚云所获,并且以此赠答郑德璘之红绡诗,……剧情即由此一步步展开,将巧合与误会层层推进,最终真相大明,郑与韦、崔与曾各谐姻眷,两家聚首,皆大欢喜②。与原作《郑德璘》相比,除增出崔希周与曾丽玉之遇合一条线索外,郑德璘与韦氏(在小说中无名)之间的几次重要巧合则基本相同,说明《红蕖记》在改编《郑德璘》时对原作的巧合手法的继承;而剧作的情节较原作更为复杂,增出的人物和线索亦使用巧合和误会手法,则是对唐传奇这一手法的进一步发扬。

再次,明代戏曲与元杂剧相似,多使用一件物品或一场事件作为全戏的核心,将故事中的主要人物和事件串连起来。这也是在取用唐传奇题材时承袭下来的。如上述《红蕖记》中起核心作用的物品是红蕖,《明珠记》中起核心作用的物品是明珠,《题红记》中起核心作用的是韩翠屏与于祐的题诗红叶;而一系列"梦"戏中起核心作用的事件则是主人公的"大梦",如《黄粱梦境记》《樱桃梦》《南柯记》《邯郸记》等。这些作品所运用的核心物品或

---

① (明)张伯起、刘晋充撰,龙子犹改定:《墨憨斋重定女丈夫传奇》,冯梦龙:《墨憨斋详定传奇三种》,清末民国间抄本。下文所引《女丈夫》均出自该书,不另出注。

② (明)沈璟:《重校十无端巧合红蕖记》,陈氏继志斋刻本,明万历间(1573-1620)。下文所引《红蕖记》均出自该书,不另出注。

事件,几乎也都是唐传奇原作的核心,明代戏曲作家将其顺利地移植到自己的作品中,更进而以之作为作品名目,取得了事半功倍的艺术效果。明代戏曲在这方面对唐传奇的承袭,除直接取自唐传奇之外,元杂剧也为其提供了成功的经验。

第二节　元明戏曲对唐传奇的变相承袭

运用唐传奇题材的元明戏曲中另有一些因素虽承袭唐传奇,能从作品的字句段落中找到相沿的痕迹,但总的说来,表现得较为隐蔽,多数情况下呈现为某种"变相",承中有变,寓承于变。从这一角度说,元明戏曲对唐传奇的这一类承袭是介于承与变之间的中间形态,因其以承为主,所以我们将其放在这里论述,姑称之为"变相承袭"。变相承袭主要表现在叙事体例、叙事性、抒情性等几方面。

一、元杂剧对唐传奇的变相承袭

(一)元杂剧对唐传奇叙事体例的承袭

元杂剧对唐传奇叙事体例上的承袭主要表现为开场的人物介绍和结尾的议论总结上。唐传奇受史传文学影响,通常在故事开篇对所叙事件的背景作必要交待或对主要人物的生平进行介绍。如《离魂记》开头:

> 天授三年,清河张镒,因官家于衡州。性简静,寡知友。无子,有女二人。其长早亡;幼女倩娘,端妍绝伦。镒外甥太原王宙,幼聪悟,美容范。镒常器重,每曰:"他日当以倩娘妻之。"后各长成。[1]

这是对离魂事件的两个当事人的基本情况和相互关系的简要交待。元杂剧承袭这一做法,在剧的开头也往往对所演述故事的背景或剧中主要人物的生平、彼此关系等作一说明。如取材于《离魂记》的《倩女离魂》,其开头是这样的:

> (旦扮夫人引从人上诗云)(诗略)老身姓李,夫主姓张,早年间亡化已过。止有一个女孩儿,小字倩女,年长一十七岁。孩儿针指女工,

---

[1] (唐)陈玄祐:《离魂记》,汪辟疆校录:《唐人小说》,第49页。下文所引《离魂记》均出自该书,不另出注。

　　　　饮食茶水，无所不会。先夫在日，曾与王同知家指腹成亲。王家生的
　　　　是男，名唤王文举。此生年纪今长成了。闻他满腹文章，尚未娶妻。①

戏剧舞台上，一般情况下剧作者不能直接出场介绍剧中人物或说明剧情。
但剧作家却可以充分利用戏剧代言之便，安排某个剧中人替他完成这一任
务。《倩女离魂》就是让倩女的母亲张夫人担此重任的：她以开场白的形式
对两位主人公张倩女和王文举以及他们的关系作了言简意赅的交待，紧接
着便展开剧情。因此，这里张夫人的介绍与同题材唐传奇中作者的说明功
能一致。

　　此外，唐传奇的结尾处一般都由作者直接站出来，对全篇故事或故事
中主要人物加以总结或评论，有时兼述故事来历等。这种体式的形成也受
到史传的影响。自司马迁《史记》人物列传篇末的"太史公曰"之后，这种
"盖棺定论"式的史官评论遂成为后世修史、特别是写作人物传记的通例。
唐代作者们自觉地将这一体例运用在能体现"史才"的传奇创作中，如《柳
毅》《李娃传》《莺莺传》等的结尾即是。《李娃传》结尾已见上文，现再举
一例：

　　　　陇西李朝威叙而叹曰：五虫之长，必以灵著，别斯见矣。人，裸也，
　　　　移信鳞虫。洞庭含纳大直，钱塘迅疾磊落，宜有承焉。眍咏而不载，独
　　　　可邻其境。愚义之，为斯文。[（唐）李朝威《柳毅》]

这里既有对作品中人物的评价，也说出了作此传的缘由。从情节结构上
说，这些文字已经不是作品的有机组成部分，而是附加在作品之上的；从接
受主体的角度说，有无这一段话，都不影响对作品的阅读和欣赏。承唐传
奇这一体制，元杂剧在结尾处也常常以"诗曰""词云"等"下断"的形式对全
剧加以总结或评论；且与唐传奇结尾的议论一样，是在全剧情节结束后附
加上去的，不再具有演述情节的作用，而只是作为杂剧体制的组成部分而
存在。如取材于《柳毅》的《柳毅传书》的结尾：

　　　　（洞庭君词云）姻缘本人物非殊，宿缘在根蒂难除。到今日巧成夫
　　　　妇，方显得究竟如初。不至诚羞称鳞甲，有信行能感豚鱼。这的是泾

------

① （元）郑光祖：《迷青琐倩女离魂》，（明）臧晋叔编：《元曲选》第二册，第705页。下文所引《倩女离
魂》均出自该书，不另出注。

河岸三娘诉恨,结末了洞庭湖柳毅传书。①

这段总结评论虽从剧中人口中说出,但实际上这位剧中人已经转换成了"叙述人",在替作者"下断",与唐传奇结尾作者出面发表议论实质一样。需要说明的,是元杂剧结尾的议论与唐传奇存在几点不同:一个是借剧中人作评论,一个是作者出面直接评论;其载体形式一为韵文,一为散文;除评论外,元杂剧往往点出本剧的"题目正名",唐传奇则在评论外兼交待创作缘由。这几点不同是两种艺术形式在承传过程中出现的变化,其承袭关系是主要的。

由上观之,在叙事体例上,元杂剧对唐传奇的承袭痕迹并非一目了然,而是做出了必要调整,承中有变,以适应戏曲这一特殊的艺术样式。

(二)元杂剧对唐传奇叙事性的承袭

唐传奇和元杂剧,一属小说,一属戏剧。就一般情形而言,前者属叙述体,后者属代言体;前者重视叙事性,后者强调戏剧性。但戏剧作为"对于一个严肃、完整、有一定长度的行动的摹仿"②,其中必然隐含着某个事件——人物的行动是在事件中表现出来的,或者说人物的"有一定长度的行动"本身就构成一个事件。因此,戏剧的戏剧性要在事件的发展过程中体现出来。王国维认为古代成熟的戏曲是"合言语、动作、歌唱,以演一故事"③,道出了戏曲一个要素——故事。所以有学者指出,叙事性是古代小说与戏曲共同的特质④。不过从文体角度看,小说的叙事性表现得更为显豁。小说成熟早于戏曲,其主要内质叙事性也随其发展而渐趋完备;而戏曲作为一种晚熟的艺术样式,广泛吸收相关艺术样式的经验,特别是从小说(包括与之关系甚为密切的"说话")获益匪浅,因此借鉴小说的叙事经验,乃顺理成章之事。在这样的背景下,刚刚脱离百戏而走向成熟的戏曲,从唐传奇那里承袭其叙事性也就极自然了。元杂剧对唐传奇叙事性的承袭可以从叙事时间、叙事视角、叙事话语三个方面考察。

首先,唐传奇的叙事时间一般以顺叙为主,往往循着事件发展的自然

① (元)尚仲贤:《洞庭湖柳毅传书》,(明)臧晋叔编:《元曲选》第四册,第1638页。
② 亚里斯多德语,见伍蠡甫、胡经之主编:《西方文艺理论名著选编》上卷,北京,北京大学出版社,1985,第52页。
③ 王国维:《宋元戏曲史》,第40页。
④ 郭英德:《叙事性:古代小说与戏曲的双向渗透》,《文学遗产》1995年第4期。

脉络顺次叙述,虽偶尔使用插叙、补叙等手法,但就总体而言,并未打破自然时间的走向。顺手拈几个例子,几乎无一篇不如是。如《柳毅》,先叙柳毅下第,访友途中遇龙女牧羊,龙女请他寄书,接着写他如何去洞庭龙府寄书,钱塘君如何救回龙女,柳毅如何拒婚,如何回家,如何两娶其妻皆早亡,最后叙其所娶卢氏乃龙女所变,二人如何仙去。完全依照事件的发展过程,遵循时间的自然顺序娓娓叙来。只有钱塘君与泾河小龙作战一段,系事后从钱塘君口中补叙出来,但于小说总体的顺叙叙事并无影响。再如《离魂记》,虽然结尾借倩娘父亲之口揭出追随王宙去者乃倩娘之魂,倩娘真身病在家中,略有倒叙的意味,但马上让离魂与真身合而为一,整个事件仍然是严格按照时间顺序自然发展的。承唐传奇而来,元杂剧在安排情节时,也没有打破顺时叙事的次序。如袭《柳毅》故事的《柳毅传书》,叙事顺序与原作一致,如果说有何不同的话,是将原作补叙出的钱塘君与泾河小龙作战之事,按事件发展的顺序讲述出来(第二折),则顺叙特征表现得更加鲜明。《倩女离魂》稍有不同,在倩女魂追王生之时,即已交待其为"魂"。虽然用两折分写倩女之魂与真身,但仍然遵循着事件发展的次序:第二折写倩女魂追王生;第三折写家中生病的倩女,除在开头以说白略追叙倩女因相思卧病在床外,主要写王生中举后寄信回家时倩女的反应,事件仍在发展。由此可见,元杂剧在叙事时间上基本沿袭唐传奇的思路,按照时间运行的自然顺序叙述事件的来龙去脉。

元杂剧对唐传奇叙事时间上的这一承传,或者说二者叙事时间上的一致,都是受到我国史传文学传统的濡染所致。史传在记述人物生平时往往对人物的出身、主要经历和结局依次叙述,即使仅仅记述一段经历也要将前因后果交待清楚,所以在叙事时间上主要采用顺叙法,偶尔使用插叙、倒叙、补叙等方法,不会打乱主要事件的叙述,在总体上仍然保持顺时的叙事顺序。古代小说受史传影响较直接,融史才、诗笔、议论于一体的唐传奇更不必说,其叙事时间的安排完全与史传相同。受唐传奇影响,元杂剧亦步其后尘。

其次是叙事视角上元杂剧对唐传奇的承传。叙事视角,通常有全知视角和限知视角两种。作为小说的唐传奇,一般是以全知视角为主,叙述者大于所叙人物,全知全能,可以将人物的所作所为、所思所想一一道来,读者也已习惯于这样的叙事角度,不以为怪。如《离魂记》,讲张倩娘与王宙

"常私感想于寤寐,家人莫知其状",叙述者又如何知之?《霍小玉传》写小玉与李益之深夜盟誓,虽可从当事人事后追忆中获知,但当时小玉的情态写得如此毕肖,叙述人从何得窥?可读者在阅读过程中并不会质问这些问题,而是受好奇心的驱使很乐意接受这种视角。唐传奇作者偶尔也使用限知视角,以示"真实"。如《离魂记》写王宙于夜半发现倩娘"徒行跣足"追来时,并未言明这个倩娘乃其生魂,直至故事结尾王宙携倩娘回张家才真相大白。这完全是站在小说男主人公王宙的视角所作的叙述。采取这种限知视角,一方面给人以真实之感,一方面也制造了悬念,收到良好的审美效果。当然,唐传奇中运用最多的还是全知视角。作为代言体的元杂剧,在叙事视角上与唐传奇稍有不同,叙述者一般不直接站出来说话,不像小说中那样全知全能,这时它所使用的是限知视角。不过戏曲可以利用剧中人物充当叙述人的角色,这个剧中人物可以以某个事件或场景的旁观者出现,比如《柳毅传书》让电母向老龙王讲述钱塘君与泾河小龙作战的场景,这时的电母实际上承担着叙述人的职责;也可以以当事人出现,如《西厢记》通过人物独白道出不为人知的心理活动:张生听说莺莺要设斋追荐亡父之灵,遂马上请求长老给自己带一份斋,并一再询问莺莺是否也到场,当得到肯定回答时,"(背云)这五阡使得着也"。这里的"背云"就是人物旁白,这时当事人自身就是"叙述人"。除这两种情况,上文所说的戏曲开场时某一剧中人对其他人物的介绍,除体例上的作用外,还充当了叙述人的"角色"。上述几种情况中,戏曲表面上采用的是限知视角,但实际上却隐含着全知视角,其"叙述人"仍是无所不知无所不能的,只是这个"叙述人"隐身于剧中,或者变换了"身份",不易为观众察觉罢了。元杂剧在主要运用限知视角叙事的同时,偶尔也采用全知视角,《倩女离魂》中直接交待追随王生的乃倩女之生魂即是一例。

由此观之,在叙事视角上,元杂剧对唐传奇有所承传,这种承传是一种"变相"的承传,为适合戏曲这一特殊体例,于承中有变,寓承于变。

最后,是叙事话语上元杂剧对唐传奇的承袭。唐传奇是古代小说之一体,往往是作者以自己的口吻直接讲述故事、塑造人物;戏曲作者要根据剧中人物的身份、所处环境等代人物说话,从而达到叙述故事、塑造人物的目的。从这个角度说,二者的叙事话语是相异的。但如上所言,由于在叙事性上的相通,元杂剧也变相地承传了唐传奇叙事话语的模式。如我们上面举的《柳毅传书》中的电母,她的战况报告,实际上就是代作者叙述,将不便于在舞台上展示的宏大壮烈的战斗场景口述出来,这与小说中的文字表述是相通的,受众对这两种形式的表述的接受也有相通之处。阅读小说中的类似描写,需要展开想象,在脑海中将纸上的文字转换成具体可感的场景;观看杂剧时,观众听某一演员的报告,则同样需要驰骋想象,在头脑中将口述内容转换成形象的画面。所以尽管传奇小说与杂剧使用叙述话语的模式略有不同,但其实际功能却是相通的,这是元杂剧对唐传奇的又一"变相"承袭。

另一方面,唐传奇在描写人物语言时,已经初步做到了个性化,即根据人物的身份、教养、处境等,揣摩人物当时的心理,记述人物语言。如《莺莺传》中莺莺与张生诀别前夜所说:"始乱之,终弃之,固其宜矣。愚不敢恨。"与人物所受的教育、一向隐忍柔顺的性格、当时的处境等是相符的。这种叙述话语已经不是作者的叙述而是在代人物"立言"了。唐传奇叙事话语的这一特点也为戏曲所承传,不仅表现在人物说白上,唱词中也能体现出人物语言的个性化特征,从而收到"如其口出"的艺术效果。如《西厢记》红娘替张生递简后对莺莺的观察:

> 【普天乐】(红唱)晚妆残,乌云髻,轻匀了粉脸,乱挽起云鬟。将简帖儿拈,把妆盒按,拆开封皮孜孜看,颠来倒去不害心烦。(旦怒叫)红娘!(红做意云)呀,决撒了也!(唱)俺厌的扢皱了黛眉。(旦云)小贱人,不来怎么!(红唱)忽的波低垂了粉颈,氲的呵改变了朱颜。(第三卷第二折)

所用语言既多口语,如"简帖儿""孜孜""颠来倒去""决撒""厌的""忽的波""氲的呵",又偶有雅言,如"晚妆残,乌云髻"等,符合红娘既是婢女又处于大家的身份。她对莺莺先是从容观察:"晚妆残,乌云髻,轻匀了粉脸,乱挽起云鬟……";继而发觉事情不妙:"呀,决撒了也!"写出了当时红娘的特定处境和心理变化。这几句曲白将一个聪明伶俐又心怀"鬼胎"的大家婢女形象活化了出来。必须承认,元杂剧在人物语言个性化上取得的成就超越了唐传奇,这是在继承基础上的超越。

(三)元杂剧对唐传奇抒情性特征的承袭

唐传奇产生于我国诗歌发展的鼎盛时期。中国古代诗歌自《诗经》《楚辞》起就形成了以抒情为主的传统，此后的诗歌发展史上并非没有叙事诗、甚至非常成功的叙事诗出现，但就总体发展脉络而言，中国古代的叙事诗无论在数量上还是质量上，都不可与抒情诗同日而语。以抒情为主的诗歌在唐代达到高峰。生长于这样一个土壤中，处于这样的历史坐标上，唐传奇染上了浓厚的抒情色彩。除唐传奇中较多运用诗词歌赋外，其散文叙事中也流溢着浓郁的抒情气息。我们可以从《莺莺传》中莺莺自始至终的深沉柔婉以及作者叙述此事时咏叹惆怅的笔调中领会到，可以从《离魂记》那若即若离的美丽魂灵以及似飘忽又可触可感的人魂恋中感受到，可以从《枕中记》中卢生一枕黄粱的感悟中获得如梦初醒般的诗意体验，至于《湘中怨解》郑生与汜人那凄美哀婉的恋情、《长恨歌传》天上人间绵绵无绝的牵挂，更是充满诗情画意。

唐传奇抒情氛围的营造从总体上说得益于当时浓郁诗风的熏染。这种熏染可具体从几个方面看。首先，唐传奇的作者大都同时又是诗人，有的更是将文学上的主要精力投放到诗歌创作上。如《莺莺传》的作者元稹，其文学成就主要体现在诗歌创作上，他与白居易共同创造了风靡一时、影响后世的"元白体"。《李娃传》的作者是著名大诗人白居易的胞弟白行简，其诗歌的家学渊源不能不对他造成巨大影响。《湘中怨解》的作者沈亚之，以"文词得名，尝游韩愈门。李贺、杜牧、李商隐俱有《拟沈下贤诗》，亦当时名辈所称许。"[①]既曾游于著名诗人韩愈门下，又与诗坛几位名家唱和酬答。以诗人的身份创作传奇小说，诗化的思维方式和语言风格自觉不自觉地渗透于作品之中，形成唐传奇整体上婉约咏叹的情调和清新藻丽、生动流畅的语言风格，从而使之富于浓郁的抒情色彩。所以说唐传奇的"诗笔"，应不仅仅体现在其中显性存在的诗歌上。

除在整体上融诗歌的思维和语言风格于传奇小说的创作之中外，唐传奇作者们还自觉不自觉地将诗歌的创作手法移植到传奇小说的创作中，如通过景物描写烘托渲染气氛，注重意境的营造和情感的抒发，而不仅仅是以讲清事件的来龙去脉为满足。《南柯太守传》中淳于棼一梦醒来，作者并没有直接写他"呼二客而语之"，而是先描写了周围的景物和淳于棼此刻迷惘恍惚的情怀："见家之僮仆拥篲于庭，二客濯足于榻，斜日未隐于西垣，余

---

① (宋)晁公武：《郡斋读书志》，转引自汪辟疆校录：《唐人小说·湘中怨解附录》，第159页。

樽尚湛于东牖。梦中倏忽,若度一世矣。生感念嗟叹,遂呼二客而语之。"①鲁迅评此篇结尾曰"余韵悠然",可见其意境营造之富于诗意。这诗化意境并非只体现在结尾这几句描写上,若没有此前对南柯之梦的详细描述,没有对此后掘蚁穴而引起的追忆的感叹,其所谓的"余韵"便没有了着落。因此,唐传奇诗化意境的营造虽凸显于某一具体片断的描写,但其艺术效果则要将其置于全篇之整体中才会呈现,即唐传奇的抒情意境是一种整体的审美效果。类似的现象在唐传奇其他篇章中所在多有,兹不枚举。

唐传奇抒情特征的形成除得益于诗歌的熏染外,中晚唐文坛流行的骈俪之风也起到一定作用。后期唐传奇作品中骈句偶语大量出现,虽良莠不齐,但总体上形成了唐传奇语言凝练、富于韵律的特色,这也是形成唐传奇抒情性的一个重要因素。

与唐传奇相似的是,元杂剧也具有浓郁的抒情色彩,且其抒情特征的形成也与诗歌密切相关。中国古代戏曲的一个重要特征是以演唱为主,剧本的文学构成以曲词为核心。元杂剧中的曲词与诗、词等韵文一脉相传,人们习惯于将唐诗、宋词、元曲分别作为"一代之文学"并称;古代学者谈到诗词曲的发展演变时,一般认为词乃诗之余,曲乃词之余,或者称诗变而为词,词变而为曲②,尽管这些观点有片面之处,但也从一个侧面表明诗、词、曲之间深厚的渊源关系。从广义上说,它们均属古典诗歌的范畴,均具有诗歌的本质特征。而作为剧曲的杂剧曲词是元曲的重要组成部分。因此,古代戏剧理论家们谈论戏剧时,关注更多的是"曲",并习惯于称包括剧曲在内的曲为"乐府",将杂剧创作视同曲词创作,称为"作词""填词"③。近现代戏曲研究的奠基人王国维在评价"元剧之文章"时也说:"其文章之妙,亦一言以蔽之,曰:有意境而已矣。何以谓之有意境?曰:写情则沁人心脾,写景则在人耳目,述事则如其口出是也。古诗词之佳者,无不如是。元曲亦然。"④将元代剧曲与诗词相提并论,且以诗词评论中常见的范畴"意境"来称扬元曲。可见曲与诗词的渊源之深。难怪剧作家、特别是戏曲刚

① (唐)李公佐:《南柯太守传》,见汪辟疆校录:《唐人小说》,第89页。
② (明)臧晋叔:《元曲选序》,臧晋叔编:《元曲选》第一册,第3—4页;(明)何良俊:《曲论》,见中国戏曲研究院编:《中国古典戏曲论著集成》第四集,第6页。
③ (元)周德清:《中原音韵》,见中国戏曲研究院编:《中国古典戏曲论著集成》第一集,第174—178页。
④ 王国维:《宋元戏曲史》,第121页。

刚成熟时期的元代剧作家们,将主要精力投入到曲词的创作中了。由于戏曲与诗歌之间这种难解难分的亲密关系,诗歌的许多特质不可避免地在戏曲中显露出来。这些特质中最主要也是最醒目的一点即是抒情性。随着古代诗歌的不断发展,其表现形式愈趋丰富,艺术愈趋成熟,其抒情手段、抒情特质也随之愈趋完备。

　　承上所论,元杂剧的抒情色彩主要体现在曲词上。过去有意见认为曲词的功能是抒情的,而叙事功能主要由宾白承担。这难免有一偏之嫌,但却道出了元杂剧抒情特色之所由来。元杂剧的叙事往往通过剧中人物来完成。综观众多的元杂剧,其事件、特别是那些不需要或者难以在有限篇幅内展现的事件,主要依靠人物的说白来叙述。曲词虽也叙事,但往往是对说白的拓展、重申与说明,对它叙事的严谨性要求不高,这就为它的抒情提供了便利。因此,元杂剧的曲词,即使是叙事,也会在叙事中渗透着抒情,叙事与抒情融为一体,曲词所抒的情有时甚至掺杂进剧作者个人的主观情怀。这时,戏曲已不仅仅是代剧中人立言,而是让剧中人物代作者"立言"。这样一来,元杂剧的曲词在很大程度上带有主观抒情成分。翻开元杂剧,扑面而来的往往是浓烈的抒情气息。如《梧桐雨》第一折:

　　　　(内作鹦鹉叫云)万岁来了,接驾。(旦惊云)圣上来了。(做接驾科)(正末唱)

　　　　【天下乐】则见展翅忙呼万岁声,惊的那娉婷、将鸾驾迎。一个晕庞儿画不就描不成。行的一步步娇,生的一件件撑,一声声似柳外莺。①

由于科白对事件已有所交待,正末的唱词可以不以叙事为主要目的,而是将重心放在贵妃外貌和体态的描写上,从中观众不是可以领会出明皇对贵妃的无限怜爱之情吗? 再如《倩女离魂》第二折:

　　　　(正旦别扮离魂上云)妾身倩女,自与王生相别,思想的无奈,不如跟他同去。背着母亲,一径的赶来。王生也,你只管去了,争知我如何过遣也呵。(唱)

　　　　【越调斗鹌鹑】人去阳台,云归楚峡,不争他江渚停舟,几时得门庭

①(元)白朴:《唐明皇秋夜梧桐雨》,(明)臧晋叔编:《元曲选》第一册,第351页。下文所引《梧桐雨》均出自该书,不另出注。

过马。悄悄冥冥,潇潇洒洒。我这里踏岸沙,步月华,我觑这万水千山,都只在一时半霎。

　　【紫花儿序】想倩女心间离恨,赶王生柳外兰舟,似盼张骞天上浮槎。汗溶溶琼珠莹脸,乱松松云髻堆鸦,走的我筋力疲乏。你莫不夜泊秦淮卖酒家。向断桥西下,疏剌剌秋水菰蒲,冷清清明月芦花。

说白部分已交待倩女的离魂正去追赶王生。接下来的唱词进一步叙述此事,但重点已有所转移:除描述倩女追赶王生的时间和所过之地的环境之外,更重要的是抒发她此刻欲见情人的急切心情。

　　以上是按剧作所写情境替剧中人物抒情,是插在叙事过程中的、片断的,更有甚者,有的剧作用整整一折来抒情,如《汉宫秋》和《梧桐雨》的第四折,几乎都是男主人公对景伤情,抒发对爱妃的深深思念。此外,还有的作品借剧中人物的演唱抒发作者自身情怀:

　　【油葫芦】莫厌追欢笑语频,但开怀好会宾,寻思离乱可伤神。俺闲遥遥独自林泉隐,您虚飘飘半纸功名进。你看这紫塞军、黄阁臣,几时得个安闲分? 怎如我物外自由身。

　　【天下乐】他每得到清平有几人? 何不早抽身,出世尘,尽白云满溪锁洞门,将一函经手自繙,一炉香手自焚。这的是清闲真道本。(《黄粱梦》第一折)①

这是作者借剧中人钟离权抒发自身出世的怀抱。

　　元杂剧中像这样的抒情成分非常多,说其俯拾即是,应不为夸张。这些抒情性极强的曲词,形成了元杂剧抒情性极强的艺术特征。这一特征的形成,除了上文所说与诗歌的渊源之外,亦导源于创作者的特殊心理,从而赋予元杂剧的抒情性以独特的内涵。

　　综上所述,尽管从外在特征上看,在抒情性上元杂剧与唐传奇存在俗与雅的区别;从其情感内涵上看,也有着志不得伸的郁闷与浪漫情怀的追求的差异。但是同将抒情性融入叙事性文学,同与诗歌结下不解之缘,却不能不说元杂剧与唐传奇二者的渊源之深。

----

① (元)马致远:《邯郸道省悟黄粱梦》,见(明)臧晋叔编:《元曲选》第二册,第778页。

二、明代戏曲对唐传奇的变相承袭

明代戏曲对唐传奇也存在变相承袭。由于明代戏曲较元代发生了较大变化,所以在对唐传奇的变相承袭上,也与之不尽相同。

(一)明代戏曲对唐传奇叙事体例的承袭

明代戏曲包括杂剧、南戏和传奇三种样式,其中杂剧与元杂剧一脉相承,特别是明代初期的杂剧,基本上沿袭元杂剧的体制,到了明中后期,则陆续出现了一些4折以下的短小的杂剧或4折以上的较长的杂剧,并逐渐打破了一人主唱的限制,所用乐曲也不再局限于北曲,而是南北曲兼用,也就是说,明代杂剧在体制上对元杂剧有所突破。这一突破的出现是杂剧作家借鉴南戏、甚至传奇戏曲的体制,打破传统杂剧的僵化体例,在戏曲艺术形式上进行有益探索的结果。尽管做出了种种变革,杂剧的某些内部组织,如叙事体例却没有发生根本性的变化。明代中后期开始出现的传奇戏曲,在体制上与元杂剧有了非常大的差异,但在叙事体例上,与杂剧也不无相通或相似之处。

明代戏曲在叙事体例上所保持的传统特色或与传统戏曲形式的相通之处,与元杂剧一样出现在作品的开头或结尾。杂剧除去楔子之外,一般开篇第一折(也有标"出"的)或者一折短剧的开头,都是主人公的自我表白,包括其姓名、居里、家世、抱负等。明传奇,一般地说,第一出(有的也标作"折")多为"家门大意""副末开场"或"开宗""标目",第二出(或折)作为戏曲的正式开始,一般安排该剧主人公(多数情况下是由"生"所扮的男主人公)出场①,让其"自报家门",对自身的姓名、籍贯、家世、才学、抱负等作一番自我介绍;第三出则安排女主人公(旦)上场,做类似的介绍或表白,或者安排一个与女主角关系密切的女性,如其母亲、侍女(有时也安排女主人公的父亲)等对其进行介绍,将其引出;如果一戏有两位主要女性角色,则另一位女性角色在第四出、最迟在第五出也就出场了。就在安排人物陆续出场的过程中,情节也在缓缓地向前推进。就这一点而言,明代戏曲与元杂剧相似,都承袭了唐传奇所继承的史传文学的叙事体例,在开篇对"传

①也有的传奇剧本是以"首出"作为"本传开宗",或径直标作"开场",而以第一出作为作品的正式开始。如云水道人《蓝桥玉杵记》、陈与郊《鹦鹉洲》等。

主"或"事主"做简明扼要的介绍。

> 【瑞鹤仙】(生李靖上)……李靖,字药师,京兆三原人也。姿貌魁
> 秀,气概雄奇。与闻韬略,忝韩柱国宅相之亲;受业河汾,叨文中子宫
> 墙之末。正是世本将家元有种,才堪王佐更无双。连年献策皇都,苦
> 为当权摈弃,沦落江左,十有余载。(张凤翼《红拂记》第二出)①

> (末扮薛嵩戎服上云)……小官姓薛名嵩,河东绛州人也,祖讳仁
> 贵,高宗朝大将军,封平阳郡公。父讳楚玉,为范阳平卢节度使。少叨
> 门荫,不事家业,膂力过人,兼善骑射。(梁辰鱼《红线女》第一折)②

类似地,明代戏曲的结尾,对唐传奇结尾也多有承袭。明传奇多在最后一
出以一曲(众人合唱)对全剧加以总结或评论,继之以四句或八句诗,总括
全剧内容并对剧中人物、事件加以颂赞,或对世人提出劝戒。明杂剧的结
尾,有的是按照剧情以剧中人演唱自然结尾,有的承元杂剧以"题目正名"
作结,有的则在结尾处以两句或四句诗对全剧加以总结评述。明杂剧结尾
的后两种情形与唐传奇结尾体例相似。先看传奇:

> 【清江引】笑空花眼角无根系,梦境将人殢,长梦不多时,短梦无碑
> 记。普天下梦南柯人似蚁。
> 春梦无心只似云,一灵今用戒香熏。不须看尽鱼龙戏,浮世纷纷
> 蚁子群。(汤显祖《南柯记》)③

再看杂剧:

> 乔秀才两番错认,哑文字四面交攻。
> 王摩诘腌臜学士,韩持国自在三公。(王衡《郁轮袍》)④
> 题目　郑元和风雪打瓦罐

---

①(明)张凤翼:《红拂记》,(明)毛晋编:《六十种曲》第三册,《红拂记》第 2 页。下文所引《红拂记》
均出自该书,不另出注。
②(明)梁辰鱼:《红线女》,《古今名剧·酹江集》本,古本戏曲丛刊编辑委员会编:《古本戏曲丛刊四
集》,北京,国家图书馆出版社,1958。下文所引《红线女》均出自该书,不另出注。
③(明)汤显祖:《南柯记》,(明)毛晋编:《六十种曲》第四册,《南柯记》第 138 页。下文所引《南柯
记》均出自该书,不另出注。
④(明)王衡:《郁轮袍》,《古今名剧·酹江集》本,古本戏曲丛刊编辑委员会编:《古本戏曲丛刊四
集》。下文所引王衡《郁轮袍》均出自该书,不另出注。

正名　李亚仙花酒曲江池(朱有燉《曲江池》)①

(二)明代戏曲对唐传奇叙事性的承袭

在叙事性上,明代戏曲与唐传奇也有一定的承袭关系。在叙事时间上,明代戏曲与唐传奇一样都是按照故事发展的时间顺序叙述事件,安排情节,在叙述同一时间不同地点所发生的事件时或有穿插,但就总体叙述顺序而言,仍是按照时间自然推进的顺序将故事有条不紊地娓娓道来,遵循顺叙的叙事模式。如汤显祖的《南柯记》从淳于梦到孝感、禅智二寺观盂兰大会、遇琼英等三人写起,继而叙其归而醉酒梦入大槐安国,依时间顺序演述他与公主成亲,被封南柯郡太守,与檀萝国大战获胜,公主病故,被国王召回,复被遣,梦醒后度父亲、公主及大槐安国众蚁升天,自己立地成佛等事,首尾完整,时间顺序井然。再如沈璟《红蕖记》,将郑德璘、崔希周与韦楚云、曾丽玉几人的经历分别写来,其间有分有合,最后四人同场,团圆喜庆,线索虽较多,但却是按照事件发展的时序,顺叙而来,丝毫不乱。再如凌濛初的《北红拂》杂剧,也是按照李靖谒杨越公,红拂私奔,路遇虬髯翁,一棋定输赢,虬髯赠家资,李靖功成的事件发展的顺时之序演述而成②。上述几部作品所演述的故事,多少较原作有所改动,而且传奇戏曲篇幅较长,在情节的铺排上都较原作为详,有时还增加一些人物和情节,但无论是增是改,在叙事时间上,明代戏曲基本上都承袭唐传奇的顺叙的叙事时间模式,与元杂剧相似。

在叙事视角上,明代戏曲同样对唐传奇作了变相承袭。上文说,唐传奇所使用的叙事视角主要是全知视角,偶尔也运用限知视角。明代戏曲在叙述故事时,作者虽然隐去,但同样会巧妙地让剧中人物充当叙述人的"角色",把作为局外人的剧中其他人物不可能了解到的、而又与剧情相关的情况报告给观众,使剧中事件相对完整。如探子的报告、侍女所述的旁观所见、其他旁观者的讲述等等;有时,作品直接让当事人自说自话,将他(她)的不为人知的经历或心理活动叙述给观众,以起到揭明剧情的作用。如张凤翼《红拂记》传奇第三十一出,探子向扶余国主虬髯客报告李靖与高丽作

---

① (明)朱有燉:《曲江池》,《脉望馆抄校本古今杂剧》本,古本戏曲丛刊编辑委员会:《古本戏曲丛刊四集》。

② (明)凌濛初《北红拂》,明末精刻本,原书出版社不详,民国间影印。

战情形；冯梦龙《女丈夫》传奇第二十九出，李靖夫妇在望海楼赏雪，探子夜不收来报告扶余国异事；汤显祖《紫钗记》第十四出，霍小玉侍女浣纱叙述李十郎与小玉新婚之夜的情景；陈与郊《樱桃梦》第七出，虚措脚的一番"自我表白"兼带介绍真空头等，都是以剧中人的叙述这一限知视角之名，行无所不知之全知视角之实。明代戏曲同元杂剧一样，这类现象司空见惯，可以说这是中国古代戏曲的共同特色。这是戏曲这一艺术样式的特殊性所决定的，但它所承继的传统却不能不有中国古代小说、包括唐传奇的一份重要功劳。

　　与叙事视角相联系的，是在叙事话语上明代戏曲对唐传奇的承袭。唐传奇作为小说使用的是叙述话语，而戏曲是代言体艺术，作者要代剧中人物"说话"，但上文所论戏曲作品中所安排的探子、侍女等旁观者的叙述或报告，当事人的自我叙述，其实都是变相的"叙述话语"，此时这些角色，严格地说已经不是在表演人物的悲欢离合，而是在向观众作必要的剧情交待——我们可以想象，有没有一个像《樱桃梦》中虚措脚那样的人物，在人前将自己的丑恶心理和行为揭露得淋漓尽致①？戏曲中的这类话语，实际上已经不是作者在代人物立言，而是剧中人物在代作者叙述，即这类话语可以视作变相的叙述话语。从这个意义上说，包括明代戏曲在内的古代戏曲在叙事话语上对唐传奇（及其他古代小说）是有所承袭的。这种承袭不是直观可见，而是适应戏曲这一艺术形式的要求，做了适当调整和变化。

　　（三）明代戏曲对唐传奇抒情性特征的承袭

　　除在叙事性上明代戏曲与唐传奇之间存在着变相相承关系之外，在抒情性上，明代戏曲在某种程度上对唐传奇也有所承袭。这种承袭同元杂剧对唐传奇的承袭相似，也是在叙事性文体内张扬抒情性，是借助曲词实现的。与元杂剧不同的，是明代戏曲、特别是南戏和传奇，由于篇幅一般都比较长，不仅情节的铺排比较详尽，人物情感的抒发也比较充分。剧中人物有足够的"表演空间"，他们可以将内心深隐曲折或缠绵不绝的情怀从容、细腻地抒发出来，与元杂剧抒情时的淋漓酣畅在情绪的激烈程度上有着非常大的区别。比如，同是抒发情人之间由互相倾慕到喜结良缘的欢娱之

---

①（明）陈与郊：《樱桃梦》，见古本戏曲丛刊编辑委员会编：《古本戏曲丛刊二集》，上海，商务印书馆，1954－1955。下文所引《樱桃梦》均出自该书，不另出注。

情,元杂剧《曲江池》只在第一折让男女主人公抒发此情,而明人徐霖的南戏《绣襦记》则一连安排了三出(第八到第十出)让男女主人公将此种情感充分从容地抒发出来①;再如王骥德《题红记》传奇用了整整四出(第五、十二、十七、十九出)抒发女主人公韩翠屏的宫怨,这还不算散在于其他出中的该人物的抒情②。人物的情感从各个角度、各种情境中细腻婉曲地表达出来,不仅与元杂剧的简洁痛快不同,也与唐传奇有所不同,是对唐传奇的延伸与深化。不过,明代戏曲的抒情与元杂剧一样主要由曲词承担,唐传奇的抒情性特征与它的诗化的语言和思维方式密不可分。因此,明代戏曲、特别是明传奇与唐传奇在抒情性上是相通的。即明代戏曲对唐传奇的抒情性存在着变相承袭。

在抒情性上,明代戏曲不仅在深细程度上与元杂剧有所区别,其所抒发的情感的内涵也与元杂剧不尽相同,这是明代戏曲作家创作心态与创作目的发生重大变化所致。明代戏曲作家在创作心态和创作目的上的变化,不只是相对于元杂剧作家的,相对于唐传奇所反映出的创作心态与创作目的,同样呈现出变异的特征。

以上所论元明戏曲对唐传奇的承袭,从其表现形式上看,有直观和变相两类。从其承袭过程上说,多为间接实现的,即往往经过了说唱文学这一桥梁。元杂剧在借用、吸收唐传奇题材从而从多方面承传其特点的过程中,无论在题材、内容、艺术手法等方面,还是在叙事体例、叙事性、抒情性特征上,都不同程度地借鉴了宋元"说话"、诸宫调、鼓子词、词话等说唱文学的经验。明代戏曲在借鉴唐传奇题材的基础上,在上述几方面也承传了唐传奇的一些特点。明代戏曲承袭唐传奇除经由说唱文学这一桥梁之外,元杂剧也为其提供了丰富的经验。但由于明代戏曲发生了重大演变,对唐传奇的承传表现出与元杂剧不尽相同的地方。

第三节　元明戏曲承袭唐传奇的规律

从以上论析中可以看出元明戏曲在承袭唐传奇时,有规律可循。概括地

---

① 见(明)徐霖:《绣襦记》,(明)毛晋编:《六十种曲》第七册,第18—28页。
② (明)王骥德:《题红记》,古本戏曲丛刊编辑委员会编:《古本戏曲丛刊二集》。下文所引《题红记》均出自该书,不另出注。

说,主要表现为这样的规律:以题材为基础,兼承内容与艺术手段;巧妙寓传统的叙事与抒情手段于新的艺术样式之中,我们姑称之为"旧酒入新瓶"。

一、以题材为基础,兼承内容与艺术手段

对唐传奇故事题材的承袭,是元明戏曲对唐传奇最直观、也是最基本的承袭,在此基础上,元明戏曲还承传了唐传奇的一些艺术手段。

对唐传奇题材的承袭,主要集中在爱情题材、轶事题材上,爱情题材中又以才子佳人题材和青楼题材占多数,轶事题材则以文人轶事为主;另外,元明戏曲关注较多的题材是宗教和政治历史题材,说明元明戏曲作家在选取唐传奇题材进行创作时兴趣取向非常相近。这是戏曲适应大众审美心理的结果。

爱情故事是古今中外文学作品常见的题材,对一般民众而言,男女之间的悲欢离合是最令人牵肠挂肚的事,特别是那些充满传奇色彩的故事。唐传奇所传之事既奇,亦涉及不少才子佳人或书生与妓女之间遇合之事,更因其写得委婉尽情、生动感人而引起后代读者、包括元明戏曲作家的关注。将之纳入到戏曲创作中来,既便利,亦可以吸引受众,因此在承袭唐传奇的元明戏曲中,爱情题材的作品占据绝对多数便不足为奇了。

文人、特别是早年落魄、后来"得了官"的文人的发迹史,特别是有关他们的一些轶事趣闻,也是街谈巷议、茶余饭后较好的谈资,为一般的受众喜闻乐见,因此这类故事也是戏曲家们关注的题材。唐传奇中类似的故事就成为他们的又一兴趣所在,经过适当的改写,奏之场上。

宗教题材的故事、尤其是仙道故事,具有强烈本土化色彩,一方面可曲折代表民众对美好生活的向往,一方面又可以借此抒发失意文人对现实的否定。政治历史题材,尤其是涉及历史上一些重大事件的故事,在有着悠久史官文化的土壤上,亦能激起作家的创作兴趣,满足民众好奇的审美心理。而唐末的豪侠故事,是朝代末年动荡时势的反映,也是民众渴望安定心理的一种折射,这类题材在元明戏曲中的承传情况不尽相同,元杂剧中更多是公案题材,是当时元蒙统治下豪强横行、冤狱多出的现实的反映;明代戏曲中较多的是豪侠故事,则主要关注故事的传奇色彩。

由此可见,元明戏曲在选取唐传奇故事进行创作时,首先关注的是题材的"奇";其次,对题材的取舍也曲折地反映出普遍的社会心理和当下的社会现实。

元明戏曲在吸收唐传奇题材的基础上，对唐传奇艺术手段也有所借鉴。主要表现在三个方面：一是借助人物语言、行动描写表现人物心理。这是中国叙事文学的一个突出特征，得自于史传的影响，元明戏曲在选取唐传奇故事进行再创作时把这一手法继承下来，并运用于戏曲这一特殊的艺术样式之中。二是利用偶然、巧合、误会等手法设计关目。元明戏曲在承传唐传奇偶然、巧合、误会等情节的基础上，进一步发挥这一手段，寓必然于偶然之中，以巧合和误会推进情节，收到了良好的艺术效果。三是设计一件物品或一场事件贯穿全戏。元明戏曲作家以其敏锐的艺术眼光捕捉到唐传奇故事中这样的物品或事件，加以强化，使之成为贯穿全戏的线索，成为勾连情节和人物的重要手段。

这些艺术手段的承袭，是在继承唐传奇题材基础上的承袭，虽有迹可循，但已经表现得较为深入，说明元明戏曲与唐传奇的关系不仅停留于题材这一表层。循此思路，我们还发现，元明戏曲对唐传奇还有表现得较隐蔽的承袭。这就是我们所说的"变相承袭"。

二、旧酒入新瓶——寓传统的叙事、抒情方式于新的艺术样式之中

元明戏曲对唐传奇的变相承袭主要是在叙事体例、叙事性和抒情性方面，前两方面是在同作为叙事文学这一前提下发生的，后者与唐传奇所具有的诗意以及戏曲中占主要地位的唱词密切相关。

叙事体例上的承袭主要表现在篇首和篇尾。元明杂剧的第一折，宋元明南戏、明传奇的第二出，都会安排剧中人自报家门，兼作其他主要人物的生平介绍①，这与唐传奇开篇对主人公或者事件涉及的主要人物的简介是一脉相承的。元明戏曲的剧末，则安排剧中人物以"词云""诗曰"等形式对全剧情节进行总结或评论，或者对剧中主要人物进行评价，兼或提出劝戒，与唐传奇结尾处作者站出来对故事或主要人物加以总结或评论，有时兼述故事来历的做法亦相通。元明戏曲叙事体例上对唐传奇的这一承袭，是因为其与唐传奇同为叙事文学，同处于我国史传文学传统之中。

相应地，元明戏曲在叙事性上也与唐传奇存在承传关系。就艺术体式而言，戏曲更强调戏剧性；但古代戏曲一个基本特质是"演故事"，与"讲故

---

①宋元南戏就存世的作品看，大多数遵循这一体例。

事"的唐传奇在"故事"这一层面上存在密切联系,这就是"叙事性"。在叙事时间上元明戏曲基本上都是按照事件发展的时间顺序顺次叙述,与唐传奇的叙事时间安排一致。在叙事视角上元明戏曲与唐传奇稍有不同,从显在层面上看是限知视角,唐传奇是全知视角;但戏曲在有些地方安排剧中人物对某些不便于在舞台上表演的事件或场面说或者唱出来,或者让剧中人以"背云"的方式把内心的隐秘想法"告诉"观众,这时戏曲所用的叙事视角表面上是限知的,实质上则是全知视角,作者让剧中人物替自己充当了叙述人。这一点又表现出戏曲对唐传奇在叙事话语上的变相承袭,即戏曲中重大事件或复杂场面的描摹受舞台时空的限制难以实现,但可以转化为剧中人的报告,变相地以叙述话语呈现给观众。此外,作为代言体的元明戏曲,是剧中人物直接站到台前演述故事,人物所言均是作者代拟;作为小说的唐传奇是作者直接讲述故事,从表层上看,它们的叙事话语不同。但深入考察,则发现戏曲的代言是作者代人物立言,即根据人物的个性模拟其言行,唐传奇的讲述也要揣摩人物的个性和心理,这也是元明戏曲对唐传奇叙事话语的变相承袭。

　　戏曲的构成主体是曲,曲是诗之一脉,古代诗歌以抒情为主,曲词在戏曲中承担的主要功能也是抒情。唐传奇产生于诗歌鼎盛的唐代,除作品中穿插大量诗赋之外,还将诗歌的思维和语言风格融于作品中,同时运用诗歌的一些创作手法,形成唐传奇浓郁的抒情氛围。即唐传奇的抒情性特征得益于诗歌,戏曲的抒情性特征主要来自曲词,在这点上,戏曲与唐传奇有共同的渊源,就取材于唐传奇的元明戏曲而言,是后者对前者的变相承袭。

　　综上所述,就艺术样式而言,元明戏曲与唐传奇不同,但基于题材、艺术手段等的较为表层的袭用,元明戏曲又在诸多方面隐性地承袭着唐传奇,将传统的叙事和抒情方式融于新的艺术样式之中,犹如旧酒装入新瓶,既有新的面貌,又透出传统的馨香和韵味。

第四章 元明戏曲对唐传奇的变异(上)

元明戏曲大量吸收运用唐传奇的题材,并从多方面承袭了唐传奇,这是文学史、艺术史发展的必然。同时,在历史发展过程中,变才是主要的,所谓"通变则久"[①]。元代上距唐有三、四百年的历史,中间经过了五代十国的动荡,宋、辽、金的对峙,宋室南渡,宋(金)末元初的战伐,元蒙统治者最终以武力征服中原,并采取了一些有异于前朝的政策;明代一方面是封建社会历史上一个高度中央集权的朝代,一方面随着新的生产关系的出现,经济领域发生巨大变化,后期思想文化领域也出现了新的思潮。总之,元明两代,不仅政治、经济等领域发生了激烈变化,社会心理、文化习俗等也不可避免地发生了巨变,受其影响,这两代的创作主体的身份、地位、观念、心态等不仅较唐代均发生了不同性质、不同程度的变异,两代作家之间也存在较大差异。这些变异具体表现为创作心态、创作目的和创作视角的变化。

第一节 元明戏曲对唐传奇创作心态的变异

由于时代变迁及由此带来的诸多方面的变化,取材于唐传奇的元明戏曲所透露出来的作家创作心态较其蓝本发生了重大变化。不仅如此,元和明两代作家之间心态亦呈现出较大差异。

一、元杂剧创作心态的变异

元代是中国封建社会历史上一个较特殊的时代,在统治政策、社会结构、思想观念、社会风气等诸多方面都较以往朝代发生了重大变化。首先,以金戈铁马攫取政权的蒙古统治者,在其统治中国的百余年间,虽不至于马上治天下,但他们尚武轻文的观念却根深蒂固,影响于其统治政策,最鲜

[①](南朝·梁)刘勰著,范文澜注:《文心雕龙注·通变》,北京,人民文学出版社,1958,第519页。

明的体现就是科举废止达七八十年之久,即使中间曾短期恢复科举,但录取名额非常有限,更对汉人表现出明显的歧视态度①。其次是整个社会弥漫着重商尚利的风气。蒙古贵族在其征战过程中曾多次大规模地屠城,但往往会留下工匠医卜等人不杀。其建国之初,就建立了大规模的工匠组织,对私家小经营者也都括籍入户②,官私手工业非常发达;连年的杀伐使农业生产遭到严重破坏,大批农民涌入城市,靠经营小买卖谋生;这使得原本已有所发展的工商业进一步发展,从事工商业的人数急剧增加,市民阶层迅速壮大。同时,商业的发达带来商业税收的增加,元代的商税收入是国家收入的重要来源,"商贾之有税,本以抑末,而国用亦资焉。"③因此,高层统治者对商人尊崇倍至,远远超出对士、农等阶层的重视程度,商人也往往凭借其丰厚的财力扩大其在社会上的势力,甚至跻身仕途。上述种种都促成了元代工商业较前代发达,商业气息空前浓厚,从而形成了社会上重商尚利的风气。再次,元代统治者文化水平较低,特权阶层横行,吏治腐败,社会秩序混乱,给广大普通民众的生活带来深重的苦难,也加剧了异族统治给汉族文人精神上的打击。在这一社会环境中,汉族士人经科举入仕的进身之阶被阻塞,"书中自有黄金屋,书中自有千钟粟,书中自有颜如玉"已经成为不切实际的空想,读书不足以治生,他们的生活处于异常贫困的境地。然而积淀已久的"惟有读书高""学而优则仕"的传统观念并没有因现实的窘境而被挥之而去。同时,尚利重商、崇实用抑虚词的社会风气,又经常为他们招致鄙夷的目光,这与传统的"士农工商"士居四民之首的地位不啻天壤之别。这一情况,造成了元代文人、特别是汉族文人心理上的极大落差,唐宋时期文人的那种优越感丧失殆尽,代之以前途渺茫、生活无着的迷惘感,理想破灭、人生价值失落的挫败感,既想跻身仕途有所作为、又不肯与黑暗势力同流合污,既留恋功名又企慕道隐的矛盾心态,以及对现实之种种黑暗不平的愤激情绪。

　　上述社会环境和生活际遇,使得大多数汉族士人不得不走出书斋,汇入为生计奔波的人流之中。同时,又不能完全放弃手中的笔,于是他们中

---

①参见高益荣:《元杂剧的文化精神阐释》,北京,中国社会科学出版社,2005,第48—53页。
②参见(元)虞集:《经世大典序录·工典总叙·诸匠》,《国朝文类》卷42,见王云五主编:《四部丛刊正编》第97册,台北,台湾商务印书馆,1979,第471页。
③(明)宋濂等:《元史·食货志二》"商税",北京,中华书局,1976,第2397页。

的一部分人参与到方兴未艾的杂剧创作中来,可以说戏曲在元代走向成熟,这样一大批有着高度文化修养的作家的参与起到了至为关键的作用。由此,为我们从元杂剧中窥知当时士人的心态提供了充分的条件。

(一)文人士子的心理失衡与情绪宣泄

科举的废止、社会对读书人的轻视,使文人士子们失去了进身之路,理想骤然破灭,不仅人生价值无从体现,连基本生活也成了问题,有的靠去寺中赶斋糊口,有时还会受到别人、甚至亲人的嘲笑和鄙视:僧人故意斋后敲钟,女方家长嫌贫爱富,对女儿的选择大为不满(王实甫杂剧《破窑记》);或者逼令书生求取功名方肯将女儿嫁与(《西厢记》《倩女离魂》);鸨母往往嫌憎书生贫穷,强令女儿与他们分开或者设计赶走他们(《曲江池》《两世姻缘》)。杂剧中所写的种种现象不能不说是当时世风的一种折射。外在境遇的偃蹇,和他们内在的才能秉赋、人生理想形成了巨大反差,造成了他们心理上的严重失衡,这种失衡表现在文学创作中,就是掩抑不住的悲苦、郁闷、愤激的情绪:

> (吕蒙正云)……这和尚无礼,我瓦罐中取出这笔来,我在这壁子上写四句诗,骂这和尚。(写诗科。云)男儿不遇气冲冲,懊恼阇黎斋后钟……
>
> (寇准云)……世间人休把儒相弃,守寒窗终有峥嵘日。不信道到老受贫穷,须有个龙虎风云会。(王实甫《破窑记》第二、四折)①
>
> 【混江龙】(生唱)向诗书经传,蠹鱼似不出费钻研。将棘围守暖,把铁砚磨穿。投至得云路鹏程九万里,先受了雪窗萤火二十年。才高难入俗人机,时乖不遂男儿愿。空雕虫篆刻,缀断简残编。(《西厢记》第一卷第一折)

作为代言体,作家要代剧中人物立言,这只是就表层意义而言,实际上剧中人又何尝不是在替作家说话?上述剧中人物情绪的宣泄,与其说是他们身处困境不平的呐喊和对前途的一点微茫的希望,毋宁说是创作者们借他人之酒杯浇自己之块垒,是在宣泄自己因现实处境而产生的内心的失落与愤懑、希望与彷徨。这种创作心态与他们以资取材的唐传奇的作者存在

① (元)王实甫:《吕蒙正风雪破窑记》,见隋树森编:《元曲选外编》第一册,第329、336页。

很大不同。唐传奇中看不到这种愤愤不平的情绪,而是文人士子居高临下的优越感,他们对功名的追求是充满希望的,只要努力,只要有才华,摆在他们面前的往往是一条光明大道,奸佞阻住贤路的现象只是盛世中偶现的不和谐音,与元代文人头上满布的阴霾不可同日而语,因此在唐传奇作者的笔下,找不到元杂剧中充溢着的愤然情绪。

上述情绪不止见于取材于唐传奇的若干作品中,凡是涉及书生士子的元代戏曲作品几乎无不充塞着类似情绪,且其愤激程度较之上面引文有过之而无不及。如"我去这六经中枉下了死工夫。冻杀我也,论语篇、孟子解、毛诗注;饿杀我也,尚书云、周易传、春秋疏","天公与小子何辜,问黄金谁买长门赋。好不直钱也者也之乎。我平生正直无私曲,一任着小儿簸弄,山鬼揶揄"(《荐福碑》);"满目奸邪,天丧斯文也,今日个秀才每遭逢着末劫","将凤凰池拦了前路,麒麟阁顶杀后门。便有那汉相如献赋难求进,贾长沙痛哭谁偢问,董仲舒对策无公论。便有那公孙弘撞不开昭文馆内虎牢关,司马迁打不破编修院里长蛇阵"(《范张鸡黍》)[1]。这种普遍的心理宣泄,构成了元杂剧迥异于唐传奇的情感内蕴。元代特定社会环境下逼出的文人的这种心态,固然昭示了整整一代读书人的不幸,但对杂剧而言,"以宣泄为心理根源的创作,那种对被压抑的精神、意志、感情、愿望的极力张扬,对不平、愤激、郁闷情绪导泄式的抒发,为元杂剧带来了一种新的生命活力。"[2]

(二)女性的现实品格和理想色彩

与上述对文人士子的心理宣泄既有所不同又存在某种联系的是,元杂剧作家笔下的女性大多既具有元代社会环境所赋予的现实品格,同时又闪现出某种理想色彩,显示出与唐传奇同名人物的不同风貌,形成了古代文学艺术画廊中一个独特的群体。

元代戏曲中的女性与唐传奇中的女性相比,更具现实性,从她们身上散发出一种新鲜的市民气息,其思想和行为方式都更接近普通人。

首先,元杂剧中的女性在爱情追求上更加大胆,对自身命运的把握更加主动。她们一旦爱上某位男子,一般会主动示爱,大胆追求,不仅爱情是

---

[1]以上元杂剧原文均见(明)臧晋叔编:《元曲选》,分别为第578、579、580、957、953页。
[2]廖奔、刘彦君:《中国戏曲发展史》第二卷,太原,山西教育出版社,2000,第202页。

否能够开始取决于她们,爱情的发展和成败也掌握在她们手中。相比之下,男子多显得被动,甚至仅起到陪衬作用。唐传奇的爱情故事中,处于主动地位的往往是男子,从爱情的开始、发展到结束,主动权几乎都控制在他们手中。相比之下,与他们际会的女性则往往处于被动的地位,其命运多由男子操控。《莺莺传》中莺莺与张生从相识到结合到离弃的全过程,主动权几乎都掌握在张生的手上,是他的一系列举动决定了与莺莺的结合,亦是他对仕宦前程的选择促使他抛弃了莺莺;而在这一过程中,莺莺的表现则相当被动、甚至软弱。与此相似的是,《云溪友议·韦皋》中的玉箫,在与韦皋由相恋到分别的过程中,几乎未发一言,她的命运或者由其主人姜荆宝支配,或者受韦皋主宰:服侍韦皋是奉主人之命,去留则遵从韦皋的意志,而韦皋逾约未至,她也只能被动等待。如果说这一过程中她表现出什么主动的话,就是在无望的等待中"绝食而殒"①。玉箫行为的被动主要是由她婢女的身份和地位决定的,但其柔弱的性格却未尝没有参与她悲剧性的结局。即使她后来再生,也是为感谢韦皋"广造经像"的"鸿恩"——她的死本来是因对方负约所致,可她却仅仅因为对方忽念旧情、广造经像,便感激不尽,以再生相报,可见女性在与男子交往过程中是如何被动,其命运是如何操控在男子手中。即使尊贵如龙女三娘,也会被丈夫惩罚而去牧羊,容颜憔悴,除了托人捎书与父母,竟无力主宰自己的命运。柳毅拒婚后,她虽化为人间女子卢氏与之结合,但却长期不敢说明真相,直到生下儿子,地位巩固了才敢道明真实身份,并说:"妇人匪薄,不足以确厚永心,故因君爱子,以托相生。未知君意如何? 愁惧兼心,不能自解。"即使身为娼妓、熟谙人情者如李娃,在与郑生交往中较少束缚,救助郑生也显示出一定程度的自主性,但在与郑生遇合的过程中,也多以郑生为主动,对郑生的救助也不过是带着赎罪心理的"不相负",因此郑生功成名就之时明智地提出"隐退"。

与唐传奇不同,爱情题材的元杂剧中,女子一般有较独立的思想,遇事较有主见,在与男子交往过程中表现得主动、大胆,对自身命运的把握更加自觉了。《西厢记》中的莺莺虽然是大家闺秀,仍保留着许多封建礼法赋予

---

① (唐)范摅:《云溪友议·韦皋》,见(宋)李昉等编:《太平广记》二七四卷,北京,中华书局,1961,第2159—2161页。以下所引《韦皋》均出自该书,不另出注。

她的端庄、稳重、矜持与犹疑,但与唐传奇中同名人物相比要主动、大胆得多。当她与张生佛殿相逢时,没有像传奇中与张生初识时的"凝睇怨绝"和对张生"词导"的漠然不应,而是"尽人调戏𪨗著香肩,只将花笑撚",对张生近乎痴狂的注目并不回避;而且在临去时还"回顾觑生",对张生投去深情的一瞥。在他们交往过程中也不乏主动姿态:深夜听琴,毫不掩饰对张生的好感;二次寄简后主动前去赴约,初次幽会后并没有像《莺莺传》中的莺莺那样"后十余日杳不复知",而是每日尽情享受着爱情的欢娱,对幸福的追求大胆而热烈;虽在母亲意志下被迫与张生分离,但在离别时将爱情的幸福置于功名之上的表白,则表明她追求幸福的意愿是何等强烈!同样,《两世姻缘》中两个玉箫身份的改变,是作者有意为之,以使她在与韦皋的交往中更能表现出自主意志。如果说前一个玉箫把握自己命运的能力还比较有限的话,那么后一个玉箫在决定自己幸福的过程中则表现得主动、大胆、富有主见——在张延赏招待韦皋的筵席上与韦皋眉目传情甚至私下交谈,张、韦争吵时从中相劝,两家刀兵相向时主动前去说服韦皋退军,处处显示出主动、敢作敢为的姿态。劝韦皋退兵之言有理有据,表现出的沉着与见识,令两个堂堂大丈夫黯然失色;而且竟与情人面对面地讨论该如何成此亲事,毫无畏缩、扭捏之态,将命运完全掌握在自己手中。这一个玉箫较之唐传奇中的同名形象简直判若两人!《柳毅传书》中龙女三娘虽然仍被公公和丈夫罚去牧羊,但她敢于替自己辩白,牧羊时也表示出对自己命运的不甘,此其一;其二,对柳毅的拒婚,不乏埋怨之词,并非逆来顺受;其三,在柳毅归家后并没有等柳毅两娶无终之后出现,而是马上化作卢氏与之成亲,并在新婚之夜即表明身份,说:"不道我愁容苦相,也伴你牙床锦帐。今日个吉祥、乐康、受享,呀,同归那龙宫海藏。"完全与柳毅站在平等的地位。

元杂剧女性形象的这一新变,使之较唐传奇中的同名人物更具魅力与光彩。《曲江池》中的李娃较《李娃传》中的李娃更富于主见,初遇郑元和时主动邀他赴宴,主动与他攀谈,之后与郑两情缠绻,鸨母设计赶走郑元和后对郑思念甚深,救助郑元和也不再是赎罪式的,因为她根本没有参与倒宅计,而是"怕傍人夺了你个俊郎君"。自始至终,作者都将她对郑元和的爱情、对自身幸福的追求放在核心位置。如果说《李娃传》中李娃与郑生之间的关系更多嫖客与娼妓的成分的话,那么在《曲江池》中这种关系则被二人之间、特别是李娃对郑生的真挚感情所取代。为追求幸福爱情,《倩女离魂》中的倩女更表现出非凡的魄力与胆识。如果说玉箫的大胆还多少与她歌姬出身有关,她最终的命运仍然系于一纸圣旨的话,那么,《倩女离魂》中长于深闺的倩女,无论在争取爱情还是决定自身命运过程中处处表现出的主动,则更多地来自女性本身思想观念的转变和对传统枷锁的挣脱:她魂追王文举时,面对王文举的胆小怕事,表示:"他若是赶上咱待怎么,常言道做着不怕。"对王文举一番陈腐的言词,则回敬道:"你振色怒增加,我凝睇不归家。我本真情、非为相谑,已主定心猿意马。"而且表示无论对方能否考取功名,都愿始终相随。在倩女的真情和果敢精神感召下,王文举终于带着她一同上京,过起了夫妻生活。可以说,在倩女与王文举结合的全过程中,无不是倩女处处采取主动,她牢牢地掌握着自己的命运。执着地追求爱情的幸福,充分显示出女性自主独立的精神、不同于传统观念的识见和超乎寻常的魄力。

其次,元杂剧中的女性形象还具有某种理想化色彩。她们往往被塑造成困顿落魄书生的红颜知己,不仅能识英才于未遇,还能以女性的柔情抚慰书生们满是伤痕的心灵,甚至不择门第、抛弃娘家富足的生活甘愿与书生同受贫寒,或者以自己的资财帮助他们踏上仕途,而且这些女性几乎无一例外地、不论时间长短、生活贫富都能始终如一地等待出门求取功名的书生或者为他们"守志";由于她们的善良、无私和坚贞,书生们也都能在功成名遂之后回到她们身边,给她们带来"五花官诰"或夫人县君的封号。这类女性形象较典型的有王实甫杂剧《破窑记》中的刘月娥,《倩女离魂》中的倩女等。元杂剧中女性形象的这一设计,与唐传奇爱情故事中的女性形象大异其趣。唐传奇中的女性因较少主动性,所以往往不是她们发现了书生,而是书生发现了她们;而书生们社会地位异常优越,也无需她们的抚慰、激励与帮助,她们在书生们的生活中不过是一首艳丽的插曲,很难融入书生们人生价值追求的主旋律,书生们为了前程可以轻易地弃她们而去,她们虽不乏幽怨,但世风如此,也只能吞声接受,无可如何,虽有刚烈者施以报复,也是在自己付出生命代价之后。她们与书生的关系不是平等的,而是带有明显的尊卑之别,主从之分。唐传奇中女性形象是当时社会现实的写照。元杂剧在塑造女性形象时,由于作家地位的急剧跌落,心理的严重失衡,导致了他们不得不在艺术创作中寻求灵魂的慰藉和心理的补偿,这种心态下塑造出的女性形象便具有了理想色彩。

上文所论的李娃，在唐传奇中与一般妓女一样，虽喜欢郑生的风流倜傥，但对金钱也有着相当的热情："前与通之者多贵戚豪族，所得甚广。非累百万，不能动其志也。"所以，当郑生囊空如洗时，她也参与了鸨母的倒宅计，将其赶出家门。而杂剧中的李娃一出场就数落鸨母的厉害，对她见钱眼开颇不以为然："俺娘呵外相儿十分十分慈善，就地里百般百般机变。那怕你堆积黄金到北斗边，他自有锦套儿腾掀，甜唾儿粘连，俏泛儿勾牵，假意儿熬煎，辘轴儿盘旋，钢钻儿钻研。不消得追欢买笑几多年，早下翻了你个穷原宪。"此后还多次对她的爱钱与狠毒加以指责，并表示"女心里憎恶娘亲近，娘爱的女不顺"。不仅与唐传奇所写的李娃存在着明显的不同，即便在当时，在商业气息异常浓厚的元代社会（鸨母的嗜财如命即是这一世风的典型反映），作为一个惯于在钱色交易中讨生活的妓女，能具备她这种品质也是极其罕见的。换句话说，《曲江池》中的李娃不过是作者带着理想的眼镜描画出来的美好女性。同样地，在处理与郑生的关系中，杂剧中的李娃较唐传奇的同名人物也多了许多理想色彩：不仅对鸨母的倒宅计全然不知，而且在郑生离开后誓不接客，在明知他已穷愁潦倒时仍坚持为其守节，对他唱挽歌和被父亲鞭打极尽同情，完全是落魄书生的风尘知己。而小说对郑生被赶走后李娃的行动和心态，均无交待，她雪夜救郑生也完全出于偶然，因此她后来对郑生的倾囊相助，不过表现了一个同情心尚未泯灭的妓女的"赎罪"过程，与杂剧中李娃对郑生始终如一的深情与坚贞判然有别：在郑生被鞭打几死时将他努力救活，又在寒冷的雪夜想方设法找到郑元和，主动将其救回。杂剧作者赋予李娃这些全新的品质，显然是有意为之。

除李娃之外，取材于唐传奇的不少元杂剧中的女性头上都笼罩着与之相似的光环。莺莺视爱情重于功名的思想，倩女的不论功成与否都始终追随的表白，刘月娥甘愿抛舍富贵而屈身于破窑并矢志不渝的行动等，无不闪烁着理想的光辉。如果说唐传奇爱情故事中的女性主要是包括作者在内的文人士子们生活的调剂的话，那么，元代承袭其题材的戏曲中的女性形象，则更多地负载了作家们的希望和理想，是苦难现实中的一线光明。

（三）道隐的企慕与世俗功名的否定和留恋

取材于唐传奇的元杂剧中有不少作品涉及宗教题材。从整体上说，这类作品在元杂剧中也占有较大比例,历代研究者对此都给予了不同程度的关注,并在这一点上几乎不谋而合:认为元代这类剧作不能算作严格意义上的"宗教剧",因为这些剧作均具有鲜明的世俗化特征,与现实人生有着割不断的血脉联系①。这是或隐或显地在西方"宗教剧"的参照下得出的结论,不过,在这一结论下所揭示的元代宗教题材戏曲的世俗化特征却是令人信服的。

元代取材于唐传奇的宗教题材杂剧,作为元代宗教题材戏曲的组成部分,同样具有上述世俗化的特征。这一特征的形成,如果追根溯源,可以从中国戏曲的宗教渊源、中国民众宗教心理的形成与发展等方面探讨,但受论题和篇幅所限,本文不拟作这种宏观的、纵深式的观照与挖掘,仅从元代剧作家创作心态的变化着眼,探讨这类剧作跟与之同题材的唐传奇相比,发生了怎样的变异。

元代承袭唐传奇的宗教题材的杂剧,共3小类16种,其中以仙道题材居多,有14种,占这类题材作品总数的87.5%②;写神佛题材和宣扬民间信仰的,各1种。这些作品多数散佚,存于世的只有马致远《黄粱梦》、范康《竹叶舟》、李文蔚《圯桥进履》、无名氏《蓝采和》、无名氏《锁魔镜》、无名氏《刘弘嫁婢》6种,前5种属仙道题材,最后1种是反映民间信仰的③,神佛题材的没有存本。在存世的5种仙道题材杂剧中,《锁魔镜》讲的是神妖斗争,较多神话色彩,《圯桥进履》讲的是张良得黄石公所授兵书事,亦带神话色彩,且与唐传奇联系较松散,姑不论;而《黄粱梦》《竹叶舟》《蓝采和》3种,写的都是上界神仙度脱有"神仙之分"的凡人的故事。这类题材的杂剧有学者称之为"度脱剧"。作品中被度脱者多为书生,仙人度脱他们的过程,往往也是道隐之境战胜世俗功名追求的过程④,既表达出文人传统的道隐思想,又流露出对世俗功利的留恋之情。这二者的冲突实际上是作为文人的剧作家内在的冲突,是在黑暗现实下产生的失落、不平、愤世、矛盾等心态的艺术形式的外化,与同题材唐传奇的旨趣有别。

---

①幺书仪:《元人杂剧与元代社会》,北京,北京大学出版社,1997;郭英德:《世俗的祭礼——中国戏曲的宗教精神》,北京,国际文化出版公司,1988。

②详见书末附表3-2。

③反映民间信仰的作品,其思想与度脱剧差别较大,放在下文讨论。

④《蓝采和》剧写的是仙人(钟离权)度脱杂剧艺人的故事,与度脱书生的作品旨趣有所不同。本文所论以写仙人度脱书生的作品为主。

　　首先,这些杂剧对世俗功名既否定又留恋,其批判的指向是明确的,否定的程度是激烈的,而在激烈的否定背后实际上是对功名不可得的深沉失落和不忍轻易抛舍的留恋心理,因此,透过这类作品飞扬轻举的洒落风姿,我们看到的是作者们沉重的脚步。"假饶你手段欺韩信,舌辩赛苏秦,到底个功名由命不由人,也未必能拿准。只不如苦志修行谨慎,早图个灵丹腹孕,索强似你跨青驴蹀躞风尘。"(《黄粱梦》第一折)即使有韩信、苏秦那样的才能,也不见得就能取得功名,一向自信"书中自有黄金屋,书中自有千钟粟,书中自有颜如玉"的书生们如今却不得不感叹"到底个功名由命不由人,也未必能拿准",自身的命运已经不在自己的掌握之中,现实环境造成的巨大心理落差怎能不让他们倍感失落甚至绝望!然而,沿袭了千百年的"学而优则仕"的传统又岂是挥挥手就能丢掉的? 所以这"由命不由人,也未必能拿准"的牢骚表面上看是对世俗功名的否定,实际上其背后隐藏着的恰恰是对它的丝丝缕缕的不舍之情。因此接下去的"只不如苦志修行谨慎,早图个灵丹腹孕,索强似你跨青驴蹀躞风尘",便是在现实中走投无路的情形下不得已的选择,轻松潇洒的姿态掩盖不住沉重的脚步。如果说《黄粱梦》借钟离权之口唱出了功名追求的难以把握和士子们内心沉重的矛盾的话,那么《竹叶舟》则借吕洞宾表示出对富贵的否定,对贤愚之别的怀疑,从另一角度劝说沉迷于"名利途"的书生:"叹你这千丈风波名利途,端的个枉受苦。便做道佩苏秦相印待何如? 你则看凌烟阁那个是真英武,你则看金谷乡都是些乔男女。……你可也辨甚么贤、辨甚么愚,折莫将陶朱公贵像把黄金铸,倒底也载不的西子泛江湖。"①贵如苏秦,如凌烟阁功臣,也未必"真英武";富如石崇、范蠡,也不过是些"乔男女",连妻小都保不住。造成这一切的是贤愚莫辨的黑暗现实,在这样的环境中追名逐利无非是"枉受苦"。与上面所引唱词相比,这段唱词对现实功名的否定成分更多;剧中人所发抒的感慨绝非空谷足音,是从对现实的透彻观察得出的,对黑暗现实的愤慨实际上仍然寄托着不曾忘怀功名的隐衷——在这样的现实中,正直多才的书生怎能有出头之日! 因此,这类剧作中仙人对凡间书生的劝说,与其说是在度脱他们,毋宁说是作者借这些仙人之口唱出了自己内心深处的愤懑与矛盾。可是,仙人们的苦口婆心往往不能奏效,作为

① (元)范康《陈季卿误上竹叶舟》,见(明)臧晋叔编:《元曲卷》第三册,第 1044 页。

被度脱者的书生们仍迷恋于尘世功名的追逐,这时仙人们则往往继之以仙境的引诱、灾难与死亡的威胁,甚至施以幻术将其逼上绝境,方能达到目的。度脱过程的艰难,恰恰从一个侧面证明了世俗功名对书生们的吸引力是多么强大,他们对世俗功名是如何留恋不舍。元代度脱杂剧所写的书生们对世俗功名的心态,可以简要图示如下:

　　　　追求→否定↔留恋→超脱

对功名的"追求"是历代文人士子惯性心理的延续;由追求到否定,是在元代社会的特定现实下获得的痛苦经验;由否定到留恋,则发生了回环曲折的现象,这是在传统士子的惯性心理与现实的痛苦经验的冲突之下所产生的徘徊与矛盾心态的反映;而最终走向超脱,则是对现实绝望之后的无奈选择,是否定心态占据上风的结果。

　　元代度脱剧中所深隐的士子们这一心态历程,跟与之同题材的唐传奇相比,发生了重大变异。唐传奇虽也含蕴着对现实的怀疑与否定情绪,但相比之下,作者们对人世短暂、名利浮华的感叹,对超脱、隐逸情怀的抒写则显得轻松、飘逸得多。《枕中记》在开篇只是着意写卢生"不适"的感叹:"大丈夫生世不谐,困如是也!"卢生梦醒之后,吕翁也只说了句"人世之事,亦犹是矣"。虽对现实功名有所怀疑和否定,但故事所写的一切是在不经意间发生的,所表达的情怀飘逸洒脱,作品的气氛相对而言轻松闲适。并不似《黄粱梦》那样,钟离权是受命前来度脱吕洞宾,他从头至尾、不厌其烦地渲染功名的"不由人",以及世俗功名的险恶虚妄,其几番变化,可谓用心良苦,从而反衬出吕洞宾对世俗功名的迷恋之深;唯其迷恋之深,才能衬托出摆脱它时的脚步之重。因此说,《黄粱梦》虽仙道满纸,但却充塞着作家对现实深沉的愤懑不平和内心难言的矛盾痛苦。此外,《枕中记》中卢生省悟后的感慨,也缺乏明确而强烈的现实针对性,只是对一般意义上的"宠辱之道、穷达之运、得丧之理、死生之情"有所感悟(沈既济《枕中记》),而不似《黄粱梦》中钟离权对现实的透辟观察和吕洞宾在凄惨的现实经历后的幡然省悟。更有甚者,唐传奇《陈季卿》着重写的是终南山翁的幻术,极力渲染陈季卿乘由竹叶幻化成的小舟回家的经历,以及这一切的似幻实真、亦幻亦真,结尾陈季卿的"绝粒入山"更多的是出于慕道升仙,现实针对性既不明确,更谈不上情绪的愤激①。同题材的元杂剧《竹叶舟》则志在抒发对现实功名利益的深刻否定,背后深隐着追求名利之无望,二者差别甚大。

　　元代度脱杂剧所反映的文人曲折的心态历程既是元代这个特定时代造成的,也与中国士人传统思想观念有着千丝万缕的联系。儒家倡导"修齐治平","知其不可而为之",是一种积极的用世精神,但同时也不乏"达则兼济天下,穷则独善其身"的权宜之计;道家则主张虚静无为,隐逸高蹈,强调自我人格的守真与完善。历代文人们对功名的追求,对兼济理想的执着,是在儒家思想驱动下的入世之举,而一旦理想受挫,仕途无望,又不肯屈身于浊流时,则不仅从儒家思想中寻求"权",更向道家思想中寻求精神的安慰与解脱,希求通过隐逸,逃避现实,保全真性。元代度脱剧的作者们正是在这一心态积淀下,利用杂剧创作表达他们对退隐的企慕。同时,元代全真教盛行,这是一个不同于以往道教以烧炼为修道途径、以禳除为其功用的全新道派,它全性保真的教义,亦隐亦道的修行方式,与元代文人士子在心理上取得了深层的共鸣②,所以我们看到在元代度脱杂剧中有相当一部分与全真教有关。《竹叶舟》中吕洞宾唱道:"俺不用九转丹成千岁寿,俺不用一斤铅结万年珠;也不采甚么奇苗异草,也不佩甚么宝篆灵符。只要养的这精神似水,炼的这骨髓如酥,常日把那心猿意马牢拴住,一任教陵移谷变,石烂的这松枯。"(《竹叶舟》第一折)只要拴住"心猿意马",摒弃名缰利锁,便可证道成仙,除去道士的身份这层外衣,其内在精神追求岂不是与文人们隐居林泉一般无二吗?所以尽管度脱的过程非常艰难,但书生们最终还是随之而去。修行程式的简便、对内在心性的涵养、弃俗保真的追求,无疑对在现实中倍受打击和煎熬的书生们产生了不小的吸引力。这类作品的结尾往往有书生们升入仙班的描写,从作品所描绘的仙家世界来看,想象中的"贝阙珠宫,霞径云衢"(《竹叶舟》第一折)的泛泛描写,无论从篇幅上还是生动程度上都无法与下面这类描写相比:"俺那里自泼村醪嫩,自折野花新,独对青山酒一尊,闲将那朱顶仙鹤引,醉归去松阴满身。泠然风韵,铁笛声吹断云根","尽白云满溪锁洞门,将一函经手自缮,一炉香手自焚"(《黄粱梦》第一折);"那里有洞门深锁远山中,端的个白云满地无寻

①见(宋)李昉等编:《太平广记》卷74,第462—463页。
②参见么书仪:《元人杂剧与元代社会》,第19—32页。

处"(《竹叶舟》第一折)。这哪里是仙界,分明是现实生活中远离尘嚣的山泽林泉的写照! 这散发着萧散自在气息的描写,流溢着掩饰不住的欣羡、向往之情,不仅是剧中仙人借离尘绝世之境所施的劝诱,更表达了作者自身对隐逸山林的企慕之心。

对清净无尘的道隐之境的企慕来自对污浊黑暗现实的愤激及对世俗功名的否定,是在传统的人生价值失落后的无奈选择。然而,这一价值信念相沿了千百年,不是一朝一夕就能从士人们的心头抹去,所以上述作品在表达对世俗功名的否定和对道隐的企慕的同时,不能不流露出对传统价值的怀念及对世俗功名的留恋。这类作品所体现的元代文人剧作家的复杂深隐的心态,跟其所承传的唐传奇迥异其趣。

二、明代戏曲创作心态的变异

明代是中国封建社会历史上一个高度中央集权的朝代,明太祖朱元璋在建国初期,采取了一系列措施,诸如废除丞相制度,罢中书省,建立内阁,制订并修改法律条文,严格监察制度,设立锦衣卫等,并对一切他认为有可能威胁到皇权的政治力量进行打击,对藩王亦有所节制,形成了一派整肃气象。其子朱棣即位后,在其父亲开辟的领地内继续采取了一系列措施,完善内阁,设大学士,立东厂,进一步加强皇权统治。除在政治上加强集权统治之外,明初的统治者们在思想领域也实行了相当严格的控制——太祖朱元璋命刘基按唐宋旧制制定科举制度,并严格规定以《四书》《五经》取士,设立太学,倡导"濂、洛、关、闽"之学;朱棣更是大力推行程朱理学,颁布了《四书大全》《五经大全》《性理大全》,并亲自作序,诏令全国以此作为科举考试的准的。于是皇明一朝,特别是其前期,科举考试不仅再次成为文人士子的进身之阶,而且士子们对其迷恋的程度较前朝有过之而无不及,更奉程朱之学为圭臬,对儒家正统思想亦步亦趋。

刚刚过去的元代,是一个重武轻文的时代,传统礼俗遭到破坏,这使汉族文人深感失落、自卑与愤懑,而当新的汉族大一统王朝建立,他们在欢欣鼓舞的同时,统治者所提倡的程朱理学,更将他们内心深处积淀已久的儒家传统伦理道德重新唤醒,所以他们对此不仅没有排斥还乐意接受。当然,统治者的强制推行,也起到了不容忽视的重要作用。在两种因素的共同作用下,明代,特别是其前期,文人士子们对程朱之学不敢有丝毫怀疑,只能是"述而不论"。甚至直到中后期,新的思潮涌现,对传统思想产生巨大冲击,文人内心深处对传统伦理道德仍保有一种认同态度,从而使他们的心态呈现出一种新旧观念彼此交织、错综复杂的状态。

自成化、弘治以后,思想界逐渐出现了新的动向,王守仁心学将天理置于普通人心中,认为人人都可能成为圣人,对程朱理学产生了巨大冲击。其后学分出多个门派,尤以泰州学派之说最为激进,该学派中的李贽更被视为"异端之尤",他提出的"除却穿衣吃饭,无伦物矣"及"童心"说等观念[①],肯定人欲,赞赏真人,反对伪道学,冲决了传统纲常礼教的堤坝,是对统治中国千百年的儒家思想的质疑,在学术界、社会上都掀起了轩然大波。

李贽思想的出现不是偶然的,与当时社会经济的发展以及由此带来的人们生活方式、社会习俗、思想观念的变化密不可分。经过一百余年的积累和发展,明代中、后期,也即嘉靖、万历时期,经济增长达到了前所未有的水平。不仅农业生产继续有所增长,而且手工业、商业发展迅速,生产规模不断扩大,部门日益增多,商品交换和商品流通越来越频繁,商业中心不断增加,城镇日益繁荣,从商人数大量增加。在这一社会环境中,宋元时即已出现的市民阶层,队伍日益庞大,而且许多是经商致富的商人。随着经济地位的提高和队伍的壮大,市民阶层的生活习惯、行为方式、思想观念对社会的影响力也越来越大。其生活方式的一个重要特点是消费性。消费的增长与市场的繁荣相互作用、相互制约,共同促进了社会的繁荣。在这样的社会环境之下,形成了新的社会风气和生活方式。嘉、隆时期,正是明代社会生活和社会风习发生急剧变化的时期,所谓"嘉靖以来,浮华渐盛,竞相夸诩。"[②]人们越来越喜欢奢华的生活,不仅在百姓的日常生活中,甚至在官员的仪节中,僭用、违禁、逾制等现象所在多有,屡禁不止,甚至相沿成习、成制,一改明前期那种上下整肃的面貌,旧有的礼制正逐渐失去它的控制作用。

逾礼行为是外在的,其深层涌动着的是统治阶层思想控制力量正在被削弱、其权威地位正日益下降的暗流。统治者思想控制力量的削弱,与普通民众思想观念、价值取向的改变甚至重构是相应的,是一个问题的两面。

---

① (明)李贽:《答邓石阳》《童心说》,见张建业、张岱注:《焚书注》(上下),北京,社会科学文献出版社,2013,第8、276—277页。

② (明)沈朝阳:《皇明嘉隆两朝闻见记》卷六,《四库存目丛书》史部第7册,济南,齐鲁书社,1997,第897页。

而人们意识层面的变化才更本质、更深刻，更能牵动人心、影响后世。这一层面的变化，主要体现在以下几个方面：（1）重视商业和商人，崇尚金钱和财富；（2）亲缘关系淡薄，传统的家庭伦理观念有所松动；（3）等级秩序和尊卑观念发生动摇；（4）关注自我，个人价值逐渐得到重视①。

　　在这样一个从行为规范到思想意识、价值观念都发生重大变化的社会环境中，传统的价值体系发生动摇，旧有的伦理纲常被重新审视或受到怀疑、甚至否定，在这样的背景之下，先是出现了王守仁的心学，继而李贽横空出世，震撼人心。从程朱理学的式微到王守仁心学的崛起，从王氏心学再发展为泰州学派，以至李贽的"异端"学说，在明代中后期剧变的时代氛围中所发生的这两次重大的哲学上的突破，不仅呼应了人们日益新变的生活，更进而从思想上把人们从理学的桎梏中解脱出来，传统的价值标准和伦理规范正日益失去它的权威性和约束力，人的自我价值正逐渐得到体认，个性得到张扬，沉闷已久的社会吹来了新鲜的气息。但是，当一种禁锢人们已久的思想被冲决时，在带来正面影响的同时，也不可避免地会导致一些负面现象，所谓泥沙俱下，鱼龙混杂。上面所说的人们意识形态、价值观念的几方面变化实际上已透露出这一端倪——商业的发达和对金钱的崇拜必然带来见利忘义的行为，对自我的过分关注，也会导致个人私欲的膨胀。

　　在这样一个经历着复杂变化的历史环境中，士人们不可避免地随波浮沉，就总体而言，其思想观念亦经历着起伏变化。而外在的因素作用于个体内在时，又往往是错综交织的，每一位文人士子所生活的具体时代、环境，所经受的具体境遇，以及个体思想、气质、个性也千差万别；何况积淀已久的传统文化有着超强的稳定性和强有力的渗透性，不是短期内就能从人们的记忆中抹去的。这就造成了明代士人心态新旧交织、甚至相互背离，既有个性又不乏共性的错综复杂的面貌。具体到我们所关注的戏曲作家们，其心态在受到上述几方面因素制约的同时，又不可避免地受到戏曲这一特殊艺术样式的限定，呈现出错综复杂的面貌，既有变化又相对稳定，既有共性又个性各异，既与时代紧密相联，又反映出文学艺术创作自身的

①此处部分材料和观点参照周明初：《晚明士人心态及文学个案》，北京，东方出版社，1997，第12—27页。

规律。

明代戏曲作家创作心态的发展趋向与元代作家不同,元代作家创作心态除元代末期与前期不同之外,总体而言,在元代大半时期中变化不大。而明代,由于其前期和中后期,时代、政治、思想、世风等诸多方面的变迁,以及其他相关因素,导致文人心态也随之发生相应的变化。而明代戏曲作家大部分由上层文人组成,所以有学者将明传奇称作"文人传奇"[①];明杂剧作者也以文人为主,有的甚至是贵族文人。明代戏曲作家大多传奇与杂剧兼作,如陈与郊、孟称舜等。以文人为主体的明代戏曲作者,创作心态除相对于他们所取材的唐传奇及给予他们较大影响的元杂剧作者,发生了不同程度的变异之外,即在明代戏曲发展过程中,前后亦有所变化。由于多方面因素的共同作用,创作者心态的演变轨迹,有时是错综交织的,有时是不易觉察的,有时是并行的,有时是对立的。既有对传统伦理道德的倡导又有对个性的张扬和"情"与"理"的冲突;既满怀对科举和功名的热衷又不时地流露出对退隐甚至敬佛修道的企慕等。在这中间,传统与新变往往交织在一处,你中有我我中有你,似变又似未变,在传统的舞台上,演绎着反传统的人和事。下面从几个方面详加考察。

(一)由遵循传统伦理秩序到倡导个性及"情""理"冲突

朱元璋和朱棣父子所倡导的程朱理学,经过自上而下的强制推行,逐渐深入人心,渗透到思想文化、乃至日常生活之中。其中的重要内容——伦理纲常下可与百姓生活息息相关,上又与家国、社稷命脉紧密相联。而摆脱了元代倍受歧视的屈辱地位之后,在汉族统治者所建立的新的大一统政权之下,文人士子内心深处的使命感与责任感再次苏醒,统治者不失时机地重提、强调具有强大凝聚力的伦理纲常,在一定时期内,自然会引起相当一部分士子的共鸣,加之自幼所接受的正统教育和社会风气的浸染,在他们心目中,伦理纲常即便不是最应关注的问题,至少也是不容忽视的。这一心态体现在他们所创作的戏曲中,特别是较早时候的作品,我们发现,流露出对传统伦理秩序和伦理道德的赞赏甚至直接标榜的作品所在多有,取材于唐传奇的作品同样不可避免这一现象。伦理纲常自然不是从明代才出现的,但在前代,特别是唐代,还没有形成像程朱理学这样一个严密而

_____

① 如郭英德在一系列关于明代传奇的研究著作中即这样称呼。

具有广泛影响力的系统,还没有像明代这样被统治者如此旗帜鲜明、如此不容置疑地提倡过,还没有如此自上而下、广泛渗入到人们的生活和心灵之中。因此,取材于唐传奇的明代戏曲在对原作进行改编时,往往有意识地增加或强化这类内容,而呈现出与原作完全不同的思想风貌。

首先是对忠和孝的宣扬。明代统治者自建国初期就提出以"孝"治国。"孝"就狭义范畴而论,是针对父母亲长的,推而广之,则是对君主的忠诚。封建时代,君亲、君父往往相提并论,亲,专指父亲、母亲,有时甚至专指父亲,也指一家之长,是子女绝对服从和尊敬的对象;君,则是一国之长,是臣民们绝对服从的对象。在封建官僚体制内,各地的地方官被称作"父母官",向上逆推,那么皇帝则是一国之父,或者正因为皇帝是一国之父,才会衍生出各地的"父母官"。所以圣旨时常会超越法律,或者说圣旨就是法律。由此推之,孝亲之子必然会成为忠君之臣;尽管人们时常会听到所谓"忠孝难以两全"的话,实际那只是表象,其实质是:对国、对君的忠是对亲最大的孝,而将对亲的孝移植到对国对君的忠则是顺理成章、水到渠成的事。所以上述"君亲""君父"并称对举的现象也是屡见不鲜的。

沈璟《埋剑记》是一部宣扬"义"的作品,它同时也在大力宣扬主人公的"忠"和"孝"的伦理风范。郭仲翔受叔父举荐,要做李蒙的参军,出征南诏,这本是个谋"出身"的绝好机会,别人也许求之不得,但他却顾虑重重:"侄儿素有志于四方,况蒙叔父培植,敢不奉命。但老母在堂,难以远游,如何是好?"(第六出《推毂》)①这简直就是"父母在,不远游"(《论语·里仁》)之说的文学翻版!而当他被南诏国所俘,转卖多方,倍受磨难之时,最令他痛苦的不是自身所受的苦难,而是远离年迈的母亲,不能尽人子之孝心:

> (生)嗳,老天,我郭飞卿也是个好男子,为何折罚我受许多魔障?若不为老母在家,我这性命也不恋他到今日了。……双调过曲【锁金帐】……(哭唱)又恐慈闱冷。不知吾妻可能代我冬温夏清。(第二十五出《遘奴》)

如果说上文的不肯"远游"还多少有些做作的话,这里对母亲的牵挂则不能不说是出于真心,是骨肉之情与伦理之念共同作用于人物心理的结果。而

---

① (明)沈璟:《埋剑记》,古本戏曲丛刊编辑委员会编:《古本戏曲丛刊初集》。下文所引《埋剑记》均出自该书,不另出注。

他担心妻子能否替他照顾好母亲则是多余的,因为作品也用了不小的篇幅描写其妻颜氏对婆婆的"至孝",最令人难忘的就是"疗疾"一场戏——郭母因思念儿子患病,颜氏百般奉药也不见效果,于是她效仿古人"割股疗亲",果然立竿见影(第二十三出《疗疾》)。这无疑又是对封建孝道的图解,虽然作者有着高超的艺术创造力,故事主体又真实感人,但这图解式的穿插却难免令人生厌。

除表彰人物的"孝"心与"孝"举之外,作品还有多处褒扬忠的精神或者忠孝并提。第十二出《败闻》吴保安因后行,没有赶上大军,路上遇到一受伤军士,要替他捎信回家,他却说:"霍嫖姚当时有云(外合)胡未灭,何暇问家门。"紧接着作者借受伤军士之口称赞他"好个壮士,可敬可敬……"写主人公先国后家的崇高思想境界。吴保安之所以能够不问家门,除了他先国后家的精神在起作用之外,另一个重要因素恐怕是他不似郭仲翔那样家中有一位老母亲在悬望着他。当郭仲翔做了酋望家的奴仆,他之能忍死含羞生存下来,是因为君亲未报,忠心未尽:

> 我郭飞卿被蛮酋拘禁,与僮仆为群,忍死含羞,捐生犹豫,只为君亲未报,况无兄弟可依。我在则衰慈聊慰余年,我死则寡妻岂能就养。因此不辞戮辱,曲尽纲常,将移孝以为忠,故往役不往见。(第十八出《混迹》)

这里将"君亲"并置,并明确揭出"曲尽纲常""移孝为忠"的观念,可见忠与孝是纲常的最重要的两个构成因素,有着极密切的内在联系,甚至可以说是一项质素的两个不同侧面,所以郭母的邻居贾妈妈称许郭氏夫妇"忠和孝,在你贤妇贤夫"(第二十九出《固穷》)。其意可以这样理解:郭仲翔被俘不辱,是忠,颜氏侍亲尽心,是孝。同时,也不妨将此语视作"互文":郭仲翔此举既是忠也是孝,颜氏为郭仲翔尽孝,使他能尽忠于国家,也是间接地尽忠。颜氏这个人物在唐传奇原作《纪闻·吴保安》中根本不存在,是戏曲增入的人物,她在家奉养婆婆的种种情形也完全是作者的创造。此外,其他几段情节在《吴保安》中也是没有的:原作只在作品后半部分交待了郭仲翔"辞亲凡十五年",后又"迎亲到官",算是简单叙述了他的母亲,并没有郭在敌国如何思亲、如何因母亲在堂而忍受屈辱、不能就死的描写;对吴保安不问家门的言行的刻画也是新增情节。对两位主人公上述行动和心理的刻画完全是作者为宣扬其"忠""孝"观念而增入的。可见，《埋剑记》在吸取唐传奇题材进行创作时，心态与原作已经大相径庭！

传统伦理道德中，忠孝与节义往往并提，特别是忠君与气节更是密不可分，要实现忠君，往往要富有气节，特别是在遇到危难之时；而有节之士无一例外是忠君的，即忠是因，节是果。所以明代戏曲在改编唐传奇时，除宣扬忠孝观念之外，还着意挖掘其中所蕴含的"节义"思想。《埋剑记》的主题是表彰吴保安与郭仲翔之间的朋友之"义"的，与原作相同。但与原作相较，对人物"节义"情操的挖掘更为深入，对人物的"节义"品格的渲染更加突出。比如增加了郭仲翔与吴保安互赠信物之举；将吴保安读到郭仲翔请他为己赎身的信后决定在边境经营以赎友，改成郭仲翔没有写信，吴保安获知朋友消息后主动经营以为其赎身；而且还着意渲染他如何不顾贫窘交加的妻儿，甚至明知他们近在咫尺，也无暇顾及；后来又将郭仲翔让官于吴保安之子较原作提前至刚一得到吴保安死耗之时；最后更增出郭仲翔再三坚持将自己赠与吴保安之剑埋在朋友墓中的情节；将郭、吴二人之间的"义"渲染到无以复加的程度，远较原作突出。吴保安与郭仲翔之间感人至深的朋友之义是建立在男子的气节基础上的，或者说是由气节派生出的。作品第十四出写郭仲翔宁做奴隶亦不肯变节降敌："我若回到京师时节，便做悬头断颈。古人有云，寡君之为戮，死且不朽。便诛夷，瞑目也，吾何病？"表示宁肯为君死节，也不降敌；之所以不求死，是因为"我孝和忠，一事无成"，忠孝无成不能轻易就死，从而将士节的内涵做了非常理性的诠释，提到非常崇高的层次。联系此出标目——"士节"，可见作者对"士节"与"忠孝"的理解和极力宣扬。作者的这种心态，在同题材的唐传奇中是找不到的。

与此相类，唐传奇《纪闻·裴伷先》，本是写唐尚书裴伷先政治上的浮沉遭遇，而许三阶在同题材传奇戏曲《节侠记》中，将原作所写裴伷先在北庭所得"铁骑果毅二人"以及此二人在抵挡追兵过程中战死的简略交待，改写成裴伷先有朋友"果毅都尉"李多祚，与裴同在朝为官，并详细述及他救助危难中的裴伷先的种种义举；此外，为与"果毅都尉"之"节"侠之举相呼应，戏还将原作对人物浮沉的描写着力渲染成一个忠直之臣的遭受迫害和终获清白,由其出目即可见一斑:"忧国""忠忭""直谏""侠晤""诛佞"等①,从而突出了"节侠"的主题。

传统伦理道德,除对男性有着忠孝节义等规范之外,对女性也有严格要求,除要求女性要与男性同样孝亲之外,另一个极为重要的规范就是"贞节",遵守这一规范被称为"守节",否则斥为"失节",理学家们甚至提出"饿死事极小,失节事极大"的口号,将其提高到与"士节"同等的高度。这一观念产生于宋代,但真正严格贯彻则自明代开始,因此对女性"贞节"的倡导在取材于唐传奇的明代戏曲中随处可见,主要体现在对原作的改写上,这类改写主要有下列三种情形:(1)增入人物或情节;(2)改变原作人物的身份和经历;(3)对原作情节加以改动或根据原作内容发挥联想和想象。

第一种情形较典型的如上述《埋剑记》,郭仲翔的妻子颜氏是作者新增的人物,除写她孝亲之举之外,还有一段重要情节,写她为夫守节、誓死不改嫁的贞操:她父亲从前方归来的军士手中夺了吴保安赠与郭仲翔的珊瑚鞭(系军士从战场上拾得),便假传郭仲翔已死,逼女儿改嫁,她誓死不从:"(旦哭唱)【又】(【金梧桐】)我要将身殉杞良,怕湛母无依傍。饮泪偷生。[小丑(其侍女)合]道此信是人虚诳。生为郭氏妻,死当配郭郎葬。(旦)我是一马一鞍,(小丑合)誓不把名节丧……"(第十七出《拒谗》)一再表示要守名节,不能更嫁二夫。这是戏曲较小说增加的人和事,以此突出女性的贞节,将其与故事主线中男子忠君的"士节"相呼应。

还有一种情形,是将原作女主人公的身份作了改变,主要是将原来的妓女或侍婢之类的身份改成养女或无碍于名节的身份,如梅鼎祚《玉合记》②,系取材于唐传奇《柳氏传》,在原作中女主人公柳氏本是李生"幸姬",其意甚明,后来被李生送与韩翃;而《玉合记》中虽写柳氏是李生家姬,但却写她自小长在李府,稍大后别院而居,并且一再提示,她刚刚成年,尚未得幸,而李生不久修道,遂将其赠与韩翃。小说中写柳氏在乱中被沙吒利所得,戏也有此情节,但强调因沙吒利之大妻嫉妒,柳氏并未失身,而是一直陪伴沙母。也就是说她在嫁给韩翃前后均是玉洁冰清的。类似的还有《紫钗记》③,其题材来源《霍小玉传》虽也交待小玉是霍王小女,但从她

---

①(明)毛晋编:《六十种曲》第十二册。
②(明)毛晋编:《六十种曲》第六册。下文所引《玉合记》均出自该书,不另出注。
③(明)毛晋编:《六十种曲》第四册。下文所引《紫钗记》均出自该书,不另出注。

与曾为青衣的鲍四娘之间的交往，从对李益"博求名妓"的交待，以及小玉"妾本倡家"的自述中，其身份已经表露无遗①；而汤显祖在《紫钗记》中却将原作所说小玉是霍王小女的身份坐实，变"倡家"的自述为"郡主"之称，还一再强调她深居闺中，轻易不出，俨然一大家闺秀的风范："尽日深帘人不到"(第三出《插钗新赏》小玉唱词)，"忽报春来，他门户重重不奈瞧"(同上浣纱唱词)，"此女寻常不离闺阁"(第四出《谒鲍述娇》鲍四娘语)等；《狂朋试喜》一出更是明确道出小玉完全是新婚。除此，《紫钗记》还从侧面表明小玉乃李益的正妻，男主人公一上场就交待他"年过弱冠，未有妻房"(第二出《春日言怀》)，而不似在唐传奇中那样是"博求名妓"。从各个方面表明女主人公的纯洁与节操。

另有一类改动，是在原作基础上，加以联想和想象，旨在突出主人公超常的道德风貌。如《玉环记》②，当韦皋听说玉箫因他逾期未至相思而亡时，他的反应并非是对对方用情之深的感动，而是大赞其"节义"(第二十五出《韦皋得真》)；而张延赏因不喜韦皋而逼女再嫁时，其女儿张琼英则遍引前朝节烈之女，自许"贞烈敢比于冰霜"(第二十六出《逼女更夫》)，这些都是作者对原作情节的有意发挥和想象。同题材的陈与郊《鹦鹉洲》中之姜玉箫，韦皋一别七载，姜荆宝劝其改嫁，她誓不相从，其出发点不是她对韦皋感情的深挚，而是对贞节的重视，对此，戏的开场即已点明"守一生贞节玉箫女"③。徐霖所作南戏《绣襦记》更是充分发挥联想，将原作李娃劝郑生苦读的情节，渲染成李娃为避免郑生分心而剔目毁容(第三十三出《剔目劝学》)，简直就是古代烈女的再生！所以结尾处将原作对"烈女"的赞叹改成皇帝诏书中的语句，从而对她的这种节烈之举给予高度评价。这类改动在取材于唐传奇的明代戏曲中所在多有。唐传奇作者在进行创作时，并不看重人物贞节与否，只是将注意力放在人物之间的情感纠葛和悲欢离合上；而明代戏曲作者则更关注女性的贞节，往往将原作中女子对男子情感

①(唐)蒋防：《霍小玉传》，见汪辟疆校录：《唐人小说》，第77-82页。本书所引《霍小玉传》均出自该书。

②见(明)毛晋编：《六十种曲》第八册。该书此剧标为杨柔胜作，现从多数戏曲目录类文献意见，此剧即为无名氏所作《韦凤翔古玉环记》，又名《唐韦皋玉环记》。下文所引《玉环记》均出自该书，不另出注。

③(明)陈与郊：《鹦鹉洲》，古本曲丛刊编辑委员会编：《古本戏曲丛刊二集》，上海，商务印书馆，1954—1955。

的专一冠以"守制""守志"或"守节"之名，着意塑造冰清玉洁、恪守贞操的女性形象。而一旦有人要破坏女性的贞节，就会遭到法律的惩处，《红蕖记》中魏才垂涎曾丽玉的美貌，想冒充崔希周与丽玉成亲，事情败露之后，受到当时身为巴陵县令的郑德璘的惩治，他在下断时说"似此狂图，大伤伦纪，合从严律，用警非彝"（第三十四出）。魏才以及上述相关情节均是沈璟在改编唐传奇原作时增入的，可见作者的用心所在。

上述唐传奇作品经过明代戏曲作者这样改写之后，不仅女性人物形象发生了重大变化，而且男主人公形象也发生了相应的改变——即由唐代的"狭邪之游"的风流才子，变成恪守礼法的正人君子；同时，作品题材也随之发生变化，即由原作的"青楼题材"变成了明代戏曲的"才子佳人"题材，有的作品更是反复强调这一点，如《紫钗记》等①。

除宣扬女性的贞节之"妇德"外，取材于唐传奇的明代戏曲对"妇功"也有所涉及，如《题红记》中特意增入与全剧情节关联不大的"御苑躬桑"，写皇后带领后宫嫔妃亲自采桑饲蚕，以垂范国人（第八出）；《埋剑记》中写颜氏与婆婆在家采桑饲蚕，其出目即为"妇功"。这些情节在它们所取材的唐传奇中是根本没有的。

上述明代戏曲对唐传奇原作的增改，除了作者出于传奇篇幅的考虑而增加人物、情节，或者对原作简略的描写详加铺演外，更主要的因素是作者有意将传统伦理道德意识渗透到作品中。换句话说，明代戏曲作者相对于他们所取材的唐传奇作者，传统伦理道德意识极为强烈，宣扬传统伦理道德、重建传统伦理秩序的使命感极为强烈。这是因为由元入明之后，统治者大力提倡并强力推行传统的伦理纲常，这一思想在社会上浸淫已久，而文人士子内心深处积淀已久的儒家伦理观念的"集体无意识"浮上水面，从而自觉肩负起重建传统伦理秩序的使命。

但是，一种思想的过度强化和故步自封，必然使之日益保守僵化，社会上的有识之士则会对它做出修正，甚至反拨。成化以后，就有学者一变对经书的亦步亦趋而开始改易经籍："成化以后，学者多肆其胸臆，以为自得，虽馆阁中亦有改易经籍以私于家者。此天下所以风靡也夫？"②此后，陈献

---

① 详见（明）汤显祖：《紫钗记》第二、十三、十四、二十五等出，见（明）毛晋编：《六十种曲》第四册。

② （明）黄佐：《禁异说》，见《翰林记》卷11，《景印文渊阁四库全书》，史部十二，台北，台湾商务印书馆，1986。

章、王守仁出,提出更切近人情的学说,学者追随响应。《明史·儒林传序》
对此有详细记述:

> 原夫明初诸儒,皆朱子门人之支流余裔,师承有自,矩矱秩
> 然。……学术之分,则自陈献章、王守仁始。……宗守仁者,曰姚江之
> 学,别立宗旨,显与朱子背驰,门徒遍天下,流传逾百年,其教大行,其
> 弊滋甚。嘉、隆而后,笃信程朱,不迁异说者,无复几人矣。①

此后各学派不断提出类似观点,泰州学派更是越走越远,充分倡导个性,张
扬人欲,这是在整个社会环境大变动之下出现的文人阶层自我意识高涨的
产物。这一思潮反映在戏曲创作中,就是对个性的积极倡导和对"情"的热
情歌颂。

　　取材于唐传奇的明代戏曲对个性的倡导,既有对男性英雄之气的弘
扬,也有对女性不让须眉精神气概的歌颂。凌濛初《北红拂》《虬髯翁》两种
杂剧和冯梦龙《女丈夫》传奇②,均取材于唐传奇《虬髯客传》,虽所叙人物
故事各有不同,但都将虬髯翁雄豪阔大的胸襟和不甘居人下的志气抒写得
淋漓酣畅:

> 跨长鲸,涉大川,望中华,则一圈。则俺猛回头,单留的红热面。
> 两地干功名,都遂平生望,方信道好男儿道路广。(《虬髯翁》第
> 三、四出)
> 凝旒端冕自称王,索强如下场头拜人卿相,江山原坐享,黎庶尽心
> 降,四境封疆,平白地在人上。(《女丈夫》第三十折)

这在皇权神圣不可侵犯的封建时代,不啻一曲自立于天地间的英雄的颂
歌! 在张扬个性的思潮下,不独男子可以昂扬于天地间,充分表现自我个
性和主体精神,女子也打破了"女子无才便是德"的陈腐旧套,文可以中状
元、做官,武可以杀敌立功。徐渭《四声猿》中就有两种杂剧分别写了女子
一文一武、不让须眉的壮举。由于题材的关系,《雌木兰》不在我们论述范

---

①(清)张廷玉等:《明史·儒林传序》,见(清)张廷玉等:《明史》第 282 卷,北京,中华书局,1974,第
　7222 页。
②所据版本,前两种为明末精刻本,(明)沈泰编:《盛明杂剧》二集,中国戏剧出版社,1958,影印本;
　第三种为《墨憨斋详定传奇三种》本,(明)冯梦龙:《墨憨斋详定传奇三种》。下文所引这三种戏
　曲出处均同此,不另出注。

围内。《女状元》取材于五代金利用《玉溪编事》中黄崇嘏的故事,将小说所叙黄崇嘏因失火而下狱,献诗后被召见,改成她因家贫而赴京应试,以其所作乐府文词丰神艳逸而夺魁,做了成都府司户参军,并详细描写了她如何精通琴、棋、书、画、诗、文、对联、案牍等事。从作者对女主人公的才能略嫌夸张的描写可以窥知,作者对这位女性的才华极具欣赏之情,从而透露出作者对女性个性、才能的肯定与张扬,这一创作心态与唐传奇原作倾向于写出一件异事的心态相较,显现出重大变异之迹,是历史进步使然。结合作者《四声猿》中其他三种作品《翠乡梦》《狂鼓史》和《雌木兰》来看,作者这一进步的创作心态更加鲜明。

明代中后期的剧作家们在张扬主体意识、肯定人的个性的同时,还充分认同了人欲,对冲决礼教的真挚爱情给予热情颂扬。这类作品,除众所周知的《牡丹亭》之外,还有李日华《南西厢》、陆采《南西厢》、徐霖《绣襦记》、孟称舜《桃花人面》、王骥德《题红记》等。前两种是以元稹《莺莺传》为蓝本改写而成,但所表现的思想更接近王实甫《西厢记》,对青年男女冲破礼教束缚而自由结合给予了肯定,不过这两部作品、特别是陆《西厢》,比王作稍多了功名气息,这是特定时代使然。孟称舜的《桃花人面》从剧情上看,似也不出才子佳人窠臼,但由于其女主人公农家少女的身份和所生活的乡间环境,使这部杂剧较少“情”与“理”的冲突,而更多地肯定个性的自然表露和人情人欲的合理伸张。而结尾崔护与桃花女叶蓁儿的结合,也没有门第和功名的因素参与其中,多少隐含着婚姻以爱情为决定因素的意义。此剧较唐传奇原作虽改动不大,但较原剧更强调男女主人公相遇的特殊环境,以及女主人公天真未泯而又情窦初开的特定心态,更着意渲染二人之间的缠绵而深挚的情感,其创作心态已不再似原作那样只是为了写出一首诗的来龙去脉,将注意力主要放在诗人的奇遇上。而《题红记》将禁宫中的宫女作为主人公,写她因难耐寂寞而题诗红叶,御沟送叶,最后终于得与心上人同偕连理之事,则在张扬“情”和正常人欲上同样对传统道德有所突破。《绣襦记》虽不乏宣扬传统礼教的成分,但一个世家子弟与妓女的自由恋爱和结合这一故事框架,则具有肯定个性、张扬人欲的心态在内。这一故事框架与唐传奇《李娃传》相似,但从《李娃传》结尾的表述看,更重在为“汧国夫人”立传和传写奇闻异事上,而此剧则更突出郑生与李娃之间曲折而真挚的爱情。

上述取材于唐传奇的爱情之作多不出才子佳人或青楼模式,而就在这相似的模式之下,表现出了作者们共同的、带有新的时代色彩的创作心态——对情的肯定,对正常人欲的张扬。这些作品所表现出的情与理的冲突程度各异,却能从各自不同的角度肯定人欲人情,隐含着、涌动着对传统礼法束缚人性、压制人欲的反拨。这种心态在同题材的唐传奇中很难找到,是新的时代思潮和环境之下戏曲对其蓝本的重要变异。

然而,明代戏曲所透露出的作者的种种心态,并非脉络分明、层次清晰,而是错综交织、相互纠缠,有时甚至相互背离地出现在同一作家或同一部作品之中,呈现出错综复杂的面貌。比如,同是汤显祖,在他笔下,既有杜丽娘的青春觉醒和对传统礼法的突破,也有霍小玉,由原作中敢爱敢恨的妓女摇身一变而为谨守闺范的侯门之秀,其人物形象几乎呈现为两极分化状态;再比如同是《题红记》,既有对宫女不守礼法,擅自题诗寄水之举的认同,也有严遵礼法,以媒妁之言、父母之命而成婚的情节构造;《女状元》既有突破"女子无才便是德"的传统教条、充分张扬个性和才能的大胆描写,又有对女主人公守身如玉,操比冰霜的由衷赞许……

我们知道,传奇戏曲直到明代中后期才兴盛发达起来,而明杂剧的创作在建国之初,受到以太祖朱元璋为首的统治者的控制,多为神仙道化剧、教化剧、宫廷承应戏等,难见思想、艺术水平均较高的作品。我们上面所举的作品,多数实际上是心学等异端思想已经兴起并逐渐风靡的明代中后期之作。那么,为什么在这些作品中还渗透着那么浓重的传统伦理道德色彩呢?这正体现了明代文人特殊的创作心态。当时,传统伦理观念虽然受到冲击,有人起而响应,但真正要使一种思想渗透于整个社会,潜移默化到人们的生活方式、行为规范和思维模式之中,却不是短时期内所能办的。而程朱理学所阐释的儒家伦理思想,虽有新的视角,但从根本上说仍是传统的,是对早在周代就已形成的宗法制度、宗法观念的新的阐释。这一观念逐渐根深蒂固,积淀到人们、特别是文人士大夫的血脉之中,成了一种"集体无意识";程朱的重新阐释,统治者的大力推行,无疑又深化着这一印象,不断唤醒对它的记忆。具有深厚文化修养而又处于主流文化圈的文人,多半不会轻而易举地随波逐流,他们骨子里的传统思想观念仍然相当活跃。所以即使在中后期,心学乃至其后学的异端思想广泛传播,在社会上引起反响,但在许多文人的剧作中仍能很容易地找到传统伦理道德的深刻烙印。同时,文人阶层又是社会上的敏感人群,对新思潮的涌动,对文化上新因素的出现具有敏锐的感受力,他们也是血肉之躯,也有七情六欲,王氏心学和李贽张扬人性人欲的异端学说不可能不在他们心中激起反响,加之社会风尚的变迁,大众生活方式的变化,也会不断进入他们的视野,促使他们进行细致观察和严肃思考,于是将其形之于戏曲——这种虽渐趋高雅,但并不能完全从其所自成长的民间土壤中脱离的、有足够篇幅来铺写人情物理的艺术样式,利用已为人们所熟知的前朝故事,来传达他们复杂而宛曲的心态。

　　(二)对功名的追逐与失望

　　明代前期,在太祖朱元璋和成祖朱棣的先后倡导下,科举制度得到了恢复并日益完备,优秀人才往往被纳入到国家管理机构之中,从理论上说,在科举面前所有读书人都是平等的,也就是说,无论是出身平民之家还是功名世家,由科举进入国家管理机构——通俗地说,即做官——的机会是平等的①。这相对于元代罢科举长达七八十年之久,重吏轻儒的体制和思想来说,是一个重大转变,对明代士子们无疑是极大的鼓舞,与传统的"学而优则仕"的观念正相吻合。于是明代前期,士子习举业之风盛行,读书人的功名之念甚炽。这一社会心理相沿下来,终明一朝有数不尽的文人士子抱着"一举成名天下知"的希冀奔波于赴举子业的程途中。尽管到明代中后期,科举取士偏重经义的现象越来越严重,读书人阅读面、知识面越来越狭窄,考试作弊现象也频频出现,但国家通过科举吸纳人才的基本方针并没有改变,这就使得"学而优则仕"仍是相当一部分读书人的人生价值定位。与此同时,心学及其后学的兴起和影响的日益扩大,程朱理学的受到怀疑和冲击,社会生活的一系列变迁,以及上述科举考试的种种弊端,也使得不少文人对这一制度产生失望、怀疑情绪,功名之心也较前期的文人淡薄了。然而,文人们的心态远非如此单纯,更常见的情况是:许多文人在怀有功名热望的同时,也对取得功名的手段或途径、获得功名之后的人生道路存有种种疑虑;或者在没有得到功名之前,一心向往之,希图通过这一途径证实自己的才能,给自己十年寒窗的辛苦一个完满的交待,给"望子(孙、夫)成龙"的父祖家人一种心理安慰,给家族增荣添彩;而当屡战屡败之后,

①明代官员除功臣外戚及其子弟外,都由科举出身。然而并不能因此认为当时官员选拔就是平等的。分别参见徐朔方:《汤显祖评传》,第41页;钱茂伟:《国家、科举与社会:以明代为中心的考察》,北京,北京图书馆出版社,2004,第146-147页。

又不免产生失望乃至怀疑情绪，特别是当亲身经历了考场的腐败之后；也有一部分士子有幸通过科举进入仕途，甚至在一段时期内平步青云，但亲身经历了官场的浮沉、政治的黑暗之后，只能是更深刻的失落与矛盾。所以明代中后期的文人们，在对待功名一事上，所行各异，有的"行羡一官"①，或出于家族荣誉屡赴科场，痴心不悔；有的科场屡屡受挫之后，则绝意仕进，以吟啸林泉为乐；有的做了一段时期的官之后，心厌官场而辞归，或者因事被罢免。这后两类人或居于林泽，成为通常意义上的隐士；或栖身市井，或游于公侯显贵之门，成为名士或山人；也有的干脆隐而不仕，闭门读书（这样做的人并不多）。就在思考仕与隐问题的同时，也有不少文人将目光投向佛、道二教，特别是在遭受现实沉重打击、或者对现实极度失望之时，往往从释道二家寻求得以解脱的精神支柱。

上述明代士人对待功名的态度，除去最后一类之外，无论最终是仕还是隐，是出还是处，多数都曾对功名怀有强烈的向往之心，但现实的残酷却不断冷却他们功名的热望，自身的现实处境和耳闻目睹的种种情状，又促使他们重新审视现实的功名乃至人生。于是在他们笔下，既有对功名的向往和欣羡，也有视功名乃至人生为虚幻的幻灭情绪；既有对获取功名的自得和欣慰，也有对宦海浮沉、人心倾轧、世态炎凉的深刻体会和冷眼讥嘲。尽管对功名患得患失的种种心态，在历代文人意识中都不同程度地存在着——前有古人，后亦不乏来者，但每一个时代都是"这一个"，每一个时代的士人都是"这一群"，在对待功名问题上，明代士人所表现出的心态、具体地说是明代戏曲作品中所表现出的复杂心态，则与它所取材的唐传奇不同，发生了不小的变异。

唐传奇的不少作品也涉及功名问题，如《枕中记》《南柯太守传》《河东记·樱桃青衣》《集异记·王维》等，但相对于明代戏曲家对此的关注则稍逊一筹。且不说爱情类题材的戏曲对功名的描写屡见不鲜，就上述明显涉及功名问题的故事，明代戏曲家们更是不避重复地多次加以利用。取材于《枕中记》的，传奇有苏元儁《梦境记》、汤显祖《邯郸记》，杂剧有无名氏《三化邯郸》、车任远《邯郸梦》和无名氏《黄粱梦》（后两种佚）；取材于《南柯太

---

①（明）丘兆麟：《闽苏汉英先生墓志铭》，《玉书庭全集》卷十九，转引自郑志良：《论苏元俊和他的〈吕真人黄粱梦境记〉》，《艺术百家》2004 年第 4 期。

守传》的有汤显祖《南柯记》传奇和车任远《南柯梦》杂剧（佚）两种；《集异记·王维》则分别有张琦、王元寿和王衡的同名戏曲改作（均题为《郁轮袍》，前两种为传奇，后一种为杂剧）①。由此我们不难窥知明代戏曲家们对科举和功名的关注和思索远较唐人为深，而这些作品、特别是言梦求仙的作品中所流露出的对功名乃至人生的幻灭心态，染有浓重的虚无色彩甚至绝望情绪，远没有唐人那种虚幻感受下隐含着的超脱与自适。在借助原作梦的框架，笼罩着仙风道气的作品中，除去整体所流露出的对功名和人生的幻灭情绪之外，作品还不时地对科场和官场的黑暗、腐败进行揭露和嘲讽，从而与写文人轶事的《郁轮袍》系列作品相呼应。这两类作品中对科场和官场的黑暗腐败的揭露，相对于唐传奇原作而言，变异之迹甚明。《枕中记》《南柯太守传》《河东记·樱桃青衣》中也不乏书生借助亲缘、裙带关系中举、升迁之事的叙述，但相对于明代戏曲的这类描写，显然是小巫见大巫。而且原作的用意主要不在于揭露和讽刺，而在于渲染主人公得功名之易，为功名之虚幻、不值得留恋这一主题张本。与此不同，明代作者将对此类现象的揭露和嘲讽作为作品的主要内容之一，字里行间在在流露出批判心态。如《梦境记》中两个游手好闲的光棍为骗新科状元吕生的钱财妆扮成和尚道士去化缘，扮成道士的火光对扮成和尚的油花说："我且问你，那吕翰林金子若是弄不到手，却不是把自家须发做个输身趺了？"对方回答："不瞒火光哥说，我见世上求富贵利达的，奴颜婢膝，把自家身躯都看没有了，才求得到手。怎么我们要去骗人，能惜得些子头发髭须？"②再如《南柯记》中淳于梦守南柯郡有功，却因郡主去世而被召回朝，又因功高势重而受到大臣的排挤和国王的猜忌，终被遣回乡；《樱桃梦》对宦海浮沉以及由此遭受的世态炎凉反复描写③；两种存世的《郁轮袍》对有才之士在科举中遭黜落、而不学无术之人却凭借贵戚而得势的现象进行揭露等④，这些作品

---

① 张琦和王元寿的《郁轮袍》传奇是否为一种，因相关著录不详，待考。

② （明）苏元儁：《梦境记》第七出《作伪》，明继志斋刻本，见古本戏曲丛刊编辑委员会编：《古本戏曲丛刊初集》。

③ 古本戏曲丛刊编辑委员会编：《古本戏曲丛刊二集》。

④ （明）张琦：《郁轮袍》传奇，见古本戏曲丛刊编辑委员会编：《古本戏曲丛刊二集》；（明）王衡：《郁轮袍》杂剧，《古本戏曲丛刊四集》据《古今名剧·酹江集》影印。这两种作品，情节和人物虽存在差异，但不约而同地将原作王维攀附九公主得中解头之事改成他人冒充王维所做，而王维却是清高正直的形象。

的作者有的曾有过剧中所描写的类似经历，在将其写入戏曲时经过了沉淀，所以我们从中所感受到的是冷眼的观察揭露和冷峻的讥嘲讽刺，而与唐传奇原作那种不大在意的描写产生了较大差异，同时亦与元杂剧同题材作品多藉对现实的热骂抒发强烈愤世情绪有很大不同。

对官场黑暗的揭露和嘲讽，在历代作家笔下都有不同程度的表现，可以说终整个古代文学史，都不乏这类题材或者含有这类内容的作品。但每一个时代都有其特殊性，也就决定了每一个时代的官场亦有其特殊性，文人们在其中的经历自然也就各异，明代、特别是中后期，皇帝不问朝政，宦官把持政权，阁臣们你倾我轧，制造事端相互攻击、以徼清名，一些丧失廉耻的文人巴结宦官权贵，以图荣显，诸如此类现象此起彼伏，错综交织，许多正直、无辜官员往往被牵连、受挤压，轻则廷杖、远谪或罢免，重则杀身灭门。汤显祖曾因不肯作首辅张居正之子考试的陪衬而落第，又因抨击朝政而被贬，后终因浮躁罪而被罢官；王衡在科举中因他人作弊而受牵连、被黜落，因其父亲是大学士王锡爵，一些朝臣便趁此机会互相攻讦，朝中闹得不可开交；苏元儁虽才能超群，但屡赴科场均失意而归……这些现象与前代科场、官场的腐败黑暗有共性，但更多地展示出明代中后期政治、社会的独特面貌。上述描写这类现象的戏曲作品中，所透露出的作家心态也是特异的，具有"这一群"的特征。

此外，值得一提的，是上述明代戏曲作品中，有些将对功名虚幻的感慨和对科场、官场黑暗的揭露和冷嘲置于仙道、神佛的框架内，即以"度脱剧"的格局出现，主人公一般都有仙风或慧性，只因沉迷尘世，所以上界派一位仙真或高僧到下界度脱他，让他经历人世的荣华浮沉之后，觉悟出家，如《南柯记》《邯郸记》《梦境记》《樱桃梦》等。作者这样安排虽系承唐传奇故事框架而来，但其中透露出的思想观念和创作心态，已较唐人大异其趣，既有上文所说的对功名和人生的失望和幻灭情绪，也得自于他们的有异于前代的宗教观念。这就是我们下面要论及的。

（三）寓世俗的感悟于仙佛世界及三教合流风潮的映射

取材于唐传奇的明代戏曲有不少是仙道、神佛题材的作品，且选材非常集中。目前可考知的这类题材的作品共 12 种，佚失 3 种，存残出者 1 种。取材于《枕中记》的有汤显祖《邯郸记》等 5 种，取材于《南柯太守传》的有汤显祖《南柯记》等 2 种，取材于《樱桃青衣》等其他作品的各 1 种。而且饶有意味的,是这些仙道、神佛题材的作品多集中于"梦"的故事上,故事的总体框架也极其相似——都是一仙人或高僧使法术让主人公入梦,让他在梦中经历荣辱浮沉,历尽人间百态,再令其醒来,然后点悟他,使之皈依佛门或修仙访道①。即明代这类题材的戏曲,意在写出功名虚幻、人生如梦,流露出对现实的深深失望之情。这类出世之想,与唐传奇原作相近,甚至与元杂剧的同类题材也有相似之处。但细究之,又与唐传奇原作及元杂剧有所不同。

明代这类题材戏曲的创作,是在对现实的冷峻观察和严肃批判的基础上,寻求心灵解脱、探索人生出路的举动在文学创作上的一种表现,因而与同题材唐传奇和元杂剧作者的心态产生了差异。唐传奇作者也有对世情的失望,对官场沉浮的感慨,但相对于明人而言,他们更多的是用世之心,对自身才能和价值的自信,以及对功名的热望,即使在偶一为之的表现人生虚幻的作品中,所流露出的心态也具有一种洒脱超然的风味;而元杂剧作家则由于地位的低下和生活的窘迫,更多的是心理上的巨大落差和由此而生的愤世情绪,他们笔下的人物虽不乏遐举高蹈之态,但他们借此表现的却是内心既厌世又恋世的矛盾与彷徨。明代作家在利用前代这类题材进行创作,将自身的现实经历投射到作品之中的同时,则将对人生冷静的观察加以浓缩,化作笔下夸张的人物和情节,将对世情的失望(甚至绝望)情绪变成对人生出路的思索和探寻,即试图通过对宗教生活的宣扬和对仙、佛世界的描摹而否定世俗人生,其中不乏世俗情怀的寄托和现实生活的折射,但已不再具有元杂剧作者们的歌哭笑骂和酣畅淋漓,而是一种冷眼旁观式的清醒与严峻。如汤显祖《邯郸记》就是有所为而作,卢生梦中出将入相,夫荣妻贵,荫及子孙,备极荣华。但这一切都起于他攀婚崔氏,遍贿试官。入仕后则因轻慢权贵而屡遭陷害,甚至险些被斩。历经宦海浮沉,倍尝人世险恶,虽达到传统士大夫价值追求的顶峰,留下"人生到此足矣"的遗言,但一梦醒来,却发现店主人煮黄粱未熟。此剧将卢生的仕宦经历纳入梦幻的框架内,但在勾勒科场之腐败、官场之阴险、主人公之汲汲于名利等现象时用的却是现实主义的笔触,在略显夸张的人物形象上寄托着

---

① 《南柯记》虽写淳于棼因酒醉而入梦,实则是因契玄禅师为超度蝼蚁而生此事。所以其模式与其他几种相似。

作者对现实冷峻的思考。正如后人所评："记中备述人世险诈之情，是明季宦途习气，足以考万历年间仕宦况味，勿粗鲁读过。"①这样的"况味"又岂止于万历年间？在当时的现实环境下，这样的况味不便于明言直说，于是纳入佛道框架内。这是跟其唐传奇蓝本和同题材元杂剧不同的地方。

此外，明代宗教题材（也包括其他题材）的戏曲在表达愤世情绪上不似元人那样直抒胸臆、酣畅淋漓，更多的是借对某些人物和情节的夸张，揭露现实社会的炎凉冷暖，讽刺某些丑恶的人和现象。如陈与郊《樱桃梦》写卢生因上疏言朝廷三大缺失，有人进谗，疏被留中，处分未下，戴提衡、于别驾将本来答应卢生的儿女亲事推掉，分别将女儿许了现任张仓官和李十万；同时门客和小厮们也都跑得无影无踪。对前一事，卢生的家人卢义说"见开底蔷薇不强似开过了底牡丹芍药？"对后一事则说："相公，那些门客似蜜蜂儿一般，东家旺赶东家，西家旺赶西家。那些小厮扑灯蛾一般，火盛便打也打不去，没了火招也招他不来底。"（第三十四出《退思》）再如《梦境记》中京师大小官员听说吕洞宾次日要被升为同平章事，深夜踵门候问，吕洞宾问堂候官他们为何暮夜来参谒，堂候官答："如今老爷们青天白日的少，暮夜的多了。"（第二十五出《宸游》）既写出了官员们趋炎附势的丑态，又借"丑"所扮的堂候官讽刺了他们的昏庸腐败。类似的描写在明代仙道神佛类的作品中所在多有，不胜枚举。

如上文所言，上述取材于唐传奇的佛道题材的明代戏曲，是借佛道故事的框架，抨击现实社会的黑暗，表现作者对功名、人生和社会的观察和思索，这类心态在同题材唐传奇中尚比较模糊，现实批判色彩也很淡薄。同类题材的元杂剧虽也有这一倾向，但其表现却与明人存在较大差异：取材较明人宽泛、杂乱，这一题材的元杂剧15种中仅有2种取材于《枕中记》，其余分别从唐传奇中封陟、张（果）老、蓝采和、志公和尚等故事中取材；此外，元代度脱剧往往以仙长、道人等度脱者为主角，着意写出仙道世界的摒弃荣辱烦恼的自在境界，而明代的这类作品往往以被度脱者为主人公，着意叙写他们在现实功名世界的沉浮②。这说明在对待功名问题上明代戏曲作家较元代作家更多理性的思索，而非如元代作家那样主要是对心理平

①吴梅：《中国戏曲概论》卷中，北京，中国人民大学出版社，2004，第175页。
②参见郑志良：《论苏元俊和他的〈吕真人黄粱梦境记〉》。

衡的寻求和情绪化的宣泄。元杂剧作家之所以较少涉猎官场升沉内容的另一个重要原因,是他们没有明代作家那样的入仕机会,对官场内幕没有明代同行们的切身体会;再者,明代官制以及政治环境与元代亦存在较大不同,也造成了两代仙佛题材的戏曲作品虽同涉及功名问题而差异却较大。由此可见,同写仙道、神佛,同借宗教世界的描述反映现实世界的虚幻,明代这类题材的戏曲与唐传奇原作和同题材的元杂剧相比都产生了很大变化。

除借仙佛题材表现对现实社会的感悟之外,明代取材于唐传奇的仙佛题材的戏曲作品中,也有专门表现仙佛之事的,写求仙的有无名氏《拔宅飞升》杂剧,涉及佛教的有无名氏《醒世魔》传奇(存残出),与唐传奇原作相比,在创作心态上差异不大,姑不论。其他如刘还初《李丹记》、无名氏《赤松记》分别取材于李复言《续玄怪录》和杜光庭《仙传拾遗》,介于上述两种仙佛题材的作品之间,既热衷于寻仙修道,又寓有对现实官场险恶、世事无常的感慨。此外,在爱情题材的作品中也有涉及仙道的,如云水道人《玉杵记》传奇,用了较大篇幅写修道之事,其间也有对世道人心的描写,有一定的现实性。这类作品与唐传奇原作相比,均出现了一定的变异。

取材于唐传奇的明代仙佛题材的戏曲中还有一种有趣的现象,即仙道真人身上往往闪着佛徒的影子,而在禅师的行动中也不难发现道徒的痕迹,而无论是道、是佛,他们所度脱的都是现实中的儒生,从而呈现出儒释道三家融合的态势。如《南柯记》是写契玄禅师因要还五百年前的"业债",而令淳于棼梦游蚁国,醒后点化他,帮助他超生八万四千户蝼蚁升天,就在他行佛法时,手里所持的是道教徒常用的宝剑,而且竟步起"天罡"来,显然是道教徒的做法(第四十三出《转情》)。佛、道、儒三家融合最明显的例子当属《樱桃梦》,海外黄里先生见儒生卢生仙风道骨,要度他为僧,因此化作僧人到竹林寺讲经,趁卢生听讲时使魔法使他入梦。这里有几个问题要注意:黄里先生见卢生有"仙风道骨",要度他,按照通常的逻辑应该是度他入道,可却要度他为僧,此其一;其二,从"海外""先生"字样来看,"黄里"应是仙道中人,可他要度脱凡人时却要化成僧人。为何要绕来绕去的呢?而且这位黄里先生又先后变成学道的崔闲以及会施法术的宁阳子等道教人物,卢生醒后经他点化觉悟,表示的是愿随他"寻真访道",然后是金童玉女迎他上蓬莱——无论是黄里先生的化身还是迎请卢生的金童玉女,无论是卢生所表示的意愿,还是他升入的上界,都是道教的,而非佛教的,这就与戏的开头所言要度他为僧相矛盾。结合开头黄里先生所绕的大弯子可以推测,这不是作者的失误,而是有意为之,至少是在创作时没有重视这类问题。作者的不重视说明读者和观众对这个问题也不在意,从而表明,当时社会上从民间到具有较高文化修养的文人,已经不那么看重佛、道二教的区分了。而同题材的唐传奇中,凡间书生在觉悟或被点化的过程中,佛道人物所起的作用很小或者不够明显,《枕中记》中那个道士,在邸舍遇见卢生,并给他仙枕使之入梦,带有相当大的偶然性,作者并没有交待他受了某位"真君"之命或见卢生有仙风道骨而有意到下界点化他;《樱桃青衣》中虽有卢生听讲经和讲经僧将他唤醒之事,但并无僧人点化他;《南柯太守传》中更是连僧人或道士的影子都没有! 由此可见,取材于唐传奇的明代佛道题材的戏曲,受到当时三教合流思潮的影响较大,表现出与唐传奇原作不同的创作心态。这一现象的出现,是明代儒、释、道三教进一步合流的结果。

三教合流思想早在南北朝时即已露端倪,从南北朝至宋、元,三教合一思想一直在不断论争中向前推进,唐代就曾发生多次这样的论争,明代以来,不仅三教之间的关系渐趋平和,而且在历代学者的努力下,三教合一思想也逐渐深入①。这一思想对社会风习和戏曲作家的创作均产生了不小的影响。

取材于唐传奇的明代戏曲,除上述仙佛题材的作品之外,豪侠、爱情题材的作品也有涉及仙佛之事的。豪侠题材如梁辰鱼《红线女》杂剧,更生子《双红记》传奇,分别写红线、红线和磨勒报恩后入道或飞升之事。所写的中心事件并非仙道②,但在涉及仙道之事时所表露出的心态与上文所述仙佛题材的作品相近,从而与其所取材的唐传奇有所不同。爱情题材如《紫箫记》《玉合记》等写剧中人物慕道出家,往往作为作品主体事件的背景或条件出现。从情节上说,是对它们所取材的唐传奇的变异,也是明代几位

---

① 参见唐大潮:《明清之际道教"三教合一"思想论》,北京,宗教文化出版社,2000,第95—122页。
② 《红线女》杂剧的豪侠题材特征鲜明。《双红记》情况稍复杂些,是将原作的豪侠之事,附会成仙人因事被谪下界修行,就其框架而言,近于仙道类作品;但作品主体部分是叙述两个主要人物红线和磨勒在人间所行侠义之事,所以宜列入"豪侠题材"。二剧中涉及的人物宗教行为,均是道教的。

君主崇信道教之风影响所致①。

（四）皇权思想的折射和松动

明代建国初期建立起一套严密的中央集权的政治体制，明太祖和成祖先后实行了一系列措施，罢丞相制，废中书省，设立内阁和督抚制度，内阁各部成员直接对皇帝负责，这样就避免了权臣的出现，将大权独揽于皇帝手中。明中期以后，虽然宦官专权的现象越来越严重，嘉靖帝和万历帝甚至二十几年不理朝政，但这是明代后期出现的特殊政治现象，说到底，皇帝的意志还是不容侵犯的，两位皇帝不理朝政的一个重要原因就是他们的意志没有得到顺利贯彻，因此以不上朝来抵制群臣的反对意见；而大臣们的举动一旦触怒他们，他们就会动用手中至高无上的权力对其进行残酷惩治。同样，宦官专权，包括短时期内的权臣（如张居正）执政，都是特殊政治形势下出现的特殊现象，并没有动摇中央集权的体制。同时，由于理学的推行，尊卑有序，等级森严，君为臣纲的思想不容置疑。这些都进一步加强了人们在长期宗法社会体制下所形成的对神圣君权的敬畏心理，在这一心理驱使下，文人笔下经常会出现颂圣、敬圣的内容和对皇权的维护。即使在一些描写世外高人、道士侠客的作品中，也往往流露出这一心态。如梁辰鱼《红线女》杂剧，写侠女红线报答过主帅薛嵩之恩后，欲归山寻道，临行前祝赞："愿朝廷爷万岁万岁万万岁"，并以一曲【锦上花】歌颂升平（第四折）；更生子《双红记》传奇，将红线红绡事合为一本，昆仑奴磨勒和红线女原为上界仙人，各因事被贬下界，要报达主恩、功德完满后才能重升天界。就在他们各自功成行满、欲归上界之时表示："我两人拜辞了朝廷，就此前去。"拜了朝廷之后意犹未尽，接着唱道："【梅花酒】正衣冠拜冕旒，双凤阙，五云楼，调玉烛，固金瓯。……"（第二十八出《青门饯别》）且不论他们旧有的上界仙人身份，仅就要修道一事而言，本是超尘脱俗的，本可以不必理会世俗的权力，但却对皇权表现出如此虔诚的敬畏，与世间的凡夫俗子毫无二致！这些仙风侠骨的人尚且如此，那些肉身凡胎的世间中人就更不必说了，明代戏曲、包括取材于唐传奇的作品中，颂圣、敬圣的内容屡见不鲜。有受朝廷的恩赏而颂圣的，如："【大环着】感吾王敕旨，感吾王敕旨，荣耀乡

---

① 前期如明太祖，中后期如宪宗、世宗，尤以世宗崇道为甚。详参陈宝良：《明代社会生活史》，北京，中国社会科学出版社，2004，第473—478页。

间，荫子封妻，美名留传百世……"（《玉环记》第三十四出《继娶团圆》）；有单纯颂圣或颂扬歌舞升平的，如"【越恁好】太平时世，太平时世，民安奸盗息，三边烽火无警报，乐雍熙，风调雨顺时丰稔。"（《玉环记》第三十四出《继娶团圆》）"俺们先谢过圣恩，方饮酒也。愿福寿海山齐，这的是万国来朝圣天子。"（《玉合记》第三十七出许俊与韩翃等人饮酒之前的提议）有二者结合的："（合）【太和佛】仰荷天恩遍八荒，书折紫泥香。鸿钧初转，德泽布春阳，万物尽辉光。灵芝叠产铜池旁，又见凤仪兽舞，郊野牧夷羊。况地出甘泉，瑞露三危降。真道是太平有象，试看取喜气欢心共洋洋。"（《玉合记》第四十出《赐完》）至于描写帝妃恋爱的戏如《惊鸿记》，其颂圣之辞就更多了。这类内容在唐传奇原作中是看不到的。

　　除虔诚地颂圣、敬圣外，取材于唐传奇的明代戏曲中还折射出皇权至上或中央集权思想。如张凤翼《红拂记》，写虬髯客因见李世民乃真天子之相，于是打消了欲在中原建立功业的念头，去海外寻求机会。当他作了扶余国主，擒了高丽王去见李靖时却自称"到帐下报功"，对李靖的"终能致主，任专征提兵万里"表示欣羡（第三十三出《天涯知己》），特别是欣然接受了唐朝皇帝的褒封，同时对"客寄遐荒"一再流露出凄然情绪（第三十四出《华夷一统》）。他这些举动与作品描述的他的豪侠之风并不统一，与他一向的心胸抱负更是完全不合——他是因不肯屈居人下才弃家资而去海外的，如今大事已成，志向获展，却又回头接受唐朝皇帝的褒封，臣事唐朝。人物性格的这种前后矛盾，正是作者潜意识中皇权唯一、天下一统的集权思想的折射，出目"华夷一统"即为这一心态作了绝好注脚。唐传奇《虬髯客传》结尾评论说："人臣之谬思乱者，乃螳臂之拒走轮耳。我皇家垂福万叶，岂虚然哉？"也有皇权天定、不容侵犯心态的流露，但并没有写虬髯对唐称臣，伏首听封之事，也就是说，《虬髯客传》更着意传达虬髯知机，天命不可违的思想，却没有刻意强调皇权唯一、天下一统。因此，从中央集权思想在创作心态上的折射来说，张凤翼《红拂记》较唐传奇《虬髯客传》出现了变异。

　　由于明代后期儒家思想统治的松动，皇权、集权意识在人们心中略有淡化，反映在戏曲创作上，与《红拂记》同题材的凌濛初《北红拂》《虬髯翁》杂剧，冯梦龙《女丈夫》传奇，上述心态有所松动。凌濛初的两种杂剧均对前人之作中让虬髯翁屈居臣子表示不满①：

> 其最舛者，髯客耻居第二流，故弃此九仞，自王扶余。既得事矣，
> 乃谓其以协禽高丽，重踏中土，称臣唐室。掺此心于初时，岂不能亦随
> 徐、李辈博一侯王封，何必自为夜郎耶？②

出于这一心态，他在其两种作品中着意表现虬髯翁雄豪阔大、不肯屈居人
下的襟怀、气概，以及才不得施逞的怫郁和才既得施逞的豪气。既是立足
于人物形象而为，也从侧面反映出作者心中集权思想的相对淡薄。冯梦龙
《重定女丈夫传奇》称已作了扶余国主的虬髯翁为"千岁"，反映出意识中皇
权唯一的集权思想的印迹，但作品同时却着力弘扬虬髯客不甘居人下，欲
自立为主的思想和志气，在这一心态上与凌濛初是相同的。凌濛初和冯梦
龙剧作中流露出的集权思想的松动是明末倡导个性、张扬主体精神思想的
折射，与唐传奇原作所流露出的皇权天定思想存在距离，是历史进步过程
中出现的一种变异。

附论 3：个案研究：《紫钗记》对《霍小玉传》的变异

汤显祖《紫钗记》对唐传奇《霍小玉传》进行了较大改写，涉及人物形
象、人物关系和故事情节，在主情的同时，也不乏对"理"与"礼"的认同，是
情中含理的时代思潮的一种折射，从中可看出作者创作心态较唐传奇蓝本
发生了较大变异；同时这些改写也使原作由青楼题材故事转变为才子佳人
故事。

一、《紫钗记》对《霍小玉传》的改写

（一）对人物形象的改写

《紫钗记》对《霍小玉传》的改写，首先表现在人物形象上，尤其是男女
主人公的形象。

---

① 凌濛初根据《虬髯客传》创作了三种杂剧，分别以红拂、虬髯客、李靖为中心人物，其中《北红拂》
《虬髯翁》存世，另一种《蓦忽姻缘》佚。
② （明）凌濛初：《红拂杂剧小引》，（明）凌濛初：《北红拂》，明末精刻本。

1.对女主人公"霍王小女"身份的坐实与强调

在唐人蒋防《霍小玉传》中，霍小玉身份是"故霍王小女，字小玉"，后来被其兄弟"遣居于外"。小玉与李益成亲之夜，她自述："妾本倡家，自知非匹。"则小玉的身份已经揭明。再回头看小说开头所述李益"每自矜风调，思得佳偶，博求名妓"。可见小玉此时的实际身份是妓女。至于"霍王之女"的身份，故事并未过多强调①，只在写他们成亲之夕、李益盟誓时，提及"玉……筐箱笔研，皆王家之旧物"。

小玉的"霍王小女"的身份在汤显祖《紫钗记》中则被坐实，并大书特书。如第三出小玉出场自我介绍第一句即为"尽日深帘人不到"，颇有侯门深似海的味道；接下来浣纱的唱词"个人年少，长是索春饶。忽报春来，他门户重重不耐瞧"，鲍四娘向李益介绍她："此女寻常不离闺阁"（第四出），则不仅点明了她尊贵的身份，更明确地指出小玉作为大家闺秀所具有的矜重品质。更有一处细节的改动，彰显了汤显祖对小玉霍王小女身份的强调。第八出写鲍四娘受李益之托来小玉家求亲，向小玉母亲郑氏介绍李益时，几乎将《霍小玉传》开头对李益的介绍全盘移植过来："若论此生，门族清华，少有才思，丽词佳句，时谓无双，先达丈人，翕然推伏。每自矜风调，思得佳偶，博求名阀，久而未谐。"细审发现，汤显祖将原作中"博求名妓"之"妓"改为"阀"，一字之差，却是天壤之别！阀，指仕宦人家自序功状而树立在门外左边的柱子，后来代指仕宦人家，名门巨室。汤显祖这一细微改动是有意强调小玉高贵的出身。戏中小玉的侍婢也一直称呼小玉为"郡主"。小玉"霍王小女"的身份不断被提示。

小玉大家闺秀的身份被坐实，则原故事中与李益的交往便不再是妓女与书生的艳情，而是佳人与书生的姻缘。

2.对男主人公李益形象的改写

如果说《紫钗记》意在突出女主人公大家闺秀的出身和风范的话，那么对男主人公李益的改写，则使这一形象从性格上发生了根本的变化，由一个负心汉的典型转变为忠于爱情的痴情书生形象。

李益在《霍小玉传》中基本上是一个负心汉的典型。新婚之夜，他回应

---

① 按照徐朔方的观点，《霍小玉传》中霍小玉的实际身份就是妓女。霍王小女是假借的名份。徐朔方：《汤显祖评传》，南京大学出版社，1993，第65—66页。

小玉"色衰爱弛、秋扇见捐"的担忧时，"引臂替枕，徐谓玉曰：'平生志愿，今日获从，粉骨碎身，誓不相舍。'"并亲笔写下誓言，"引谕山河，指诚日月，句句恳切"。与小玉临别之际，也一再重申："皎日之誓，死生以之，与卿偕老，犹恐未惬素志，岂肯辄有二三？"可谓掷地有声。可是一旦母亲为其定婚表妹卢氏，他便"逡巡不敢辞让"，还"远投亲知，涉历江淮"以贷聘资。言行相去甚远！更有甚者，在得知小玉"疾候沈绵"而又与小玉近在咫尺之时，竟能"惭耻忍割"，终不肯一见小玉。其忍情负心，不可谓不甚！

　　这个人物在《紫钗记》中则完全不同，从负心汉变成了痴情郎。之所以与小玉音信不通，完全是出于卢太尉的迫害。他登科后，因没有去拜谒卢太尉，被后者荐到玉门关外参军；三年后又被卢太尉改调为孟门参军。无论身在何处，他都心心念念想着小玉。即使后来被卢太尉软禁于别馆，听说小玉别嫁他人，他仍不肯接受太尉招赘的要求。从根本上说，《紫钗记》中的李益是一个忠于爱情的痴心书生形象。尽管他性格中缺少刚性，对太尉的百般迫害不敢置一词，不敢主动冲破牢笼，没有动用他的智慧想办法与小玉互通音信，从而导致小玉卧病深闺，几近绝望。但他对小玉感情专一，不慕富贵，与《霍小玉传》中同名形象差异甚大，从而凸显了"情"的主题。至于其性格的软弱畏葸，是书生所不免，也因此使这一形象多了几分真实。

　　（二）对人物关系的改写

　　《紫钗记》对《霍小玉传》中人物关系的改写，最主要的是将霍小玉改写成李益的正妻。由这种改写，使故事题材的性质发生了变化。

　　《霍小玉传》中，小玉与李益的结合是典型的士妓之恋。在小玉与李益的关系中，小玉仅仅是李益进京赴试期间一个暂时的伴侣，当他登科授官，这段恋情便宣告终止。作为士人的李益，他或者在此前已有妻室，或者在此后"妙选高门"，小玉绝非其正配，甚至也不能算作姜室。这在唐代士人间并不是罕事。对此小玉早有心理准备。这从她与李益成亲之夕表示出的担忧即可见一斑："妾本倡家，自知非匹。今以色爱，托其仁贤。但虑一旦色衰，恩移情替，使女萝无托，秋扇见捐。极欢之际，不觉悲至。"尽管李益"引谕山河，指诚日月"，立下誓言，但在李益授官赴任之前，小玉仍心怀焦虑，恳切地请求李益相交八年，"一生欢爱，愿毕此期"。从中能看出小玉对他们之间这种关系的难以维系心知肚明，更能看出她对爱情的痴迷与执着。不过，小玉毕竟涉世未深，对现实的估计还是过于天真与单纯。李益赴任不久，准备回家觐亲之时，其母已为他定下婚事，他不敢辞让，只得四处借贷以凑足聘礼。由此愆期负约，直至有意与小玉断绝消息，小玉最终在苦等无望之中染疾下世。

这个故事的后半，李益因薄情受到了舆论的非议，但他的生活未并因此受到实质性的影响。结尾描写其妻妾不宁之状，似应了小玉"我死之后，必为厉鬼，使君妻妾，终日不安"的诅咒，但鬼神报应本属乌有，不足凭据。

《紫钗记》则将小玉改写成李益的正妻，与对小玉高贵出身的强调相呼应。李益请鲍四娘（即原作中鲍十一娘）为其博求名阀，但并没有很快见到小玉，见到小玉后，也没有轻易与她来往，而是按着正式求聘的办法，请媒人、下聘礼、选吉期、请宾赞等，非常正式地与小玉结成夫妇。作品还多处强调小玉完全是新婚："自小婵娟，从来腼腆，未许东风一面"（第十三出），"枕席夜来初荐，胆颤鬟乱四肢柔"（第十四出）。戏的此后也写到李益因授官赴任而与小玉分别，以及李益回京后对小玉避而不见，但却是因卢太尉有意陷害、挟持所致，完全没有另选高门之事。也就是说，从头至尾小玉都是李益的正配，即使卢太尉要招赘李益，也得想方设法先拆散他和小玉才行。历经种种磨难和误会，李益与小玉最终团圆。

由《紫钗记》的改写可见小玉与李益的结合，就门第上说是相当的，一为出身清华的书生，一为亲王之女；就程序上说是合法的，基本上是经父母之命、媒妁之言而成；就感情上说，二人彼此忠贞，特别是小玉，在李益初无音信、后谣传其别娶而自身又贫病交加的情况下，依然忠贞不二。由此，唐传奇原作的士妓之恋或者说青楼题材的故事，在汤显祖笔下完全转变成才子佳人的故事。

（三）对故事情节的改写

与《霍小玉传》相较，《紫钗记》又一种重大改写是情节上的，最显著的是增入了李益登科后的一系列情节。原作李益登科后即赴任，他赴任及做官均未对他与小玉的关系造成影响。《紫钗记》则对李益的赴任、做官大书特书，他先是在玉门关外任参军，后来移参孟门，与原作任"郑县主簿"不同。关键的是李益的仕宦直接或间接影响了他与小玉之间的联系。他始授官即远赴塞外，而且不许还朝；三年后又奉命移参孟门。这期间只与小玉有过一次书信往来，小玉也因思念而致疾。真正造成二人音信阻隔甚至误会重生的，实际上是卢太尉。李益因登科后没有拜谒卢太尉而被派往玉门关外；三年任满本应还朝，却奉命移参孟门，也是因为卢太尉抓住李益诗中"不上望京楼"之句，将其罗至身边，欲要挟他入赘太尉府；听说李益已有妻子，卢太尉便千方百计阻隔二人音信，并制造小玉已嫁、李益已入赘太尉府的谣言，欲拆散二人以达到其个人目的。

这一系列情节的改写和增添，是汤显祖依据历史上李益曾出塞的史实，添加了卢太尉这一人物拨乱其间，再辅以其他想象发挥，演绎出一场生动的才子佳人悲欢离合的故事①。

上述人物和情节的改写，导致故事的结局亦较原作有重大变化，即变小玉一恸身亡为昏而复苏，终与李益团圆，一门俱受褒封；卢太尉被削职。

二、《紫钗记》改写折射出的作者创作心态与故事题材的转变

《紫钗记》上距《霍小玉传》700多年，随着时代变迁，社会思潮、作家创作心态以及文学观念、文体形式等都发生了变化。由《紫钗记》对《霍小玉传》的改写可窥知如下信息。

（一）"情""理"交织的创作心态

《紫钗记》在宣扬爱情主题的同时，也不乏对"理"与"礼"的认同与倡导。主要表现在对小玉身份性格的认定与强调，以及对二人结合过程"合礼"的铺写上。首先是反复强调霍小玉出身名门，以此确立她有受传统教育的环境与机会，尽管被遣居于外，但其出身所带来的根柢不可抹煞。其次是反复强调她矜重贞静的大家闺范，并渲染她与李益的结合完全是新婚，对原作"倡家""名妓"之说进行了彻底反转；故事结尾又借"圣旨"表彰小玉的"节义"。再次是对李益与小玉的结合过程进行了详细铺写，从寻求亲事，到求聘，到成亲，基本符合"礼"的规范。同时辅以李益对小玉感情专一的描写，表彰其"甚晓夫纲"，与小玉之"节义"相匹配。

汤显祖以倡导"情"著称，但在明代理学彰明的社会氛围中，他的思想意识中又不免浸染着理的印记。

明代统治者大倡理学，社会上逐渐弥漫着浓厚的理学气息。这一气息与唐代宽松、包容的文化氛围迥异。但明代后期兴起的王阳明心学、特别是左派王学对程朱理学有所突破，一定程度上肯定人的基本欲求。汤显祖

① 汤显祖写李益受迫害可能另有深意。徐朔方：《汤显祖评传》，第65页。

即生活在两种思想交织渗透的氛围中。一方面，他受王学左派思想影响，鲜明地以"情"反"理"，发出"世总为情"，"理之所必无，安知情之所必有"的呼声。另一方面，他自幼接受了良好的传统教育，其老师罗汝芳既是王学左派中人，同时又是理学家，思想中依然埋着理学的种子。特别是心学本来是从理学的根基上发展而来，并未从根本上与理学对立，"此心纯是天理""去人欲，存天理，方是功夫"（《王文成公全书》）[①]。因此，在"主情"的思潮中"理"的思想始终涌动着。

在这一时代氛围下，汤显祖的《紫钗记》也不可避免地烙上时代的印迹，在"情"中渗透着"理"的观念，让人物循"礼"而行，从而表现出与唐传奇《霍小玉传》不同的创作心态。

（二）由青楼题材转变为才子佳人题材

明代戏曲中多才子佳人式爱情故事，多以男女主人公偶然相遇为契机，写他们互生爱慕，甚至私订终身。但这样的遇合是违反礼教纲常的，于是他们的爱情会受到封建势力的阻挠，有时更会出现小人拨乱其间，或者由政事或战乱导致离散。当他们的爱情备受磨难之后，往往以男主人公金榜题名为转机，让他们的爱情获得正统礼教的认可，甚至以圣旨允婚、各受褒封收场，实现团圆美满的结局。

《紫钗记》约作于明万历十五年（1587）前后[②]，其时，文学史上所说的"才子佳人小说"尚未出现。但就故事模式而言，类似故事在戏曲中已经出现。如约作于《紫钗记》同时的沈璟《红蕖记》、梅鼎祚《长命缕》等，均为类似模式。

《紫钗记》将原作《霍小玉传》中沦落为妓女的"霍王小女"身份坐实，将李益"博求名妓"改成"博求名阀"，从而将原作青楼题材的故事改写成典型的才子佳人故事。虽然为让他们的结合合乎"理"，对结合的过程进行了基本合乎封建礼教程序的铺写，但二人于上元节灯下巧遇及含情脉脉的问答，却又对传统礼法有所突破，使得他们的结合不仅仅是被动地听从"父母之命、媒妁之言"，而是带有自己选择婚姻对象的意味。从而在礼的框架下，演绎了一场才子佳人的爱情传奇。

①参见袁行霈：《中国文学史》第四卷，北京，高等教育出版社，2014，第三版，第8页。
②徐朔方：《汤显祖评传》，第63页。

　　除情节安排和人物设置之外,《紫钗记》中多处出现的"才子佳人"字样,也透露了这一消息:"只是一件,年过弱冠,未有妻房;不遇佳人,何名才子?""(崔)曲头有个鲍四娘,穿针老手,央他一线何如?(生)不瞒二兄,鲍四娘于小生处略有往来,但是此中心事,未露十分。(韦崔)才子佳人,自然停当也。"(第二出李益、韦夏卿、崔允明语)"鲍四娘处闻李生诗名,咱终日吟想,乃今见面不如闻名,才子岂能无貌。"(第六出小玉语)"正好正好,请新郎新人贺喜,才子佳人,可是人间天上也。"(第十四出韦夏卿、崔允明语)"几年排比,背长廊月下寻梅,见佳人独自徘徊,恰好事怎相当对。"(第十四出李益语)"比王粲从军朔土,似小乔初嫁东吴;正才子佳人无限趣,怎弃掷在长途。"(第二十五出李益语)于此可见,作者构建才子佳人故事的意图甚明。

　　综上所述,汤显祖在运用唐传奇《霍小玉传》故事创作《紫钗记》时,从人物形象、人物之间关系、故事情节等方面对原作进行了较大改写,在凸显情的主题的同时,又不乏理的色彩,同时变原来的青楼题材故事为才子佳人故事,显示出明显的变异之迹。

第二节　元明戏曲对唐传奇创作目的的变异

　　戏剧是一种代言体艺术,其文本也可视作文学之一体,与小说一样具有叙事性。但中国古代戏曲的独特之处在于它在叙事性之外,还具有较强的抒情性特征,这早已为众多学者指出。由于它的抒情性,作家们在进行创作时,往往将自身的种种情怀和感慨寄寓其中,不只是代剧中人立言,更是让剧中人代自己立言,抒发内心的不平,寻求心灵的安慰,或者将不便于明言的心曲寓于其中。就这点而言,元明戏曲所传达的心曲与唐传奇相比,更丰富也更深微。

一、元杂剧创作目的的变异

　　元代汉族文人社会地位急剧下降,不仅造成其心理上的巨大落差,实际生活也异常窘迫,他们中很多人或混迹于歌楼酒榭、书会勾肆;或跻身于医卜商贾、街巷市井;或奔波于吏途,备尝艰辛。不管选择哪种生活方式,有一点是共同的,都是为生计所迫不得已而为之,在谋生的同时,也借手中的笔宣泄内心的苦闷与愤激。也有少数人隐逸山林，在山光水色中悠游浪迹，以期忘怀世尘，但内心的失落与感愤并不曾泯灭。

　　具体地说，在生平可考的元杂剧作家中，有相当一部分为县尹以下的下级官吏，也有从医经商者和教坊中人，只有少数曾担任过州牧以上的高级官员，且多由吏进①，与唐传奇作家迥然不同。唐传奇的作者多由科举进身②，或者由荐举入仕。入仕之后，或者是位居台辅的名公大臣，如元稹，官至监察御史、尚书左丞、武昌节度使③；牛僧孺，累官御史中丞、太子少师等，获封奇章郡公④。或者是位居上层的其他官员，如许尧佐，曾为太子校书八年，后位至谏议大夫⑤；白行简，曾任左拾遗、主客员外郎、主客郎中等职⑥；蒋防，曾官右拾遗，后以司封郎知制诰，进翰林学士等⑦。即使没有明确记载曾应举或被荐者，亦是名重天下的才子名士，如沈亚之等⑧。总之，他们不仅政治地位远较元杂剧作家为高，作为擅长词章的文人，在唐代重视文章诗赋的环境下，在社会上也颇受尊敬。与他们相比，元杂剧作家无论政治地位还是生活处境真可谓一落千丈！身份、地位差异的悬殊，在造成创作心态变异的同时也带来创作目的的不同。

　　（一）寻求心理安慰和精神补偿

　　"大凡物不得其平则鸣"，有些情况下，文学艺术创作是作家借以宣泄内心不平的方式。但是，单纯的情绪的宣泄并不能让宣泄者获得心理平衡，而是同时要寻求安慰和补偿，以填补现实和理想之间的巨大落差。元杂剧作家在借作品宣泄内心愤懑的同时，也往往借此获得某种心理安慰和补偿。

---

①参见郭英德：《元杂剧作家身份初探》，郭英德：《元杂剧与元代社会》，北京，北京师范大学出版社，1996，第 290 页。

②冯沅君：《唐代传奇作者身份的估计》，冯沅君：《冯沅君古典文学论文集》，济南，山东人民出版社，1980，第 299－303 页。

③（宋）欧阳修等：《新唐书·元稹传》，北京，中华书局，1975，第 5223－5229 页；汪辟疆：《微之年谱》，汪辟疆：《唐人小说·莺莺传附录》，第 144－145 页。

④（宋）欧阳修等：《新唐书·牛僧孺传》，第 5229－5232 页。

⑤（宋）欧阳修等：《新唐书·许康佐传》附，第 5723 页。

⑥（宋）欧阳修等：《新唐书·白居易传》附，第 4305 页。

⑦（宋）计有功：《唐诗纪事》，北京，中华书局，1965，第 637 页。

⑧见本书第三章第二节相关内容。

这在许多爱情和轶事题材作品中有鲜明体现。其一是在人物设置上，男主人公往往是饱读诗书的秀才，多数出身寒门，即使门第较高，也往往有名无实，如王实甫《破窑记》中的吕蒙正，即是一个衣食难以为继、靠在寺中赶斋度日的贫窘书生；《西厢记》中的张君瑞虽说出身尚书之家，但在出场时已父母双亡、家道中落；《曲江池》中的郑元和虽来自官宦之家，但却很快将钱财挥霍净尽，靠唱挽歌、乞讨度日；《倩女离魂》中王文举出场时只是个"白衣秀士"。如果说这些男子的地位、处境是现实中文人生存状况的某种写照的话，则作品中女主人公的身份、才华的设置则是作家理想的外化。她们往往是既貌美又有地位的大家闺秀，如崔莺莺（《西厢记》）、张倩女（《倩女离魂》）；或者出身于豪富之家，如刘月娥（王实甫《破窑记》）；即使是风尘女子，也多为色艺双绝的"上厅行首"，如李娃（《曲江池》）、韩玉箫（《两世姻缘》）。她们在社会上不同程度地有着显赫的地位或声名，这就为故事的展开和文人心理补偿的实现提供了方便的前提。

在上述前提下，作者往往赋予这些富有才华、容貌出众、有着较高或较显赫地位的女子以一双慧眼、一副同情心和一种坚贞不移的品质，让她们识高才于贫贱，以女性的温柔和善良给困境中的贫士以抚慰。如王实甫《破窑记》中的刘月娥，在吕蒙正栖身破窑、靠卖文为生、去寺院赶斋度日的困顿不堪的情形下甘愿嫁给他，甚至给以实质性的物质资助；李娃在郑元和贫病交加时毅然护持他，倾其资财供其读书。不仅如此，这些女性又能在书生们赴身科举、在仕途上打拼的动辄十年八载的漫长岁月中为他们守志，如刘月娥、韩玉箫等。元杂剧中这些善良、多才而美丽的女性，实际上是作家理想的产物，是实现其心理补偿的表现。在实现心理补偿的过程中，杂剧作家们还借这些内外兼美的女性之口称扬书生的才学："外像儿风流青春年少，内性儿聪明冠世才学"（《西厢记》第一卷第四折），"我比那谢天香名字真，他比那柳耆卿也不勌两轻"（《曲江池》第三折）；或者对他的前程充满信心："据胸次那英豪，论人物更清高。他管跳出黄尘、走上青霄。又不比闹清晓茅檐燕雀，他是掣风涛混海鲸鳌"（《倩女离魂》第一折），"学剑攻书折桂郎，有一日开选场，半间书舍换作都堂"（王实甫《破窑记》第一折）。因此痴情相待，矢志不渝："我和他埋时一处埋，生时一处生，任凭你恶叉白赖寻争竞，常拶个同归青冢抛金缕，更休想重上红楼理玉筝"（《曲江池》第三折），"但得个身安乐还家重完聚，问甚么官不官便待怎的"（王实甫

《破窑记》第三折)。实际上,这不过是元杂剧作者们的美好梦想,现实生活中不可能出现上述际遇,书生们既极难借科举进身,更不可能遇上肯屈身相就的大家闺秀,即使所谓"上厅行首"所嫁也多为艺人、达官显贵或巨商。因此,上述剧作在人物设置上一方贴近真实,另一方则耽于幻想。作者这样安排是想让这些美丽善良而又多才多艺的女子给穷途不遇的书生们以自信,给他们潦倒寒窘的生活增添几许暖色,从这个意义上说,她们堪称书生们的红颜知己。但这些美好的女性、这些动人的故事只会出现在杂剧中,是作家借以补偿其失衡的内心、抚慰其受伤灵魂的一种艺术方式。

　　同样地,情节安排上的理想色彩,也是文人作家们对现实生活中悲惨境遇的回避,是绝望已极时一种心灵的慰藉和补偿,借此来肯定自身价值,寻求生存下去的信念支撑。在此种心态下,形成了元杂剧心理补偿的第三种表现:元杂剧中的士子们大多始困终亨,常常轻易地"状元及第"或者献上万言长策而获得最高统治者的赏识,加官受爵,衣锦还乡,实现他们梦寐以求的人生理想,像张君瑞、王文举、吕蒙正、韦皋等等。同时不忘让那个为他们倍受磨难并献出青春的女子擎受"五花官诰",当上夫人县君,即使死了也要让她再生,为作品画上一个完满无缺的句号。结尾夫荣妻贵的安排,表面上看是给这些慧眼识英才、甘愿奉献的女子以鼓励、奖赏和补偿,实质上仍然是在替落拓士子们圆梦——古代读书人人生价值实现的标志除了仕途上的成功之外,封妻荫子、光耀门闾也是一个不可或缺的砝码,只有这两项都"达标"了,才是他们人生完满的表征。

　　上述元杂剧在人物设置和情节安排上与它们所资取材的唐传奇存在很大不同。唐传奇中这类故事中的书生虽也饱读诗书,但作者并没有刻意强调他们的出身,对他们最终是否状元及第或取得功名也不似元杂剧那么热衷。他们创作这些故事,是有感于故事的旖旎、曲折、优美、动人,旨在写出文人士子的风流韵事。故事中女主人公的地位也远较元杂剧为低,更具写实性,莺莺家虽"财产甚厚",但从遭兵扰时的"旅寓惶骇"来看,显然并非显宦(《莺莺传》),倩娘之父只是一个普通的下层官员(《离魂记》),李娃和玉箫并非"上厅行首",前者是普通的妓女,后者是姜家的青衣(《李娃传》《云溪友议·韦皋》)。除女主人公地位平平外,她们在与书生交往过程中的表现,即作品的情节安排也与元杂剧不同:元杂剧是以男子中状元或官高位显、夫荣妻贵为结局,唐传奇中这些女子则往往因男子追求功名前程而被弃,她们对此也早有心理准备,如莺莺得知张生欲离她而去时"恭貌怡声"地说"始乱之,终弃之,固其宜也";李娃倾其全力助郑生读书、成名,其目的不过是"复子本躯,某不相负也",并力劝郑生"结媛鼎族,以奉蒸尝",而甘愿退而养母;即使刚烈如霍小玉也不过指望李益与她做八年的夫妻,然后让他"妙选高门"。这是因为唐代读书人地位尊崇,他们或可以通过科举步入仕途,平步青云,或可以凭借词章之才被举荐而进入上层社会。此其一。其二,由于其社会地位优越,他们内心充满自信,投注到他们身上的欣羡的目光也已经够多,无需借助其他什么来肯定其价值,巩固其信念。这就是唐传奇的作者为何没有像元杂剧作者那样,千方百计地抬高那些与书生们有着某种情缘的女子的地位,并赋予她们对书生的痴情和信心的原因。同时,唐代书生在进士及第、获得封授之后,又往往要借姻族来巩固既得地位、扩大势力,而崔莺莺、霍小玉、李娃等人不能帮助士子们实现这一目标,她们自然会成为被遗弃的对象①。当时世风如此,人们对此完全能够理解甚至宽容,并不以为奇。记载唐人言行轶事的一些材料即能反映这一风气,高宗时中书令薛元超就曾感叹"始不以进士擢第,不得娶五姓女,不得修国史"乃其人生三大恨事②。

　　唐传奇中书生的爱情对象和婚姻对象往往不是同一个人,这是由当时特定的世风决定的。而元杂剧则不同,那个慧眼识英才、堪称书生风尘知己的女性往往最终也成了他们的正妻。也就是说男主人公的爱情和婚姻对象落在同一个女性身上。这个女性并不是作为男主人公势力巩固的工具出现的,而是为擎受"五花官诰",为夫人县君的封赠而出现在这一结局中。这一现象实际上反映出现实中既不存在这类女子,士子们的人生中也根本不会出现像唐代书生那样的前景。作家们这样设计无非是想说明,这些女子们没有看错人,他们为书生付出的一切是值得的,终究会得到回报;同时如上文所说,这也是从另一层面上对士子失衡心理的一种补偿,让他们在仕、婚——封建社会男人价值实现的两个重要标志上都获得极大的满足。

---

①李娃的结局是个特例,作者这样安排不过是试图消弥门第鸿沟,现实社会中这类现象是极其罕见的,而像崔莺莺、霍小玉等人的遭遇才是常见现象。
②见本书第91页注②。

（二）寄托沧桑之感和民族之情

元朝是在宋辽金元的战乱之后建立起来的，元初的杂剧作家不少经历了这场天坼地裂般的动荡，无论是肉体上还是心灵上都留下了难以抚平的伤痕。国家的统一，表面生活的安定，无法驱散由动荡时代及异族统治带来的陵谷变迁的沧桑之感和民族之情，尤其是那些曾接受过传统文化熏陶的、又有着敏感心灵的文人们，这种种情怀不时地会流溢于笔端，借助文学创作抒发感叹。这些文人中不乏杂剧作家，他们不似在诗词创作中将内心郁积的情感直接诉诸笔端，而是往往借助特定人物和事件寄托这一感慨。最适合他们寄托这种沧桑之感与民族之情的，莫过于政治历史题材了。诚如德国戏剧理论家莱辛所说："他之所以需要一段历史，并非因为它曾经发生过，而是因为对于他的当前的目的来说，他无法更好地虚构一段曾经这样发生过的史实。如果他偶然发现一桩真实的不幸事件是合适的，他会满意这桩真实的不幸事件。"①

在元代，适合杂剧作家抒发上述情怀的"历史"莫过于在唐代即盛传于世的明皇李隆基与贵妃杨玉环的爱情故事了。他们的爱情既经历了唐王朝鼎盛时期，也见证了唐王朝的转衰过程。更令人深思的是，他们爱情的极盛和结局的悲惨与唐王朝国运的盛衰紧密联结在一起；他们的故事不仅富于政治色彩，而且充满缠绵凄恻的情感波澜，充满喜与悲、盛与衰、热闹与沉寂、繁华与冷落等巨大的历史落差与强烈的今昔对比。这样的事件对于经历过宋金元之际历史巨变的杂剧作家们而言是再好不过的抒情载体了，况且包括唐代在内的前代许多文人、作家对此事就津津乐道，从各个不同角度有所抒写，使他们有足够的素材可供选择、裁剪，以安放自己异于他人的情怀。不过，在运用李、杨故事进行创作时，元杂剧作家与前人、特别是唐代作者表现出了不同的创作心态和情感动因。唐代作者在写李杨故事时，或者将注意力投注到李杨之间缠绵动人、生死无绝的爱情上，如《长恨歌》；或者意在揭示唐朝由盛转衰的某种原因，对时事给以讽谕，对后世予以劝戒，如《长恨歌传》。元杂剧作家则更关注这个故事所展现的盛极而衰的巨变、个体在这一巨变面前的无能为力以及导致这一巨变的民族矛盾。

---

① 〔德〕莱辛著：《汉堡剧评》，张黎译，上海，上海译文出版社，2002，第99页。

据现有材料,元杂剧以李杨故事为题材的作品甚多,有白朴《唐明皇秋夜梧桐雨》、关汉卿《月落江梅怨》《唐明皇启瘗哭香囊》、庾天锡《杨太真霓裳怨》《杨太真华清宫》、于伯渊《罗公远梦断杨贵妃》、书话关四《梅妃旦》等7种。除第一种外,其他6种均散佚不存,对它们的具体内容和蕴含的情感无从得知;而从仅存的《唐明皇秋夜梧桐雨》中,我们可以窥见作者那深沉的沧桑之感与民族之情,它所表达的这一情感,在当时应该具有一定的代表性。清人李调元即说:"元人咏马嵬事无虑数十家,白仁甫《梧桐雨》剧为最。"①李调元所说的"数十家"有相当一部分是杂剧,所以才会与白朴的《梧桐雨》相提并论,可惜今天都已不存;而他认为《梧桐雨》为最,当是就白作的整体成就而言的,包括此剧的思想情感,即《梧桐雨》所抒发的情感在当时具有代表意义。不仅如此,这一情感数百年后还得到了与其作者有着类似经历和感受的人们的认同。

首先,《梧桐雨》一剧充满浓重的沧桑之感。表现在情节设置上,楔子集中写唐明皇对失机边将安禄山的处置。既表现了他的昏庸——非但不按律论斩,居然还授其官职;同时更意在展示此时的唐明皇是何等至高无上,可以轻易决定任何人的荣辱生死。第一、二折分别写唐明皇和杨贵妃长生殿乞巧设誓、沉香亭醉舞霓裳之事,渲染出他们的物质、声色等的享乐已达极至。第三折则写明皇幸蜀、马嵬兵变、贵妃被缢,情节急转直下。第四折着重写唐明皇返回皇宫后对贵妃的深深思念和寂寞凄清的情怀。综观这一结构,不难发现作者的深意:唐明皇的悲剧有咎由自取的成分——楔子中对安禄山的处理就埋下了伏笔。但身为九五至尊、掌握着天下大权的皇帝在危难之时竟然连自己的爱妃都无力救助,连自身的命运都系于人手;而一旦大权旁落,昔日的威仪便荡然无存,连盖一座妃子庙的权力都没有,陪伴左右的除一两个旧侍外,不过是凄风苦雨,满目苍凉。第三折情节的急转直下和激烈冲突,既表现了剧中人面临形势巨变时的痛苦、无助情绪,也渗透着作者今非昔比的深沉感叹和盛衰难料、命运难以把握的无奈情绪。处在权力最高层的皇帝在历史巨变面前尚且无力左右自身的命运,何况他人?这一情绪在第二折中其实已露端倪:一开头即写安禄山操练兵马,欲行叛乱,曲词进行到一半略多时,又写道李林甫来报边急,在极盛之

---

① (清)李调元:《雨村曲话》,中国戏曲研究院编:《中国古典戏曲论著集成》第八集,第16页。

中孕育着危难,在繁华之中隐含着衰歇。而第四折写明皇对贵妃深切的思念和对往日繁华的无比怀念,则是在楔子和前三折的蓄势和铺垫之后,借主人公之口充分抒发作者世事难料、人世沧桑的感叹。从这个意义上说,这一折虽然就戏剧的一般规律而言,既没有冲突,情节的发展也基本停滞,似乎存在缺憾;但就其抒情性来说,则达到了情感的高潮,是作家借助历史上"以某种方式发生过的事"来达到其抒情寄慨的"当前目的"①。

《梧桐雨》的沧桑之感还突出表现在它的曲词中,尤其是第三、四两折的曲词:

【三煞】不想你马嵬坡下今朝化,没指望长生殿里当时话。

【太清歌】恨无情卷地狂风刮,可怎生偏吹落我御苑名花? 想他魂断天涯,作几缕儿彩霞。天那,一个汉明妃远把单于嫁,止不过泣西风泪湿胡笳。几曾见六军厮践踏,将一个尸首卧黄沙。(第三折)

【呆骨朵】寡人有心待盖一座杨妃庙,争奈无权柄谢位辞朝。则俺这孤辰限难熬,更打着离恨天最高。在生时同衾枕,不能勾死后也同棺椁。谁承望马嵬坡尘土中,可惜把一朵海棠花零落了。

【滚绣球】长生殿那一宵,转回廊说誓约。不合对梧桐并肩斜靠,尽言词絮絮叨叨。沉香亭那一朝,按霓裳舞六幺,红牙筯击成腔调,乱宫商闹闹炒炒。是兀那当时欢会,栽排下今日凄凉,厮辏着暗地量度。

(第四折)

唱词中满含着对昔日繁华的追忆,对今日凄凉孤寂的无限感伤和对马嵬惨剧的痛彻骨髓般的无奈与遗恨,而在这追忆、感伤与遗恨的倾诉中所流溢着的沧桑之感,则已不仅仅是剧中人的借景伤情和今昔之叹,更有作者自身的情怀寄寓其中了。

除了沉重的沧桑之感,《梧桐雨》还表达了一种深隐的民族之情,与沧桑之感相互交融、相互渗透。作者是在情节安排、人物设置和素材的剪裁上体现出他的民族之情的。在人物设置上,作者将安禄山作为作品除男女主人公之外的另一个重要人物加以描写,并特意强调他的"杂胡"出身和勇力过人;情节安排上,楔子中不仅对安禄山的身世作了详细介绍,强调他的

---

① 本段部分观点参照幺书仪:《元人杂剧与元代社会》,第144页。

"杂胡"出身,而且详细铺叙唐明皇与张九龄在是否杀安禄山之事上的意见分歧,唐明皇对他的赏赐和封授官职,以及安禄山与杨贵妃之间的暧昧关系①,为下文安禄山叛乱埋下伏笔。关于安禄山事迹的材料屡见于唐人传奇、唐宋人笔记以及相关的正史记载,而写李杨事迹的文学作品往往根据需要对这些材料有所去取,《梧桐雨》的作者之所以选取这些素材并作这样的安排,其用意很明显,他要强调的,正是安禄山的叛乱造成了唐王朝形势的急转直下,造成了唐明皇与杨贵妃的生离死别,从而给一代盛世之君的晚年带来了无比的悲惨与凄凉。也就是说,此剧的沧桑之感与民族之情是交融在一起的,其民族之情隐含在沧桑之感中,构成其主要内涵;而民族之情又是作者发抒沧桑之感的最主要的心理动因,也是历数百年之后的清代,犹能引起共鸣的主要情感意绪。

　　《梧桐雨》所抒发的沧桑之感与民族之情,与唐人笔下李杨故事的情感意蕴迥然不同。上文说,唐人在写李杨故事时,或者着眼于二人缠绵的爱情,或者着眼于唐王朝由盛转衰的原因的思索,以垂鉴戒。所以在材料取舍和作品结构安排上均与《梧桐雨》有所不同。《长恨歌》隐去了李杨关系中的一些"秽迹",如杨贵妃原本为寿王妃,而《长恨歌》说"杨家有女初长成,养在深闺人未识",对她与安禄山之间的暧昧关系亦只字未提,而着重写她与明皇之间感情的深挚缠绵,并大肆渲染明皇对杨妃的思念,派道士上下求索其魂魄,以及杨妃在仙界对明皇同样的思念。《长恨歌传》虽为《长恨歌》作"传",其思想倾向却转向讽谕和劝戒,所以对二人间的爱情着墨不多,而重写杨妃如何因"举止闲冶"和"善巧便佞"而得专宠,其家族如何沾带而享有特权殊荣,并强调"兄国忠盗丞相位,愚弄国柄。及安禄山引兵向阙,以讨杨氏为词"。(着重号为引者所加)从而力图揭示出安史之乱乃至唐王朝由盛转衰的原因在于明皇沉溺声色、任用非人,以达到"惩尤物,窒乱阶,垂于将来"的目的②。此外,唐代其他关于李杨事迹的描写或记载,有从记录异闻以备史阙的角度着眼的,如《开元天宝遗事》《安禄山事迹》等的相关片断;也有加入另一人物梅妃,写他们三人之间的情感纠葛的,如《梅妃传》。但就所蕴含的思想情感或体现出的创作心态而言,基本

---

① 对安禄山与杨贵妃间的暧昧关系,《元曲选》本《梧桐雨》表现得不明确,《古名家杂剧》本和孟称舜《酹江集》本则保留有醒目的描写。
② (唐)陈鸿:《长恨歌传》,汪辟疆校录:《唐人小说》,第117—119页。

不出上述两种。归纳言之，唐人描写李杨事件的文学作品，是在爱情的旋律中回旋着对历史、对政治的思索，以探寻历史经验和教训。与以《梧桐雨》为代表的元杂剧所蕴含的沧桑之感和民族之情完全不同。

与唐代相关题材的作品相比，《梧桐雨》之所以在情感内涵上发生了如此大的变化，与作者的身世遭遇密切相关。白朴出生在金元之际连年征战、动荡不堪的历史阶段，在幼年时期，即先后与父母失散，被元遗山收留，并随之一同逃难，颠沛流离，历尽忧患，险些罹疫而死。也许是由于"仓惶失母"的悲痛，也许是出于对生死未卜父亲的牵挂，也许是目睹了太多鲜血淋漓的场景，他北渡后竟"不茹荤血"①。这种种天崩地坼般的惨痛经历，不能不在他的心灵上烙下不可磨灭的伤痕，而这一切都与作为外族的蒙古入主中原有关，他们的铁蹄不仅践踏了无数无辜汉族百姓的生命，也重重地敲打着汉族士子们的家国信念和美好理想。在白朴留下的词作中，咏史怀古之作甚多，随处可见对生死无常、繁华易灭、陵迁谷移的感叹："满目山围故国，三阁余香，六朝陈迹。"（《夺锦标·夺锦标曲，不知始自何时……》）"南郊旧坛在，北渡昔人空。残阳澹澹无语，零落故王宫。"（《水调歌头·感南唐故宫，就隐括后主词》）"怅无情一枕，繁华梦觉，流年又、暗中换。"（《水龙吟·么前三字用仄者……》）"桑梓龙荒，惊叹后、几度生灵埋灭。往事休论，酒杯才近，照见星星发。"（《念奴娇·题镇江多景楼，用坡仙韵》）②虽然同一作家在创作不同体裁的作品时，须考虑到它们之间的差异，但却无法换上另一副心肠，特别是在面临具有相似历史内涵的素材时，因此可以说，白朴的《梧桐雨》所寄托的情怀与他在词的创作中所体现的情感意绪是相通的。

一般认为，戏剧是代言体，且与小说一样具有叙事性，作者的情感意绪或思想观念要通过、而且必须通过剧中人物的塑造、事件的铺叙、情节的设置、冲突的安排等来表达，而不能像诗、词、散文等直抒胸臆。不过，中国戏

---

①白朴的家世和生平参见《金史·白华传》，（金）元好问《元遗山文集》，（元）钟嗣成《录鬼簿》，（元）王博文《天籁集序》，（明）孙大雅《天籁集序》。关于白朴身世及其对他创作的影响，前人评述已多，此处从简。（元）脱脱等：《金史》，北京，中华书局，1975，第2503—2513页；（元）元好问著，狄宝心校注：《元好问文编年校注》（上中下），北京，中华书局，2012，第934—935页；（元）钟嗣成：《录鬼簿》，中国戏曲研究院编：《中国古典戏曲论著集成》第二集，第107—108页；（元）白朴：《天籁集》，四印斋刻本，清光绪（1875—1908），引自全国图书馆文献缩微中心，1997，同名缩微品。

②唐圭璋编：《全金元词》，北京，中华书局，1979，第624、626、629、631页。

曲的特殊性使得它可以超越这一规则，而将戏剧作为与诗文等类似的载体来抒情寄慨。上文所论许多作家通过杂剧创作寻求心理补偿和精神慰藉即是这种表现。同样地，以白朴为代表的一些元杂剧作家，在写历史人物和事件的作品中，对一般意义上的情节结构和冲突组织也不够重视，而将注意力更多地集中在沧桑之感和民族之情的倾诉上，所以我们看到《梧桐雨》用整整一折 23 支曲子从各个角度、在多个层面上抒发昔盛今衰、繁华不再的凄凉孤寂情绪，明显是借助历史题材抒发当下情怀、完成作家"当前目的"，从而赋予杂剧这一文艺样式以特殊的魅力。

二、明代戏曲创作目的的变异

元杂剧作者们利用戏曲创作寻求精神慰藉和心理补偿，寄托沧桑之感与民族之情，在借戏曲代传心曲方面开其先声。明代戏曲作家虽然在情绪表达上较元杂剧作家平和，但以戏曲为寓言、为抒怀寄慨之工具的意识较元人更鲜明、更强烈。

（一）抒怀寄慨与寓言性

明代戏曲的寓言性，已为不少学者指出[1]，对此我们不再展开论述，只就取材于唐传奇的明代戏曲所显示出的这一创作目的作一分析。

取材于唐传奇的明代戏曲中的部分作品，创作缘起是由于作者在现实中遭受不公平待遇或受到某种打击之后，内心的不平难以以直白的方式表露出来，传统的诗、词、文、赋等，由于体制的限制，无法盛纳胸中郁积的情感，难以将这种情绪充分倾诉出来，所以他们选择了已经成熟的戏曲这一既可唱又可演、既可叙事又可抒怀、有充足篇幅的艺术载体，来承载内心的苦闷与不平。王衡的杂剧《郁轮袍》就是这类作品的典型。此剧取材于薛用弱《集异记·王维》，写王维拒绝攀附九公主，考试之初没有被取中，后被正直的主考官宋璟取中，而冒名顶替者王推恼羞成怒，反诬告王维因结纳权贵而中选，维被黜落，后来真相虽明，王维终于不肯接受状元之选而回辋川隐居。此剧将原作中王维因到九公主府弹奏《郁轮袍》而夤缘得中解头

---

① 如夏写时：《论我国民族戏剧观的形成》，《戏剧艺术》1984 年第 1 期；吴毓华：《论戏曲艺术的寓言性特征》，《戏曲研究》第 4 辑（1988 年）；谭帆、陆炜：《中国古典戏剧理论史》，北京，中国社会科学出版社，1993；郭英德：《明清文人传奇研究》，北京，北京师范大学出版社，2001；郭英德：《明清传奇戏曲文体研究》，北京，商务印书馆，2004。

之事,作了几乎相反的改动,意在申诉通过正当渠道中举之士所蒙受的不白之冤,表彰有真才实学的士子的高尚情操。剧中的王维几乎就是作者王衡的化身,"所作《郁轮袍》真假王维,实以自喻。"①王衡本有才名,参加万历十六年(1588)顺天府乡试获第一,另一辅臣申时行的女婿李鸿也中举。而由于举人中一人文笔较差而被取中,便有人诬告考试作弊,上疏参劾李鸿,王衡也被卷入其中,事情越闹越大,王衡的父亲和申时行最终都被迫杜门乞休。这一事件在当时社会上掀起了轩然大波,也令作者内心不能平静:"辰玉抢元被谤,是辰玉大冤屈事。"于是他"借摩诘作题目,故能言一己所欲言,畅世人所未畅"②。同样,汤显祖之作《南柯记》和《邯郸记》,虽不见得明有所指,但其揭露科场与官场黑暗之意图却甚明:"临川传奇,颇伤冗杂,惟此记(引者按,指《邯郸记》)与《南柯》皆本唐人小说为之,直截了当,无一泛语……。记中备述人世险诈之情,是明季宦途习气,足以考万历年间仕宦况味,勿粗鲁读过。"③

　　在抒怀寄慨的同时,明代戏曲作品不少还借助描写梦境、异类等方式,将对现实的感悟寓于戏曲之中,从而使戏曲具有了一种寓言色彩。明代许多戏曲作家将目光投入到唐传奇梦境题材的作品上,对这类故事进行改造,将对现实、对世事的种种观察和感悟托于梦境,在虚虚实实之中,表达严肃的主题。上文提及的以梦为题材的作品《三化邯郸》《邯郸记》《南柯记》《梦境记》等皆是,其中《南柯记》更将梦与异类的描写结合起来,在真真假假、虚虚实实之间,表达了功名如梦、浮世如蚁的思想。这是从对现实的观察和体验中得出的结论,不免消极成分,但却是作者严肃的思考。与此相类,单纯写异类的作品如许自昌《橘浦记》在唐传奇《柳毅》的基础上,作了较大的添加和改写,借描写龙、蛇、猿、鼋等异类感恩知报的品质抨击人世中的衣冠禽兽、恩将仇报的小人和种种炎凉世态。钱塘君的一曲唱词将作者愤世情绪和创作目的表露无遗:

　　【北水仙子】(末)料料料世丧道,那那那那天理人心一旦抛。祗祗

①庄一拂:《古典戏曲存目汇考》,第444页。
②见(明)沈泰编:《盛明杂剧》。
③吴梅:《中国戏曲概论》,第175页。这句话之后,吴梅还说:"盖临川受陈眉公媒孽下第,因作此泄愤,且藉此唤醒江陵耳。"依据的是蒋士铨《玉茗先生传》,据徐朔方考证,蒋所言不足信。见徐朔方:《汤显祖年谱》,上海,中华书局上海编辑所,1958,第24—25页。

祇祇背地里起波涛，怎怎怎怎显然讦告，把把把把直不疑做盗跖嘲，便便便便衣冠内尽人面鸱鸮，总总总总尧言禹步都属猿枭。恁恁恁恁怎把他覆辙甘心蹈。俺俺俺俺且借你示才乔。（第十六出《计赚》）①

这部作品不仅让各种动物衣冠登场，具有十足的人的特征，更借物类抨击人世，无异于一部长篇寓言。

即使有的作品所写完全是现实中的人和事，由于其巧妙的取材和构思，也具有一种强烈的寓言特征。如王衡的《真傀儡》杂剧，将《刘宾客嘉话录》所记唐杜佑所说之话坐实，并移至宋宰相杜衍之身，写他致仕后隐于市井，一日正在观看傀儡戏，朝廷派使臣来赐赏并问保治之道，他仓促中来不及换朝服，即取戏中傀儡之衣冠穿戴谢恩。在轻松嘻笑之中，揭示出严肃主题：官场如戏场，浮沉无定，你方唱罢我登场。

上述取材于唐传奇的明代戏曲作品，在创作目的上表现出的寓言性或者作为抒怀寄慨手段的特征，是明代戏曲的一种普遍特性，除以上所举之外，著名的还有王九思和康海的《中山狼》杂剧，王九思的《杜甫游春》杂剧，李开先《宝剑记》南戏等作，由于超出本文所论范畴，姑不论。这一特性在唐传奇中的表现不明显。尽管从普泛的意义上说，绝大多数文学作品都是作者抒怀寄慨的载体，但就作家个体的创作目的而言，又有隐显之别、轻重之分。唐传奇的作者更倾向于记录奇闻异事，虽作意好奇，已显露出虚构的意识，但其创作仍很大程度上受到史传实录精神的影响，所以结尾往往有意强调故事的真实性，以及所记人物、事件的后续情况，与史书体例相同，即从总体上说，唐传奇的作者们以创作来寄寓个人情怀的目的并不显著。有的作品，如《枕中记》《南柯太守传》等，也有寓言色彩，但相对明代戏曲同题材的改作，其寓言性比较模糊。可以这样说，取材于唐传奇的明代戏曲在对其蓝本进行改写的过程中，加入了作者们大量的创造性劳动，或增加人物情节，或对原作不详之处详加敷演，或对原作人物和情节作出重大改动，这些创造性劳动中，包含着明代戏曲作家们强烈的抒怀写愤意识，将戏曲的创作作为抒写人生体验和思索的载体，作为抒发不平的工具，其寄慨性和寓言性空前张大，在对唐传奇变异的同时，也是对戏曲这一艺术体式的一种新的认知和开掘。

---

① 古本戏曲丛刊编辑委员会编：《古本戏曲丛刊初集》。

需要说明的是，明代戏曲的寓言性和作家们以戏曲为抒怀寄慨的工具，与戏曲的抒情性特征虽有联系，但并不能完全等同。抒情性特征是中国古代戏曲自产生之日起就具有的艺术特性，与它成长、发展的历程和它的文本构成有关，它的曲词是沿古典诗歌一线发展而来的，继承了中国古典诗歌的抒情传统，因而我们读古代戏曲剧本时会发现，其曲词部分往往是情大于事，这一点历来研究者已有非常充分的论说。而某一时代戏曲的寓言性，以及作家们借戏曲以抒怀寄慨的行为，则完全是由作家个体的创作目的所决定，即作者们利用戏曲所叙之事、所写之人，或者影射现实中的人和事，或者托"事"、托"人"言志，将自己内心深处不便于或不愿意直接表露的，或者难以在诗、词、文章中表露的情怀、感慨，以创作戏曲的方式发泄出来。从这个意义上说，抒怀寄慨的载体可以是多样的，甚至可以包括所有的艺术样式，可以是戏曲，也可以是诗文、小说、寓言，还可以是音乐、绘画、雕塑等等；因此，这一特点属创作心理范畴。而抒情性特征是某些特定的文学艺术样式区别于其他文艺形式的特性之一，属文体特性范畴。

（二）寓教于乐

明代戏曲作家另一个显著的创作目的是劝惩，用今天的话说就是"寓教于乐"。戏曲作为一种艺术样式，其本质是审美的，目的是供人娱乐的，而由于中国礼乐传统的影响，明代戏曲作家在进行创作时，往往有意识地以讽世、醒世为目的，这在取材于唐传奇的戏曲作品中有显著表现。其劝惩的具体内容则有传统伦理道德的说教、劝善惩恶、劝人出世等。

明代戏曲中的道德说教，在论述明代作者们对传统伦理秩序的遵从的创作心态中已涉及不少，这些作品中蕴含着浓厚的伦理道德观念，即是作家这一创作目的的显现，至于以邱濬《伍伦全备记》等为代表的专门标榜封建伦理观念的道德说教剧，这一创作目的就更加显豁。这里再举例以详申之。沈璟《红蕖记》中曾丽玉之母因贪图魏材之财，欲将曾丽玉嫁他，魏材本是个不学无术之人，又冒充崔希周行骗，丽玉不从，两家告到县府，县令郑德璘审案时说：

> ……似此狂图，大伤伦纪，合从严律，用警非彝。但挞及衣冠，已是士林之玷；况情钟骨肉，尤伤淑女之心。……（第三十四出）

"从严律"，是对剧中伤伦纪之人的惩罚，目的是"用警非彝"，从中可以窥知作者的创作目的:劝戒世人,不要做有伤伦纪之事;"但挞及衣冠,已是士林之玷;况情钟骨肉,尤伤淑女之心",又顾及到士林(魏材毕竟是士林中人)的名誉和骨肉的感受(指若对曾母进行惩罚,会伤到曾丽玉的骨肉之情),则又在律中从权,这样做无非仍是传统伦理道德观念在起作用。这部作品的中心并不在于弘扬伦纪,但这煞有介事的一笔,却足以表明作者在安排情节时是有意识寓劝惩于欢谑之中的。《玉环记》中这类说教就更多了,如张延赏之妻训女,给她大讲妇德妇道,身为妓女的玉箫亦熟谙孔孟之道,而她最终因相思而亡,也被说成是"贞烈""节义",将伦理道德的倡导贯穿在爱情故事之中。不独才子佳人之作,即使仙道题材的剧作,作者也忘不了伦理的说教,《赤松记》写汉代张良功成身退之事,在写到楚霸王项羽与虞姬死别时,虞姬的表白颇能说明问题:"(旦)……大王,倘奴家为人所辱,则大王之辱也,算来不如死休……既要保全自家名节,又不敢辱了大王。"(第二十八出《全节》①)完全是用当下的观念来诠释古人,不难看出作者以名节说教的目的。这类说教,或者说作者强烈的主观情志在其唐传奇原作中是不曾见的,说明明代作者在将唐传奇改写成戏曲时,有意识地将伦理道德观念灌输其中,以寓劝惩,以警世人。这是明代以儒学立国、特别是以程朱理学作为其统治思想的做法,在文人戏曲作家意识中留下的鲜明印迹。而明代中后期随着社会各个领域发生的变化和心学的崛起,在张扬人情人欲的同时,社会上亦出现了见利忘义,私欲膨胀,人心浇薄之风,于是一部分戏曲作家起而以拯救世风为己任,在作品中竭力揄扬高尚的道德情操和理想人格,对社会上人心不古、世风浇薄的种种现象给予揭露和抨击。如上文所举沈璟《埋剑记》之所以极力表彰吴保安与郭仲翔的忠义思想和情操,其目的是对世道人心的一种匡正:"达道彝伦,终古常新,友朋中无几何存。朝同兰蕙,暮变荆榛,又陡成波,翻作雨,覆为云。所以先贤,著绝交文,畏人间轻薄纷纷。我思前事,作劝人群,可继萧朱,追杜左,比雷陈。"其创作目的表露得一览无遗。明代戏曲对唐传奇在创作目的上的这一变异,是明与唐两个不同时代思想风气、社会环境、世道人心作用于作家创作心理的结果。

除作伦理道德的说教,明代戏曲中还有不少劝善惩恶的内容,其思想

---

① (明)无名氏:《张子房赤松记》,古本戏曲丛刊编辑委员会编:《古本戏曲丛刊二集》。

基础的主要构成是上文所说的传统伦理道德观念,同时亦结合着民间朴素的道德意识。如《樱桃梦》中卢生的家仆卢义不忿于虚措脚与真空头二人的背恩之举,欲去杀二人,他一动这个念头,就有几个鬼卒暗中跟随他;而当他念及"那贼有老母,杀了那贼,谁养他母来?"则鬼卒即退去。显然,卢义"善念"的关键在于"孝"——为了让贼尽孝,便不能杀他。一老者得知此事便说:"唉,发一凶心眼前便是地狱,回一善念,眼前便是天堂。鬼神不可欺,祸福不可测。如此,世上人要做好人。"(第十七出)劝人为善的动机非常明显。而这一动机实源于"鬼神不可欺,祸福不可测"的民间信仰:人的所作所为是骗不过鬼神的,所谓"举头三尺有神明"。这类自觉的劝善惩恶的创作动机,在唐传奇中不曾出现。

取材于唐传奇的明代戏曲寓教于乐的创作目的的另一项重要内容是劝人出世。这类内容主要包含在仙佛类题材的作品之中,一般是讲上界仙人、有道行的道士,或者得道高僧劝化、度脱有仙风道骨或灵根慧性的凡间书生的故事,藉此劝告世人富贵无常,人生苦短,不如修道以获长生或者入佛以求超脱,上文所论及的这类题材的剧作大都含有这类创作动机。但其中大部分作品,主要倾向于揭露现实的丑恶、功名的虚幻、人生的无常,表达对人生的体验和思索;只有那些单纯宣扬修道敬佛的作品,劝人出世的目的较明朗。不过,就明代戏曲的整体而言,以劝人出世为创作目的作品只是少数,虽不具有代表性,但作为对唐传奇变异之一端,还是有必要在此提出。

明代戏曲作家"寓教于乐"创作目的的形成,除与当时的社会思想、世道人心、作家的传统观念、宗教思想等相关之外,与戏曲作为一种大众艺术形式的性质亦息息相关。戏曲在其酝酿形成的过程中,曾广泛吸取百戏、说唱文学等民间艺术的营养,作为民间文学的说唱文学与百戏,为适应受众的审美需要,在提供娱乐消遣的同时,总会贯穿一些道德劝惩内容。元杂剧刚脱离说唱文学的母体不久,其劝惩的动机应该比较明显,反映民间朴素信仰的作品,如《刘弘嫁婢》《合汗衫》等作品即包含着这一动机,但由于元杂剧作者在特定时代中的特殊际遇,所以大多数人将精力投入到对自身命运的关注和内心愤激、失落情绪的宣泄之上,虽寓有劝惩,但从总体上看,这一创作目的不那么彰显。明代文人的戏曲作品,既不同于市井之作,与元杂剧的创作情形也有了不同,尽管出现了不少难以上演的"案头之作",但由于戏曲本身所具有的大众化特点,以及传统诗学"教化"观的影响和中央集权加强所造成的文艺为政治服务目的的彰显等原因,相当一部分作品,包括取材于唐传奇的作品,表现出鲜明的寓劝惩的旨趣。换言之,明代文人戏曲创作的教化、劝惩的目的是在戏曲这一艺术样式的大众化特性、传统诗学的"教化"观、文艺为政治服务目的强化的形势的共同作用下产生的。至于其劝惩的具体内涵,则与明代这一时代的社会思想、社会风习、群体心理等相关。在上述因素综合作用下,明代一部分戏曲作品在创作目的上呈现出与其蓝本唐传奇的变异。

　　上述明代作家在创作目的上对唐传奇的变异,是多方面因素共同作用的结果。既有时代变迁以及由此带来的一系列因素的此消彼长对作家心理的冲击,也有作家个体的特殊经历在其心灵上所激起的波澜;既有对戏曲这一体式规律的遵从,也有对传统美学观念的继承;既有对传统观念的宣扬,也有对新思想的倡导……这一切错综交织于作家的笔下,展现在我们面前的便是一派纷繁复杂的心灵图景。而由于造成这一图景的特殊的时代、特殊的创作人群、特殊的社会环境,我们可以寻绎出其有异于前人、就我们这个论题而言,是有异于唐传奇的诸多方面。

第三节　元明戏曲对唐传奇创作视角的变异

　　时代的变迁以及由此带来的各方面的改变,不仅造成元明戏曲作家创作心态和创作目的的变化,也使他们观察社会人生的角度较唐传奇作者发生了不小的变异。

一、元杂剧创作视角的变异

　　元杂剧作家与唐传奇作者相较,创作视角的变异主要表现为由文人视角向平民视角转换,即在观察和塑造人物、特别是以往文学作品中地位较为低下的人物时,采取平等视角,发现他们身上的优秀品质,与唐传奇以俯视的态度观察、塑造同名或同类人物形成了巨大差异。

　　元杂剧作家的平民视角,首先体现在对女性形象的塑造上。上文说,元杂剧中的女性形象较唐传奇中的同名形象在爱情追求中表现得更加主动、更加大胆。如《西厢记》之莺莺,与张生初次相遇时不回避张生的注目,一旦冲破礼教的樊篱就尽情享受爱情的欢娱;《两世姻缘》之玉箫,敢于在筵席上与意中人眉目传情,敢于在主人盛怒之下据理力争;《柳毅传书》之龙女三娘,不再因自己非人类的身世而自卑,直接坦承要与柳毅同享幸福;倩女的生魂在主动追随王文举被拒时,表现出敢作敢当的气概等等,与唐传奇中同名人物相比,有了质的差别。《莺莺传》中的莺莺初见张生完全出于被迫,在张生以言语试探之时漠然对之,即使与张生幽会也是内心充满挣扎;《云溪友议·韦皋》中的玉箫,默默服从主人的安排和韦皋的意志,在对方逾约未至时不得已选择"绝食而殒",又因韦皋广造经像而复生以报恩;《离魂记》之倩女虽离魂追随王生,但其目的是感其厚意,"思将杀身奉报"……无论是女性人物还是作者,思想观念仍受礼法局限,染有浓重的男尊女卑色彩,说明作者对女性形象是俯视的。

元杂剧中女性形象的改变,充分折射出作者对女性的观察视角较唐传奇发生了重大变异,即对女性采取一种平视的视角,赋予女性以独立的性格,能主动掌握自身的命运,对男子不再仰视,更没有了"报恩"心理,与男子的结合更多地是出于爱情的驱使,出于对幸福生活的追求。

元杂剧作家观察女性的视角的上述变异,与元代社会结构和环境的变异有关。元代市民阶层进一步壮大,在城市中,社会成员的构成以普通市民为主。同时,由于思想控制的相对松弛和少数民族相对开放的习俗,元代社会男尊女卑的观念相对削弱,较之前代,女性的行为较少受传统礼教的束缚,因而"动逾礼则""自放于邪辟"的情形屡有发生[1];此外,由于杂剧的兴盛,杂剧社团在城市中大量涌现,相当一部分女性成为职业演员进入社会,其数量较之宋代的女艺人有大幅增加,她们经济能力增强,眼界开阔,性格较前代女性更多自主性。虽然这类女性在整个社会中仅占很小的比例,但对社会风气却造成了较大的影响[2]。另外,许多杂剧作家由于种种原因不再高高在上,也很少有人从事、或者家庭条件不允许他们从事传统的耕读生活,因此更多的人跻身于市井,谋生于下层,有的业医经商,有的出入瓦肆勾栏,有的从事普通的吏员职业;更重要的,是杂剧是一种适合于在城市中生存和发展的表演艺术,决定了杂剧作家必然立足于城市生活,这样就使他们有更多机会与普通市民接触,了解他们的喜怒哀乐。而

①(明)宋濂等:《元史·列女传》,见《元史》,第 4484 页。
②参见幺书仪:《元人杂剧与元代社会》,第 46 页。

处于"儒人颠倒不如人"境地的杂剧作家们,地位的改变决定了他们观察生活视角的变化,能够站在平等的立场看待下层民众和世俗生活,对他们一向俯视的女性也不再居高临下,因此能够发现她们的独特性格和优秀品质。在这种情况下,元杂剧作家笔下的女性表现出的大胆、主动、独立等品格,便不可避免地带上了较浓的市民色彩,具有了唐传奇中看不到的现实性。

元杂剧作家的这种平民视角还呈现在其他一些普通人物身上,赋予他们以优秀的品质、朴素的信念和对世俗功利的追求,同其所资取材的唐传奇相比,发生了较大的变异。这类作品有偏于宗教题材的,如《刘弘嫁婢》;有偏于侠义公案题材的,如《合汗衫》与《张千替杀妻》。无论哪一种题材,在表现作者平民视角这一点上是相通的。具体地说,这部分元杂剧所体现的平民视角及其对唐传奇的变异表现在以下几个方面:

第一是人物身份的变化。杂剧中的主要人物身份由原来的官宦或豪侠变成了普通市民。《合汗衫》系综合唐、五代的三篇小说加以改写而成①,这三篇小说中受害者均为官宦之家,害人者或为舟子或为儒生或为寇盗;而杂剧中则明确交待被害人是"开解典铺"的较富裕的市民,后来遇害,家财亦毁于火灾;害人者陈虎以及所增入的另一重要人物赵兴孙也是小商人出身,陈虎后来做了强盗,赵兴孙后来做了巡检。《刘弘嫁婢》中的主人公刘弘也是开解典库的富裕市民,其本事来源《阴德传·刘弘敬》虽也交待他"资财数百万",但并未明确交待其市民身份。《张千替杀妻》中的张千也与他的原型人物冯燕有了质的不同,冯燕本是"魏豪人",后被掌管滑地军务的官员贾耽"留属中军"②;而张千则是一个普普通通的市井屠户,不仅身份是典型的市民,且连他的名字也是当时市井中再常见不过的,频繁出现在当时杂剧、"说话"等通俗文艺作品中③。由此可见,杂剧的作者

①这几篇小说分别是(唐)皇甫氏:《原化记·崔尉子》,(唐)温庭筠:《乾𦠿子·陈义郎》,(五代)佚名:《闻奇录·李文敏》,分别见(宋)李昉等编:《太平广记》卷121、122、128,第856－857,858－859,908－909页。

②(唐)沈亚之:《冯燕传》,汪辟疆校录:《唐人小说》,第165页。

③出现在杂剧中的,如《曲江池》中郑府尹的家人,《倩女离魂》中王文举的"伴当",《裴度还带》中韩廷干的家人,《破窑记》中寇准的随从,《扬州梦》中张太守的亲随等,一般是官员的随从或家人;出现在"说话"中的"张千",多为押解公人。详见刘玮:《论中国古代说话艺术中的"常备人物"》,《黑龙江社会科学》2007年第1期。尽管《张千替杀妻》中的张千与其他元杂剧和"说话"中同名人物的身份不同,但都是位居下层的普通市民。

较之唐传奇的作者将目光更多地投注到社会下层,投注到日常生活中的普通百姓身上,说明他们观察生活的视角有所改变。在这一视角下,这些杂剧的作者们赋予其笔下的人物以许多优秀的品质,且不说张员外和刘弘的疏财仗义,富于同情心,单说张千,在朴素的做人信条中表现出难得的优秀品质。作者并没有在出场伊始就将他写成什么"豪人"或侠义之士,而是让事件的一步步发展将其逼到必须"行侠"的地步。换言之,张千主观上并不想成为豪侠,其侠义之举完全是客观形势逼迫所致,与原作人物冯燕私人之妻复杀之不同,展示了普通市民朴素而又美好的品质。《张千替杀妻》虽借用了《冯燕传》的核心情节,但由于其主人公身份的变化,其主旨与原作发生了重大变异:重在歌颂市井细民的优秀品质,而不是记录豪人的一桩侠义之举。从"反面"说,《张千替杀妻》杂剧不啻对传统豪侠故事模式的颠覆;从正面说,不妨认为是对传统"豪侠"故事的拓展,张千这一人物则是对传统豪侠形象画廊的充实①。

　　第二是作品在写人叙事时侧重点有所转移,更倾向于写那些能表现市民思想意识的言行、事件,从中既表现出所写人物的朴素信念,也反映出作者对这一信念的认同。如《合汗衫》《刘弘嫁婢》《替杀妻》对平民中普遍流行的果报观念均从不同侧面、在不同程度上有所表现。《合汗衫》强调的是有恩报恩、有仇报仇的恩怨分明的思想,对恩将仇报者给予无情的鞭挞,所以在写人叙事时对原作作了较大改动:原作三篇小说中有两篇所写的害人者或为舟子或为寇盗,与被害者素不相识,其害人动机或为图财或原因不明,是在极其偶然的情况下作案;而杂剧则特别强调害人者陈虎所害之人是其救命恩人,他的所作所为是恩将仇报,此其一。其二,害人者除了图财,更是图色,从他与张孝友结义时起,就垂涎于张妻的美貌。这也是小说所无的情节。其三,三篇小说所写被害者均未生还,而杂剧则写张孝友被救,在金沙寺出家。其四,杂剧所写被害人的儿子长大后中武举被授官,而小说则均写其落第。其五,杂剧还增出一人赵兴孙,在陈虎之后被张孝友一家所救,却为陈虎所欺;他后来协助张孝友之子陈豹将陈虎抓获,恩仇同报。前两处改动意在着力突出害人者的极"恶";第三、第四两处的不同,是对原作被害者的结局作了缓和处理,意在写出善者即使一时落难也会得到

---

①(元)无名氏:《鲠直张千替杀妻》,隋树森编:《元曲选外编》第三册,第707—715页。

护佑;第五点不同,增出一个知恩图报、恩怨分明的赵兴孙,则意在与作恶多端、恩将仇报的陈虎形成鲜明对比,旨在突出有恩须报恩,有仇须报仇的恩怨分明的主题,并借赵兴孙之口反复强调这一思想:"我有恩的是马行街竹竿巷金狮子张员外,院君赵氏,小大哥张孝友,大嫂李玉娥;有仇的是陈虎。似印板儿记在心上,不曾忘着哩。(诗云)感恩人救咱难苦,有仇的是他陈虎。知何日遂我心怀,报恩仇留名万古。"(第四折)①与此类似,《刘弘嫁婢》重在宣扬积德得善报的意识,因此,在写人叙事上侧重点亦有所转移。这一转移首先表现为对主人公善行的一系列增饰,比小说所写更加具体,其行善力度也有所加大。其次是杂剧对主人公的善行和动机有所改动,强化了刘弘欲行善积德以得子、延寿的心理。再次是对主人公结局有增改,小说只说他"延寿二十五载","庆及三代";杂剧则除延寿二纪(24年)之外,还写了他受官、封妻、得子、其子中"婴童解元"等"善报"②。杂剧较原作的这些改动无非是要强化积阴德得厚报的观念。与上述两剧相似,《张千替杀妻》亦指出了张千替杀妻的义举系出于报恩心理,与原作《冯燕传》明显不同。

第三是这些杂剧中正面人物所获得的恩报均是普通民众最为关注、倍加在意的现世功利,如长寿、多子、富贵、升官等。《合汗衫》中张员外一家父子、夫妻、祖孙最终团圆,孙子陈豹(因母亲被陈虎霸占而不得已随其姓)考中武状元,并得官;《刘弘嫁婢》中主人公更是延寿、生子、得官、子亦贵显。由此可知,对世俗功利的追求是支撑人物积德行善的主要动机,张员外在看到陈虎冻倒在雪地里时对其子说:"你扶他上楼来,救活他性命,也是个阴骘",系原作所无的情节;刘弘在欲嫁兰孙给春郎时唱道:"则这陪房缘是咱的志气,配良姻是我的阴骘。"又说:"一个婚姻,一个是死葬,咱将着那金子银子,那里寻这般好勾当做去来也。"与原作中刘弘敬所说"……抱冤如此,三尺童子,犹能发愤,况丈夫耶!今我若不振雪尔冤,是为神明之诛焉"③相比,其思想倾向大异其趣。上述作品所表现出的人物孜孜于世俗功利,对获得世俗功利的极大满足的心理,均较原作发生了较大变异,从而反映出元代市民阶层朴素的信念和追求。作者将这些毫不掩饰地、甚至

---

① (元)张国宾:《相国寺公孙合汗衫》,见(明)臧晋叔编:《元曲选》第一册,第136页。
② (元)无名氏:《施仁义刘弘嫁婢》,见隋树森编:《元曲选外编》第三册,第830—831页。
③ (唐)无名氏:《阴德传·刘弘敬》,见(宋)李昉等编:《太平广记》第117卷,第818页。

带着赞赏笔调地表现在杂剧中,则表明他们对这一思想是认同的,换言之,这一现象表明他们自身具有较强的平民意识,是以平民视角观察社会人生的结果。

综上,取材于唐传奇的元杂剧观察社会人生的视角较其蓝本发生了较大的变异,除杂剧作家地位变化导致的观察社会人生的视角发生变化这一因素之外,元杂剧与唐传奇受众群的差异也是造成这一变异的重要因素。唐传奇的创作主体与其受众群有着高度的一致性,均由具有高度文化修养的文人组成,如前文述及的元稹、白行简、沈亚之、牛僧孺等,他们既是传奇小说的作者,同时也是读者和传播者,唐传奇的很多作品结尾颇多这样的交待:“贞元中,予与陇西公佐话妇人操烈之品格,因遂述汧国之事。公佐拊掌竦听,命予为传。乃握管濡翰,疏而存之”(《李娃传》),“贞元岁九月,执事李公垂宿于予靖安里第,语及于是,公垂卓然称异,遂为《莺莺歌》以传之。崔氏小名莺莺,公垂以命篇”(《莺莺传》)等。在讲述创作缘起的同时,也涉及到了故事的流传范围,多为士大夫文人群体。故唐传奇叙述故事、塑造形象皆从文人视角出之。元杂剧则不然,从其发展轨迹来看,乃产自下层,一直以来所面向的受众群主要是普通平民。元代大量落魄文人参与到杂剧创作中来,他们跻身于歌楼戏场,既失去了高高在上的优越地位,又对平民的生活有了切身体验,同时要靠杂剧创作生存,其作品要奏之场上、供普通民众观赏,就不能不适应受众的接受能力、审美需求和审美趣味,元杂剧创作视角的平民化就是顺理成章的事了。

二、明代戏曲创作视角的变异

明代的社会状况与元代明显不同,统治者大力倡导科举,文人士子不仅有了晋身之阶,其倍受尊崇的社会地位也得以恢复。同时,统治者大力提倡程朱理学,明令以“四书”“五经”取士,在思想上进行全面控制,而这些思想文化的“武器”在当时的社会环境中,只能掌握在读书人手中,从这个意义上说,文人士子除具有读书人一般的优越地位之外,其传播思想文化的使命得到了极大的强化。诚然,就一般意义而言,无论哪个时代,传播思想文化都是知识阶层的使命,但在明代这样一个空前强调思想统一的环境中,读书人的上述使命无疑得到最大程度的强化。这就是何以在明代众多文学作品中总能看到传统思想和理学观念的影子的原因。即使具有大众性的戏曲也不例外。戏曲发展到明代，有大批文人作家参与进来，我们现在看到的明代戏曲文本绝大多数是文人曲家的作品，从中看到鲜明的理学观念和传统道德的宣扬。这说明明代文人、包括戏曲作家，观察社会、思考人生的视角较之元代乃至唐代都发生了变化，体现出更加强烈的文人意识。因此，明代戏曲作家在创作视角上呈现出较鲜明的文人视角。

不过，明代戏曲作家中也有一定数量的平民作家或民间艺人；同时由于戏曲的受众群既包括具有高度文化修养的文人士子，也包括普通的市井民众，作家在选取题材、选择事件、塑造人物时，也要考虑到受众的欣赏趣味。因此，明代戏曲在表现出文人视角这一主导倾向的同时，也部分地承续着元杂剧的平民视角。

首先可从题材的选取上看明代戏曲创作视角上的这一特点。明代戏曲取材于唐传奇总计 109 种①，这些剧作，讲书生或者文人故事的有 69 种，超过该类戏曲总数的 63%。这与明代戏曲作家大多数为文人有密切关系。因为这类人物是他们所熟悉的，文人作家和他们笔下的人物在生活方式、精神世界和人生追求上，都有着极大的相似性。即使因时代变迁，文人的处境、心态会发生变化，但就文学艺术创作而言，这样的现象屡见不鲜：用前代人物和故事框架，敷演当下的情事，吐露一己之心曲。正如李贽所说"夺他人之酒杯，浇自己之块垒"（《焚书·杂说》）。如王骥德传奇《题红记》，取材于唐代"红叶题诗"的故事②。这一故事有不同版本，宋人张实综合诸说，敷衍成于祐与韩夫人故事（辑入《青琐高议》），王骥德对此略加改易，将原作中久试不中的于祐改成状元及第，将韩夫人改成韩泳之女。剧中男女主人公的生活环境是作者所熟悉的（"禁中"例外，并非剧中人主要活动场所），他们借诗传情也是作者所擅长的。因此，从该戏选材上看，是较典型的文人视角。

要让前代故事合乎作者当下的旨趣，多数时不得不做较大的修改。如王衡《郁轮袍》杂剧在运用唐传奇《集异记·王维》题材时即做了较大改造。原作写王维应岐王之邀去九公主处弹奏《郁轮袍》，受到九公主赏识，因而得中解元。王衡此剧则将之改成王维拒绝邀请，王推冒名前去，得中状元；

---

① 详见书末附表 3—3"取材于唐传奇的明杂剧"和附表 3—4"取材于唐传奇的明南戏与传奇"。
② 参见书末附表 3—2"取材于唐传奇的元杂剧"第 6 条白朴《流红叶》。

后来主考官复查试卷,改取王维为第一,王推恼羞成怒,诬陷王维,致使王维也被黜落。最终真相大白,但王维看破科场内幕,不肯做官,回辋川隐居。明代即有评论者指出,王衡此剧是宣泄自己"抢元被谤"的"冤屈"(沈泰语)。作者之所以对原作故事做较大改动,是为了掺进自身经验,但这里有个前提,原作讲述的科考等情境是作者熟悉、甚至亲历过的,因此才可以在适当改动后"浇自己之块垒"。由此可见,其创作视角是典型的文人视角。

明代戏曲作家选取题材时,除了站在文人视角选取那些可"浇自己之块垒"的题材,也顾及到普通受众的需求,选取一定数量的为平民大众喜闻乐见的题材。轶事类题材的作品涉及的一些故事在民间广为流传,如杂剧《尉迟恭鞭打单雄信》、传奇《征辽记》(存散出),分别讲述百姓喜闻乐见的英雄尉迟敬德和薛仁贵的事迹。这两部戏作者姓名失考,很可能出自民间艺人之手。两部戏的主人公是妇孺皆知的传奇英雄,特别是尉迟敬德,甚至在民间传说中被神化了。戏虽有正史依据,但细节敷演,却颇具民间故事色彩,体现出来自民间的平民视角。

此外,还有不少作品,呈现出文人与平民视角兼具的面貌。如写唐明皇与杨贵妃故事的作品有杂剧《唐明皇七夕长生殿》(汪道昆)等 6 种(均佚失)[1],传奇《彩毫记》《惊鸿记》《一斛珠》或写李白事迹,或以梅妃为主,也都涉及李杨情事。这些作品有的是文人戏曲作家所作,有的作者失考,很可能是民间艺人或平民作家所作。李杨之事自中唐起就广泛流传,上自王公士夫,下至市井男女,因而积累了较多各种传闻异说,成为小说戏曲的热门题材。明代戏曲作家也不例外地在这一题材上施展才艺,进行再创作。呈现出文人与平民两种视角交织并存的面貌。

文人视角与平民视角相交织的情况也存在于明代侠义公案题材的戏曲中。张凤翼《红拂记》、冯梦龙《女丈夫》两种传奇、凌濛初《虬髯翁》《北红拂》《蓦忽姻缘》(第三种佚失)三部杂剧,均取材于唐传奇《虬髯客传》,写隋末虬髯翁、红拂、李靖的故事。这一故事在民间广为流传,也为文人津津乐道。如果说张凤翼此作还更偏重文人视角的话[2],那么冯梦龙、凌濛初作

---

[1]详见书末附表 3-3"取材于唐传奇的明杂剧"。
[2]据载,张凤翼此作是新婚伴房一月而成,除写虬髯、红拂、李靖事之外,还掺合了乐昌公主破镜重圆故事。有较浓文人气息。

为通俗文学的倡导者与实践者,在他们的作品中则更多地以平民视角塑造人物、讲述故事,特别是后者,分别以虬髯翁、红拂、李靖为主人公,写了三部杂剧,可见其对这一题材的热衷。由此可约略见出明代戏曲文人视角与平民视角兼具的面貌。

其次从写人和叙事的侧重点上亦能看出取材于唐传奇的明代戏曲创作视角的上述特点。在以书生或文人为主人公的作品中,有的书生在取得功名前也曾困穷,但这一处境并没有被作家过多地强调,他们也不像元杂剧中的书生那样强烈关注自身的这一窘境而满腹牢骚。明代戏曲作家把更多的笔墨放在书生或文人的爱情经历或者官场浮沉上。徐霖《绣襦记》用大量篇幅记述郑元和与李娃之间的相遇、分离和重聚;郑元和沦为挽歌郎和乞丐这样的经历只是作为他与李娃之间离合悲欢的一个环节,而非作为书生命途多舛的象征,更没有郑元和对功名、对身为读书人命运不济的埋怨。当他雪夜乞讨被李娃救护、恢复健康之后,又继续苦读,终于一举成名,授成都府参军,李娃也因贞义之举而被封为汧国夫人。在这部戏里,李娃并不是作为落魄书生的红颜知己出现的,郑元和最终能博得一第,虽然出于李娃的救助与激励,但设若没有李娃,郑元和很可能不至于沦为挽歌郎和乞丐,甚至他的功名之路也会更顺畅;从另一方面说,李娃救助郑元和,带有较强的赎罪意识。这一点与唐传奇原作颇为接近,不同的,是在这部戏里李娃对郑元和怀有真挚感情,并没有参与倒宅计,鸨母赶走郑元和后,李娃闭门谢客,牵挂郑生。也就是说,呈现在《绣襦记》中的这个故事是作为书生的男主人公的一场传奇经历,这一经历与一位特异的女性密切相关,从而呈现出较典型的文人视角。

再如汤显祖《邯郸记》写卢生梦中经历一番官场浮沉,醒后发现不过是黄粱一梦,于是悟道仙去。元杂剧《黄粱梦》也是把卢生的一世功名放在黄粱一梦的框架里,但在写卢生梦中经历时却极力渲染他在现实中处境的窘迫与前途的黯淡,借这个颇具寓言色彩的故事表露书生们内心对现实的愤懑和对功名的渴望。两部剧作同取材于唐传奇《枕中记》,汤显祖在运用这一题材进行再创作时视角与元代作者明显不同。《邯郸记》中卢生因贿赂考官而得中高第,又历经官场风波,终至位居宰辅,获封赵国公,满门荣华。这一切是由裙带关系和钱财贿赂开路,而在权钱交易的关系网中一旦有所疏漏,就会遭遇不测。卢生因没有打通权臣宇文融的关节,而在官场上几经波折,甚至险些丢了性命。汤显祖在前代故事的基础之上,融进个人仕宦经历的体验,极大地丰富了这一题材的内涵,同时也采用了不同于此前同题材作品的视角。他对现实政治表现出极大的关注,比如作品中涉及的边患、朝廷内部不同政治势力之间的斗争等问题,是现实中汤显祖密切关注的,这种关注不仅表现在给朝廷的上疏中,在他的几部戏曲中都有涉及,这是传统文人济世理想的典型表现。而当经历过一番宦海浮沉,对充斥科场、官场的污浊空气有充分体察之后,汤显祖对现实政治极度失望,对士人这一传统的晋身之途进行了深刻的反思,所以保持了唐传奇原作主人公醒后悟道这一框架,结合剧中对卢生科场、官场经历的充分铺写,赋予原故事更深刻的含意。从这个意义上说,《邯郸记》的视角既不同于唐传奇《枕中记》主要站在宗教的立场,写现实功名的虚幻,亦不同于元杂剧《黄粱梦》借主人公悟道这一故事框架,宣泄书生内心深处对现实处境的不满及对功名的渴望,而是对封建科场、官场既入乎其内、又出乎其外,对其进行冷峻的揭示和批判,同时对士人的人生价值进行深刻反思。这显然也是典型的文人视角。

明代取材于唐传奇的戏曲也有一部分是以普通受众所喜爱或感兴趣的人物为主人公的,着重突出他们身上为普通民众喜爱的特点,演述那些普通民众熟知而又感兴趣的事迹。如上文提及的杂剧《尉迟恭鞭打单雄信》、传奇《征辽记》等,在记述英雄们的事迹时,着重突出他们才能超群、胸襟磊落、忠心耿耿的性格特征。从这类形象的塑造上,能感受到作者的平民视角和英雄崇拜心理。另外,明代一些宗教题材的戏曲也会着意塑造百姓喜爱的形象,演述他们为民谋利的事迹。杂剧《拔宅飞升》以《酉阳杂俎》所记许旌阳故事为题材,增加一些情节,讲述许真人点石成金,帮助百姓还清所欠税银,几经周折,除掉为害一方的蛟精,最终一人得道、家眷随其飞升成仙之事。从作品所构建的情节能看出其鲜明的平民视角,表达封建时代下层民众对勤政爱民、富于正义感、能力超群的官员的期盼,以及对善有善报的因果观念的热衷。这些作品作者均失考,有可能出自民间艺人或平民作家之手。正是这些来自社会下层的作家,在面向普通民众的戏曲的创作中,以平民视角,结撰故事、塑造形象,传达出广大民众的心声。

明代戏曲创作视角上的上述特点,与元代戏曲有所不同。元代戏曲作家中的不少文人,社会地位下降,甚至融入到平民的生活环境中,加之作品所面向的观众即为普通市井民众,所以他们的作品对这些平民多采取平等视角,塑造出富有光彩的普通人形象,即使是书生、小姐的形象,也具有较浓的平民气息,从而呈现出较鲜明的平民视角。明代戏曲作家恢复了传统文人较优越的社会地位和科举这一晋身之途,他们不必再为生计奔波,可以将目光更多地投注到天下国家等大题目上,也有精力和条件流连于诗酒佳人;明代中后期,朝政腐败,正直士人很难通过正常渠道实现传统的修齐治平理想,有些人甚至遭际坎坷,于是不少人从个体经历出发,对政治和人生价值等问题进行重新思考。这类作品往往呈现出鲜明的文人视角。戏曲具有大众性,从其产生到成熟和进一步发展的过程中,都有大量的民间艺人或平民作家参与剧本的写作,他们观察生活、结撰故事、塑造人物的视角是典型的平民视角;此外,由于明代中后期社会发生了巨大变化,出现了文人平民化、世俗化现象及文人与商人、市民、艺人等合流的趋势①,加之一些文人戏曲作家深谙戏曲的大众性特征,在进行创作时,除站在文人的角度选取题材、塑造人物、构建情节之外,也能考虑到作为戏曲主要接受群体的普通民众,所以也能兼具平民视角,满足市井民众的欣赏需求,从而呈现出文人视角与平民视角兼具的面貌。

　　上述元明戏曲作家创作心态、创作目的和创作视角的变异,成因是多方面的,其中时代变迁所引起的社会环境、社会结构和社会思潮等的变化和作家的自身遭遇是引起作家心态及相应方面变异的主要因素。在这一因素中,文人的地位、统治者的影响、市民阶层的壮大和市民气息的浓郁、社会思潮的波动,都起到了关键作用。元明戏曲作家创作心态、创作目的和观察视角的改变并非突然发生的。元杂剧所体现出的创作心态、创作目的和观察视角的改变,在宋、金时期即已露端倪。宋、金、元之际,市民阶层逐渐形成并日益壮大,适应市民文化娱乐需要,说唱文学日趋兴盛,宋杂剧、金院本的演出亦很频繁,南戏亦兴起并逐渐成熟,它们不仅内容丰富,而且大多数是以平民视角和心态反映现实、抒情达意;作为古代戏曲成熟形态的元杂剧,几乎始终没有离开过以市民为核心的下层社会,并从说唱文学、宋杂剧和金院本等艺术样式中吸收了丰富营养,加之文人剧作家身份、地位发生骤变,元杂剧呈现出的创作心态、创作目的和创作视角的变异

––––––––––––––

① 参见袁行霈主编:《中国文学史》(第四卷),第三版,第4—5页。

也就是极自然的事了。明代戏曲在上述几方面对唐传奇的变异,则经过了宋元南戏、元杂剧等的过渡。同时,由于明代社会发生了不同于前代的变化,如中央集权和思想控制加强,文人社会地位得到恢复,同时科场、官场腐败,后期社会经济领域发生了巨大变化,新的社会思潮兴起等,对戏曲作家均造成了不同程度的冲击,加之戏曲本身的特点、文人的大量参与创作等,使得明代取材于唐传奇的戏曲,在创作心态、创作目的和创作视角上均呈现出既不同于其唐传奇蓝本、亦与同题材元杂剧相异的独特面貌。

第五章　元明戏曲对唐传奇的变异(下)

元明戏曲作者创作心态、创作目的和创作视角的变异,来自创作主体的内在世界,是外部环境作用于个体心理的结果,其变异较多地显示出创作者的主体性。就文学(艺术)的内部发展来看,元明戏曲与唐传奇分属两种艺术样式,在艺术体制、语言载体、传播渠道、受众群体、美学趣味等方面均存在较大差异,这些差异作用于它们之间的历史传承上,表现出前者对后者的种种变异。这一变异是由不同艺术样式之间的客观差异造成的,不受创作者主体意志的影响。

第一节　元明戏曲对唐传奇艺术表现的变异

由于体裁的不同,元明戏曲与唐传奇在传承过程中出现艺术形式的变异。这一变异既是戏曲与小说之间的文体差异,同时又因各自的特定形式而显现出这一差异的特殊性和具象化,即元明戏曲对唐传奇的艺术形式的变异实际是戏曲与小说两种文体差异的组成部分和具体体现。而由于这一变异是在元明戏曲承传唐传奇的过程中发生的,在横向差异之中又蕴含着历史演变。在时空的纵横交错中,元明戏曲对唐传奇从以下几个方面呈现出较显著的变化。

一、语言的动作性

一般认为,戏剧是动作的艺术,要通过人物动作在舞台上的直观呈现来塑造人物,演述情节,展开戏剧冲突,作者不能直接站出来对剧情和剧中人物进行说明、介绍或者评论。戏剧的动作又可分为外部动作,即人物的形体动作;语言动作,即我们通常说的语言;内部动作,即心理活动[1]。戏

---

[1] 参见谭霈生《论戏剧性》关于戏剧动作的相关论述,谭霈生:《论戏剧性》,北京,北京大学出版社,2009,第2—53页。

剧在表现这些动作时也要借助于语言,这时的语言是戏剧性语言,具有较强的动作性,使其在搬上舞台时,方便演员将其转化成直观的形体动作(包括语言动作和肢体动作)①,观众通过观看演员的"动作"实现对戏剧的直观接受。小说在塑造人物和叙述事件时也离不开人物的各种动作,但小说主要用叙述语言将人物的种种动作介绍给读者,甚至可以用概括性、说明性或者议论性的文字对人物的性格、经历、品格等做出说明和提示,引导读者去理解人物,即小说对人物动作的叙述描写是平面的,读者对作品中人物动作的接受是间接的、非直观的。从这个意义上说,小说主要是一种语言艺术。这是戏曲和小说之间最主要的文体差异。作为戏剧的元明戏曲和作为小说之一种的唐传奇之间也存在这种差异。

这种差异在承袭唐传奇题材的元杂剧中表现得非常鲜明。试比较下面两段文字:

> ……有娃方凭一双鬟青衣立,妖姿要妙,绝代未有。生忽见之,不觉停骖久之,徘徊不能去。乃诈坠鞭于地,候其从者,敕取之。累眄于娃,娃回眸凝睇,情甚相慕。(《李娃传》)②

> (末作骑马同张千上云)自家郑元和……你见这两个妇人么? 那一个分外生的娇娇媚媚,可可喜喜,添之太长,减之太短。不施脂粉天然态,纵有丹青画不成。是好女子也呵。(做坠鞭科张千拾云)相公坠了鞭子也。(末云)真个是风风流流,可可喜喜。(又坠鞭张千拾云)相公又坠了鞭子也。(末云)我知道。好女子好女子。(又坠鞭张千拾云)相公又坠了鞭子也。(末云)我知道。(正旦云)我看那生裹帽穿衫,撒丝系带,好个俊人物也。(《曲江池》第一折)③

同样写郑生初遇李娃,彼此有情,唐传奇《李娃传》完全以叙述性语言将人物的动作举止讲述出来,读者阅读这些文字,结合生活经验展开想象,特别是读了"乃""诈"这样的词语,会明白是郑生因顾恋李娃而故意借坠鞭以拖延时间。而元杂剧《曲江池》对男主人公上述举止,则仅作科范提示,让人物(演员)自身去做相应的表演,并没有"乃""诈"之类全知全能式的说明,

---

① 参见丁涛:《本体戏剧的守望:谭霈生戏剧理论思想"内生性"探源》,《四川戏剧》2013 年第 9 期。
② (唐)白行简:《李娃传》,汪辟疆校录:《唐人小说》,第 100 页。
③ (元)石君宝:《李亚仙花酒曲江池》,(明)臧晋叔编:《元曲选》第一册,第 264—265 页。

将人物的动作寓于戏剧语言之中,连续几个"做坠鞭科张千拾云",同时配合着人物的语言动作——对李娃不住口的夸赞和"我知道"的声明,并没有告诉观众他坠鞭是"诈",是因留恋李娃的美貌"乃诈",但在富于动作性的戏剧语言的提示下,演员做出相应的形体动作,观众只要观看表演就会对郑元和因痴迷于李娃而"徘徊不能去"的情状了然于胸。对李娃的外貌,唐传奇是由叙述人站在全知视角上作静态描绘:"妖姿要妙,绝代未有",而元杂剧则是借郑生的眼观察,并通过郑生的说白、即语言动作将其展现出来:"分外生的娇娇媚媚,可可喜喜,添之太长,减之太短。不施脂粉天然态,纵有丹青画不成。是好女子也呵。"将静止的外貌描写转化成富于动作性的剧中人物的语言,再次显示出元杂剧与唐传奇在语言动作性上的差异。

需要说明的是,对于剧中人物的外貌,观众也可以通过观看舞台上的演员获得直观感受。不过戏曲这样写一方面可以为选择演员和演员化妆提供某种提示①;另一方面,现实生活中的人物(这里主要指演员)不见得像文学作品(包括戏曲)所描写的那样十全十美,戏曲这样写正好填补了文学描写与现实情况之间的空白,让观众既能从演员的扮相上获得直观感受,也可以通过听剧中人的说白或演唱展开联想和想象,从而对所描绘的人物获得全面的、接近脚本所写的印象,与作者、演员一同完成对人物外形的勾画。不仅在人物外貌的处理上戏曲有这一特点,在其他类似的问题上,戏曲也往往采取相似的处理方式,以收到预期的审美效果。比如剧中人的某个动作,除依靠演员程式化的表演外,有时还借助剧中其他人物(演员)的说白或演唱做出说明,以弥补舞台表演的局限。如两军对垒,舞台上不可能表演千军万马,只能由几位演员作象征性的表演,这时往往由剧中人以演唱或说白的形式渲染双方交战的盛大场面和雄壮气势,既是对舞台表演的提示,观众也可以通过听取唱词或说白中富于动作性的语言展开联想或想象,与舞台表演相结合,从而与作者、演员一起构建战争的宏大场面,如《柳毅传书》第二折开头的人物宾白中已约略讲述了泾河小龙与钱塘君作战的情形,又借旁观者电母之口将其细细叙来。由此可见,戏曲语言动作性的功能是多方面的,与小说语言仅仅面向读者作单向度的叙述、描

---

① 戏曲演员的化妆,包括面部化妆和服装、佩饰等,均有特定的程式,这里所说的戏曲剧本对人物外貌的描写给演员化妆提供提示,是指在特定程式范围内的细节处理。

写或说明不同。

《曲江池》对《李娃传》在语言动作性上的变异,除表现在男主人公郑生的语言、行动等的描写上之外,对女主人公李娃的动作描写,也呈现出同样的变异。此外,类似的现象在承传唐传奇的元杂剧中所在多有,姑不枚举。

同样,在语言的动作性上,明代戏曲对唐传奇也发生了很大变异。但由于戏曲本身的发展,明代的戏曲创作相对于元代在艺术和体制上更加成熟,而戏曲语言的成熟是戏曲艺术成熟的一个重要标志。许多戏曲批评家批评明人的戏曲语言缺少元人的浑然之气和本色之味,特别是指出一些骈俪派作家语言过于雕琢堆砌,难以奏之场上:"今之曲既斗靡,而白亦竞富。甚至寻常问答,亦不虚发闲语,必求排对工切。是必广记类书之山人,精熟策段之举子,然后可以观优戏,岂其然哉?"①不过问题总不是绝对的,一方面,毕竟不是所有作家都用骈俪语言创作戏曲;另一方面,是在众多戏曲作家的共同努力下,戏曲语言的动作性有所加强,大大提高了戏曲的艺术表现力。

明代戏曲语言动作性加强的一个表现,是将人物的舞台动作与唱词和说白紧密结合,浑然一体。试看这样一段唱词:

> 【香柳娘】(外)向明月举觞,向明月举觞,璇台虚敞,青天碧海开秋爽。(指旦介)你把那新打的曲儿唱个。(旦)试新声奏商,试新声奏商。杂管更调簧,珠喉转嘹亮。……(张凤翼《红拂记》第五出《越府宵游》)

即使不知道这支曲子来自哪部戏,叙演的是什么人物,从唱、白中仍然可以知道,这是一个男性(外)在对月饮酒:"向明月举觞";期间让一女子(旦)唱歌,女子应命而歌:"试新声奏商";而女子演唱时所用的伴奏乐器有管、簧等类乐器:"杂管更调簧"。这里"向明月举觞""试新声奏商""杂管更调簧"都是动作性非常明显的唱词,分别将人物饮酒、歌唱和伴奏之人的动作交待出来,与此同时,演员也必伴有相应的舞台动作,戏曲语言和舞台动作浑然一体。

类似的例子在明代戏曲中还有很多,如梁辰鱼《红线女》杂剧,红线出

---

① (明)凌濛初:《谭曲杂札》,中国戏曲研究院编:《中国古典戏曲论著集成》第四集,第259页。

发去了田承嗣营中之后,薛嵩独坐等待,心怀不安:"红线一去,闭户独坐。每常饮酒数合,却便颓然。今连举数觞,愈不能醉。"(第三折)人物的自述中包含着动作,这样,人物在念白的同时辅以舞台动作,或者在做舞台动作的同时辅以念白——二者相辅相成,浑然一体,共同将戏剧动作展示给观众。明代戏曲语言的这种动作性,是作为小说的唐传奇所不具备的,唐传奇只能以描叙性的语言将人物动作落实到"书面"上,读者在阅读小说的过程中须经过联想和想象将人物动作再现于脑海中,或者有些动作已经司空见惯,在阅读时可以省略掉二次创作的过程,知其义即可。而戏曲作为戏剧,必须有动作,给观众以直观的视觉感受;同时戏剧又是一种对话的艺术,人物的语言必不可少①,所以演员在做出舞台动作时,通常情况下要对其加以说明,可以是演唱,也可以是说白。因为受到舞台时空的限制,不是所有的动作都能在舞台上确切地表演出来,所以演员的唱、白有对舞台动作补充说明的作用。唱、白、实际动作(或者说"身段")三者相结合,使舞台动作既具有直观性,又能突破舞台时空的局限,通过观众的再创造而完成作品所要传达的确切动作。

　　戏剧动作除外部动作和语言动作之外,还有内部动作,即我们通常所说的心理活动。小说在叙事时往往采取全知视角,不仅能将人物外在的言行讲述出来,而且对人物的内心活动也了如指掌,向读者一一道来。唐传奇也具有这一特征。作为戏剧的元明戏曲在叙事时,主要采取的是限知视角,叙述人不能直接去表现人物的心理活动或者内部动作;有时也采取全知视角,但是变相的,一般也不用于人物心理活动的表现。可是为了推动剧情发展和塑造人物形象,又必须让观众了解人物的内心世界,这样一来,在表现人物心理活动上,元明戏曲与唐传奇就有了明显的区别。戏曲往往借助人物"独白"或带有独白性质的"唱"或"旁白"的形式将人物的心理活动展现在观众面前("旁白"在戏曲中通常称作"打背躬",以"背云"字样引出),而唐传奇则一般是作者(叙述人)直接出面对人物的内心世界作全知全能式的描述。如《长恨歌传》在写马嵬坡杨妃之死时:"上知不免,而不忍

---

① 一些现代戏剧减少对话或人物语言,是对戏剧艺术的一种探索,目前还不能作为戏剧的普遍表演形式。再者,这里是就一般意义上的戏剧而言,不包括"哑剧"。中国古代戏曲是一种特殊形式的戏剧,它不只有对话,还有演唱。从一定意义上说,演唱也是一种对话,是一种有音乐伴奏的对话,这一点类似西方的歌剧,但并不等同。

见其死,反袂掩面,使牵之而去。"对唐明皇的心理只写其"不忍",且是全知全能式的描述。同题材的元杂剧在表现人物此刻的心理时则借助于人物独白式的唱词:

> 【落梅风】眼儿前不甫能栽起合欢树,恨不得手掌里奇擎着解语花。尽今生翠鸾同跨,怎生般爱他看待他,忍下的教横拖在马嵬坡下。
>
> ……
>
> 【殿前欢】他是朵娇滴滴海棠花,怎做得闹荒荒亡国祸根芽?再不将曲弯弯远山眉儿画,乱鬆鬆云鬓堆鸦,怎下的磣磕磕马蹄儿脸上踏,则将细袅袅咽喉掐,早把条长挽挽素白练安排下。他那里一身受死,我痛煞煞独力难加。(《梧桐雨》第三折)

这两段唱词不能说是严格的"独白";但这里既不是有意的"背云",也不是针对在场的其他人物而唱,完全是他个人内心活动的展示,从这个意义上说,又可以称为"独白"。诚如谭霈生所说:"在中国戏曲剧本中,很多精采的唱词把人物复杂的内心活动表现得淋漓尽致、动人心扉,这种唱词,也可以说是有声的独白。"[①]通过听取人物的独白,受众可以充分领略到唐明皇此时对贵妃既无比留恋又无力救助的不忍与无助心理,较阅读《长恨歌传》的相应描写所获得的笼统感受要细腻、亲切得多,即元杂剧在人物内部动作的表现上,较同题材的唐传奇更具直观性、真实感和深刻性。

再如:

> 这又去访韩君平的。那韩生十年作客,未有鸾栖,末路依人,还同燕幕,所幸门如流水,犹多长者之车;笔可凌云,定献子虚之赋。但今日下方困泥中。想起我李郎珠围翠绕,何在一姬?我虽惭司马之琴,愿举梁鸿之案。只是此事,我却怎生好说来?早见那飞絮横空,香尘扑地,好春光都则孤负也。(梅鼎祚《玉合记》第七出《参成》)

章台柳早已听说韩君平之名,倾慕其才,这天又在楼上看见数人络绎而去访韩君平,心下不免自思,于是有了上面的独白。这一心理活动的描写宛曲细腻,将章台柳对韩生才名的倾慕,对他末路依人现状的同情,对主人李郎态度的不敢肯定,对自己愿望是否能够实现的忧虑,对年华易逝、春光辜

---

① 谭霈生:《论戏剧性》,第18页。

负的婉惜等复杂情怀合盘托出,层层深入,为下文情节的发展提供了人物情感的基础。这一内部动作虽没有激烈的内部冲突,但在平和之中埋伏着情节的走向,引发了此后一系列戏剧动作,虽静犹动。对人物的这一心理活动,同题材唐传奇《柳氏传》主要借助人物的外部动作和语言动作来表现:"柳氏自门窥之,谓其侍者曰:'韩夫子岂长贫贱者乎!'遂属意焉。"仅"遂属意焉"是对人物心理的直接描写,与梅鼎祚笔下同名人物相较,内心世界的单薄与丰富立现。

　　戏曲表现人物心理除运用"独白"的手段外,有时也使用"旁白"的方式。《西厢记》中张生听说莺莺要为父亲做斋醮,请求带一份斋,经一再询问确认莺莺那时也到场时,"(背云)这五阡使得着也";再如《黄粱梦》中吕洞宾为樵夫所救,樵夫叫出他的名字来,"(洞宾背云)好奇怪! 他怎生认得我是吕岩?"《明珠记》第二十六出《桥会》,刘无双被遣去皇陵服役,途经长乐驿,王仙客假扮理桥官,在桥边与无双见面,两人起初无语相对,一个犹豫:"欲待诉衷肠,匆匆怎说向",一个踌躇:"要相亲实难、要相亲实难,恨咫尺在伊旁,如遮万重障"①。均是典型的旁白,即人物此时的心理活动其他在场的剧中人不知道,但为了剧情的展开和人物塑造的需要,是应该让观众知道的,于是就用这一方式揭示人物隐秘的内心世界。这种手法在唐传奇等小说中是没有的。如果需要表现人物这类心理活动,往往是借描写人物外部动作加以揭示,或者由叙述人直接讲述出来。如《莺莺传》张生逾垣欲与莺莺相会,红娘报告莺莺"至矣",这时对张生的描写是"且喜且骇,必谓获济",以叙述性的语言一面描写人物的外部动作一面直接讲述其心理活动,而非如戏曲那样让人物自己说出心中所想。

　　综上,在表现人物内部动作的艺术手段上,元明戏曲较唐传奇有所强化;此外,元明戏曲表现人物心理成分的增多,也使得它内部动作的展现较唐传奇更加凸显。比如取材于《莺莺传》的《西厢记》,较原作篇幅大大增加,除情节的增改外,一个重要的原因就是增入了大量心理描写成分,如佛殿相逢时张生对莺莺美貌和青春的惊叹,崔母悔婚时莺莺和张生的懊恼和埋怨,张生收到莺莺简帖时恨不得天早些黑下来的急切心情,张生被崔母逼迫去赴试时莺莺的离愁别绪等等,杂剧不惜浓墨重彩地刻画人物的内心

①(明)陆采:《明珠记》,见古本戏曲丛刊编辑委员会编:《古本戏曲丛刊初集》。

世界,不仅使人物形象更加丰满、真实,而且人物心理的复杂变化、情感的曲折历程也使故事情节的发展更显得波澜起伏、跌宕有致,较唐传奇偏重于人物语言和行动的刻画,显然是一个巨大进步。元明戏曲较唐传奇的这一变异或者说进步,是由它的文体特殊性决定的。它们遵循着并表现出戏曲的一般规律。戏曲尽管与现代意义上的戏剧不甚相同,但与戏剧一样是动作的艺术,"而且,就'戏剧动作'的真正含义来说,后者(内部动作)比前者(外部动作)更丰富、更重要。"[1]

在人物心理描写上,元明戏曲与唐传奇之间也有相似之处,均借助人物的语言、行动间接地揭示人物内心世界,将人物的内部动作寓于外部动作或语言动作之中。就这方面而言,它们之间的历史承传因素起了主导作用。

因此,元明戏曲在展示人物内部动作方面所做的努力,以及所显示出的与唐传奇的不同,是在承传唐传奇的过程中,适合戏曲这一特殊艺术形式的特点所产生的变异。即在人物心理描写上元明戏曲对唐传奇的变异,既有纵向传承的历史原因,也有横向的文体差异的因素,而以后者为主。总体来说,在内部动作表现上,二者由文体的横向差异引起的变异更加显豁。

中国古代戏曲、特别是成熟初期的元杂剧在语言动作性方面尚存在不足,尤其是由于注重曲词的抒情性,一定程度上削弱了戏剧语言的动作性,致使情节发展缓慢甚至停滞,戏剧冲突因而大为减弱。这里所说的抒情不能完全等同于人物内部动作的展现,虽然人物的抒情在一定程度上也可以说是内心世界的展露,但如果仅仅是为抒情而抒情,致使戏剧动作延缓或停滞[2],情节不再发展,则这种抒情不能算作真正的"内部动作"。元杂剧的抒情性唱词很多,作者往往沉醉于抒情之中,且多借剧中人物抒发一己之情怀,难免忽略了人物的"动作",忽略了动作在推进情节发展、展示人物内心冲突进而揭示人物之间的复杂关系上的重要作用。如《梧桐雨》第四折几乎全部为唐明皇对杨贵妃的思念和对当下凄凉处境的感伤,情节在这里几乎停止了。元杂剧的这一特点,除与诗歌一脉相承之外,与唐传奇的

---

[1] 谭霈生:《论戏剧性》,第 14 页。()中的字系引者所加。

[2] 注意,不是"停顿"。人物的外部动作的"停顿",并不代表其思想活动的停顿,戏剧往往通过这种"停顿"收到此时无声胜有声的效果。参见谭霈生:《论戏剧性》,第 14—18 页。

抒情性特征也有一定的渊源关系,由此可见,元杂剧对唐传奇的变异是在承袭中的变异,承与变是同时进行着的。需要指出,元杂剧的抒情性,有其特殊的意义和效果,甚至不妨说是形成它独特艺术魅力的一个重要因素,但对于戏剧性而言,则不能不说是一个遗憾。这一遗憾是在对包括唐传奇在内的前代其他艺术形式的承与变的过程中产生的。

相比于元杂剧,明代戏曲在语言动作性上更加成熟,一方面是对人物心理描写更加细腻生动,富于层次感;一方面是纯粹抒情折段的大量减少,主要体现为将人物的唱、白与舞台动作紧密结合。这是戏曲自身在发展过程中不断演化的结果,愈加显示出戏曲与作为小说的唐传奇之间的横向差异。

二、表演的虚拟化、程式化和时空压缩

戏曲的主要传播方式是演员表演,相应地,对戏曲的接受方式则是在特定场合观看表演,演员的表演场所主要是舞台。与小说主要依靠文本传播,受众通过阅读接受相比,戏曲的传播和接受具有直观性的优势;但同时戏曲也必然会受到舞台时空的限制,而非如小说那样不受时间地点的局限。中国古代戏曲的舞台设置非常简单,即使现在,传统戏曲表演的舞台设置也还是一桌一椅(或两椅),或者仅在一块幕布上绘上简单的背景,或者干脆什么布景也没有。这种情况下,要表现某些场景、动作时就只能依靠演员的表演。为了给观众以真切感,演员在表演这些动作时,尽量摹仿现实生活的实际情形,有时使用一些简单的道具,久而久之,这类表演形成了固定模式,观众一看到某种动作或表演,看到某些道具,就知道人物是在做什么或者舞台上在表演什么,形成了戏曲特有的程式化和虚拟化特征。这一特征为小说所无,小说是语言的艺术,任何场景任何动作都可以用语言描述出来,读者只须借助文字描绘展开联想和想象就可以在头脑中形成相应的画面,小说也就达到了相应的审美目的。

戏曲的虚拟化和程式化特征与小说描写的区别,可以从多方面观照。就环境描写而言,小说往往运用生动的语言将人物所处的环境描写出来或者在叙事中交待环境,而戏曲则通过人物的唱念和特定动作,配合适当的道具,以程式化和虚拟化的表演在舞台上再现人物所处的环境。以《离魂记》和《倩女离魂》为例,唐传奇和元杂剧在写倩娘(女)魂追王生时,王生都

是在船上。唐传奇这样写：

> 宙……决别上船。日暮，至山郭数里。夜方半，宙不寐，忽闻岸上有一人行声甚速，须臾至船。……遂匿倩娘于船，连夜遁去。

接连几个"船"字，读者完全可以根据自己的生活经验想象出王宙上船欲行，倩娘赶至，王宙携倩娘乘船逃走的情景。"船"在作者笔下、在读者脑海中都可以自由漂荡。元杂剧也写王生乘船去赶考，倩女之魂追至：

> 【越调斗鹌鹑】人去阳台，云归楚峡，不争他江渚停舟，几时得门庭过马。悄悄冥冥，潇潇洒洒。我这里踏岸沙，步月华，我觑这万水千山，都只在一时半霎。

> 【紫花儿序】想倩女心间离恨，赶王生柳外兰舟，似盼张骞天上浮槎。汗溶溶琼珠莹脸，乱松松云髻堆鸦，走的我筋力疲乏。你莫不夜泊秦淮卖酒家。向断桥西下，疏刺刺秋水菰蒲，冷清清明月芦花。(云)走了半日，来到江边，听的人语喧闹，我试觑咱。(《倩女离魂》第二折)

元杂剧则完全是让人物唱出或说出，除明确点出"舟""兰舟"外，还不断地借助"岸沙""秋水菰蒲""明月芦花"等意象从侧面提示主人公行的是水路。而要想让观众获得直观感受，演员仅仅这样演唱、念白是不够的，还要做出相应的动作。元杂剧的舞台表演情形现在无从复原，但从现在的传统戏曲表演中，我们可推测出当时演出的大致情形，真正的船不可能出现在舞台上，舞台上一般也不会做出"岸沙""菰蒲""芦花"之类的布景，而且也不必出现这些道具和布景，主要靠演员的表演将这一切情形展示给观众：扮演王生的演员一定要做出在船上站立不稳、随水波摇晃的动作，另一位演员则扮成舟子的模样，手拿船桨做划船的动作。这类表演不是专门适应具体哪一出戏的，而是在表演相似或同类场景时通用。因此一看到这种舟子打扮的演员，看到船桨，看到演员站立不稳的姿态，观众就能明白这出戏所发生的地点和相应的环境了。

对角色的处理，也可以采用程式化和虚拟化的方式。有些作品中会出现一些不便于在舞台上出现的角色，如《橘浦记》中的多种动物：白鼋、猿、蛇、龙等，这几种动物在剧中都起到关键作用，有的甚至还是主要角色。不能让真的动物上场表演，要由演员化妆成它们的样子，模仿它们的动作、体态,同时辅以唱、白加以介绍或说明,必要时可能还使用简单的道具,将这些形象再现在舞台上。这样,观众观看演员的表演,结合唱、白,就可以在头脑中再现这些动物真实的形象、动作以及生活的环境(龙在现实中不存在,但由于绘画、雕塑、传说中多有它的形象,所以对中国人来说,这一形象并不陌生),从而与作者和演员共同完成对这些形象的塑造,这是戏曲虚拟化的一种较特殊的表现方式。这一表现方式显然与唐传奇等小说不同,同题材《柳毅》除龙之外,并没有这么多动物出现,但设若它们在小说中出现了,作者尽可以调动各种生动的语言,对它们作出栩栩如生的描写,读者在阅读时借助想象完成对这些形象的勾画。从这点上说,小说不受舞台表演的限制,创作主体在塑造这类形象时有更大的发挥余地;而戏曲受到舞台表演的限制,不可能完全再现某些特殊的角色;但从另一方面说,戏曲的舞台表演比小说的书面描写更具直观性。

　　戏曲中有些特定场景也需要借助虚拟化和程式化表演来完成。比如元明戏曲中经常出现的科举考试场景。一般地说,参加科举考试的人数应在几百到千名以上,但舞台上无法容纳这么多演员,不可能让这么多人同时上场表演,于是,除叙演剧中主人公考试情景之外(一般情况下,作为男主人公的少年书生总是要参加科考的),一般再以一两人或两三个人作陪衬,以少总多。另外,按照明代规定,科举考试一般要考三场,每两场之间有数天的间隔,每一场考试时间一般是一整天。戏曲不可能将这一程序首尾完整地再现出来,所以一般是只写一场,而这一场往往也非常简单,将考试内容以应试人物与试官的对话表现出来。这样一来,实际上是将考试的时间和程序极大地压缩和简化了,其表演带有很强的虚拟性和象征性。观众不会追究这类表演与实际考试情形之间存在着的巨大差距——他们完全可以自己将其间的空白补足,或者没必要补足,因为主要情节和人物形象在这虚拟化的表演中已经完备了,所遗落的那些内容对理解剧情并不会造成任何障碍。明代戏曲表现这类情景的作品较多,如沈采《还带记·棘围考试》一出,王衡《郁轮袍》第四折,张琦《郁轮袍·应试》一出,许自昌《橘浦记·应试》一出,等等。由于类似的考试场景经常在戏曲中出现,有的作品干脆略而不写,只作简单提示,让演员自行表演,如李日华《南西厢》第三十一出《曲江得意》只在出目下以小字提示"(扮考试随意照常做)",没有任何内容。可见,这类虚拟化表演其程式化已经非常强,甚至可以不必写出脚本。此外，在一些宏大场面的表现上戏曲对这一手法的运用更是淋漓尽致：如战争、升朝、排衙、大型酒宴等场面。唐传奇等小说对此类场景的叙述既可以不厌其详，也可以简之又简，伸缩自如；无论哪种叙述描写通常都是写实的，而非虚拟化、程式化的。

元明戏曲的这种程式化和虚拟化的特征，如果说在戏曲成熟初期还多少是因戏曲内部各因素发展不平衡而形成的话，那么此后戏曲进一步发展后这一特征仍有保留则说明，它已经是我国传统戏曲一个不可或缺的重要特征，这一特征与演员的基本功紧密联系在一起，所谓"唱做念打"，其中的"做"（有时也包括"打"）便与这种程式化和虚拟化特征密不可分。而由于"做工"对于戏曲情节的开展、人物形象的塑造的重要作用，戏曲的动作性从中得到了不同于现代戏剧意义上的凸显。这是戏曲与小说（包括唐传奇）的相异之处。如果说上文所论元明戏曲在语言的动作性上对唐传奇的变异还是承中之变的话，那么在程式化和虚拟化上的这一变异，则更多地来自于两种文艺样式的横向差异。

戏曲的程式化和虚拟化特征不仅仅表现在上述几个方面，在一些细节的刻画或者人物情感、心理的外化中，也不乏这一手法的运用，如推门的一系列固定动作、女子上楼时的固定步态、表现人物愤激情绪的"甩发"、表现人物思考过程时手的转动的特定程式等等。这些手法是戏曲程式化和虚拟化的典型的、丰富的表现，但由于与唐传奇关系不大，姑不论。

上文所论的元明戏曲在程式化和虚拟化上对唐传奇的变异，侧重于对舞台空间局限的克服。在克服时间局限上，元明戏曲有时也使用这一手法，如上举倩女追王文举，时间上是从傍晚到夜半，这一时间历程，一方面借助人物的说白和唱词传达出来，同时演员在舞台上所做的一套疾行的程式化动作也可以告诉观众，她已经走了很久了。而小说则只径直以表示时间的词语点明"日暮""夜方半"就可以达到目的。

由以上所论可知，程式化和虚拟化是元明戏曲在时空安排上与唐传奇的不同手法。此外，元明戏曲还往往采用压缩的手法，将唐传奇所叙在较长时间、较广阔空间内发生的事，尽量压缩，以突破舞台有限的时空，将所需要的较丰富的内容容纳进来。如元杂剧《梧桐雨》在楔子中写安禄山出场及相关事迹，多承《安禄山事迹》相关记载而来，后者写杨贵妃办洗儿会是在天宝十载正月初三日，这一日贵妃特意"召禄山入内"。这已不是安禄

山初次入朝。他上朝奏事,张九龄预言其将"乱幽州"之事发生在开元二十
一年①。而《梧桐雨》在楔子中则将安禄山初次入朝、张九龄的预言、他被
赐给贵妃做养子、贵妃洗儿等事统统安排在一时一地,从而将原作的时空
跨度大大压缩。这一变异的出现,首先可以排除作者对史料或相关文学作
品掌握不熟的可能;其次也可以基本排除为实现某种创作意图这一可能
性,因为从作品所表达的主题看,他并非着意表现贵妃的秽迹,并非要达到
"惩尤物、窒乱阶"的目的②。也就是说,作者这样安排时空主要是出于关
目紧凑的考虑,确切说是为了克服杂剧的表演时间和地点的限制。杂剧除
受舞台空间的局限外,表演时间也较短,一般是一本四折,有时加一短小的
楔子,每折的唱词不过一二十支曲子,间以有限的说白,要想在有限的表演
时间内完成时间跨度较大的一系列事件的演述,只能采取这种压缩的办
法。从表面上看,使用这一办法失去了生活的真实,但对于塑造某一人物
形象或表现某一类事件而言,则又是符合艺术真实的。它所承传的唐传
奇,作为语言艺术,没有这一局限,可以充分利用语言文字的表现力,天马
行空,在任意时空中自由驰骋。

　　明代戏曲、特别是明传奇,在时空压缩上比元杂剧程度稍弱。同写安
禄山之乱,吴世美《惊鸿记》以《洗儿赐钱》《禄山辞朝》等数出将安禄山几件
典型事件基本按照相关小说或史料所记时间顺序叙述,其时空压缩的程度
较元杂剧稍弱。类似的还有无名氏《玉环记》相对于乔吉《两世姻缘》、汤显
祖《邯郸记》相对于马致远《黄粱梦》、王錂《彩楼记》相对于王实甫《破窑记》
等,明传奇的时空压缩程度相对元杂剧均较弱。这是由于明传奇一般篇幅
较长,在叙述事件、塑造人物上,有较充分的空间,演员可以多次上、下场,
时空的更替比较频繁,可以在时间安排上向真实情景靠拢,而不必做太多
太强的压缩。明传奇在时空压缩上的弱化,是相对于元杂剧而言的,如果
与唐传奇在时空叙述上可以天马行空的特点相比较,它的压缩性还是相当
大的。

　　元明戏曲在表演的程式化、虚拟化和时空压缩上对唐传奇的变异,主
要是由二者传播方式与接受方式的不同造成的,体现了两种文艺样式间的

①(唐)姚汝能:《安禄山事迹》卷上,见(五代)王仁裕撰,曾贻芬点校;(唐)姚汝能撰,曾贻芬点校:
　《开元天宝遗事 安禄山事迹》,北京,中华书局,2006,第82、74页。
②语出(唐)陈鸿:《长恨歌传》,汪辟疆校录:《唐人小说》,第119页。

横向差异。

三、夸张的艺术

有人说戏曲是一种夸张的艺术，从某个角度看的确如此。这与戏曲的艺术载体、传播方式密切相关，戏曲虽有剧本的创作，但语言文字等书面形式只构成戏曲艺术载体的一部分，另一主要构成是舞台；相应地，戏曲的传播主要也不是依靠文本实现的，而是依靠演员的表演、观众的观看这一互动式过程来实现。戏曲的这两方面特点可以概括为舞台表演性和大众性。与此相适应，戏曲的表演往往具有夸张的特点。一般情况下，戏曲表演的观众众多，相对于数量巨大的观众①，其舞台的空间极其有限，要想让各个角落的观众都能观看到表演，更好地领会剧情，演员的表演、或者说动作，相对于他所扮演的人物的实际动作，往往要有一定程度的夸张或放大；同时，戏曲表演又是一次性完成的，观众不可能像读小说那样停顿下来细细体会，也不可能在一场戏的进行中重复欣赏某一段剧情，因此为了能让观众对一场戏有比较充分的理解，或者对一场戏中的某些重要场景、重要人物留下深刻印象，就需要对作品作适当的夸张或放大。同时戏曲的夸张性与它形成过程中所接受的说唱文学、民间百戏等的影响也不无关系。说唱文学和百戏具有极强的大众性和表演性，为吸引受众，其表演者往往需要调动各种夸张的手段。戏曲在逐渐成熟的过程中将这一特点吸收借鉴过来。

戏曲夸张性的实现要靠演员的表演来完成，作为表演依据的剧本也需要体现出这一特性。翻开现存的元杂剧文本，夸张之处随处可见，与同题材的唐传奇形成鲜明对比。

戏曲的夸张主要用在人物形象的描写和塑造中，进而服务于作品主题。如王实甫《西厢记》和元稹《莺莺传》，两篇作品都写张生第一次见到莺莺即为她的美貌所倾倒，但手法却各异。杂剧在借张生之口、眼描绘莺莺美貌时，不惜大量使用夸张手法：莺莺的美已经超越了凡人，是"神仙"；因其绝世美貌引起男主人公强烈的相思，以至于寺庙成了"离恨天"；让人感

---

① 明代的戏曲演出舞台已经不再限于勾栏瓦肆，宫廷、官府、私家都有了演剧场所，后一类场所相对于面向大众的勾栏，要小得多，观众数量也较有限。演出场地的变化对某一阶段的戏曲表演会造成一定影响，但不足以改变戏曲固有的特性。就总的倾向而言，戏曲仍然是大众的艺术。

叹"颠不剌的见了万千,似这般可喜娘的庞儿罕曾见",见了她"魂灵儿飞在半天"。运用夸张手法极力表现莺莺的美貌及其在张生心里引起的激烈反应,从而为下文写张生对莺莺的极度渴慕与思念之情(也大量运用了夸张手法)埋下了伏笔。与此不同,唐传奇在对莺莺的相貌作正面描写之后,对张生的反应只写了"张惊,为之礼",前后并无一语运用夸张手法。这样一来,下文写张生对红娘的一番"索我于枯鱼之肆"的陈词,虽也使用了夸张,但却显得突兀,缺乏必要的情感基础。

取材于唐传奇的其他元杂剧在运用夸张手法时,也服务于人物塑造和主要内容,如《扬州梦》旨在写出书生的风流痴情、不受官场繁文缛节的束缚,所以第一折以夸张手法写杜牧对张好好容貌的极力夸赞;《黄粱梦》欲表现世俗功名的虚妄,表达对道隐的企慕,所以在借钟离权之口描绘神仙世界时使用了夸张手法;《合汗衫》欲突出陈虎恩将仇报的恶行给张员外一家造成的悲惨境遇,所以让张员外对儿子儿媳因求卜而离家这一在当时很平常的举动表现出过度的伤悲等等。

明代戏曲从总体风格上缺少元杂剧的酣畅淋漓,但在夸张性上却并不比元杂剧逊色。在人物形象塑造上夸张手法运用得非常自如,如写人物的相思之情,往往使用这样的语句"一日相思(有的戏是"思亲",如《埋剑记》)十二时"。古代使用干支计时法,一时相当于现在的两个小时,十二时就是二十四小时,也就是说,一天中没有一刻不在相思或思亲,以此表现人物用情之深。再如表现某一人物对另一人的倾慕,则将对方奉为神圣,李日华《南西厢》写张生收到莺莺的缄帖,将其比作"圣旨",将传缄的红娘比作"擎天柱",将人物心理外化为言语动作,通过对外部动作的夸张描写表现人物内心世界[1]。还有的作品单纯对人物外部动作进行夸张描写,如《红拂记》第三十一出,扶余国的两个将官分别扮作樵夫和渔父,将李靖攻了数场未擒到的高丽王一举擒获;《题红记》第二十六出,写于祐与韩偓辅佐李克用攻打势力甚盛的黄巢,于祐设计诱敌中伏,一举擒了黄巢,而其计策实在是再简单不过。这两场戏中人物的外部动作都极简单,收效却极大,动作与效果之间的距离之大超出寻常尺度,显然是使用夸张手法的结果。

---

[1](明)李日华:《南西厢记》第二十二出,(明)毛晋编:《六十种曲》第三册。下文所引李日华《南西厢》均出自该书,不另出注。

　　夸张手法的运用还可以突出人物的某一方面性格或才能,如徐渭《女状元》杂剧,主人公黄崇嘏不仅一举夺魁,而且周丞相在一个晚上连试她琴、棋、书、画、诗、文、对联、案牍等各方面才能,她都一一出色完成。联系人物的身世——自幼失去双亲,与一老仆生活,家境贫寒,二十岁时去科考,在成都府任职三年——这样一种身世经历,具有如此多方面出色的才能,她即使不是超人,也该是个神童了。这个人物的塑造显然带有夸张色彩,旨在突出主人公特异的才能和超群的个性。而这个人物在唐传奇中的原型并未参加科举,成都府官员发现她时,她已经"年三十许",将她的才能简单概括为"善棋琴,妙书画""案牍丽明",戏曲把这些简单描写极力放大,使人物形象更加突出。

　　此外,明代戏曲在塑造人物时将夸张手法综合运用于人物肖像、内部动作和外部动作的描写中,如对宫女、小厮、帮闲、无赖等人物的塑造,既以夸张的笔法描绘他们的肖像,也将他们的内部动作和外部动作夸张或放大。《明珠记》第十九出《宫怨》所写的张如花、李似玉两个宫女形象,《樱桃梦》中虚措脚、真空头两个无赖,《梦境记》中油花、火光两个光棍,《题红记》中两个书童的形象等,就是用夸张手法塑造的。这些夸张有的对突出主题具有重要作用,如对几个无赖、光棍形象的描写带有讽世意味。此外,作品在描写这类人物时往往插入一些插科打诨成分,从而在增强夸张性的同时,也为作品涂上了滑稽色彩。

　　其次,戏曲的夸张手法还运用在场面的铺演上。尽管戏曲受舞台空间的限制,不可能将宏大的或复杂的场面搬上舞台,但可以以少量人物和道具代表大型场面,以少总多;或者借助剧中人物的报告描述这类场面,而报告人的叙述不受时间和空间的限制。就这两点而言,戏曲在再现宏大或复杂场面上与唐传奇等小说有相通之处。但就夸张性而言,戏曲则较唐传奇等小说有异。如王实甫《西厢记》表现斋醮场面,在写众和尚见到莺莺美貌后的反应,先着重写大师、班首的失态:"大师年纪老,法座上也凝眺;举名的班首痴呆儍,觑着法聪头做金磬敲。"其他和尚则以"老的小的,村的俏的,没颠没倒,胜似闹元宵",以少总多,以夸张手法再现和尚种种失态之举,从侧面突出莺莺的美丽,并将夸张寓于插科打诨之中,收到了强烈的喜剧效果。再如《红拂记》探子向扶余国主(虬髯翁)报告唐朝军队与高丽军队作战的情况:

　　【圣药王】……这一个明晃晃的刀去劈，那一个忽辣辣的箭发疾。

咕叮嚣相对在半空里。高丽将被李将军一刀分为两段。卒律律迸一

万道的火光飞。（第三十一出《扶余换主》）

“相对在半空里”“卒律律迸一万道的火光飞”以夸张手法表现战斗场面；再

如《樱桃梦》第二十二出《幻侠》宁阳子为卢生再现楚霸王巨鹿之战的情景，

也是从剧中人口中叙出，在叙述过程中也多使用夸张手法。

　　上述所举戏曲对宏大的或复杂场面的描写，就个别情节而言，相对于

唐传奇原作，有些是增入的情节，是一种明显的变异，属于情节的增改范

畴。而就其描写的夸张性而论，与其唐传奇蓝本相较，则发生了较大变异。

唐传奇即使有对宏大的或较复杂场面的描写，也多半是写实的，像《柳毅》

所写钱塘君与泾河小龙的战斗，是借助想象所描绘的特殊人物之间的战争

场面，从严格意义上说是写实而非夸张。

　　元明戏曲所运用的夸张手法，在与它们同题材的唐传奇中很少见。并

非是唐传奇不需要借助相应的艺术手法突出主题，而是因为戏曲与小说艺

术体式不同，为达到同一目的可以运用不同的艺术手法。唐传奇是文言小

说，供案头阅读，读者的阅读行为基本上是个体的、可重复的，不需要太多

的夸张手法来加强受众的欣赏印象或帮助他们理解作品。戏曲是一种舞

台表演艺术，对它的欣赏接受是群体性的、一次性完成的，如果按照生活原

来的样子如实表演，则面对一个广大空间中的众多观众，视觉上的吸引力

就会显得不足，难以给观众留下深刻印象，有时甚至影响观众对剧情的充

分理解，而使用夸张手法，则可以在“过火”的表演中，尽可能地达到充分吸

引观众、传达剧情的目的；同时，戏曲的夸张也是适应普通观众群的审美心

理的。夸张有利于活泼气氛的营造，往往会产生喜剧效果，戏曲的受众群

相当大一部分是普通市井民众①，他们在观赏戏曲表演时，需要一种轻松

热闹的氛围，追求一种喜剧效果，以消除疲劳，从身心两方面得到放松。戏

曲这种轻松氛围的营造和喜剧效果的达成，主要手段就是夸张，从而同唐

传奇的庄重气氛和较平实的笔调形成鲜明对比，体现出两种文艺样式之间

————————

①明清时期出现了宫廷、家班等的演出，这类演出，特别是后者，虽在一定程度上对戏曲艺术的精
　进起到了重要作用，但其观众范围有所缩小，使戏曲表演的内容趋于单一，艺术手段的丰富性也
　受到限制，因此就戏曲艺术的固有特点而言，离开最广大的受众群，它的生命力就会萎缩。

的差异。

　　需要补充说明的，是元杂剧中的夸张手法有些并不都产生喜剧效果，如上述《合汗衫》的夸张带有悲剧色彩，《黄粱梦》的夸张则基本上是正剧式的。但总体而言，元明戏曲中的夸张手法所起的主要作用是活跃气氛，化凝重为轻松。

　　夸张性，作为戏曲的艺术特色之一，为戏曲平添了与唐传奇等文言小说有别的风味。唐传奇等文言小说的写实性，使它具有一种严肃、典重的风格，更符合具有深厚文化修养的文人的审美情趣；而戏曲夸张手法的大量运用以及所营造的轻松氛围和喜剧效果，则更适合普通民众的审美习惯。从这个角度说，夸张性使戏曲更接近世俗社会。

四、滑稽戏谑

　　除夸张手法的运用之外，古代戏曲还有大量滑稽戏谑的成分。戏曲的早期形态是杂有滑稽表演和歌舞的优戏，在其发展成熟的漫长历程中，又不断地受到民间各种杂戏、滑稽表演的影响。对此，王国维《宋元戏曲史》有详细的考论①，其他许多戏曲史类的著述也多有涉及，兹不赘述。中国古代戏曲与滑稽戏有着深厚的渊源关系，因此，滑稽戏谑成分已经成为戏曲这一机体的组成部分；早期的戏曲观念中有一种看法，是要将戏曲表演与现实生活拉开距离，以使观众不至于沉溺其中，即制造一种间离效果；同时，这一特点的形成与戏曲的受众组成和传播方式也密切相关，是与大众的审美趣味和娱乐需要相适应的。一般地说，插科打诨或戏谑成分，在戏曲表演中主要是为了活跃剧场气氛，调剂场面，或者给观众以休息的时间，使其再回到戏场时不至于错过主要剧情。

　　翻开元明戏曲，我们会发现不少插科打诨的成分，如王实甫《西厢记》写和尚们见到莺莺时的种种滑稽表现；《刘弘嫁婢》中王秀才的种种可笑表演。明代戏曲更是不惜篇幅插入科诨折段，如李日华《南西厢》第七出"对谑琴红"，琴童和红娘互以诨话嘲笑对方主人之后，还进行了大段"赌铺牌"的嘲戏；《北红拂》杂剧虬髯客家仆被赠与李靖夫妇时，也不失时机地插入科诨；传奇《明珠记》包知水与妓院鸨母等人调谑等，均占有较大篇幅。即

---

①王国维：《宋元戏曲史》，第17—39页。

使在表现较为严肃的思想或演述较凄惨情景的片断中,也忘不了插入科诨,以活跃气氛。如元杂剧《合汗衫》第四折,陈豹与赵兴孙抓住作恶多端的陈虎欲杀他时,深受其害的张孝友不但不许杀,还重复着当初说的话"我眼里偏识这等好人"——如果说当初他说这番话还是由于不识此人真面目,那么在真相大白时,在他含冤忍苦了十八年之后还这样说,只有两种可能:一是这个人物智商有问题,或者作者对这一形象的塑造是个败笔;二是这完全是作者有意为之,意在为悲惨的故事和严肃的主题增添几许喜剧色调,缓和场上的气氛。显然,第一种可能性可以排除。这种写法在它所资取材的几篇唐五代小说中根本找不到。

如果说《合汗衫》对其原作的这一变异,更多地是因为情节改动较大造成的话,那么,《曲江池》与《李娃传》在几乎相同的情景下的写法则更能说明问题。《曲江池》第三折李亚仙在雪夜救回沿街乞讨的郑元和,让赵牛筋守门,鸨母来时咳嗽为号。鸨母刚来时赵牛筋咳嗽,还算是情节的正常演进,当鸨母已闯入并与李娃发生争执时,赵牛筋又先后两次咳嗽,则是作者有意安排的插科打诨。同样表现李娃对郑生的救助,《李娃传》则只将事件的来龙去脉叙述清楚,李娃与鸨母的一番据理力争,更是义正辞严,看不到任何滑稽调笑的笔墨,更没有赵牛筋这样的滑稽角色出现。

郑元和(唐传奇中是郑生)由官宦子弟沦落为挽歌郎、再沦为乞儿,雪夜冻饿交加,浑身肮脏不堪,是颇为凄惨的事。杂剧写李娃与鸨母的争执,是力图抨击以鸨母为代表的只重钱不重人的社会黑暗现象,歌颂李娃对郑元和的真挚爱情,并借此获得某种心理补偿,其思想是严肃的。唐传奇虽然在创作心态上与杂剧不同,但其主题同样严肃。同样凄惨的情景,同样严肃的主题,元杂剧和唐传奇却运用不同形式来表现,单就滑稽成分而言,元杂剧在承袭唐传奇的过程中发生了重要变异。这一变异在为元杂剧增添喜剧效果的同时,也使得它看上去很不和谐,使刚刚沉浸在杂剧所构建的情境中的观众从"幻觉"中醒悟①,意识到舞台上的表演不过是一种"假

---

① 这里的"幻觉"是指在艺术欣赏中,人们会产生艺术品所描绘的事物与实物的"相似"感或者认定艺术作品中的此物指代现实中的彼物,这种相似感的产生是基于艺术品与欣赏者之间的某种通约,依此通约,将艺术品中的事物假定为现实中的事物来接受,由此获得一种知觉体验,即为"幻觉"。参见林婷:《对布莱希特"间离效果"理论的再认识》,《贵州师范大学学报》(社会科学版) 2005 年第 4 期。

相"，从而由戏中人物的苦难所带来的悲伤感和主题的严肃带来的沉重感中出离，戏曲由此产生一种间离效果，这通常被西方戏剧理论家认为是中国戏曲的一个特点。

戏曲受众的主体是下层民众，他们的生活本已充满艰辛，不想在观看艺术表演中再去体验更多的苦难；同时他们整日奔波于生计，既无闲暇也缺少深厚的学养来思考重大问题；因此，他们观看戏曲表演的主要目的是消遣和娱乐，此其一。其二，戏曲是在宋金滑稽剧等百戏表演基础上脱胎而来，在其形成的过程中，先天地就带有滑稽质素。其三，来自早期戏曲观念的影响：中国古代戏曲总是千方百计地告诉观众舞台上的表演是假的——上文所说的程式化和虚拟化即是一种，此外，还会借助其他手段产生间离效果，其中之一便是插科打诨手法，让观众在哄然一笑中与剧中之人之事拉开距离，把艺术经验从现实经验中剥离开。唐传奇则与此不同，它的受众有着较高的文化修养，愿意而且也能够从典籍和其他作品中探幽发微，愿意也能够思考社会、人生这类重大课题，此其一。其二，唐传奇作为中国古代文言小说成熟的标志，受史传影响颇深，注重"实录"，所以每每在作品结尾，指出证人或详述故事的来源与后续，说得有凭有据，不由你不信，与戏曲所要达到的间离目的正相反。其三，唐传奇的作者多为地位较高的儒生，不少由科举进身，有的还是闻名遐迩的文章才子，他们在写作传奇小说时，一般不会插入属于市井的"科诨"成分。

随着戏曲的不断发展成熟，一些插科打诨或戏谑的成分，已不单纯是为了活跃气氛、调剂场面而出现，同时还具有塑造人物、突出主题的作用。

> ［净丑（分别扮真空头与虚措脚）］门便关了，这边是狗洞，叔爹容我每钻一钻进去，好求见相公。……（丑净）是小人每忘恩负义了。狗洞赏赐一赏赐。（丑钻踢跌，净钻踢跌科）（丑净）狗也钻了，难道我每不如狗？［末（扮卢生家人卢义）］你怎么如得那狗？狗子日间护主，夜间防宅。你两个怎么如得他？……（丑）好好，这一场出丑，回去妻儿老小也见不得。（净）你那里有妻儿老小来？人倒不难见，则是没有见人底脸子。（丑）你笋箨脸，还害羞哩。（末）赏你两个脸子去。（内掷二脸科）（《樱桃梦》第三十三出《逐诣》）

《樱桃梦》的这一段利用插科打诨的描写不仅将两个趋炎附势、卑鄙龌龊的无赖形象活化出来,也揭露出世事险恶、世态炎凉的现象,从而突出了功名虚幻、人生如梦的主题。类似的科诨、戏谑在《梦境记》中也出现过。这类戏谑或科诨在人物形象的塑造或主题的表达上均起到了重要作用。

元明戏曲中这些科诨和戏谑成分,无论是起到调剂场面的作用,还是兼有塑造人物、突出主题的作用,都使戏曲产生了一种间离效果,特别是为戏曲表演涂上了一层喜剧色彩,使之散发出浓郁的市井气息,具有世俗化的美学风貌,是戏曲有别于唐传奇等文言小说之处。

第二节　元明戏曲对唐传奇美学风貌的变异

一、元杂剧之尚俗与唐传奇之尚雅

上文所论元杂剧对唐传奇艺术形式的变异,主要由二者艺术体制、传播方式和受众群体等的差异造成的。这些差异,再加上语言载体、审美趣味等的不同,还带来了二者各异的美学风貌。概括言之,元杂剧在美学风貌上对唐传奇的变异主要表现为变典雅为通俗。

首先,是语言载体上元杂剧尚俗与唐传奇的尚雅。元杂剧所使用的语言载体主要是流行于市井的白话和口语,唐传奇所使用的语言则是当时的书面语言——文言。语言的不同风貌带来不同的美学风貌,使用市井之语的作品散发出浓郁的市井气息,通俗易懂;使用书面语言的作品则蕴含着浓浓的书卷气,典雅有余。犹如人的服饰,常言道"人是衣裳马是鞍",同一个人穿着笔挺的西装革履和穿着家常的 T 恤牛仔,外在效果肯定不同。元杂剧中的市语随处可见,如"兀的""端的""唱(畅)好是""摆划""咱""俺""恁般""恁的""也波""呆答孩(颏)""也么(波)哥""忽的波"等,再如叠字、儿化音更是俯拾即是,如"闷恹恹""稳丕丕""扑通通""恶哏哏""赤焰焰""乱蓬蓬""闹茸茸""猩猩血""万万岁""烦烦恼恼""孤孤另另""恓恓惶惶""花儿""眉儿""脸儿""牙儿""套儿""些儿""两口儿""一声儿""游丝儿"等。元杂剧中这些信手拈来的口语、俗语,与唐传奇中触目皆是的"之乎者也"形成了鲜明对照,显示出二者在承传过程中的巨大变异。如果以具体作品为例,则莫过于《西厢记》与《莺莺传》之间的差异最为典型了。文学史上一般将《西厢记》作为元杂剧"文采派"的开创之作,与在数量上占优势的"本色派"相对而言。但即便是富于文采的《西厢记》与它的唐传奇原作《莺莺传》相比，也是俗雅判然。《西厢记》中我们可以发现大量的口语、俗语、成语等市井味颇浓的语言："颠不剌""兀的""赤紧的""决撒""扢皱""忽的波""氲的呵"等，有时更是一支曲词几乎全为这类俗语，第二卷第四折崔母悔婚时张生的反应："唬得我荆棘剌怎动那，死没腾无回豁。措支剌不对答，软兀剌难存坐"，红娘亦替莺莺不平："佳人自来多命薄，秀才每从来懦。闷杀没头鹅，撇下陪钱货，下场头儿那里呵发付我"，语如贯珠，活泼流畅，不仅人物形象呼之欲出，生活气息也扑面而来。除俗语、成语外，叠字、儿化音也随处可见："孜孜看""光油油""酸溜溜""暖溶溶""白泠泠""庞儿""魂灵儿""眉儿""枕门儿""破题儿""假意儿"等，触目皆是。第四卷第三折莺莺所唱的一曲【叨叨令】更是叠字、儿化音的大荟萃，将她怨别伤离的情感抒发得淋漓尽致：

> 【叨叨令】见安排著车儿、马儿，不由人熬熬煎煎的气；有甚么心情花儿、靥儿，打扮的娇娇滴滴媚；准备着被儿、枕儿，则索昏昏沉沉的睡；从今后衫儿、袖儿，揾湿做重重叠叠泪。兀的不闷杀人也么哥，兀的不闷杀人也么哥！久以后书儿、信儿，索与我恓恓惶惶的寄。

这样的语言怎能不让以它为载体的作品散发出浓郁的市井气息和生活情趣？而同题材的《莺莺传》则典雅文秀，不仅张生和莺莺出口成章，就连出身微贱的婢女红娘也满口"之乎者也"："郎之言，所不敢言，亦不敢泄。然而崔之姻族，君所详也，何不因其德而求娶焉？""崔之贞慎自保，虽所尊不可以非语犯之。下人之谋，固难入矣。然而善属文，往往沉吟章句，怨慕者久之。君试为喻情诗以乱之。不然，则无由也。"由此一端不难想象其语言的整体风格。当然，《莺莺传》语言的表现力极强，叙述描写典雅优美，宛转动人。恰恰在这一点上，《西厢记》对《莺莺传》产生了重大变异。试想象，如果《莺莺传》中的红娘与《西厢记》中的莺莺对话，想必小姐、丫头的位置得对调了吧？这样说决无褒贬之意，只是想说明不同的语言载体必然造成作品不同的美学风貌，而不同的美学风貌之间并无高低优劣之别。山珍海味是鲜美的，萝卜白菜也有它独特之处，各有优长，文学的盛宴上哪样都不能少。

　　其次，取材于唐传奇的元杂剧中的主要人物或者在身份上发生了变化,或者内在的思想、心态等发生了变异,其变异多指向市井、指向普通人的生活领域。身份上变化的如《合汗衫》中的主要人物由原作的官宦书生变成了商人,《张千替杀妻》中替人杀妻者由原作的豪侠变成普通的屠户;思想或心态发生变化的如《曲江池》中的李娃更富于同情心、郑元和对父亲绝情之举的愤懑闪烁着市民思想中的反抗性的火花,《柳毅传书》中的柳毅较原作虽有"好色"之嫌,但无疑更接近下层民众的心理,更加真实亲切等。人物形象由高高在上向市井常人转化的现象,在由唐传奇的典雅风貌向着元杂剧通俗风格演变的过程中同样扮演着重要角色。

再次,元杂剧在改编唐传奇故事时,往往将悲剧性的结局改成团圆式的,或者原作结局并非悲剧,但元杂剧会为其"锦上添花"。前一种情形如《西厢记》的有情人终成眷属与《莺莺传》的始乱终弃,《合汗衫》的被害者生还后祖孙三代大团圆与原作三篇小说中被害者均殒命。后一种情形如《倩女离魂》中王文举中状元,与倩女之魂衣锦还乡,倩女受五花官诰,原作中倩娘之魂因思家而与王宙还乡,家人秘其事;《刘弘嫁婢》中刘弘后来得子,其子中婴童解元,又与李家女儿成亲,全家均受朝廷封赏,原作只笼统地说"富及三代,子孙无复后祸""庆及三代"等。元杂剧团圆结局的设置,有多方面原因,上文已涉及;其审美效果也可以从不同角度观照,其中之一便是这样的结尾更适合普通百姓的口味,更易于满足他们的接受心理,在这个意义上,元杂剧较唐传奇更多通俗色彩。

最后,元杂剧艺术形式上的一些变异也造成了它和唐传奇之间美学风貌的差异,如夸张手法的运用、滑稽戏谑成分的保留等,大大增添了作品的通俗色彩和大众情调,与唐传奇的严肃面孔和正襟危坐姿态不同。

上述美学风貌的变异由多种原因造成。一个核心因素是元杂剧与唐传奇艺术体式不同。这一核心差异,既可以上溯至它们各自发展轨迹的不同,也可以引发出受众群的区别,传播渠道、传播方式的不同,以及接受者的审美心理、审美趣味的各异等,这些因素的综合作用形成了元杂剧对唐传奇美学风貌的变异。关于元杂剧与唐传奇各自发展轨迹的不同,受众群的区别,传播渠道和传播方式的差异上文均有论析,这里再略谈谈接受者的心态和审美趣味的不同,出于行文的需要,间或会涉及其他方面的异同。

元杂剧从其形成到发展成熟,几乎没有离开过市井,是在市民文化的土壤中孕育成熟的,因此,它与市民结下了深厚的情缘,即其受众群主要是由生活于社会下层的市井细民构成,贩夫走卒、医卜工匠、沽屠店家、家庭妇女等等。古代社会中,市民不具备接受正规教育的条件,文化修养非常有限,又整日为温饱碌碌奔波,决定了他们审美趣味的尚俗,喜欢听他们所熟悉的市井之语,喜欢看他们所熟悉的普通人物(至少具有他们所熟悉的品格),喜欢体验与他们接近的情感。这与美学上的规律相符,一般地说,人们比较容易接受所熟悉的人和事物,比较乐于接受用他们所熟悉的语言载体所承载的文艺样式;即使强调陌生化效果和间离感,也要保持在适当的范围内,否则文艺作品与受众的距离过远,会造成强烈的疏离感,而难于在特定的受众群中获得共鸣。元杂剧的主要演出场所是勾栏瓦肆,接受对象以市民为主,使得它适应接受对象的审美趣味,形成通俗平易的美学风貌。此外,承袭唐传奇的元杂剧的结局多数是团圆的,结尾这样的说白我们并不会陌生:"一面杀羊造酒,做个大大庆喜的筵席。"①舞台上那团圆喜庆的气氛对于整日劳碌的百姓们,对于他们所喜爱的舞台上的人物,是再好不过的精神慰藉了,时至今日,不是仍然有不少人乐于接受这种始困终亨的结局,从中得到心理的满足与审美快感吗? 与此不同,唐传奇最初的接受对象是与它的作者们一样的受过封建正统教育的、具备较高文化修养的文人士子,优越的社会地位,优渥的生活环境和良好的教育环境,使得唐传奇最初的上层文人受众群与元杂剧的市民受众群在欣赏习惯、接受心理和审美趣味上存在较大差异,形成了上文所说的元杂剧对唐传奇美学风貌的变异。总之,元杂剧对唐传奇美学风貌的变异是由二者不同的文艺样式造成的,是它们各自的发展轨迹、创作主体、接受对象、传播渠道、传播方式,以及受众的审美心理、审美趣味等的差别共同作用的结果。

元杂剧的美学风貌尚俗,并不等于说它的艺术水平粗糙、创作者和表演者的态度草率。元杂剧是广泛吸收了包括唐传奇、前代诗词、宫廷乐舞、民间歌舞、伎艺、各种说唱文学等文艺形式而逐渐成熟起来的,特别是在歌唱艺术、乐器演奏、曲词填写等方面均已具备了相当高的造诣。作为接受对象的市民,由于长期受各种传统艺术的熏陶,欣赏水平也较前代有较大提高。况且,杂剧的兴盛,促使都市中的表演团体增多,竞争激烈。所有这

---

①此语出自(元)郑光祖:《迷青琐倩女离魂》,(明)臧晋叔编:《元曲选》第二册,第719页。此外,在《西厢记》《曲江池》《合汗衫》《两世姻缘》《刘弘嫁婢》等剧的结尾都有类似的话。

一切都对参与元杂剧创作和表演的艺术家们提出了严格要求,使元杂剧能够在一定时期内保持较高的艺术水准,这与它通俗的美学风貌并不矛盾。诚然,从古代戏曲的发展历程来说,元杂剧不无粗疏之处,如关目安排的欠周密,戏剧冲突的较薄弱等,但这是任何一种艺术形式在发展过程中难免的现象。瑕不掩瑜,就总体水平而言,元杂剧作为一种通俗的艺术形式,还是取得了相当高的成就的。

二、明代戏曲向雅化回归与雅俗交融

元杂剧将唐传奇的典雅风貌纳入到它的通俗的体式之中,明代戏曲的情况与之不同。明代戏曲也大量取资于唐传奇,但由于戏曲本身的发展演变,却出现了向雅化回归的倾向。在回归典雅的过程中,它又不可能脱离戏曲的基本特质,在一定程度上、一定范围内仍保留着这一艺术体式的某些传统风貌,表现出一些通俗的特性。这样一来,明代戏曲在美学风貌上对唐传奇就不再是单纯的变异,或者变大于承,而是承中有变,变中有承。

先说说明代戏曲的雅化。明代戏曲的雅化主要表现为戏曲语言的趋于典雅。这一趋势,以传奇语言的雅化为主而兼及杂剧。传奇从戏曲文体上说,是沿宋元南戏发展而来的,宋元南戏的语言风格多通俗浅显,而明代传奇的语言风格从总体上说则典雅藻丽。传奇戏曲语言风格的由俗趋雅,发生在明嘉靖时期,即传奇戏曲的定型初期。戏曲史上通常将具有典雅藻丽风格的戏曲作家归为"骈俪派"(又称"文词派")。骈俪派戏曲语言风格滥觞于邵灿的《香囊记》,确立于郑若庸的《玉玦记》。其语言特点是遣词造句力求典雅,删汰口语,多骈俪之句,动辄使事用典。自骈俪派风格确立之后,许多戏曲作家为其推波助澜,如李开先、梁辰鱼、张凤翼等,至万历前期,梅鼎祚、屠隆的崛起,将骈俪一派戏曲愈演愈烈。流风所及,连汤显祖和沈璟这样的作家也参与其中,创作了以典雅藻丽著称的《紫箫记》和《红蕖记》。骈俪派的戏曲语言"借典核以明博雅,假脂粉以见风姿,取现成以免思索"[1],"饾饤太繁"[2],不仅难以奏之场上,即便案头阅读,也非要有深

---

①(清)李渔:《闲情偶寄·词曲部》"词采第二",中国戏曲研究院编:《中国古典戏曲论著集成》第七集,第27—28页。

②(明)沈德符:《顾曲杂言》"填词名手",中国戏曲研究院编:《中国古典戏曲论著集成》第四集,第206页。

厚的学养才行。如：

> 【宜春令】【又】(老旦)金屏闭,绣阁重。(指旦科)你护春风,红丝未通,娇香嫩蕊,几时还叶桃夭咏。问玄霜何处堪投,指白璧谁家曾种?

> 【梁州序】(生)雀屏初中,彩丝新系,谩道清华人地,蒹葭玉树,春风乍喜。相依,不用蓝桥投杵,橘浦传书,已作珠宫配。……(王骥德《题红记》第三、三十三出)

这种典雅绮丽的语言风格几乎是明中后期戏曲语言的主导风格。这一风格的形成是大量文人参与创作的必然结果。中国古代文人受长期以来尚雅审美趣味的影响,习惯于用典雅优美的语言进行文学创作,发抒内心深微细腻的情感。明代中期,前后"七子"先后崛起,在诗文界力倡复古,尊崇典雅高华的美学风格,骈俪派的尚文词、重典雅的美学追求与诗文领域的这一风气息息相应。明代戏曲正是从这一点上,上承唐传奇那种典雅优美的语言风格。这是明代戏曲对唐传奇承袭的一面。

　　然而,戏曲毕竟是一种大众化的文艺样式,自产生之日起,就与最广泛的民众结下了不解之缘,在由宋至元的发展成熟过程中逐渐形成了"模写物情,体贴人理,所取委曲宛转,以代说词"的特征①,在这方面,元杂剧可谓独擅胜场。明代骈俪派典雅绮丽的语言风格,不仅违背了戏曲的舞台演出规律,也与戏曲艺术的审美规律背道而驰。明代万历以后,已有不少戏曲作家和理论家意识到这一问题,起而纠正戏曲创作上的重骈藻的风气。如曾经创作"字雕句镂"的《红蕖记》的沈璟,便开始对宋元南戏质朴浅俗的语言风格给以欣赏和提倡,他此后的戏曲创作在语言风格上也力求浅显通俗。在他的倡导下,一大批戏曲作家创作了一批语言风格尚俗的作品,形成传奇戏曲通俗化风气。然而,沈璟和他的追随者们不免矫枉过正而走向了另一极端,"以浅言俚句,掤拽牵凑"②,受到了不少曲论家的批评。于是有的曲论家提出"雅俗相兼"的主张。王骥德在评汤显祖的剧作时,称他

---

① (明)王骥德:《曲律》卷第二"论家数第十四",中国戏曲研究院编:《中国古典戏曲论著集成》第四集,第122页。

② (明)凌濛初:《谭曲杂札》,中国戏曲研究院编:《中国古典戏曲论著集成》第四集,第254页。

"才情在浅深、浓淡、雅俗之间","于本色一家""为独得三昧"①。戏曲的"本色"是指戏曲所固有的美学特征,就语言风格而言,是指戏曲要运用能奏之场上、"谐于里耳"的语言②。这种语言并非市井俚语的简单汇集,要经过作家的加工处理,形成既雅致,又易晓,浓淡得宜,深浅得体的风格。换言之,就是要求戏曲作家要将浅俗之语锻铸成介于雅俗之间的、既可解又可读的、上能为雅者下能为俗者所共赏的语言。这种主张是文人审美趣味长期积淀而形成的心理定势与戏曲这一大众化的艺术样式相结合所形成的一种带有"中和"色彩的美学追求,与中国传统的以中和为美的美学观念是表里相应的③。

　　明代传奇的这一演变轨迹亦波及杂剧的创作,早期杂剧尚能承元之余绪,在语言风格上表现出质朴的特色。明中后期,杂剧受传奇戏曲的影响越来越大,不仅体制上、音乐上逐渐向传奇戏曲靠拢,在语言风格上也与元人相去渐远。在这种普遍风气影响下,明代戏曲从总体上说美学风格是典雅有余而通俗不足。如前举《红蕖记》的语言,再如《玉合记》《明珠记》《桃花人面》(杂剧)等的语言,均是如此,兹不枚举。

　　诚如上文所述,明代戏曲作家已经意识到戏曲语言追求典雅的弊病,有意纠偏。所以我们可以看到在汤显祖后来的创作中那种介于雅俗、深浅、浓淡之间的语言风格。此外,戏曲语言的风格还往往因角色不同而有异,一般地说,丑、净等类的角色,语言相对浅俗,生、旦之类的角色语言则偏于典雅。上文在讲到夸张和科诨、特别是科诨时所举的例子中,多为丑、净的对话或独白,他们的语言就非常浅俗,这是文人趣味适应戏曲这一艺术形式的特点在创作中的局部表现。因此,明代后期的戏曲在语言风格上纠雅为俗,及局部保持浅俗语言风格的特点,相对于稍早些的雅化趋向,是对唐传奇的一种变异,这一变异是承中之变,其程度较元杂剧的变雅为俗要弱。

　　明代戏曲除在语言风格上对唐传奇作了一定程度的变异之外,在夸张

①(明)王骥德:《曲律》卷第四"杂论第三十九下",中国戏曲研究院编:《中国古典戏曲论著集成》第四集,第170页。

②(明)绿天馆主人:《古今小说叙》,丁锡根主编:《中国历代小说序跋集》,北京,人民文学出版社,1996,第774页。

③对明代戏曲的雅化和由雅趋俗、雅俗结合的演变轨迹的描述,参考了郭英德:《明清传奇戏曲文体研究》,第116—157页。

性和滑稽戏谑成分的保留上也与唐传奇的庄重典雅拉开了距离。夸张性和滑稽戏谑成分，具有鲜明的民间文艺特色，它们所散发出的是浓浓的市井风味，在美学风貌上呈现出俗的特征。从这一点来说，明代戏曲，包括取材于唐传奇的作品，对唐传奇是一种重大的变异。当然，这一变异相对于由其语言风格所造就的总体的典雅绮丽风貌而言，影响力较弱。

　　综上所述，明代戏曲在美学风貌上，总体上说是典雅的，这一点与唐传奇的美学风貌相近；而在其典雅的风貌之下，在其发展演变的过程之中，又表露出俗的质素，特别是遵循戏曲这一大众文艺样式所特有的美学内质，保留着某些较鲜明的通俗的特色。一句话，在文人审美趣味与戏曲艺术特质的相互作用下，明代戏曲在美学风貌上对唐传奇既有承又有变，承多变少，其变是承中之变，变异程度较元杂剧为弱。

结　论

　　本书立足于戏曲与小说之间的密切关系,选取元明戏曲与唐传奇作为研究对象,探讨了它们之间的历史因缘关系,考察它们在题材传承基础上所发生的一系列承袭与变异现象,探究规律和原因,是对戏曲与小说关系研究的丰富和深化。

　　概括地说,元明戏曲接受唐传奇影响的过程,是一个承与变相互交织、渗透的过程。在这一过程中,承是前提,变是主流,变是承中之变,承是变中之承。析而言之,元明戏曲对唐传奇的承袭,主要有直观承袭和变相承袭两种形态。直观承袭从作品的字里行间能直接找出痕迹,主要包括题材的袭用,以及由此带来的故事框架、艺术手段等的相同或相近。变相承袭是指较为隐蔽的承袭,多数情况下呈现为某种"变相",即承中有变,而以承为主。变相承袭主要表现在叙事体例、叙事性、抒情性等几方面。

　　元杂剧和明代戏曲对唐传奇的直观承袭最显著的是题材内容的承袭,在所承袭的题材中,均以爱情题材最为集中,这是中外文学艺术爱情主题永恒性规律在中国古代戏曲小说创作中的映射。其次是轶事类和宗教类题材。由此可知元明两代戏曲作家在取材于唐传奇时的兴趣所在。在承袭题材内容的同时,元明戏曲作家对唐传奇的某些艺术手段也加以借鉴和发扬,如利用人物语言、行动刻画人物;善于抓住生活中的偶然性和巧合因素结撰故事;以一件事或物作为贯穿故事的线索。元明戏曲对唐传奇这些艺术手段的借鉴大大丰富和提高了戏曲的艺术表现力,是戏曲与小说内在联系的主要构成因素之一。

　　元杂剧和明代戏曲对唐传奇的变相承袭,主要表现在叙事体例、叙事性和抒情性上。具体地说,元杂剧和明代戏曲开头的对人物一般情形的介绍,结尾的总结评价这一叙事体例,是承袭唐传奇的叙事体例而来,确切说这是中国传统史传文学的叙事体例在元明戏曲与唐传奇两类文艺样式中的遗留。元明戏曲对唐传奇叙事性的变相承袭则主要表现为叙事时间、叙事视角、叙事话语上的承传。在抒情性上,元明戏曲与唐传奇之间也存在着变相承袭的关系。这些变相承袭同样构成了戏曲与小说的内在联系。

元、明戏曲对唐传奇的承袭大体相似,但由于戏曲在明代有了进一步的发展,加以时代的变迁以及由此带来的诸多方面的变化,明代戏曲对唐传奇的承袭与元杂剧又有所不同。这种相异是戏曲内部不同体式、不同时代的变异在它们接受前代其他文学样式影响过程中的折射。

由于时代的变迁、由此而来的其他方面的变化,以及各自体式的不同,元杂剧和明代戏曲在接受唐传奇影响时,更表现出种种变异的特征。这种变异是上述诸种因素作用于作家心理的结果,也反映出戏曲与唐传奇两种文艺样式的差异。因此,我们在考察元明戏曲对唐传奇的变异时,主要从作家创作心态、创作目的和创作视角着眼,考察利用唐传奇故事题材进行创作的元杂剧与明代戏曲,与其蓝本相比发生了哪些变化,并分析产生这一变化的原因。除这一层面的变异之外,元明戏曲对唐传奇的变异,还反映出戏曲与传奇小说两种文艺样式之间的差异,对此我们也给予了关注。

元代是一个重武轻文的时代,生活在元代的读书人心理上承受了由地位优越到遭人轻贱的巨大落差,而仕途受阻,不善治生,又造成了他们生活的窘迫,所以他们内心常怀着抑郁与不平,表现在杂剧创作上,是心理失衡的宣泄,同时亦将目光投射到女性身上,塑造了一批具有现实品格和理想色彩的女性形象,在创作心态上表现出对同题材唐传奇的变异之迹。此外,一部分元杂剧作家向道家的退隐思想寻求解脱,在作品中流露出对道隐的企慕心理。但历史的积淀并非可一挥即去,在他们企慕道隐的内心深处,仍然深深镌刻着对世俗功名的向往与留恋。然而现实并没有因他们的留恋而给他们以光明的出路,在这种情势下,许多人由对现实的绝望再进而寻求超脱。对功名的“追求→否定↔留恋→超脱”这一回环曲折的心路历程反映出元代这一特定时代背景下文人士子的特殊心态,这一心态作用于杂剧创作上,使取材于唐传奇的元杂剧对原作发生了巨大变异。

元杂剧中的女性形象不仅散发出浓郁的市井气息和平民风味,还对沉抑下僚的读书人既投以欣赏的目光,又给以爱情的慰藉,这类作品中的书生最终也都能摆脱贫贱,获得功名。元杂剧作家在关注自身命运的同时,对造成这一现状的历史也进行着思考,借历史人物的悲欢离合、借前朝异代的兴亡起废表达着沧桑之感和民族之情,从而赋予早在唐代就已脍炙人口的李杨爱情故事以新的内涵。上述两点在创作目的上体现出元杂剧对同题材唐传奇的变异。

　　元杂剧作家不仅对历史给予深沉的思索,在沉抑下僚,出入歌楼酒肆、市井勾栏的过程中,逐渐改变了以往高高在上的姿态,将原来对社会居高临下的目光降低,而开始以平民的视角观察社会人生。因此在他们笔下,除女性形象具有平民色彩外,还出现了一批具有优良品格的平民形象。上述创作心态、创作目的和创作视角的变化,使原来的唐传奇故事在元杂剧中呈现出一种新的面貌。这是时代变迁以及由此造成的其他因素作用于作家心理的结果。同类因素作用于明代戏曲家的心理,也引起了取材于唐传奇的明代戏曲对其蓝本的变异。

　　明代以儒学立国,自建国初期起统治者就大力倡导程朱理学,对社会生活产生了不可低估的影响,也在一向接受儒家正统教育的文人士子心中烙下深刻烙印。因此即使在新学说、新思想兴起,社会生活发生重大变化的明代中后期,上述印迹仍然没有消除。于是透过明代戏曲作品,我们窥视到的往往是传统伦理观念与新的社会思潮相交织所产生的错综复杂的面貌。既有对传统伦理道德的苦心孤诣的宣扬,也有对个性的张扬,对情感、对欲望的认同。同时,明代恢复了科举取士制度,士人的进身之途被重新打通,功名再次成为士子们热衷的目标,他们虽然没有元杂剧作家那种欲进不能、欲退无路的尴尬,但科场与官场的黑暗,社会政治的腐败,社会生活领域内的变迁,却促使他们进行更为冷静的观察和思索,于是在他们笔下出现了对科场与官场种种黑暗腐败的揭露与冷嘲,对世态炎凉的感慨与批判,对世道人心、对功名、对人生的深沉反思。此外,更有的作品流露出向往山林,潜心佛、道的心态。与元杂剧愤激酣畅的情绪抒发相比,明代戏曲呈现出冷静的观察与思索,如果说元杂剧对世情更多的是热骂的话,那么明代戏曲则是冷嘲。无论热骂还是冷嘲,两代戏曲作家在沿用唐传奇故事题材过程中所表露出的心态,都与原作产生了重大变异。

　　明代作家在向往佛道境界的同时,笔下还多少折射出三教合流的风潮。此外,由于明代集权政治的强化,在取材于唐传奇的明代戏曲中,不时地流露出对皇权的歌颂和敬畏,以及对大一统帝国的维护。上述两点不仅是对其唐传奇原作的变异,与同题材元杂剧相较也有所不同。

　　明代戏曲除在创作心态上对唐传奇产生重大变异之外,创作目的或动机也与原作不同:以戏曲作为抒怀寄慨的手段或工具,或将戏曲寓言化;同时，还没有忘掉劝世、教化的使命，许多作品"寓教于乐"，上承文艺"教化"的传统，下针对当时浇薄的世风，从而使明代戏曲在创作目的上表现出对所资取材的唐传奇的变异。

由于明代文人社会地位的提高和科举取士政策的强化，明代戏曲作家创作视角上较元杂剧有了较大不同，主要是向文人视角回归。同时，由于戏曲的大众化特征和其他相关因素，明代戏曲作家们又没有完全抛开平民视角，因此，在明代戏曲中体现出的是文人视角和平民视角相交织的状态。

上述元明戏曲对唐传奇的变异是从作家创作心态、创作目的和创作视角着眼的，是历史的纵向发展所引起的一系列变化作用于作家个体心理的结果，带有较强的主观色彩；同时，元明戏曲对唐传奇的变异，还是两种艺术样式横向差异的必然结果，具有客观性。这种横向差异体现在艺术表现和美学风貌上。前者主要表现为戏曲语言的动作性，表演的虚拟化、程式化和时空压缩，夸张性特征，滑稽戏谑的特点等与唐传奇的差异；后者则主要表现为雅俗风格的异同。元杂剧世俗的美学风貌非常醒目，与唐传奇典雅的风格形成鲜明对比。明代戏曲的情况则相对复杂些，既在总体上承传了唐传奇典雅的语言风格，也适当地吸收了市井俗语，同时遵循戏曲的大众化特性及相应的表演和传播规律，保留着夸张、戏谑等世俗化特征，使它在典雅的总体风貌下呈现出大众化的、通俗的特征。即明代戏曲在美学风貌上对唐传奇既有承又有变，是承中之变。

元明戏曲在承袭唐传奇的同时，也发生了重大变异，这一过程不是突然发生的，而是经过了说唱文学的过渡，换言之，说唱文学在元明戏曲接受唐传奇影响的过程中起到了重要的桥梁作用。宋元时代，民间说唱文学空前发达，种类繁多，传播广泛，其中尤以"说话""诸宫调""鼓子词""词话"等几种形式影响较大，在元明戏曲与唐传奇之间搭起了一座不可或缺的桥梁，从题材内容、艺术形式到作品体制等方面都起到了承前启后的作用。

戏剧是一门综合艺术，中国古代戏曲的综合性更是独具特色。这一特色是在其漫长的发展历程中逐渐形成的。这漫长的发展历程，使它得以吸收其他多种文艺样式的特点，形成兼收并蓄的高度综合的艺术特色。同时，戏曲内部各因素的发展又呈现出不平衡状态，主要表现为文学要素相对发达，戏剧性相对较弱。元明戏曲对唐传奇的承袭与变异正是在这一前提下实现的。

综合言之，中国古代戏曲在逐渐成熟的过程中不仅接受了文人文学的影响，如诗歌和唐传奇等文言小说，也吸收了说唱文学等民间文艺的滋养，从而形成了综合性特色。元明戏曲在说唱文学提供的巨大平台上，不仅对唐传奇有所承袭，更从多方面表现出对唐传奇的变异。从而表明，元明戏曲与唐传奇之间存在着历史因缘关系，承中有变，变中有承，而以变为主；这一关系是通过说唱文学的过渡得以实现的。

参考文献

1.〔英〕爱·摩·福斯特:《小说面面观》,苏炳文译,广州,花城出版社,1984。

2.北婴编:《曲海总目提要补编》,北京,人民文学出版社,1959。

3.〔德〕贝托尔特·布莱希特:《陌生化与中国戏剧》,张黎、丁扬忠译,北京,北京师范大学出版社,2015。

4.蔡毅编:《中国古典戏曲序跋汇编》(全四册),济南,齐鲁书社,1989。

5.陈宝良:《明代社会生活史》,北京,中国社会科学出版社,2004。

6.程国赋:《唐传奇与元杂剧相关作品比较研究》,《学术研究》1997年第2期。

7.程国赋:《唐代小说嬗变研究》,广州,广东人民出版社,1997。

8.程毅中:《宋元小说》,北京,中华书局,1980。

9.程毅中辑注:《宋元小说家话本集》,济南,齐鲁书社,2000。

10.丁锡根点校:《宋元平话集》,上海,上海古籍出版社,1990。

11.丁锡根编:《中国历代小说序跋集》(上中下),北京,人民文学出版社,1996。

12.(唐)杜佑:《通典》,北京,中华书局,1984。

13.方志远:《明代城市与市民文学》,北京,中华书局,2004。

14.冯梦龙:《墨憨斋详定传奇三种》,清末民国间,抄本。

15.冯沅君:《古剧说汇》,北京,作家出版社,1956。

16.傅惜华选注:《宋元话本集》,上海,四联出版社,1955。

17.傅惜华:《元代杂剧全目》,北京,作家出版社,1957。

18.傅惜华:《明代杂剧全目》,北京,作家出版社,1958。

19.傅惜华:《明代传奇全目》,北京,人民文学出版社,1959。

20.(宋)高承撰,(明)李果订,金圆、许沛藻点校:《事物纪原》,北京,中华书局,1989。

21.高益荣:《元杂剧的文化精神阐释》,北京,中国社会科学出版社,2005。

22.古本戏曲丛刊编辑委员会:《古本戏曲丛刊》初、二集,上海,商务印书馆,1953－1954,1954－1955;三集,出版地不详,文学古籍刊行社,1957;四集,北京,国家图书馆出版社,1958;五集,上海,上海古籍出版社,1986。

23.顾学颉:《明人臧晋叔整理编选〈元曲选〉工作中的得失初探》,《河北师院学报》(社会科学版)1994 年第 3 期。

24.郭英德:《世俗的祭礼——中国戏曲的宗教精神》,北京,国际文化出版公司,1988。

25.郭英德:《叙事性:古代小说与戏曲的双向渗透》,《文学遗产》1995 年第 4 期。

26.郭英德:《元杂剧与元代社会》,北京,北京师范大学出版社,1996。

27.郭英德:《明清传奇综录》(上下),石家庄,河北教育出版社,1997。

28.郭英德:《明清文人传奇研究》,北京,北京师范大学出版社,2001。

29.郭英德:《明清传奇戏曲文体研究》,北京,商务印书馆,2004。

30.韩洪波:《从变文到元明词话的文体流变研究》,扬州大学博士学位论文,2013 年 6 月。

31.(明)洪楩编辑:《清平山堂话本》,石昌渝点校,南京,江苏古籍出版社,1990。

32.侯忠义:《隋唐五代小说史》,杭州,浙江古籍出版社,1997。

33.胡忌:《宋金杂剧考》,上海,古典文学出版社,1957。

34.胡士莹:《话本小说概论》,北京,中华书局,1980。

35.黄大宏:《唐代小说重写研究》,重庆,重庆出版社,2004。

36.黄霖,韩同文选注:《中国历代小说论著选》,南昌,江西人民出版社,2000,修订本。

37.黄霖主编,陈维昭著:《20 世纪中国古代文学研究史(戏曲卷)》,上海,东方出版中心,2006。

38.黄霖主编,黄霖、许建平等著:《20 世纪中国古代文学研究史(小说卷)》,上海,东方出版中心,2006。

39.季国平:《宋明理学与戏曲》,北京,中国戏剧出版社,2003。

40.蒋瑞藻:《小说考证》附续编拾遗,上海,古典文学出版社,1957。

41.〔德〕莱辛:《汉堡剧评》,张黎译,上海,上海译文出版社,2002。

42.(宋)李昉等编:《太平广记》,北京,中华书局,1961,新 1 版。

43.李简:《从"看钱奴"故事的改编看小说、戏曲两种文体的异同》,《"历史与理论:中国古代小说文体研究"研讨会论文集》,北京,北京大学中文系中国古代文体研究中心,中国社科院文学所中国古代小说研究中心,2005 年 8 月。

44.李剑国:《唐五代志怪传奇叙录》(上下),天津,南开大学出版社,1993。

45.李修生主编:《古本戏曲剧目提要》,北京,文化艺术出版社,1997。

46.李宗为:《唐人传奇》,北京,中华书局,1985。

47.廖奔、刘彦君:《中国戏曲发展史》(全四卷),太原,山西教育出版社,2000。

48.林婷:《对布莱希特"间离效果"理论的再认识》,《贵州师范大学学报》(社会科学版)2005 年第 4 期。

49.凌景埏校注:《董解元西厢记》,北京,人民文学出版社,1962。

50.刘勇强:《中国古代小说的文体兼容性》,《北京大学学报》(哲学社会科学版)第 49 卷第 3 期,2012 年 5 月。

51.鲁迅校录:《唐宋传奇集》,北京,文学古籍刊行社,1956。

52.鲁迅:《中国小说史略》,上海,上海古籍出版社,1998。

53.(明)毛晋编:《六十种曲》,北京,中华书局,1958,新 1 版。

54.(宋)孟元老等:《东京梦华录》(外四种),上海,上海古典文学出版社,1956。

55.〔美〕牟复礼、〔英〕崔瑞德编:《剑桥中国明代史》,张书生等译,北京,中国社会科学出版社,1992。

56.宁稼雨:《中国文言小说总目提要》,济南,齐鲁书社,1996。

57.潘建国:《古代小说中的戏曲因子及其功能》,《北京大学学报》(哲学社会科学版)第 49 卷第 3 期,2012 年 5 月。

58.钱茂伟:《国家、科举与社会:以明代为中心的考察》,北京,北京图书馆出版社,2004。

59.钱茂伟、王东:《民族精神的华章:史学与传统文化》,北京,北京图书馆出版社,2004。

60.钱南扬辑录:《宋元戏文辑佚》,上海,古典文学出版社,1956。

61.钱南扬校注:《永乐大典戏文三种校注》,北京,中华书局,1979。

62.钱南扬:《戏文概论》,上海,上海古籍出版社,1981。

63.〔日〕青木正儿:《南北戏曲源流考》,江侠庵译述,长沙,商务印书馆,1938。

64.〔日〕青木正儿:《元人杂剧概说》,隋树森译,北京,中国戏剧出版社,1957。

65.任半塘:《唐戏弄》,上海,上海古籍出版社,1984。

66.上海艺术研究所、中国戏剧家协会上海分会编:《中国戏曲曲艺词典》,上海,上海辞书出版社,1981。

67.(明)沈泰编:《盛明杂剧》,北京,中国戏剧出版社,1958。

68.沈新林:《同体而异构——中国古代小说、戏曲体制之比较研究》,《艺术百家》2000年第3期。

69.沈新林:《同工而异曲——中国古代小说、戏曲题材的相互为用》,《南京航空航天大学学报》(社会科学版)第3卷第1期,2001年3月。

70.沈新林:《同花而异果——中国古代小说、戏曲创作手法比较》,《艺术百家》2001年第2期。

71.沈新林:《正本而清源——中国古代小说、戏曲起源之比较研究》,《艺术百家》2002年第1期。

72.石昌渝校点:《熊龙峰刊行小说四种》等四种,南京,江苏古籍出版社,1990。

73.石昌渝主编:《中国古代小说总目》(三卷),太原,山西教育出版社,2004。

74.(明)宋濂等:《元史》,北京,中华书局,1976。

75.隋树森编:《元曲选外编》,北京,中华书局,1959。

76.孙崇涛:《明人改本戏文通论》,《文学遗产》1998年第5期。

77.孙楷第:《俗讲、说话与白话小说》,北京,作家出版社,1956。

78.孙楷第:《戏曲小说书录解题》,北京,人民文学出版社,1990。

79.孙书磊:《中国古代历史剧研究》,南京,南京师范大学出版社,2004。

80.台湾国立编译馆:《中国文学论著集目》正、续编(戏曲、小说部分),台北,五南图书出版公司,1996,1997。

81.谭帆、陆炜:《中国古典戏剧理论史》,北京,中国社会科学出版社,1993。

82.谭帆:《"俗文学"辨——兼谈20世纪中国俗文学研究的逻辑历程》,中国俗文学学会编:《中国俗文学学会第五届代表大会暨"俗文学"理论与方法学术研讨会论文集》,北京,2006年4月。

83.谭霈生:《论戏剧性》,北京,北京大学出版社,2009。

84.谭正璧、谭寻:《古本稀见小说汇考》,杭州,浙江文艺出版社,1984。

85.谭正璧著,谭寻补正:《话本与古剧》,上海,上海古籍出版社,1985,重订本。

86.(元)陶宗仪:《南村辍耕录》,北京,中华书局,1959。

87.涂秀虹:《元明小说戏曲关系研究》,上海,上海三联书店,2004。

88.汪辟疆校录:《唐人小说》,上海,上海古籍出版社,1978,新1版。

89.王国维:《王国维戏曲论文集》,北京,中国戏剧出版社,1984。

90.王国维:《宋元戏曲史》,上海,华东师范大学出版社,1995。

91.王季思主编:《全元戏曲》(全十二卷),北京,人民文学出版社,1999。

92.王齐洲、李平:《曹植诵俳优小说发覆》,《学术研究》2013年第5期。

93.无名氏等著,程毅中等校点:《京本通俗小说(等五种)》,南京,江苏古籍出版社,1991。

94.吴梅:《中国戏曲概论》,北京,人民大学出版社,2004。

95.吴新雷:《中国戏曲史论》,南京,江苏教育出版社,1996。

96.夏写时:《论我国民族戏剧观的形成》,《戏剧艺术》1984年第1期。

97.萧相恺:《宋元小说史》,杭州,浙江古籍出版社,1997。

98.〔苏联〕谢·奥布拉兹卓夫:《中国人民的戏剧》,林耘译,北京,中国戏剧出版社,1985。

99.徐大军:《论元杂剧对小说的接受》,山东大学博士学位论文,2001年5月。

100.徐大军:《中国古代小说与戏曲关系研究》,浙江大学博士后报告,2003年5月。

101.徐龙飞:《从戏曲到小说——晚明清初才子佳人文学模式的承袭》,《洛阳师范学院学报》第29卷第4期,2010年8月。

102.(宋)徐梦莘:《三朝北盟会编》,上海,上海古籍出版社,1987。

103.徐沁君校点:《新校元刊杂剧三十种》(上下),北京,中华书局,1980。

104.徐朔方:《戏曲杂记》,上海,古典文学出版社,1956。

105.徐朔方:《汤显祖年谱》,上海,上海古籍出版社,1980。

106.徐朔方:《论汤显祖及其他》,上海,上海古籍出版社,1983。

107.徐朔方:《汤显祖评传》,南京,南京大学出版社,1993。

108.(明)徐渭著,李复波、熊澄宇注释:《南词叙录注释》,北京,中国戏剧出版社,1989。

109.徐子方:《明杂剧史》,北京,中华书局,2003。

110.许并生:《中国古代小说戏曲关系论》,北京,文化艺术出版社,2002。

111.《续修四库全书》编纂委员会编:《续修四库全书》,上海,上海古籍出版社,2002。

112.薛洪勣:《传奇小说史》,杭州,浙江古籍出版社,1998。

113.杨家骆主编:《全明杂剧》,台北,鼎文书局,1979。

114.幺书仪:《元人杂剧与元代社会》,北京,北京大学出版社,1997。

115.叶德均:《戏曲小说丛考》,北京,中华书局,2004,第2版。

116.叶朗:《中国小说美学》,北京,北京大学出版社,1982。

117.〔荷兰〕伊维德:《我们读到的是"元"杂剧吗——杂剧在明代宫廷的嬗变》,宋耕译,《文艺研究》2001年第3期。

118.(清)佚名编:《曲海总目提要》,北京,人民文学出版社,1959。

119.(清)永瑢等:《四库全书总目》,北京,中华书局,1965。

120.(清)永瑢、纪昀等主编:《文渊阁四库全书》,台北,台湾商务印书馆,1986。

121.俞为民:《南戏〈破窑记〉本事和版本考述》,《文献》1990年第3期。

122.袁行霈主编:《中国文学史》(全四卷),北京,高等教育出版社,2014,第三版。

123.(明)臧晋叔编:《元曲选》(全四册),北京,中华书局,1989,重排版。

124.张庚、郭汉城:《中国戏曲通史》(上中下),北京,中国戏剧出版社,1980。

125.张莉:《从"俳优小说"看"说话"伎艺的初步形成》,《西南大学学报》(社会科学版)第37卷第5期,2011年9月。

126.张淑乐:《敦煌变文研究综述》,《黑龙江史志》2009年第16期(总第209期)。

127.(清)张廷玉等:《明史》,北京,中华书局,1974。

128.赵景深:《宋元戏文本事》,上海,北新书局,1934。

129.赵景深:《小说论丛》,上海,日新出版社,1947。

130.赵景深主编,邵曾祺编著:《元明北杂剧总目考略》,郑州,中州古籍出版社,1985。

131.郑传寅:《古典戏曲大团圆结局的民俗学解读》,《中国戏曲学院学报》第25卷第2期,2004年5月。

132.郑志良:《论苏元俊和他的〈吕真人黄粱梦境记〉》,《艺术百家》2004年第4期。

133.中国戏曲研究院编:《中国古典戏曲论著集成》(全十册),北京,中国戏剧出版社,1959。

134.周明初:《晚明士人心态及文学个案》,北京,东方出版社,1997。

135.周绍良、白化文编:《敦煌变文论文录》,上海,上海古籍出版社,1982。

136.周贻白:《中国戏曲发展史纲要》,上海,上海古籍出版社,1979。

137.周贻白:《中国戏剧史长编》,上海,上海书店出版社,2004。

138.曾永义:《中国古典戏剧论集》,台北,联经出版事业公司,1975。

139.张忱石、吴树平编:《二十四史纪传人名索引》,北京,中华书局,1980。

140.张国风:《〈太平广记〉版本考述》,北京,中华书局,2004。

141.朱平楚辑录校点:《全诸宫调》,兰州,甘肃人民出版社,1987。

142.庄一拂编:《古典戏曲存目汇考》(上中下),上海,上海古籍出版社,1982。

附表1 元明戏曲采用史传题材的作品

表1-1:元明杂剧采用史传题材的作品①

序号	剧作名称	作者	题材来源	存佚情况
1	感天动地窦娥冤	(元)关汉卿	(汉)班固《汉书·于定国传》	存
2	邓夫人苦痛哭存孝	(元)关汉卿	(宋)欧阳修《新五代史·义儿传》 (宋)薛居正等《旧五代史》李存信、李存孝、康君立传	存
3	状元堂陈母教子	(元)关汉卿	(元)脱脱等《宋史·陈尧佐传》	存
4	温太真玉镜台	(元)关汉卿	(唐)房玄龄等《晋书·温峤传》 (南朝·宋)刘义庆《世说新语·假谲》	存
5	关大王单刀会	(元)关汉卿	(晋)陈寿《三国志·吴书·鲁肃传》	存
6	刘夫人庆赏五侯宴	(元)关汉卿	(宋)欧阳修《新五代史·唐本纪》	存
7	唐明皇启瘗哭香囊	(元)关汉卿	(宋)欧阳修等《新唐书·后妃列传》 (宋)乐史《杨太真外传》	残
8	月落江梅怨	(元)关汉卿	(唐)曹邺《梅妃传》	佚
9	介休县敬德降唐	(元)关汉卿	(后晋)刘昫等《旧唐书·尉迟敬德传》 (宋)欧阳修等《新唐书·尉迟敬德传》	佚
10	丙吉教子立宣帝	(元)关汉卿	(汉)司马迁《史记·张丞相列传》附《邴吉传》 (汉)班固《汉书·魏相丙吉传》	佚

①本表统计系据:庄一拂:《古典戏曲存目汇考》,上海,上海古籍出版社,1982;谭正璧著,谭寻补正:《话本与古剧》,上海,上海古籍出版社,1985,重订本;李修生主编:《古本戏曲剧目提要》,北京,文化艺术出版社,1997;傅惜华:《元代杂剧全目》,北京,作家出版社,1957;傅惜华:《明代杂剧全目》,北京,作家出版社,1958;赵景深主编,邵曾祺著:《元明北杂剧总目考略》,郑州,中州古籍出版社,1985。另:本表及下面两种表格的统计,不包括明代以时事为题材的作品。这些作品在今天看来是历史题材的,但在其创作的当时是一种"时事剧"而非历史剧。

序号	剧作名称	作者	题材来源	存佚情况
11	甲马营降生赵太祖	(元)关汉卿	(元)脱脱等《宋史·太祖本纪》	佚
12	白衣相高凤漂麦	(元)关汉卿	(汉)刘珍等《东观汉记》 (南朝·宋)范晔《后汉书·逸民传》	佚
13	吕蒙正风雪破窑记	(元)关汉卿	(五代)王定保《唐摭言》 (五代)孙光宪《北梦琐言》 (宋)叶梦得《避暑录话》 (元)脱脱等《宋史·吕蒙正传》	佚
14	武则天肉醉王皇后	(元)关汉卿	(宋)欧阳修等《新唐书·后妃列传》	佚
15	姑苏台范蠡进西施	(元)关汉卿	(汉)袁康、吴平《越绝书》 (汉)赵晔《吴越春秋》	佚
16	升仙桥相如题柱	(元)关汉卿	(晋)常璩《华阳国志·蜀志》	佚
17	金谷园绿珠坠楼	(元)关汉卿	(唐)房玄龄等《晋书·石崇传》	佚
18	风雪狄梁公	(元)关汉卿	(后晋)刘昫等《旧唐书·狄仁杰传》 (宋)欧阳修等《新唐书·狄仁杰传》	佚
19	唐太宗哭魏徵	(元)关汉卿	(后晋)刘昫等《旧唐书·魏徵传》 (宋)欧阳修等《新唐书·魏徵传》	佚
20	晋国公裴度还带	(元)关汉卿	(五代)王定保《唐摭言》	佚
21	徐夫人雪恨万花堂	(元)关汉卿	(晋)陈寿《三国志·吴书·孙韶传》 (晋)陈寿《三国志·吴书·孙韶传》裴松之注	佚
22	孙康映雪	(元)关汉卿	(南朝·梁)沈约《宋书》	佚
23	曹太后死哭刘夫人	(元)关汉卿	(宋)薛居正等《旧五代史·唐书》	佚
24	终南山管宁割席	(元)关汉卿	(南朝·宋)刘义庆《世说新语·德行》	佚

续表

序号	剧作名称	作者	题材来源	存佚情况
25	隋炀帝牵龙舟	(元)关汉卿	(唐)颜师古《大业拾遗记》 (宋)无名氏《隋炀帝开河记》 (宋)无名氏《隋炀帝海山记》	佚
26	汉元帝哭昭君	(元)关汉卿	(汉)班固《汉书·元帝本纪》 (晋)葛洪《西京杂记》	佚
27	汉匡衡凿壁偷光	(元)关汉卿	(汉)班固《汉书·匡衡传》 (晋)葛洪《西京杂记》	佚
28	鲁元公主三噉赦	(元)关汉卿	(汉)班固《汉书·张耳传》	佚
29	刘夫人救亚子	(元)关汉卿	(宋)欧阳修《新五代史·伶官传》	佚
30	薄太后走马救周勃	(元)关汉卿	(汉)班固《汉书·周勃传》	佚
31	苏氏进织锦回文	(元)关汉卿	(唐)房玄龄等《晋书·列女传》	佚
32	屈勘宣华妃	(元)关汉卿	(唐)魏徵《隋书·后妃列传》	佚
33	唐明皇秋夜梧桐雨	(元)白朴	(后晋)刘昫等《旧唐书·后妃列传》 (宋)欧阳修等《新唐书·后妃列传》 (唐)李德裕《明皇十七事》(又名《次柳氏旧闻》) (唐)郑处诲《明皇杂录》 (五代)王仁裕《开元天宝遗事》 (宋)乐史《杨太真外传》	存
34	李克用箭射双雕	(元)白朴	(唐)李延寿《北史·长孙晟传》 (宋)欧阳修《新五代史·唐本纪》	残
35	髙祖归庄	(元)白朴	(汉)司马迁《史记·高祖本纪》 (汉)班固《汉书·高帝纪》	佚
36	楚庄王夜宴绝缨会	(元)白朴	(汉)刘向《说苑》	佚
37	汉高祖濯中斩白蛇	(元)白朴	(汉)司马迁《史记·高祖本纪》	佚
38	吕蒙正风雪破窑记	(元)王实甫	(五代)王定保《唐摭言》 (五代)孙光宪《北梦琐言》 (宋)叶梦得《避暑录话》 (元)脱脱等《宋史·吕蒙正传》	存

序号	剧作名称	作者	题材来源	存佚情况
39	作宾客陆绩怀橘	（元）王实甫	（魏）刘劭《人物志》	佚
40	厚阴德于公高门	（元）王实甫	（汉）班固《汉书·于定国传》（汉）刘向《说苑》	佚
41	曹子建七步成章	（元）王实甫	（南朝·宋）刘义庆《世说新语·文学》	佚
42	赵光普进梅谏	（元）王实甫	（元）脱脱等《宋史·赵普传》[或（宋）欧阳修《新五代史·赵匡凝传》]	佚
43	须贾谇范雎	（元）高文秀	（汉）司马迁《史记·范雎列传》	存
44	刘玄德独赴襄阳会	（元）高文秀	（晋）陈寿《三国志·蜀书·先主备传》及注	存
45	周瑜谒鲁肃	（元）高文秀	（晋）陈寿《三国志·吴书·鲁肃传》	残曲
46	五凤楼潘安掷果	（元）高文秀	（唐）房玄龄等《晋书·潘岳传》（南朝·宋）刘义庆《世说新语·容止》	佚
47	伍子胥弃子走樊城	（元）高文秀	（汉）司马迁《史记·伍子胥列传》	佚
48	志封侯班超投笔	（元）高文秀	（南朝·宋）范晔《后汉书·班梁列传》	佚
49	京兆尹张敞画眉	（元）高文秀	（汉）班固《汉书·张敞传》	佚
50	相府门廉颇负荆	（元）高文秀	（汉）司马迁《史记·廉颇蔺相如列传》	佚
51	禹王庙霸王举鼎	（元）高文秀	（汉）司马迁《史记·项羽本纪》	佚
52	病樊哙打吕胥	（元）高文秀	（汉）司马迁《史记·樊哙列传》	佚
53	御史台赵尧辞金	（元）高文秀	（汉）班固《汉书·赵尧传》	佚
54	东海郡于公高门	（元）梁进之	（汉）班固《汉书·于定国传》	佚
55	赵光普进梅谏	（元）梁进之	（元）脱脱等《宋史·赵普传》[或（宋）欧阳修《新五代史·赵匡凝传》]	佚
56	破幽梦孤雁汉宫秋	（元）马致远	（汉）班固《汉书·元帝纪》（晋）葛洪《西京杂记》	存

序号	剧作名称	作者	题材来源	存佚情况
57	泰华山陈抟高卧	(元)马致远	(元)脱脱等《宋史·隐逸传》 (宋)庞觉《希夷先生传》 (宋)刘斧《青琐高议》 (宋)邵伯温《邵氏闻见录》	存
58	马丹阳三度任风子	(元)马致远	(明)宋濂等《元史·马丹阳传》 《金莲正宗记·马丹阳传》 (元)樗栎道人	存
59	半夜雷轰荐福碑	(元)马致远	(明)蒋一葵《尧山堂外纪》 (宋)释惠洪《冷斋夜话》	存
60	大人先生酒德颂	(元)马致远	(唐)房玄龄等《晋书·刘伶传》 (南朝·宋)刘义庆《世说新语·文学》 《世说新语·任诞》	佚
61	吕太后人彘戚夫人	(元)马致远	(汉)司马迁《史记·吕后本纪》	佚
62	吕蒙正风雪斋后钟	(元)马致远	(五代)王定保《唐摭言》 (五代)孙光宪《北梦琐言》 (宋)叶梦得《避暑录话》 (元)脱脱等《宋史·吕蒙正传》 (本传中无斋后钟事)	佚
63	苏子卿风雪牧羊记	(元)马致远	(汉)班固《汉书·李广苏建传》附《苏武传》	佚
64	楚昭王疏者下船	(元)郑廷玉	(春秋)左丘明《左传》 (春秋)左丘明《国语》	存
65	孟姜女送寒衣	(元)郑廷玉	(春秋)左丘明《左传》杞梁妻事 (汉)刘向《说苑》 (汉)刘向《列女传》 (晋)崔豹《古今注》	佚
66	采石渡渔父辞剑	(元)郑廷玉	(汉)司马迁《史记·伍子胥列传》 (战国)吕不韦《吕氏春秋》 (汉)赵晔《吴越春秋》 (汉)袁康、吴平《越绝书》	佚
67	尉迟公鞭打李道焕	(元)郑廷玉	(后晋)刘昫等《旧唐书·尉迟敬德传》 (宋)欧阳修等《新唐书·尉迟敬德传》	佚

序号	剧作名称	作者	题材来源	存佚情况
68	汉高祖哭韩信	(元)郑廷玉	(汉)司马迁《史记·淮阴侯列传》 (汉)班固《汉书·韩信传》	佚
69	中郎将常何荐马周	(元)庾天锡	(宋)欧阳修等《新唐书·马周传》 (唐)刘肃《大唐新语》	佚
70	列女青陵台	(元)庾天锡	(汉)刘向《列女传》	佚
71	孟尝君鸡鸣度关	(元)庾天锡	(汉)司马迁《史记·孟尝君列传》	佚
72	善盖厉周处三害	(元)庾天锡	(唐)房玄龄等《晋书·周处传》 (南朝·宋)刘义庆《世说新语·自新》	佚
73	隋炀帝游幸锦帆舟	(元)庾天锡	(唐)颜师古《大业拾遗记》 (宋)佚名《开河记》 (宋)佚名《海山记》	佚
74	杨太真浴罢华清宫	(元)庾天锡	(宋)乐史《杨太真外传》	佚
75	杨太真霓裳怨	(元)庾天锡	(宋)乐史《杨太真外传》	佚
76	会稽山买臣负薪	(元)庾天锡	(汉)班固《汉书·朱买臣传》	佚
77	破苻坚蒋神灵应	(元)李文蔚	(唐)房玄龄等《晋书》	存
78	张子房圯桥进履	(元)李文蔚	(汉)司马迁《史记·留侯世家》 (汉)班固《汉书·张良传》 (五代)杜光庭《仙传拾遗》	存
79	汉武帝死哭李夫人	(元)李文蔚	(汉)班固《汉书·外戚传》	佚
80	谢安东山高卧	(元)李文蔚	(唐)房玄龄等《晋书·谢安传》 (晋)孙盛《晋阳秋》	佚
81	唐三藏西天取经	(元)吴昌龄	(后晋)刘昫等《旧唐书·方伎列传》 (唐)释慧玄《大慈恩寺三藏法师传》	散出
82	狄青扑马	(元)吴昌龄	(元)脱脱等《宋史·狄青传》	佚
83	夜月走昭君	(元)吴昌龄	(汉)班固《汉书·元帝本纪》 (晋)葛洪《西京杂记》	佚

序号	剧作名称	作者	题材来源	存佚情况
84	浣纱女抱石投江	(元)吴昌龄	(汉)刘向《列女传》 (汉)袁康、吴平《越绝书》 (汉)赵晔《吴越春秋》	佚
85	陶朱公五湖沉西施	(元)吴昌龄	(汉)袁康、吴平《越绝书》 (汉)赵晔《吴越春秋》	佚
86	女元帅挂甲朝天	(元)武汉臣	(唐)魏徵等《隋书·谯国夫人传》	佚
87	抱侄携男鲁义姑	(元)武汉臣	(汉)刘向《列女传》	佚
88	穷韩信登台拜将	(元)武汉臣	(汉)司马迁《史记·淮阴侯列传》 (汉)班固《汉书·韩信传》	佚
89	汉张良辞朝归山	(元)王仲文	(汉)司马迁《史记·留侯世家》 (汉)班固《汉书·张良传》	残曲
90	诸葛亮军屯五丈原	(元)王仲文	(晋)陈寿《三国志·蜀书·诸葛亮传》	残曲
91	洛阳令董宣强项	(元)王仲文	(南朝·宋)范晔《后汉书·董宣传》	佚
92	遇漂母韩信乞食	(元)王仲文	(汉)司马迁《史记·淮阴侯列传》 (汉)班固《汉书·韩信传》	佚
93	感天地王祥卧冰	(元)王仲文	(唐)房玄龄等《晋书·王祥传》 (唐)房玄龄等《晋书·王览传》 (南朝·宋)刘义庆《世说新语·德行》第14条及注	佚
94	齐贤母三教王孙贾	(元)王仲文	(汉)刘向集录《战国策·齐策六》	佚
95	赵太祖夜斩石守信	(元)王仲文	(元)脱脱等《宋史·石守信传》	佚
96	尉迟恭三夺槊	(元)尚仲贤	(宋)欧阳修等《新唐书·尉迟敬德传》 (唐)刘𫗧《隋唐嘉话》	存
97	汉高祖濯足气英布	(元)尚仲贤	(汉)司马迁《史记·黥布列传》 (汉)班固《汉书·英布传》	存
98	陶渊明归去来兮	(元)尚仲贤	(唐)房玄龄等《晋书·陶潜传》 (唐)李延寿《南史·陶潜传》	残曲
99	武成庙诸葛论功	(元)尚仲贤	(元)脱脱等《宋史·礼志八》	佚

序号	剧作名称	作者	题材来源	存佚情况
100	薛仁贵衣锦还乡	（元）张国宾	（后晋）刘昫等《旧唐书·薛仁贵传》	存
101	严子陵垂钓七里滩	（元）张国宾	（南朝·宋）范晔《后汉书·严光传》	佚
102	歌大风高祖还乡	（元）张国宾	（汉）司马迁《史记·高祖本纪》（汉）班固《汉书·高帝纪》	佚
103	邓伯道弃子留侄	（元）李直夫	（唐）房玄龄等《晋书·邓攸传》	残曲
104	尾生期女淹蓝桥	（元）李直夫	（汉）刘向集录《战国策·燕策一》（汉）班固《汉书·东方朔传》颜师古注（战国）庄子等《庄子·盗跖》	佚
105	颍考叔孝谏庄公	（元）李直夫	（春秋）左丘明《左传》（汉）司马迁《史记·郑世家》	佚
106	剐王莽	（元）杨酷叫	（汉）班固《汉书·王莽传》	佚
107	说专诸伍员吹箫	（元）李寿卿	（春秋）左丘明《左传》（汉）司马迁《史记·伍子胥列传》（汉）赵晔《吴越春秋》	存
108	司马昭复夺受禅台	（元）李寿卿	（唐）房玄龄等《晋书·武帝纪》	佚
109	吕太后使计斩韩信	（元）李寿卿	（汉）司马迁《史记·淮阴侯列传》（汉）班固《汉书·韩信传》	佚
110	鲁大夫秋胡戏妻	（元）石君宝	（汉）刘向《列女传》	存
111	吕太后醢彭越	（元）石君宝	（汉）司马迁《史记·魏豹彭越列传》（汉）班固《汉书·彭越传》	佚
112	李太白贬夜郎	（元）王伯成	（后晋）刘昫等《旧唐书·文苑传·李白》	存
113	张骞泛浮槎	（元）王伯成	（汉）班固《汉书·张骞李广利传》（南朝·梁）宗懔《荆楚岁时记》（晋）张华《博物志》	佚

序号	剧作名称	作者	题材来源	存佚情况
114	冤报冤赵氏孤儿	(元)纪君祥	(春秋)左丘明《左传》 (汉)司马迁《史记·赵世家》 (汉)刘向《新序·节士篇》 (汉)刘向《说苑·复恩篇》	存
115	陶学士醉写风光好	(元)戴善甫	(元)脱脱等《宋史·陶穀传》 (宋)郑文宝《南唐近事》	存
116	伯俞泣杖	(元)戴善甫	(汉)刘向《说苑》	佚
117	吕太后饿刘友	(元)于伯渊	(汉)班固《汉书·高五王传·赵幽王友》	佚
118	尉迟恭病立小秦王	(元)于伯渊	(后晋)刘昫等《旧唐书·尉迟敬德传》 (宋)欧阳修等《新唐书·尉迟敬德传》	佚
119	周亚夫屯细柳营	(元)王廷秀	(汉)班固《汉书·周勃传》	佚
120	秦始皇坑儒焚典	(元)王廷秀	(汉)司马迁《史记·秦始皇本纪》	佚
121	昭君出塞	(元)张时起	(汉)班固《汉书·元帝纪》 (晋)葛洪《西京杂记》	佚
122	霸王垓下别虞姬	(元)张时起	(汉)司马迁《史记·项羽本纪》	佚
123	太祖夜斩石守信(次本)	(元)赵熊	(元)脱脱等《宋史·石守信传》	佚
124	东都门逢萌挂冠	(元)姚守中	(南朝·宋)范晔《后汉书·逢萌传》	佚
125	褚遂良扯诏立东宫	(元)姚守中	(后晋)刘昫等《旧唐书·褚遂良传》 (宋)欧阳修等《新唐书·褚遂良传》 (唐)刘肃《大唐新语》	佚
126	汉太守郝廉留钱	(元)姚守中	(汉)应劭《风俗通》	佚
127	试汤饼何郎傅粉	(元)赵天锡	(晋)裴启《裴子语林》 (南朝·宋)刘义庆《世说新语·容止》	佚
128	苏子瞻风雪贬黄州	(元)费唐臣	(元)脱脱等《宋史·苏轼传》	存

序号	剧作名称	作者	题材来源	存佚情况
129	斩邓通	（元）费唐臣	（汉）班固《汉书·佞幸传·邓通》	佚
130	汉丞相韦贤篡金	（元）费唐臣	（汉）班固《汉书·韦贤传》	佚
131	知汉兴陵母伏剑	（元）顾仲清	（汉）班固《汉书·王陵传》	佚
132	荥阳城火烧纪信	（元）顾仲清	（汉）班固《汉书·高帝纪》	佚
133	汉丞相丙吉问牛喘	（元）李宽甫	（汉）班固《汉书·魏相丙吉传》	佚
134	卓文君白头吟	（元）孙仲章	（汉）司马迁《史记·司马相如列传》 （晋）葛洪《西京杂记》	佚
135	灭吴王范蠡归湖	（元）赵明道	（汉）司马迁《史记·越王句践世家》 （汉）司马迁《史记·货殖列传》 （汉）赵晔《吴越春秋》 （汉）袁康、吴平《越绝书》	残曲
136	晋谢安东山高卧（次本？）	（元）赵公辅	（唐）房玄龄等《晋书·谢安传》 （晋）孙盛《晋阳秋》	佚
137	崔子弑齐君	（元）李子中	（春秋）左丘明《左传》	佚
138	贾充宅韩寿偷香	（元）李子中	（唐）房玄龄等《晋书·贾谧传》 （南朝·宋）刘义庆《世说新语·惑溺》	佚
139	神龙殿栾巴噀酒	（元）李取进	（南朝·宋）范晔《后汉书·栾巴传》 （晋）葛洪《神仙传》	残曲
140	司马昭复夺受禅台（次本）	（元）李取进	（唐）房玄龄等《晋书·武帝纪》	佚
141	宋上皇碎冬凌	（元）陆显之	（宋）魏泰《东轩笔录》	佚
142	晋文公火烧介子推	（元）狄君厚	（春秋）左丘明《左传》 （汉）刘向《新序》	存
143	地藏王证东窗事犯	（元）孔学诗	（宋）洪迈《夷坚志》 （元）脱脱等《宋史·岳飞传》 （有秦桧陷害岳飞事，但无"东窗事发"之说）	存

序号	剧作名称	作者	题材来源	存佚情况
144	李三娘麻地捧印	(元)刘唐卿	(宋)薛居正等《旧五代史·汉书·高祖本纪》	佚
145	蔡顺摘椹事母	(元)刘唐卿	(汉)刘向《孝子传》《二十四孝》(南朝·宋)范晔《后汉书·周盘传》附《蔡顺传》	佚
146	渡孟津武王伐纣	(元)赵文敬	(汉)司马迁《史记·周本纪》	佚
147	死生交范张鸡黍	(元)宫天挺	(南朝·宋)范晔《后汉书·范式传》	存
148	使河南汲黯开仓	(元)宫天挺	(汉)司马迁《史记·汲郑列传》(汉)班固《汉书·张冯汲郑传》	佚
149	栖会稽越王尝胆	(元)宫天挺	(汉)司马迁《史记·越王句践世家》	佚
150	严子陵钓鱼台	(元)宫天挺	(南朝·宋)范晔《后汉书·逸民列传·严光传》	佚
151	丑齐后无盐破连环	(元)郑光祖	(汉)刘向集录《战国策·齐策六》(汉)刘向《列女传》(汉)刘向《新序·杂事》	存
152	放太甲伊尹扶汤	(元)郑光祖	(汉)司马迁《史记·殷本纪》(战国)吕不韦《吕氏春秋》	存
153	辅成王周公摄政	(元)郑光祖	(汉)司马迁《史记·鲁周公世家》	存
154	醉思乡王粲登楼	(元)郑光祖	(晋)陈寿《三国志·魏书》	存
155	周亚夫屯细柳营	(元)郑光祖	(汉)班固《汉书·周勃传》	佚
156	秦赵高指鹿为马	(元)郑光祖	(汉)司马迁《史记·秦始皇本纪》	佚
157	陈后主玉树后庭花	(元)郑光祖	(唐)李延寿《南史·陈本纪·后主》(唐)姚思廉《陈书·后主本纪》(后晋)刘昫等《旧唐书·音乐志二》(宋)欧阳修等《新唐书·礼乐志十二》	佚
158	齐景公哭晏婴	(元)郑光祖	(春秋)左丘明《左传》(汉)司马迁《史记·管晏列传》	佚

序号	剧作名称	作者	题材来源	存佚情况
159	谢阿蛮梨园乐府	（元）郑光祖	（宋）乐史《杨太真外传》	佚
160	王太后摔印哭孺子	（元）郑光祖	（汉）班固《汉书·元后传》	佚
161	萧何月下追韩信	（元）金仁杰	（汉）司马迁《史记·淮阴侯列传》 （汉）班固《汉书·萧何传》	存
162	玉津园智斩韩太师	（元）金仁杰	（元）脱脱等《宋史·奸臣传》	佚
163	长孙皇后鼎镬谏	（元）金仁杰	（后晋）刘昫等《旧唐书·后妃列传》 （宋）欧阳修等《新唐书·后妃列传》	佚
164	周公旦抱子摄朝	（元）金仁杰	（汉）司马迁《史记·鲁周公世家》	佚
165	秦太师东窗事犯	（元）金仁杰	（宋）洪迈《夷坚志》 （元）脱脱等《宋史·岳飞传》	佚
166	蔡琰还朝	（元）金仁杰	（南朝·宋）范晔《后汉书·列女传·董祀妻》 （时代不详）项原《列女后传》	佚
167	史鱼尸谏卫灵公	（元）鲍天祐	（汉）韩婴《韩诗外传》	残
168	志封侯班超投笔	（元）鲍天祐	（南朝·宋）范晔《后汉书·班梁列传》	佚
169	东莱守杨震辞金	（元）鲍天祐	（南朝·宋）范晔《后汉书·杨震列传》	佚
170	重糟糠宋弘不谐	（元）鲍天祐	（南朝·宋）范晔《后汉书·宋弘传》	佚
171	孝顺女曹娥泣江	（元）鲍天祐，汪勉之	（南朝·宋）范晔《后汉书·列女传·孝女曹娥》	佚
172	马光祖勘风情	（元）乔吉	（元）脱脱等《宋史·马光祖传》 （元）林坤《诚斋杂记》 （元）无名氏《三朝野史》	佚
173	荆公遣妾	（元）乔吉	（宋）邵伯温《邵氏闻见录》	佚
174	燕乐毅黄金台	（元）乔吉	（汉）刘向集录《战国策·燕策一》 （汉）司马迁《史记·乐毅列传》	佚

续表

序号	剧作名称	作者	题材来源	存佚情况
175	楚大夫屈原投江	(元)睢舜臣	(汉)司马迁《史记·屈原贾生列传》	佚
176	持汉节苏武还朝	(元)周文质	(汉)班固《汉书·李广苏建传》附《苏武传》	残曲
177	孙武子教女兵(末本)	(元)周文质	(汉)司马迁《史记·孙子吴起列传》	佚
178	敬新磨戏谏唐庄宗	(元)周文质	(宋)欧阳修《新五代史·伶官传·敬新磨》	佚
179	下高丽敬德不伏老	(元)杨梓	(后晋)刘昫等《旧唐书·尉迟敬德传》 (宋)欧阳修等《新唐书·尉迟敬德传》	存
180	忠义士豫让吞炭	(元)杨梓	(春秋)左丘明《左传》 (汉)司马迁《史记·刺客列传》	存
181	承明殿霍光鬼谏	(元)杨梓	(汉)班固《汉书·霍光金日磾传》	存
182	仁宗认母	(元)汪元亨	(元)脱脱等《宋史·李宸妃传》	佚
183	孝义士赵礼让肥	(元)秦简夫	(南朝·宋)范晔《后汉书·赵孝传》	存
184	晋陶母剪发待宾	(元)秦简夫	(唐)房玄龄等《晋书·陶侃传》	存
185	子房货剑	(元)吴弘道	(汉)司马迁《史记·留侯世家》 (汉)班固《汉书·张良传》	佚
186	楚大夫屈原投江	(元)吴弘道	(汉)司马迁《史记·屈原贾生列传》	佚
187	敦友爱姜肱共被	(元)赵善庆	(南朝·宋)范晔《后汉书·姜肱传》	佚
188	唐太宗骊山七德舞	(元)赵善庆	(后晋)刘昫等《旧唐书·音乐志二》 (宋)欧阳修等《新唐书·礼乐志十一》	佚
189	孙武子教女兵(旦本)	(元)赵善庆	(汉)司马迁《史记·孙子吴起列传》	佚

序号	剧作名称	作者	题材来源	存佚情况
190	褚遂良掷笏谏	(元)赵善庆	(后晋)刘昫等《旧唐书·褚遂良传》 (宋)欧阳修等《新唐书·褚遂良传》 (唐)刘𫗧《隋唐嘉话》	佚
191	烧樊城糜竺收资	(元)赵善庆	(晋)陈寿《三国志·蜀书·糜竺传》裴松之注 (晋)干宝《搜神记》 (晋)王嘉《拾遗记》	佚
192	孟宗哭竹	(元)屈恭之	(晋)张方《楚国先贤传》 (唐)白居易《白氏六帖》 《二十四孝》	佚
193	升仙桥相如题柱	(元)屈恭之	(晋)常璩《华阳国志·蜀志》	佚
194	敬德扑马	(元)屈恭之	(后晋)刘昫等《旧唐书·尉迟敬德传》 (宋)欧阳修等《新唐书·尉迟敬德传》 (唐)刘𫗧《隋唐嘉话》	佚
195	纵火牛田单复齐	(元)屈恭之	(汉)司马迁《史记·田单列传》	佚
196	孝谏郑庄公	(元)钟嗣成	(春秋)左丘明《左传》 (汉)司马迁《史记·郑世家》	佚
197	汉高祖诈游云梦	(元)钟嗣成	(汉)班固《汉书·韩信传》	佚
198	韩信泜水斩陈余	(元)钟嗣成	(汉)司马迁《史记·淮阴侯列传》 (汉)班固《汉书·韩信传》	佚
199	讥货赂鲁褒钱神论	(元)钟嗣成	(唐)房玄龄等《晋书·鲁褒传》	佚
200	冯驩烧券	(元)钟嗣成	(汉)刘向集录《战国策·齐策四》 (汉)司马迁《史记·孟尝君列传》	佚
201	卧龙冈	(元)王晔	(晋)陈寿《三国志·蜀书·诸葛亮传》	佚
202	厚阴德于公高门	(元)王仲元	(汉)班固《汉书·于定国传》	佚

序号	剧作名称	作者	题材来源	存佚情况
203	郎中令袁盎却座	(元)王仲元	(汉)司马迁《史记·袁盎晁错列传》 (汉)班固《汉书·袁盎晁错传》	佚
204	宋太祖龙虎风云会	(元)罗本	(元)脱脱等《宋史·赵普传》	存
205	鹔鹴裘	(元)范居中,施惠,黄天泽,沈琪	(汉)司马迁《史记·司马相如列传》 (汉)班固《汉书·司马相如传》 (晋)葛洪《西京杂记》	佚
206	卞将军一门忠孝	(明)谷子敬	(唐)房玄龄等《晋书·卞壸传》	佚
207	风月瑞仙亭	(明)汤式	(汉)司马迁《史记·司马相如列传》 (汉)班固《汉书·司马相如传》 (晋)葛洪《西京杂记》	佚
208	山神庙裴度还带	(明)贾仲明	(五代)王定保《唐摭言》	存
209	石曼卿三丧不举	(明)刘君锡	(宋)释惠洪《冷斋夜话》	佚
210	贤大夫疏广东门宴	(明)刘君锡	(汉)班固《汉书·疏广传》	佚
211	卓文君私奔相如	(明)朱权	(汉)司马迁《史记·司马相如列传》 (汉)班固《汉书·司马相如传》 (晋)葛洪《西京杂记》	存
212	周武帝辩三教	(明)朱权	(唐)令狐德棻等《周书·武帝纪》	佚
213	齐桓公九合诸侯	(明)朱权	(汉)司马迁《史记·齐太公世家》	佚
214	豫章三害	(明)朱权	(唐)房玄龄等《晋书·周处传》 (南朝·宋)刘义庆《世说新语·自新》	佚
215	汉相如献赋题桥	(明)朱有燉	(汉)司马迁《史记·司马相如列传》 (汉)班固《汉书·司马相如传》 (晋)葛洪《西京杂记》	存
216	狂鼓吏渔阳三弄	(明)徐渭	(南朝·宋)范晔《后汉书·祢衡传》	存

序号	剧作名称	作者	题材来源	存佚情况
217	梁状元不伏老	（明）冯惟敏	（宋）洪迈《容斋随笔》引陈正敏《遁斋闲览》	存
218	陶朱公五湖泛舟	（明）汪道昆	（汉）司马迁《史记·越王句践世家》 （汉）司马迁《史记·货殖列传》 （汉）赵晔《吴越春秋》 （汉）袁康、吴平《越绝书》	存
219	张京兆戏作远山	（明）汪道昆	（汉）班固《汉书·张敞传》	存
220	陈思王悲生洛水	（明）汪道昆	（梁）萧统编《文选·洛神赋》注	存
221	唐明皇七夕长生殿	（明）汪道昆	（后晋）刘昫等《旧唐书·后妃列传》 （宋）欧阳修等《新唐书·后妃列传》 （唐）郑处海《明皇杂录》 （宋）乐史《杨太真外传》等	佚
222	独乐园司马入相	（明）桑绍良	（元）脱脱等《宋史·司马光传》	存
223	脱颖	（明）张国筹	（汉）司马迁《史记·平原君虞卿列传》	佚
224	茅庐	（明）张国筹	（晋）陈寿《三国志·蜀书》	佚
225	申包胥	（明）张国筹	（春秋）左丘明《左传》	佚
226	文姬入塞	（明）陈与郊	（南朝·宋）范晔《后汉书·列女传》 （?）项原《列女后传》	存
227	昭君出塞	（明）陈与郊	（汉）班固《汉书·元帝纪》 （晋）葛洪《西京杂记》	存
228	袁氏义犬	（明）陈与郊	（唐）李延寿《南史·袁粲传》	存
229	淮阴侯	（明）陈与郊	（汉）司马迁《史记·淮阴侯列传》 （汉）班固《汉书·韩信传》	佚
230	杜祁公藏身真傀儡	（明）王衡	（唐）韦绚《嘉话录》	存
231	王摩诘拍碎玉轮袍	（明）王衡	（唐）薛用弱《集异记》	存
232	再生缘	（明）王衡	（汉）褚少孙《补史记》	存

序号	剧作名称	作者	题材来源	存佚情况
233	壮荆卿易水离情	(明)叶宪祖	(汉)司马迁《史记·刺客列传》	存
234	琴心雅调	(明)叶宪祖	(汉)司马迁《史记·司马相如列传》 (汉)班固《汉书·司马相如传》 (晋)葛洪《西京杂记》	存
235	灌将军使酒骂座记	(明)叶宪祖	(汉)司马迁《史记·魏其武安侯列传》 (汉)班固《汉书·灌夫传》	存
236	巧配间越娘	(明)叶宪祖	《史弘肇传》(宋、元话本)等	佚
237	贺季真	(明)叶宪祖	(后晋)刘昫等《旧唐书·文苑传·贺知章》 (宋)欧阳修等《新唐书·隐逸传·贺知章》	佚
238	南楼月	(明)许潮	(唐)房玄龄等《晋书·庾亮传》	存
239	兰亭会	(明)许潮	(唐)房玄龄等《晋书·王羲之传》	存
240	龙山宴	(明)许潮	(南朝·宋)刘义庆《世说新语·识鉴》第16条注 (南朝·宋)刘义庆《世说新语·言语》	存
241	东方朔割肉遗细君	(明)许潮	(汉)班固《汉书·东方朔传》	存曲文
242	张季鹰因风忆故乡	(明)许潮	(唐)房玄龄等《晋书·文苑传·张翰》 (南朝·宋)刘义庆《世说新语·识鉴》	存曲文
243	陶处士栗里致交游	(明)许潮	(唐)李延寿《南史·隐逸列传·陶潜》 (唐)房玄龄等《晋书·隐逸列传·陶潜》	存曲文
244	谢东山雪朝试儿女	(明)许潮	(唐)房玄龄等《晋书·列女传·王凝之妻谢氏》 (南朝宋)刘义庆《世说新语·言语》	存曲文

序号	剧作名称	作者	题材来源	存佚情况
245	齐东绝倒	（明）吕天成	错综唐、虞、战国人物事迹出之	存
246	夫人大	（明）吕天成	（南朝·宋）范晔《后汉书·梁统列传》附《梁冀传》	佚
247	儿女债	（明）吕天成	（南朝·宋）范晔《后汉书·逸民列传·向长》 （晋）皇甫谧《高士传》	佚
248	金屋招魂	（明）王骥德	（晋）王嘉《拾遗记》	佚
249	梧桐雨	（明）徐复祚	（后晋）刘昫等《旧唐书·后妃列传》 （宋）欧阳修等《新唐书·后妃列传》 （唐）李德裕《明皇十七事》（又名《次柳氏旧闻》） （唐）郑处诲《明皇杂录》 （五代）王仁裕《开元天宝遗事》 （宋）乐史《杨太真外传》	佚
250	闹中牟	（明）徐复祚	（宋）欧阳修《新五代史·伶官传·敬新磨》	佚
251	苏子瞻春梦记	（明）张萱	（宋）赵令畤《侯鲭录》	佚
252	北门锁钥	（明）高应玘	（元）脱脱等《宋史·寇准传》	佚
253	桐江志	（明）陈情表	（南朝·宋）范晔《后汉书·严光传》	佚
254	福先碑	（明）车任远	（后晋）刘昫等《旧唐书·裴度传》 （宋）欧阳修等《新唐书·裴度传》	佚
255	脱囊颖	（明）徐阳辉	（汉）司马迁《史记·平原君虞卿列传》	存
256	梧桐雨	（明）王湘	（后晋）刘昫等《旧唐书·后妃列传》 （宋）欧阳修等《新唐书·后妃列传》 （唐）李德裕《明皇十七事》（又名《次柳氏旧闻》） （唐）郑处诲《明皇杂录》	佚

序号	剧作名称	作者	题材来源	存佚情况
257	梧桐雨	（明）王湘	（五代）王仁裕《开元天宝遗事》 （宋）乐史《杨太真外传》	佚
258	英雄成败	（明）孟称舜	（后晋）刘昫等《旧唐书·黄巢传》 （后晋）刘昫等《旧唐书·郑畋传》 （宋）欧阳修等《新唐书·黄巢传》 （宋）欧阳修等《新唐书·郑畋传》	存
259	救精忠	（明）祁麟佳	（元）脱脱等《宋史·岳飞传》	佚
260	刘伯伦	（明）凌濛初	（唐）房玄龄等《晋书·刘伶传》 （南朝·宋）刘义庆《世说新语·文学》《世说新语·任诞》	佚
261	祢正平	（明）凌濛初	（南朝·宋）范晔《后汉书·祢衡传》	佚
262	穴地报仇	（明）凌濛初	（南朝·宋）范晔《后汉书·苏章传》附《苏不韦传》	佚
263	忆故人戴王访雪	（明）程士廉	（南朝·宋）刘义庆《世说新语·任诞》	存曲文
264	饿方朔	（明）孙源文	（汉）班固《汉书·东方朔传》	存
265	西台记	（明）陆世廉	（元）脱脱等《宋史·文天祥传》 （元）脱脱等《宋史·张世杰传》 （宋）朱熹《通鉴纲目》 （明）宋濂《谢翱传》	佚
266	两纱剧（包括两种杂剧）	（明）来集之	《碧纱笼》本（五代）王定保《唐摭言》	存
267	秋风三叠（包括三种杂剧）	（明）来集之	《蓝采和》本（宋）陆游《南唐书·陈陶传》 《阮步兵》本（南朝·宋）刘义庆《世说新语·任诞》 《铁氏女》事见（清）谷应泰编《明史纪事本末》卷十八	佚
268	金门戟	（明）茅维	（汉）班固《汉书·东方朔传》	存
269	秦廷筑	（明）茅维	（汉）司马迁《史记·刺客列传》	存
270	醉新丰	（明）茅维	（后晋）刘昫等《旧唐书·马周传》 （宋）欧阳修等《新唐书·马周传》 （唐）刘肃《大唐新语》	存

序号	剧作名称	作者	题材来源	存佚情况
271	苏园翁	(明)茅维	(元)脱脱等《宋史·苏云卿传》	存
272	再生缘	(明)吴仁仲	(汉)褚少孙《补史记》	佚
273	补广陵散	(明)沈槎	(唐)房玄龄等《晋书·嵇康传》	佚
274	媆童公案	(明)吴礼卿	(汉)刘向集录《战国策·魏策四》	佚
275	旗亭谶	(明)张龙文	(唐)薛用弱《集异记》	存
276	裴渭源	(明)李大兰	(唐)魏徵等《隋书·列女传·裴伦妻》	佚
277	王开府	(明)李槃	(唐)李延寿《北史·孝行传·王颁》 (唐)魏徵等《隋书·孝义传·王颁》	佚
278	周文母	(明)李槃	(汉)司马迁《史记·周本纪》注	佚
279	夏六贤	(明)李槃	(汉)司马迁《史记·夏本纪》索隐	佚
280	赵宣孟	(明)李槃	(汉)司马迁《史记·赵世家》 (汉)刘向《说苑》	佚
281	鲁敬姜	(明)李槃	(春秋)左丘明《国语·鲁语》	佚
282	庳国君	(明)李槃	(汉)司马迁《史记·五帝本纪》	佚
283	首阳高节	(明)李槃	(汉)司马迁《史记·伯夷列传》	佚
284	独居教子	(明)李槃	(汉)司马迁《史记·夏本纪》	佚
285	气痴	(明)李逢时	(后晋)刘昫等《旧唐书·黄巢传》 (宋)欧阳修等《新唐书·黄巢传》	存
286	喝采获名姬	(明)恒居士	(唐)薛用弱《集异记》	佚
287	朱翁子	(明)陈口口	(汉)班固《汉书·朱买臣传》	佚
288	十面埋伏	(元、明)无名氏	(汉)司马迁《史记·项羽本纪》	残曲
289	十八学士登瀛州	(元、明)无名氏	(后晋)刘昫等《旧唐书·褚亮传》 (宋)欧阳修等《新唐书·褚亮传》	存
290	十探子大闹延安府	(元、明)无名氏	(元)脱脱等《宋史·葛霸传》附《葛怀敏传》	存
291	十样锦诸葛论功	(元、明)无名氏	(元)脱脱等《宋史·礼志八》	存

序号	剧作名称	作者	题材来源	存佚情况
292	刀劈史鸦霞	(元、明)无名氏	宋人笔记 (元)脱脱等《宋史·狄青传》	残曲
293	小尉迟将斗将将鞭认父	(元、明)无名氏	(后晋)刘昫等《旧唐书·尉迟敬德传》 (宋)欧阳修等《新唐书·尉迟敬德传》 (唐)刘𫗧《隋唐嘉话》	存
294	乞骸骨两疏见儿	(元、明)无名氏	(汉)班固《汉书·疏广传》	佚
295	王鼎臣风雪渔樵记	(元、明)无名氏	(汉)班固《汉书·朱买臣传》	存
296	五岳游	(元、明)无名氏	(南朝·宋)范晔《后汉书·向长》 (晋)皇甫谧《高士传》	佚
297	比射辕门	(元、明)无名氏	(后晋)刘昫等《旧唐书·薛仁贵传》 (宋)欧阳修等《新唐书·薛仁贵传》	佚
298	火烧阿房宫	(元、明)无名氏	(汉)司马迁《史记·项羽本纪》	残曲
299	打陈平	(元、明)无名氏	(汉)司马迁《史记·陈丞相世家》 (汉)班固《汉书·陈平传》	佚
300	司马相如归西蜀	(元、明)无名氏	(汉)司马迁《史记·司马相如列传》 (汉)班固《汉书·司马相如传》	佚
301	田穰苴伐晋兴齐	(元、明)无名氏	(汉)司马迁《史记·司马穰苴列传》	存
302	申包胥兴兵完楚	(元、明)无名氏	(春秋)左丘明《左传》 (汉)司马迁《史记·伍子胥列传》	佚
303	四公子夷门元宵宴	(元、明)无名氏	(汉)司马迁《史记·魏公子列传》	佚
304	包待制双勘丁	(元、明)无名氏	(元)陶宗仪《南村辍耕录》	佚
305	守贞节孟母三移	(元、明)无名氏	(汉)刘向《列女传》	存
306	羊角哀鬼战荆轲	(元、明)无名氏	《关中流寓志·列士传》	佚

序号	剧作名称	作者	题材来源	存佚情况
307	老莱子	(元、明)无名氏	(晋)皇甫谧《高士传》	佚
308	老敬德挝怨鼓	(元、明)无名氏	(后晋)刘昫等《旧唐书·尉迟敬德传》 (宋)欧阳修等《新唐书·尉迟敬德传》	佚
309	存仁心曹彬下江南	(元、明)无名氏	(元)脱脱等《宋史·曹彬传》	佚
310	行孝道郭巨埋儿	(元、明)无名氏	(汉)刘向《孝子传》	佚
311	行孝道蔡顺分椹	(元、明)无名氏	(宋)谢维新辑《古今合璧事类备要》 (汉)刘向《孝子传》 《二十四孝》 (南朝·宋)范晔《后汉书·周磐传》附《蔡顺传》	佚
312	竹林胜集	(元、明)无名氏	(唐)房玄龄等《晋书·嵇康传》	佚
313	志登仙左慈飞盆	(元、明)无名氏	(南朝·宋)范晔《后汉书·方术列传·左慈传》	佚
314	折梅驿使	(元、明)无名氏	(南朝·宋)盛弘之《荆州记》	存
315	吴起敌秦挂帅印	(元、明)无名氏	(汉)司马迁《史记·孙子吴起列传》	存
316	狄青复夺衣袄车	(元、明)无名氏	宋人笔记	存
317	两军师隔江斗智	(元、明)无名氏	(晋)陈寿《三国志·蜀书·先主备传》	存
318	招凉亭贾岛破风诗	(元、明)无名氏	(宋)欧阳修等《新唐书·韩愈传》附《贾岛传》	存
319	长安城四马投唐	(元、明)无名氏	(后晋)刘昫等《旧唐书·李密传》 (宋)欧阳修等《新唐书·李密传》	存
320	孟光女举案齐眉	(元、明)无名氏	(南朝·宋)范晔《后汉书·梁鸿》	存
321	孟姜女死哭长城	(元、明)无名氏	(春秋)左丘明《左传》杞梁妻事 (汉)刘向《说苑》 (汉)刘向《列女传》 (晋)崔豹《古今注》	佚

序号	剧作名称	作者	题材来源	存佚情况
322	屈大夫江潭行吟	(元、明)无名氏	(汉)司马迁《史记·屈原贾生列传》	佚
323	明旌表颜母训子	(元、明)无名氏	(后晋)刘昫等《旧唐书·颜真卿传》 (宋)欧阳修等《新唐书·颜真卿传》	佚
324	卓文君驾车	(元、明)无名氏	(汉)司马迁《史记·司马相如列传》 (汉)班固《汉书·司马相如传》 (晋)葛洪《西京杂记》	佚
325	金水桥陈琳抱妆匣	(元、明)无名氏	(元)脱脱等《宋史·李宸妃传》	存
326	哀哀怨怨后庭花	(元、明)无名氏	(唐)李延寿《南史·陈本纪·后主》 (唐)姚思廉《陈书·后主本纪》 (后晋)刘昫等《旧唐书·音乐志二》 (宋)欧阳修等《新唐书·礼乐志十二》	佚
327	施仁义岑母大贤	(元、明)无名氏	东汉故事	佚
328	胡学究醉闹湖心亭	(元、明)无名氏	(明)沈德符《万历野获编》卷二十三	佚
329	郅郓璋昆阳大战	(元、明)无名氏	(南朝·宋)范晔《后汉书·光武帝纪》	佚
330	飞虎峪存孝打虎	(元、明)无名氏	(宋)薛居正等《旧五代史·唐书·李存孝传》 (宋)欧阳修《新五代史·义儿传·李存孝》	存
331	秋夜梧桐雨	(元、明)无名氏	(后晋)刘昫等《旧唐书·后妃列传》 (宋)欧阳修等《新唐书·后妃列传》 (唐)李德裕《明皇十七事》(又名《次柳氏旧闻》) (唐)郑处诲《明皇杂录》 (五代)王仁裕《开元天宝遗事》 (宋)乐史《杨太真外传》	佚

序号	剧作名称	作者	题材来源	存佚情况
332	保成公竟赴渑池会	（元、明）无名氏	（汉）司马迁《史记·廉颇蔺相如列传》	存
333	唐李靖阴山破虏	（元、明）无名氏	（后晋）刘昫等《旧唐书·李靖传》（宋）欧阳修等《新唐书·李靖传》	存
334	冻苏秦衣锦还乡	（元、明）无名氏	（汉）刘向集录《战国策·秦策一》（汉）司马迁《史记·苏秦列传》	存
335	马援挝打聚兽牌	（元、明）无名氏	（南朝·宋）范晔《后汉书·光武帝纪》	存
336	莽樊哙大闹鸿门宴	（元、明）无名氏	（汉）司马迁《史记·项羽本纪》（汉）班固《汉书·高帝纪》	佚
337	降桑椹蔡顺奉母	（元、明）无名氏	（汉）刘向《孝子传》《二十四孝》（南朝·宋）范晔《后汉书·周磐传》附《蔡顺传》	存
338	徐茂公智降秦叔宝	（元、明）无名氏	（宋）司马光《资治通鉴》（后晋）刘昫等《旧唐书·秦叔宝传》（宋）欧阳修等《新唐书·秦琼传》	存
339	望思台	（元、明）无名氏	（汉）班固《汉书·武帝纪》（汉）司马迁《史记·外戚世家》	残曲
340	采桑戏妻	（元、明）无名氏	（汉）刘向《列女传》	佚
341	尉迟恭单鞭夺槊	（元、明）无名氏	（后晋）刘昫等《旧唐书·尉迟敬德传》（宋）欧阳修等《新唐书·尉迟敬德传》	存
342	尉迟恭鞭打单雄信	（元、明）无名氏	（后晋）刘昫等《旧唐书·尉迟敬德传》（宋）欧阳修等《新唐书·尉迟敬德传》	存
343	陶侃拿苏峻	（元、明）无名氏	（唐）房玄龄等《晋书·苏峻传》（唐）房玄龄等《晋书·陶侃传》	佚
344	陶渊明东篱赏菊	（元、明）无名氏	（唐）房玄龄等《晋书·隐逸列传·陶潜》（唐）李延寿《南史·隐逸列传·陶潜》	存

序号	剧作名称	作者	题材来源	存佚情况
345	陶彭泽	(元、明)无名氏	(唐)房玄龄等《晋书·隐逸列传·陶潜》 (唐)李延寿《南史·隐逸列传·陶潜》	佚
346	雁门关存孝打虎	(元、明)无名氏	(后晋)刘昫等《旧唐书·黄巢传》 (宋)欧阳修等《新唐书·沙陀列传》 (宋)薛居正等《旧五代史·唐书·李存孝传》 (宋)欧阳修《新五代史·义儿传·李存孝》	存
347	云台门聚二十八将	(元、明)无名氏	(南朝·宋)范晔《后汉书·马武传论》	存
348	乔风魔豫让吞炭	(元、明)无名氏	(汉)司马迁《史记·刺客列传》	佚
349	策立阴皇后	(元、明)无名氏	(南朝·宋)范晔《后汉书·皇后纪·光烈阴皇后》	佚
350	搬运太湖石	(元、明)无名氏	(元)脱脱等《宋史·朱勔传》	佚
351	董卓戏貂蝉	(元、明)无名氏	(南朝·宋)范晔《后汉书·董卓列传》 (晋)陈寿《三国志·魏书·董卓传》	佚
352	运机谋随何骗英布	(元、明)无名氏	(汉)司马迁《史记·黥布列传》 (汉)班固《汉书·英布传》	存
353	汉公卿衣锦还乡	(元、明)无名氏	(汉)司马迁《史记·留侯世家》 (汉)司马迁《史记·黥布列传》 (汉)班固《汉书·张良传》 (汉)班固《汉书·英布传》	存
354	汉武帝御苑射雁	(元、明)无名氏	(汉)班固《汉书·李广苏建传》附《苏武传》	佚
355	汉相如四喜俱全记	(元、明)无名氏	(汉)司马迁《史记·司马相如列传》 (汉)班固《汉书·司马相如传》 (晋)葛洪《西京杂记》	佚
356	截发留宾	(元、明)无名氏	(唐)房玄龄等《晋书·陶侃传》	佚

序号	剧作名称	作者	题材来源	存佚情况
357	赵宗让肥	(元、明)无名氏	(南朝·宋)范晔《后汉书·赵孝传》	佚
358	贤达妇龙门隐秀	(元、明)无名氏	(后晋)刘昫等《旧唐书·薛仁贵传》 (宋)欧阳修等《新唐书·薛仁贵传》	存
359	摩利支飞刀对箭	(元、明)无名氏	(后晋)刘昫等《旧唐书·薛仁贵传》 (宋)欧阳修等《新唐书·薛仁贵传》	存
360	诸葛亮博望烧屯	(元、明)无名氏	(晋)陈寿《三国志·蜀书·诸葛亮传》	存
361	诸葛亮赤壁鏖兵	(元、明)无名氏	(晋)陈寿《三国志·蜀书·诸葛亮传》 (晋)陈寿《三国志·魏书·武帝操》 (晋)陈寿《三国志·吴书·吴主权传》	佚
362	诸葛亮火烧战船	(元、明)无名氏	(晋)陈寿《三国志·蜀书·诸葛亮传》 (晋)陈寿《三国志·魏书·武帝操》 (晋)陈寿《三国志·吴书·吴主权传》	佚
363	邓禹定计捉彭宠	(元、明)无名氏	(南朝·宋)范晔《后汉书·吴汉传》	存
364	刘关张桃园三结义	(元、明)无名氏	(晋)陈寿《三国志·蜀书·关羽传》 (晋)陈寿《三国志·蜀书·张飞传》	存
365	龙阳君泣鱼固宠	(元、明)无名氏	(汉)刘向集录《战国策·魏策四》	存
366	随何赚风魔蒯通	(元、明)无名氏	(汉)司马迁《史记·淮阴侯列传》 (汉)班固《汉书·蒯通传》	存

序号	剧作名称	作者	题材来源	存佚情况
367	鸳鸯会	（元、明）无名氏	（汉）司马迁《史记·司马相如列传》 （汉）班固《汉书·司马相如传》 （晋）葛洪《西京杂记》	佚
368	锦云堂美女连环计	（元、明）无名氏	（南朝·宋）范晔《后汉书·董卓列传》 （南朝·宋）范晔《后汉书·吕布列传》 （晋）陈寿《三国志·魏书·董卓传》 （晋）陈寿《三国志·魏书·吕布传》	存
369	韩元帅暗度陈仓	（元、明）无名氏	（汉）司马迁《史记·高祖本纪》 （汉）班固《汉书·高帝纪》	存
370	薛包认母	（元、明）无名氏	（南朝·宋）范晔《后汉书·刘赵淳于江刘周赵列传》引言	存
371	举烽取笑	（元、明）无名氏	（汉）司马迁《史记·周本纪》	存
372	庞涓夜走马陵道	（元、明）无名氏	（汉）司马迁《史记·孙子吴起列传》	存

表 1—2：宋元明南戏采用史传题材的作品①

序号	剧作名称	作者	题材来源	存佚情况
1	刘知远白兔记	（元）刘唐卿	（宋）薛居正等《旧五代史·汉书·后妃列传》 （宋）欧阳修《新五代史·汉家人传·高祖皇后李氏》	存
2	十大功劳	（元）无名氏	（汉）司马迁《史记·淮阴侯列传》 （汉）班固《汉书·蒯通传》	佚
3	王祥卧冰	（元）无名氏	（唐）房玄龄等《晋书·王祥传》 （唐）房玄龄等《晋书·王览传》 （南朝·宋）刘义庆《世说新语·德行》第14条及注	残曲

---

① 本表统计系据：庄一拂：《古典戏曲存目汇考》；谭正璧著，谭寻补正：《话本与古剧》；钱南扬辑录：《宋元戏文辑佚》，上海，上海古典文学出版社，1956；李修生主编：《古本戏曲剧目提要》。

续表

序号	剧作名称	作者	题材来源	存佚情况
4	王陵	（元）无名氏	（汉）班固《汉书·王陵传》	残曲
5	丙吉教子立宣帝	（宋、元）无名氏	（汉）司马迁《史记·张丞相列传》附《邴吉传》 （汉）班固《汉书·魏相丙吉传》	佚
6	司马相如题桥记	（元）无名氏	（晋）常璩《华阳国志·蜀志》	残曲
7	史弘肇故乡宴	（元）无名氏	（宋）薛居正等《旧五代史·汉书·史弘肇传》 （宋）欧阳修《新五代史·汉臣传·史弘肇传》	残曲
8	老莱子	（宋、元）无名氏	（晋）皇甫谧《高士传》	佚
9	朱买臣休妻记	（元）无名氏	（汉）班固《汉书·朱买臣传》	残曲
10	吕蒙正风雪破窑记	（宋、元）无名氏	（五代）王定保《唐摭言》 （五代）孙光宪《北梦琐言》 （宋）叶梦得《避暑录话》 （元）脱脱等《宋史·吕蒙正传》	存
11	何郎敷粉	（宋、元）无名氏	（晋）裴启《裴子语林》 （南朝·宋）刘义庆《世说新语·容止》	佚
12	狄梁公	（宋、元）无名氏	（后晋）刘昫等《旧唐书·狄仁杰传》 （宋）欧阳修等《新唐书·狄仁杰传》	佚
13	孟母三迁	（宋、元）无名氏	（汉）刘向《列女传》	佚
14	孟姜女送寒衣	（宋、元）无名氏	（春秋）左丘明《左传》杞梁妻事 （汉）刘向《说苑》 （汉）刘向《列女传》 （晋）崔豹《古今注》	残曲
15	卓氏女鸳鸯会	（宋、元）无名氏	（汉）司马迁《史记·司马相如列传》 （汉）班固《汉书·司马相如传》 （晋）葛洪《西京杂记》	佚
16	花花柳柳清明祭柳七记	（宋、元）无名氏	（宋）祝穆《方舆胜览》 （宋）曾敏行《独醒杂志》	残曲

序号	剧作名称	作者	题材来源	存佚情况
17	周勃太尉	（宋、元）无名氏	（汉）司马迁《史记·绛侯周勃世家》 （汉）班固《汉书·周勃传》	佚
18	周处风云记	（宋、元）无名氏	（唐）房玄龄等《晋书·周处传》 （南朝·宋）刘义庆《世说新语·自新》	佚
19	席雪餐毡忠节苏武传	（宋、元）无名氏	（汉）班固《汉书·李广苏建传》附《苏武传》	存
20	范蠡沉西施	（宋、元）无名氏	（汉）司马迁《史记·越王世家》 （汉）赵晔《吴越春秋》 （汉）袁康、吴平《越绝书》	残曲
21	秋胡戏妻	（宋、元）无名氏	（汉）刘向《列女传》	佚
22	风月亭	（元）无名氏	（汉）司马迁《史记·司马相如列传》 （汉）班固《汉书·司马相如传》 （晋）葛洪《西京杂记》	残曲
23	浣纱女	（元）无名氏	（汉）赵晔《吴越春秋》 （汉）袁康、吴平《越绝书》 （汉）刘向《列女传》	残曲
24	秦太师东窗记	（宋、元）无名氏	（宋）洪迈《夷坚志》	存
25	马践杨妃	（宋、元）无名氏	（后晋）刘昫等《旧唐书·后妃列传》 （宋）欧阳修等《新唐书·后妃列传》 （宋）乐史《杨太真外传》	佚
26	孙武子	（元）无名氏	（汉）司马迁《史记·孙子吴起列传》	佚
27	淮阴记	（元）无名氏	（汉）司马迁《史记·淮阴侯列传》 （汉）班固《汉书·韩信传》	佚
28	斩祛	（宋、元）无名氏	（春秋）左丘明《左传》晋文公事 （汉）司马迁《史记·晋世家》	佚
29	斩蛇起义	（元）无名氏	（汉）司马迁《史记·高祖本纪》 （汉）班固《汉书·高帝纪》	佚

续表

序号	剧作名称	作者	题材来源	存佚情况
30	陈光蕊江流和尚	(宋、元)无名氏	(唐)释慧玄《大慈恩寺三藏法师传》 (宋)周密《齐东野语》	残曲
31	冯京三元记	(宋、元)无名氏	(元)脱脱等《宋史·冯京传》 (宋)罗大经《鹤林玉露》 (宋)姚庭若《不可录》	佚
32	温太真	(元)无名氏	(南朝·宋)刘义庆《世说新语·假谲》 (唐)房玄龄等《晋书·温峤传》	残曲
33	登台拜爵	(元)无名氏	(汉)司马迁《史记·淮阴侯列传》 (汉)班固《汉书·韩信传》	残曲
34	单刀会	(宋、元)无名氏	(晋)陈寿《三国志·蜀书·关羽传》 (晋)陈寿《三国志·吴书·鲁肃传》	佚
35	闵子骞单衣记	(宋、元)无名氏	(汉)刘向《说苑》 (唐)白居易《白氏六帖》	佚
36	貂蝉女	(元)无名氏	(南朝·宋)范晔《后汉书·董卓列传》 (南朝·宋)范晔《后汉书·王允列传》 (南朝·宋)范晔《后汉书·吕布列传》 (晋)陈寿《三国志·魏书·董卓传》 (晋)陈寿《三国志·魏书·吕布传》	残曲
37	贾似道木棉庵记	(元)无名氏	(元)脱脱等《宋史·奸臣传·贾似道》	残曲
38	甄皇后	(元)无名氏	(晋)陈寿《三国志·魏书·文昭甄皇后传》 (梁)萧统编《文选·洛神赋》注	残曲
39	楚昭王	(元)无名氏	(春秋)左丘明《左传》 (春秋)左丘明《国语》	残曲

序号	剧作名称	作者	题材来源	存佚情况
40	赵氏孤儿报冤记	(宋、元)无名氏	(春秋)左丘明《左传》 (汉)司马迁《史记·赵世家》 (汉)刘向《新序·节士篇》 (汉)刘向《说苑·复恩篇》	存
41	赵普进梅谏	(宋、元)无名氏	(元)脱脱等《宋史·赵普传》 [或(宋)欧阳修《新五代史·赵匡凝传》]	残曲
42	铜雀妓	(元)无名氏	(晋)陆翙《邺中记》 (梁)萧统编《文选·吊魏武帝文》引魏武帝遗令	残曲
43	刘备	(元)无名氏	(晋)陈寿《三国志·蜀书·先主备传》	佚
44	刘先主跳檀溪	(宋、元)无名氏	(晋)陈寿《三国志·蜀书·先主备传》注引《世语》	佚
45	鲍宣少君	(元)无名氏	(汉)班固《汉书·鲍宣传》 (南朝·宋)范晔《后汉书·列女传·鲍宣妻》	残曲
46	韩寿偷香	(元)无名氏	(唐)房玄龄等《晋书·贾充传》 (南朝·宋)刘义庆《世说新语·惑溺》	残曲
47	薛包	(元)无名氏	(南朝·宋)范晔《后汉书·刘赵淳于江刘周赵列传》引言	残曲
48	苏武牧羊记	(宋、元)无名氏	(汉)班固《汉书·李广苏建传》附《苏武传》	存
49	苏秦衣锦还乡	(宋、元)无名氏	(汉)刘向集录《战国策·秦策一》 (汉)司马迁《史记·苏秦列传》	存
50	投笔记	(明)邱濬	(汉)班固《汉书·班超传》	存
51	举鼎记	(明)邱濬	(汉)赵晔《吴越春秋》	存
52	金丸记	(明)姚茂良	(元)脱脱等《宋史·李宸妃传》	存
53	张巡许远双忠记	(明)姚茂良	(后晋)刘昫等《旧唐书·忠义列传·张巡》 (后晋)刘昫等《旧唐书·忠义列传·许远》 (宋)欧阳修等《新唐书·忠义列传·张巡》 (宋)欧阳修等《新唐书·忠义列传·许远》	存

序号	剧作名称	作者	题材来源	存佚情况
54	精忠记	（明）姚茂良	（元）脱脱等《宋史·岳飞传》	存
55	连环记	（明）王济	（南朝·宋）范晔《后汉书·董卓列传》 （南朝·宋）范晔《后汉书·吕布列传》 （晋）陈寿《三国志·魏书·董卓传》 （晋）陈寿《三国志·魏书·吕布传》	存
56	千金记	（明）沈采	（汉）司马迁《史记·淮阴侯列传》 （汉）班固《汉书·韩信传》	存
57	裴度香山还带记	（明）沈采	（五代）王定保《唐摭言》	存
58	临潼记	（明）沈采	（春秋）左丘明《左传》 （汉）司马迁《史记·伍子胥列传》 （汉）赵晔《吴越春秋》	佚
59	商辂三元记	（明）沈受先	（清）李琬《乾隆温州府志》 （明）何乔远《名山藏》	存
60	冯京三元记	（明）沈受先	（元）脱脱等《宋史·冯京传》 （宋）罗大经《鹤林玉露》 （宋）姚庭若《不可录》	存
61	银瓶记	（明）沈受先	（元）脱脱等《宋史·郑清之传》	佚
62	登坛记	（明）李开先	（汉）司马迁《史记·淮阴侯列传》 （汉）班固《汉书·韩信传》	佚
63	断发记	（明）李开先	（后晋）刘昫等《旧唐书·列女传·李德武妻裴氏》 （宋）欧阳修等《新唐书·列女传·李德武妻裴淑英》	存
64	唐僧西游记	（明）陈龙光	（后晋）刘昫等《旧唐书·方伎列传·僧玄奘》 （唐）释慧玄《大慈恩寺三藏法师传》	佚
65	风云记	（明）陈罴斋	（唐）房玄龄等《晋书·周处传》 （南朝·宋）刘义庆《世说新语·自新》	佚

序号	剧作名称	作者	题材来源	存佚情况
66	姜诗跃鲤记	(明)陈罴斋	(南朝·宋)范晔《后汉书·列女传·姜诗妻》	存
67	五柳先生传	(明)无名氏	(唐)房玄龄等《晋书·隐逸列传·陶潜》 (唐)李延寿《南史·隐逸列传·陶潜》	佚
68	四贤记	(明)无名氏	(明)宋濂等《元史·乌古孙泽列传》 (明)宋濂等《元史·乌古孙良桢列传》	存
69	李白宫锦袍记	(明)无名氏	(后晋)刘昫等《旧唐书·文苑传·李白》 (宋)欧阳修等《新唐书·文艺传·李白》 (宋)乐史《杨太真外传》	佚
70	李密陈情记	(明)无名氏	(唐)房玄龄等《晋书·孝友传·李密》	佚
71	孟宗泣竹	(明)无名氏	(晋)张方《楚国先贤传》 (唐)白居易《白氏六帖》 (元)郭居敬《二十四孝》	佚
72	孟姜女贞烈戏文	(明)无名氏	(春秋)左丘明《左传》杞梁妻事 (汉)刘向《说苑》 (汉)刘向《列女传》 (晋)崔豹《古今注》	佚
73	洪皓使虏记	(明)无名氏	(元)脱脱等《宋史·洪皓传》	佚
74	范睢绨袍记	(明)无名氏	(汉)司马迁《史记·范睢蔡泽列传》	存
75	破黄巢	(明)无名氏	(后晋)刘昫等《旧唐书·黄巢传》 (宋)欧阳修等《新唐书·逆臣传·黄巢》	佚
76	桃园记	(明)无名氏	(晋)陈寿《三国志·蜀书·关羽传》 (晋)陈寿《三国志·蜀书·张飞传》	散出
77	草庐记	(明)无名氏	(晋)陈寿《三国志·蜀书·诸葛亮传》	存

序号	剧作名称	作者	题材来源	存佚情况
78	陶潜归田记	(明)无名氏	(唐)房玄龄等《晋书·隐逸列传·陶潜》 (唐)李延寿《南史·隐逸列传·陶潜》	佚
79	张良圮桥进履	(明)无名氏	(汉)司马迁《史记·留侯世家》 (汉)班固《汉书·张良传》	佚
80	减灶记	(明)无名氏	(汉)司马迁《史记·孙子吴起列传》附《孙膑传》	残曲
81	彩楼记	(明)无名氏	(五代)王定保《唐摭言》	存
82	刘知远风雪红袍记	(明)无名氏	(宋)薛居正等《旧五代史·汉书·后妃列传·李皇后》 (宋)欧阳修《新五代史·汉家人传·皇后李氏》	佚
83	韩信筑坛拜将	(明)无名氏	(汉)司马迁《史记·淮阴侯列传》 (汉)班固《汉书·韩信传》	佚
84	薛仁贵白袍记	(明)无名氏	(后晋)刘昫等《旧唐书·薛仁贵传》 (宋)欧阳修等《新唐书·薛仁贵传》	存
85	邓攸弃子抱侄	(明)无名氏	(唐)房玄龄等《晋书·良吏传·邓攸》	佚
86	织锦回文	(明)无名氏	(唐)房玄龄等《晋书·列女传·窦滔妻苏氏》	残曲
87	怀香记	(明)无名氏	(唐)房玄龄等《晋书·贾充传》 (南朝·宋)刘义庆《世说新语·惑溺》	佚
88	芦花记	(明)无名氏	(汉)刘向《说苑》 (唐)白居易《白氏六帖》	佚

表1-3:明代传奇采用史传题材的作品①

序号	剧作名称	作者	题材来源	存佚情况
1	浣纱记	梁辰鱼	(汉)司马迁《史记·吴越世家》 (汉)赵晔《吴越春秋》	存
2	怀香记	陆采	(唐)房玄龄等《晋书·贾充传》 (南朝·宋)刘义庆《世说新语·惑溺》	存
3	分鞋记	陆采	(元)陶宗仪《南村辍耕录》程鹏举妻分鞋事 (清)潘永因辑《宋稗类钞》	佚
4	三元记	徐霖	冯京三元记本: (元)脱脱等《宋史·冯京传》 (宋)罗大经《鹤林玉露》 (宋)姚庭若《不可录》 商辂三元记本: (清)李琬《乾隆温州府志》 (明)何乔远《名山藏》	佚
5	祝发记	张凤翼	(唐)李延寿《南史·徐擒传》附《徐孝克传》	存
6	灌园记	张凤翼	(汉)司马迁《史记·田敬仲完世家》	存
7	窃符记	张凤翼	(汉)司马迁《史记·魏公子列传》	存
8	㑇㹾记	张凤翼	(汉)应劭《风俗通》	残曲
9	易鞋记	沈鲸	(元)陶宗仪《南村辍耕录》程鹏举妻分鞋事 (清)潘永因辑《宋稗类钞》	存
10	双珠记	沈鲸	(元)陶宗仪《南村辍耕录》"贞烈墓"条郭氏事 (唐)孟棨《本事诗》	存
11	青琐记	沈鲸	(唐)房玄龄等《晋书·贾充传》 (南朝·宋)刘义庆《世说新语·惑溺》	散出

①本表统计系据:庄一拂:《古典戏曲存目汇考》;傅惜华:《明代传奇全目》,北京,人民文学出版社,1959;李修生主编:《古本戏曲剧目提要》。明清无名氏所作之传奇不存的,因无法断定其确切时代,姑不在本统计范围内。

续表

序号	剧作名称	作者	题材来源	存佚情况
12	廞廖记	端鳌	（汉）应劭《风俗通》	佚
13	双烈记	张四维	（元）脱脱等《宋史·韩世忠传》	存
14	彩毫记	屠隆	（后晋）刘昫等《旧唐书·文苑传·李白》 （宋）欧阳修等《新唐书·文艺传·李白》 （宋）乐史《杨太真外传》	存
15	长命缕	梅鼎祚	（宋）王明清《摭青杂说·夫妻复旧约》	存
16	埋剑记	沈璟	（宋）欧阳修等《新唐书·忠义列传·吴保安》 （唐）牛肃《纪闻·吴保安》	存
17	双鱼记	沈璟	（宋）王明清《摭青杂说》	存
18	十孝记	沈璟	第一剧黄香事： （南朝·宋）范晔《后汉书·文苑传·黄香》 （汉）刘珍等《东观汉记》 第二剧张孝、张礼事： （南朝·宋）范晔《后汉书·赵孝传》 第三剧缇萦事： （汉）班固《汉书·刑法志》 第四剧韩伯瑜事： （汉）刘向《说苑》 第五剧郭巨事： 《二十四孝》 （汉）刘向《孝子传》 第六剧闵损事： （汉）刘向《说苑》 第七剧王祥事： （唐）房玄龄等《晋书·王祥传》 第八剧孝妇张氏事： 莫详所本 第九剧薛包事： （汉）刘珍等《东观汉记》 第十剧徐庶事： （晋）陈寿《三国志·蜀书·诸葛亮传》	散出

序号	剧作名称	作者	题材来源	存佚情况
19	奇节记	沈璟	（后晋）刘昫等《旧唐书·忠义列传·贾直言》 （宋）欧阳修等《新唐书·忠义传·贾直言》	残曲
20	珠串记	沈璟	著者不详《唐宋遗史》	残曲
21	葛衣记	顾大典	（唐）李延寿《南史·任昉传》	存
22	义乳记	顾大典	（南朝·宋）范晔《后汉书·独行传·李善》	佚
23	麒麟罽	陈与郊	（元）脱脱等《宋史·韩世忠传》	存
24	三祝记	汪廷讷	（元）脱脱等《宋史·范仲淹传》 （元）脱脱等《宋史·范仲淹传》附《范纯祐传》《范纯礼传》《范纯粹传》 （元）脱脱等《宋史·范纯仁传》	存
25	天书记	汪廷讷	（汉）司马迁《史记·孙子吴起列传》附《孙膑传》	存
26	义烈记	汪廷讷	（南朝·宋）范晔《后汉书·孔融传》 （南朝·宋）范晔《后汉书·党锢列传·张俭》	存
27	种玉记	汪廷讷	（汉）班固《汉书·霍去病传》 （汉）班固《汉书·霍光传》	存
28	分金记	叶良表	（汉）司马迁《史记·管晏列传》 （战国）吕不韦《吕氏春秋》	存
29	存孤记	陆弼	（南朝·宋）范晔《后汉书·李杜列传·李固子燮》	散出
30	金门记	龙膺	（汉）班固《汉书·东方朔传》	佚
31	冬青记	卜世臣	（元）陶宗仪《南村辍耕录·发宋陵寝》 （元）罗有开《唐义士传》 （元）郑元祐《书林义士事》	存
32	琴心记	孙柚	（汉）司马迁《史记·司马相如列传》 （汉）班固《汉书·司马相如传》 （晋）葛洪《西京杂记》	存

序号	剧作名称	作者	题材来源	存佚情况
33	昭关记	孙柚	(汉)司马迁《史记·伍子胥列传》 (战国)吕不韦《吕氏春秋》 (汉)赵晔《吴越春秋》 (汉)袁康、吴平《越绝书》	佚
34	青莲记	戴子晋	(后晋)刘昫等《旧唐书·文苑传·李白》 (宋)欧阳修等《新唐书·文艺传·李白》	残曲
35	节孝记	高濂	上帙陶潜事: (唐)房玄龄等《晋书·陶潜传》 著者不详《续晋春秋》 (南朝·梁)释慧皎《高僧传》 下帙李密事: (唐)房玄龄等《晋书·李密传》	存
36	望云记	程文修	(后晋)刘昫等《旧唐书·狄仁杰传》 (宋)欧阳修等《新唐书·狄仁杰传》 (唐)刘肃《大唐新语》	佚
37	玉符记	吕天成	(汉)司马迁《史记·吕不韦列传》	佚
38	戒珠记	吕天成	(唐)房玄龄等《晋书》	佚
39	碎琴记	吕天成	(战国)列御寇《列子·汤问》	佚
40	蛟虎记	黄伯羽	(唐)房玄龄等《晋书·周处传》 (南朝·宋)刘义庆《世说新语·自新》	佚
41	合钗记	吾邱瑞	(后晋)刘昫等《旧唐书·后妃列传》 (宋)欧阳修等《新唐书·后妃列传》 (唐)李德裕《明皇十七事》(又名《次柳氏旧闻》) (唐)郑处海《明皇杂录》 (五代)王仁裕《开元天宝遗事》 (宋)乐史《杨太真外传》	佚
42	运甓记	吾邱瑞	(唐)房玄龄等《晋书·陶侃传》	佚

序号	剧作名称	作者	题材来源	存佚情况
43	四喜记	谢谠	（元）脱脱等《宋史·宋庠传》 （元）脱脱等《宋史·宋祁传》	存
44	露绶记	单本	（汉）班固《汉书·朱买臣传》	残曲
45	合钗记	单本	（后晋）刘昫等《旧唐书·后妃列传》 （宋）欧阳修等《新唐书·后妃列传》 （唐）李德裕《明皇十七事》（又名《次柳氏旧闻》） （唐）郑处海《明皇杂录》 （五代）王仁裕《开元天宝遗事》 （宋）乐史《杨太真外传》	佚
46	弹铗记	车任远	（汉）刘向集录《战国策·齐策四》 （汉）司马迁《史记·孟尝君列传》	佚
47	金莲记	陈汝元	（元）脱脱等《宋史·苏轼传》 （宋）释惠洪《冷斋夜话》 （明）彭大翼《山堂肆考》	存
48	符节记	章大伦	（汉）司马迁《史记·汲郑列传》 （汉）班固《汉书·张冯汲郑传》	佚
49	投梭记	徐复祚	（唐）房玄龄等《晋书·谢鲲传》	存
50	宵光剑	徐复祚	（汉）班固《汉书·卫青传》	存
51	祝发记	徐复祚	（唐）李延寿《南史·徐擒传》附《徐孝克传》	佚
52	雪樵记	徐复祚	（汉）班固《汉书·朱买臣传》	佚
53	题桥记	徐复祚	（晋）常璩《华阳国志·蜀志》	佚
54	三晋记	胡文焕	（春秋）左丘明《左传》 （汉）司马迁《史记·赵世家》	佚
55	奇货记	胡文焕	（汉）司马迁《史记·吕不韦列传》	佚
56	呼卢记	全无垢	（唐）李延寿《南史·宋本纪上·武帝刘裕》	残曲
57	题桥记	陆济之	（晋）常璩《华阳国志·蜀志》	佚

序号	剧作名称	作者	题材来源	存佚情况
58	惊鸿记	吴世美	(后晋)刘昫等《旧唐书·后妃列传》 (宋)欧阳修等《新唐书·后妃列传》 (唐)李德裕《明皇十七事》(又名《次柳氏旧闻》) (唐)郑处诲《明皇杂录》 (唐)曹邺《梅妃传》 (五代)王仁裕《开元天宝遗事》 (宋)乐史《杨太真外传》	存
59	八义记	徐元	(春秋)左丘明《左传》 (汉)司马迁《史记·赵世家》 (汉)刘向《新序·节士篇》 (汉)刘向《说苑·复恩篇》	存
60	五鼎记	顾允默	(汉)司马迁《史记·平津侯主父列传》 (汉)班固《汉书·主父偃传》	残曲
61	椒觞记	顾懋宏	(元)脱脱等《宋史·儒林传·陈亮》	残曲
62	玉鱼记	汤家霖	(后晋)刘昫等《旧唐书·郭子仪传》 (宋)欧阳修等《新唐书·郭子仪传》	残曲
63	玉镜台记	朱鼎	(唐)房玄龄等《晋书·温峤传》 (南朝·宋)刘义庆《世说新语·假谲》	存
64	鹔鸰记	史槃	宋璟事本(后晋)刘昫等《旧唐书·宋璟传》 (宋)欧阳修等《新唐书·宋璟传》 王安石事本(元)脱脱等《宋史·王安石传》	存
65	冬青记	史槃	(元)陶宗仪《南村辍耕录·发宋陵寝》 (无)罗有开《唐义士传》 (元)郑元祐《书林义士事》	佚
66	量江记	佘翘	(元)脱脱等《宋史·樊知古传》	存

序号	剧作名称	作者	题材来源	存佚情况
67	种玉记（汪廷讷《种玉记》改订本）	许自昌	（汉）班固《汉书·霍去病传》（汉）班固《汉书·霍光传》	存
68	种玉记（汪廷讷《种玉记》改订本）	王异	（汉）班固《汉书·霍去病传》（汉）班固《汉书·霍光传》	佚
69	绿绮记	杨柔胜	（汉）司马迁《史记·司马相如列传》（汉）班固《汉书·司马相如传》（晋）葛洪《西京杂记》	残曲
70	禁烟记	卢鹤江	（春秋）左丘明《左传》（汉）刘向《新序》（南朝·宋）范晔《后汉书·周举传》	佚
71	纯孝记	张从怀	后汉董黯事（宋）张津《四明图经》（宋）胡榘等《四明志》	佚
72	紫绶记	王元寿	（南朝·宋）范晔《后汉书·李杜列传·李固子燮》	佚
73	紫台怨	王元寿	（汉）班固《汉书·元帝纪》（晋）葛洪《西京杂记》	佚
74	击筑记	王元寿	（汉）司马迁《史记·刺客列传》	佚
75	上林春	姚子翼	（后晋）刘昫等《旧唐书·安金藏传》（宋）欧阳修等《新唐书·安金藏传》（唐）无名氏《卓异记》	存
76	佩印记	顾瑾	（汉）班固《汉书·朱买臣传》	佚
77	溉园记	赵於礼	（汉）司马迁《史记·田敬仲完世家》	残曲
78	红丝记	许三阶	（后晋）刘昫等《旧唐书·郭元振传》（宋）欧阳修等《新唐书·郭元振传》	佚
79	玉麈记	祁彪佳	（唐）房玄龄等《晋书·王导传》（南朝·宋）刘义庆《世说新语·轻诋》第6条注	佚

序号	剧作名称	作者	题材来源	存佚情况
80	丹管记	汪宗姬	（元）脱脱等《宋史·郭密传》附《李斌传》	佚
81	白璧记	黄廷俸	（汉）司马迁《史记·张仪列传》	佚
82	奇货记	黄廷俸	（汉）司马迁《史记·吕不韦列传》	佚
83	刘智远白兔记	谢天瑞	（宋）薛居正等《旧五代史·汉书·后妃列传·李皇后》 （宋）欧阳修《新五代史·汉家人传·高祖皇后李氏》	存
84	狐裘记	谢天瑞	（汉）司马迁《史记·孟尝君列传》	残曲
85	泣庭记	谢天瑞	（春秋）左丘明《左传》 （汉）司马迁《史记·伍子胥列传》	佚
86	麦舟记	谢天瑞	（宋）释惠洪《冷斋夜话》	佚
87	靖胡记	谢天瑞	（唐）房玄龄等《晋书·祖逖传》 （唐）房玄龄等《晋书·刘琨传》	佚
88	酒家佣	冯梦龙	（南朝·宋）范晔《后汉书·李杜列传·李固子燮》	存
89	新灌园	冯梦龙	（汉）司马迁《史记·田敬仲完世家》	存
90	精忠旗	李梅实	（元）脱脱等《宋史·岳飞传》	存
91	二胥记	孟称舜	（春秋）左丘明《左传》 （汉）司马迁《史记·伍子胥列传》 （汉）赵晔《吴越春秋》	存
92	杖头钱	卜不矜	（南朝·宋）刘义庆《世说新语·任诞》	佚
93	椎秦记	王万儿	（汉）司马迁《史记·留侯世家》 （汉）班固《汉书·张良传》	佚
94	博浪椎	张公琬	（汉）司马迁《史记·留侯世家》 （汉）班固《汉书·张良传》	佚
95	三槐记	王伯元	（元）脱脱等《宋史·王旦传》	佚

序号	剧作名称	作者	题材来源	存佚情况
96	凌云记	韩上桂	（汉）司马迁《史记·司马相如列传》 （汉）班固《汉书·司马相如传》 （晋）葛洪《西京杂记》	存
97	相如记	韩上桂	（汉）司马迁《史记·司马相如列传》 （汉）班固《汉书·司马相如传》 （晋）葛洪《西京杂记》	佚
98	花筵赚	范文若	（唐）房玄龄等《晋书·温峤传》 （南朝·宋）刘义庆《世说新语·假谲》	存
99	当垆记	陈贞贻	（汉）司马迁《史记·司马相如列传》 （汉）班固《汉书·司马相如传》 （晋）葛洪《西京杂记》	佚
100	钿盒记	戴应鳌	（后晋）刘昫等《旧唐书·后妃列传》 （宋）欧阳修等《新唐书·后妃列传》 （唐）李德裕《明皇十七事》（又名《次柳氏旧闻》） （唐）郑处诲《明皇杂录》 （五代）王仁裕《开元天宝遗事》 （宋）乐史《杨太真外传》	佚
101	孝泉记	陈鹤	（南朝·宋）范晔《后汉书·列女传·姜诗妻》	佚
102	八翼记	何斌臣	（唐）房玄龄等《晋书·陶侃传》	佚
103	画竹记	李既明	（明）宋濂等《元史·赵孟頫传》 （元）陶宗仪《南村辍耕录·发宋陵寝》 （元）罗有开《唐义士传》 （元）郑元祐《书林义士事》	佚
104	三迁记	徐应乾	（汉）刘向《列女传》	佚
105	汨罗记	徐应乾	（汉）司马迁《史记·屈原贾生列传》	佚
106	炭廖记	徐应乾	（汉）应劭《风俗通》	佚

序号	剧作名称	作者	题材来源	存佚情况
107	合璧记	许次纾	（后晋）刘昫等《旧唐书·文苑传·李白》 （后晋）刘昫等《旧唐书·文苑传·杜甫》	佚
108	合璧记	许次纾	（宋）欧阳修等《新唐书·文艺传·杜甫》 （宋）欧阳修等《新唐书·文艺传·李白》	佚
109	斩祛记	汪景旦	（春秋）左丘明《左传》晋文公事 （汉）司马迁《史记·晋世家》	佚
110	双忠孝	刘蓝生	（晋）陈寿《三国志·蜀书·关羽传》 （晋）陈寿《三国志·蜀书·张飞传》	佚
111	凌云记	陈晓江	（汉）司马迁《史记·司马相如列传》 （汉）班固《汉书·司马相如传》 （晋）葛洪《西京杂记》	佚
112	金牌记	陈衷脉	（元）脱脱等《宋史·岳飞传》	佚
113	兴吴记	吴於东	（汉）司马迁《史记·孙子吴起列传》	佚
114	胡笳记	黄粹吾	（南朝·宋）范晔《后汉书·列女传·董祀妻》 《列女后传》	佚
115	题塔记	张楚叔	（宋）洪迈《容斋随笔》引陈正敏《遁斋闲览》	存
116	灵犀锦	张楚叔	（唐）李百药《北齐书·段韶传》 （后晋）刘昫等《旧唐书·杜伏威传》 （宋）欧阳修等《新唐书·杜伏威传》	存
117	合襟记	王洙	（汉）司马迁《史记·伍子胥列传》 （战国）吕不韦《吕氏春秋》 （汉）赵晔《吴越春秋》 （汉）袁康、吴平《越绝书》 （春秋）左丘明《左传》（春秋）左丘明《国语》	佚

续表

序号	剧作名称	作者	题材来源	存佚情况
118	歌风记	庚庚	（汉）司马迁《史记·高祖本纪》 （汉）班固《汉书·高帝纪》	残曲
119	麟游记	金三秉	（汉）班固《汉书·楚元王传》 （宋）章如愚《山堂考索》	佚
120	崖山烈	朱九经	（元）脱脱等《宋史·文天祥传》 （元）脱脱等《宋史·陆秀夫传》 （明）朱国祯《涌幢小品》	存
121	双凤记	陆华甫	（元）脱脱等《宋史·赵葵传》 （元）脱脱等《宋史·赵范传》 （明）冯琦原编，（明）陈邦瞻纂辑《宋史纪事本末》	存
122	七胜记	纪振伦	（晋）陈寿《三国志·蜀书·诸葛亮传》 （晋）习凿齿《汉晋春秋》 （明）吴道迩《襄阳府志》	存
123	折桂记	纪振伦	（宋）洪迈《容斋随笔》引陈正敏《遁斋闲览》	存
124	双星记	穆成章	（唐）房玄龄等《晋书·杜预传》 （晋）陈寿《三国志·蜀书·关羽传》	佚
125	底豫记	郑元禧	（汉）司马迁《史记·帝尧本纪》	佚
126	合剑记	林世吉	（后晋）刘昫等《旧唐书·太宗本纪》 （宋）欧阳修等《新唐书·太宗皇帝本纪》 （后晋）刘昫等《旧唐书·尉迟敬德传》 （宋）欧阳修等《新唐书·尉迟敬德传》	残曲
127	借东风	马佶人	（晋）陈寿《三国志·蜀书·诸葛亮传》 （晋）陈寿《三国志·吴书·吴主权传》	佚
128	镶环记	翁子忠	（汉）司马迁《史记·廉颇蔺相如列传》	残曲
129	八德记	陈世宝	（元）脱脱等《宋史·王曾传》	佚

续表

序号	剧作名称	作者	题材来源	存佚情况
130	四义记	彭南溟	(后晋)刘昫等《旧唐书·郭元振传》 (宋)欧阳修等《新唐书·郭元振传》	佚
131	双侠记	彭南溟	(汉)司马迁《史记·刺客列传》	佚
132	宁胡记	陈宗鼎	(汉)班固《汉书·元帝纪》 (晋)葛洪《西京杂记》 (汉)班固《汉书·匡衡传》	佚
133	云台记	蒲俊卿	(南朝·宋)范晔《后汉书·马武传论》	存
134	挂印记	吴文义	(元)脱脱等《宋史·李纲传》	佚
135	荆州记	金成初	(晋)陈寿《三国志·蜀书·关羽传》	佚
136	孝义记	汪湛溪	(汉)刘向《说苑》 (唐)白居易《白氏六帖》	佚
137	易鞋记	董应翰	(元)陶宗仪《南村辍耕录》程鹏举妻分鞋事 (清)潘永因辑《宋稗类钞》	佚
138	瓦盆记	叶碧川	(元)脱脱等《宋史·李宸妃传》	佚
139	望云记	金怀玉	(唐)刘肃《大唐新语》	存
140	八更记	金怀玉	(汉)班固《汉书·匡衡传》 (晋)葛洪《西京杂记》 (后晋)李瀚《蒙求》	佚
141	三槐记	金怀玉	(元)脱脱等《宋史·王旦传》	佚
142	摘星记	金怀玉	(汉)班固《汉书·霍去病传》 (汉)班固《汉书·霍光传》	佚
143	西游记	夏均正	(后晋)刘昫等《旧唐书·方伎列传·僧玄奘》 (唐)释慧玄《大慈恩寺三藏法师传》	佚
144	雷鸣记	许宗衡	(唐)房玄龄等《晋书·孝友传·王裒》	佚
145	三聘记	胡湛然	(汉)司马迁《史记·殷本纪》	佚
146	破镜记	朱少斋	(元)脱脱等《宋史·朱弁传》	佚

序号	剧作名称	作者	题材来源	存佚情况
147	凤求凰	陈玉蟾	（汉）司马迁《史记·司马相如列传》 （汉）班固《汉书·司马相如传》 （晋）葛洪《西京杂记》	存
148	四喜记	陆嘉淑	（元）脱脱等《宋史·宋庠传》 （元）脱脱等《宋史·宋庠传》附《宋祁传》	佚
149	全节记	祁彪佳	（汉）班固《汉书·李广苏建传》附《苏武传》	残曲
150	玉鱼记	范受益	（后晋）刘昫等《旧唐书·郭子仪传》 （宋）欧阳修等《新唐书·郭子仪传》	佚
151	采薇记	范震康	（战国）吕不韦《吕氏春秋》 （汉）司马迁《史记·伯夷列传》 （汉）韩婴《韩诗外传》	佚
152	双卿记	范震康	（汉）司马迁《史记·李将军列传》 （汉）班固《汉书·李广苏建传》附《苏武传》	佚
153	赤林记	蒋萧	（春秋）左丘明《左传》 （汉）刘向《新序》	佚
154	白虹记	韩甾	（汉）司马迁《史记·刺客列传》	佚
155	果然记	宗柏	（唐）房玄龄等《晋书·潘岳传》 （南朝·宋）刘义庆《世说新语·容止》	佚
156	采石矶	李岳	（后晋）刘昫等《旧唐书·文苑传·李白》 （宋）欧阳修等《新唐书·文艺传·李白》	佚
157	五羊皮	李宗泰	（汉）应劭《风俗通》	佚
158	雁书记	曹大章	（汉）班固《汉书·李广苏建传》附《苏武传》	佚
159	绨袍记	顾觉宇	（汉）司马迁《史记·范雎蔡泽列传》	佚

续表

序号	剧作名称	作者	题材来源	存佚情况
160	跃鲤记	顾觉宇	(南朝·宋)范晔《后汉书·姜诗妻传》	佚
161	磨尘鉴	钮格	(唐)郑处海《明皇杂录》	存
162	麒麟记	显圣公	(春秋)左丘明《左传》 (汉)司马迁《史记·孔子世家》	存三十九出
163	杖策记	涵阳子	(南朝·宋)范晔《后汉书·邓寇列传》 (南朝·宋)范晔《后汉书·严光传》	佚
164	锟铻记	两宜居士	(春秋)左丘明《左传》晋文公事 (汉)司马迁《史记·晋世家》	残曲
165	千祥记	无心子	(汉)司马迁《史记·屈原贾生列传》	存
166	金雀记	无心子	(唐)房玄龄等《晋书·潘岳传》 (南朝·宋)刘义庆《世说新语·容止》	存
167	阴抉记	青霞仙客	(元)脱脱等《宋史·岳飞传》	佚
168	风月亭	琼飞仙侣	(汉)司马迁《史记·司马相如列传》 (汉)班固《汉书·司马相如传》 (晋)葛洪《西京杂记》	残曲
169	妆楼记	玩花主人	(元)脱脱等《宋史·陈宜中传》	存
170	长铗记	龙门山人	(汉)刘向集录《战国策·齐策四》 (汉)司马迁《史记·孟尝君列传》	佚
171	饮泉记	寒潭主人	(晋)皇甫谧《高士传》	佚
172	浮鸥记	翀圆生	(汉)司马迁《史记·越王世家》 (汉)赵晔《吴越春秋》 (汉)袁康、吴平《越绝书》	佚
173	增寿记	觉非子	(宋)魏泰《东轩笔录》	佚
174	脱颖记	汉上公	(春秋)左丘明《左传》 (春秋)左丘明《国语》 (汉)司马迁《史记·平原君列传》	佚

序号	剧作名称	作者	题材来源	存佚情况
175	玉镜台	清远堂	（唐）房玄龄等《晋书·温峤传》（南朝·宋）刘义庆《世说新语·假谲》	佚
176	试剑记	长啸山人	（晋）陈寿《三国志·蜀书·先主备传》	佚
177	题塔记	松瞿道人	（宋）洪迈《容斋随笔》引陈正敏《遁斋闲览》	残曲
178	摘缨会	笔花主人	（汉）刘向《说苑》	佚
179	熊罴梦	东村学究	（汉）司马迁《史记·齐太公世家》（汉）刘向《说苑》	佚
180	沉香亭	雪簑渔隐	（后晋）刘昫等《旧唐书·后妃列传》（宋）欧阳修等《新唐书·后妃列传》（唐）李德裕《明皇十七事》（又名《次柳氏旧闻》）（唐）郑处诲《明皇杂录》（唐）曹邺《梅妃传》（五代）王仁裕《开元天宝遗事》（宋）乐史《杨太真外传》	佚
181	迷楼记	雪溪子	（唐）颜师古《大业拾遗记》（宋）佚名《迷楼记》	佚
182	花石纲	铁桥生	（元）脱脱等《宋史·朱勔传》	佚
183	玉镜台	孙□□	（唐）房玄龄等《晋书·温峤传》（南朝·宋）刘义庆《世说新语·假谲》	佚
184	华盖记	潘□□	（清）李琬《乾隆温州府志》（明）何乔远《名山藏》	佚
185	跃剑记	潘□□	（唐）房玄龄等《晋书·周处传》（南朝·宋）刘义庆《世说新语·自新》	佚

附表 2　宋元小说话本取材于唐传奇及有相关改作的作品①

序号	唐传奇	宋元话本	宋杂剧	金院本	金诸宫调	宋元南戏	元杂剧	明杂剧	明传奇
1	薛用弱《集异记·崔韬》《太平广记》卷433引,题《崔韬》,注"出《集异记》"；皇甫氏《原化记·天宝选人》《太平广记》卷427引,注"出《原化记》"；薛渔思《河东记·申屠澄》《太平广记》卷429引,题《申屠澄》,注"出《河东记》"	崔智韬《醉翁谈录》	崔智韬艾虎儿雌虎	崔韬逢雌虎虎皮袍（疑）	崔韬逢雌虎		无名氏《人头峰崔生盗虎皮》（佚）		
2	李公佐《南柯太守传》《太平广记》卷475引,题《淳于棼》,注"出《异闻录》"	大槐王《醉翁谈录》（疑）						车任远《南柯梦》（佚）	汤显祖《南柯记》

---

① 本表依据文献主要有:谭正璧著、谭寻补正:《话本与古剧》;庄一拂:《古典戏曲存目汇考》;傅惜华:《元代杂剧全目》《明代杂剧全目》《明传奇全目》前两种分别由作家出版社于1957、1958年出版,后一种由人民文学出版社于1959年出版;钱南扬录:《宋元戏文辑佚》。

续表

序号	唐传奇	宋元话本	宋杂剧	金院本	金诸宫调	宋元南戏	元杂剧	明杂剧	明传奇
3	皇甫氏《原化记·葫芦生》《太平广记》卷77引，题《葫芦生》，注"出《原化记》"）段成式《酉阳杂俎》薛渔思《河东记·韦丹》《太平广记》卷118引，题《韦丹》，疑即此）注"出《河东记》"）	葫芦儿（《醉翁谈录》、玉堂书文《有葫芦鬼》，疑即此）							
4	李景亮《人虎传》张读《宣室志·李徵》（《太平广记》卷427引，题《李徵》，注"出《宣室志》"）	人虎传*（《醉翁谈录》）							
5	常沂（或李朝威，或佚名）《柳参军传》常沂《灵鬼志》温庭筠《乾馔子·华州参军》（《太平广记》卷342引，题《华州参军》，注"出《乾馔子》"）	柳参军（《醉翁谈录》）							

2

续表

序号	唐传奇	宋元话本	宋杂剧	金院本	金诸宫调	宋元南戏	元杂剧	明杂剧	明传奇
6	元稹《莺莺传》(《太平广记》卷488引，题《莺莺传》)	莺莺传(《醉翁谈录》)	莺莺六么	烧香法曲(疑)	西厢记诸宫调	(元)李景云《崔莺莺西厢记》(残)	王实甫《崔莺莺待月西厢记》王生《莺莺红娘着围棋》刘珽《张解元》头调莺燕《张莺燕》(体例不明)(佚)	詹时雨《朴西厢》(疑与王生之作为同一种)李开先《园林午梦》屠本畯《崔氏春秋补传》(佚)	李日华《南调西厢记》(南戏)陆采《南西厢记》(南戏)黄粹吾《升仙记》(佚)卓珂《新西厢》(佚)周公鲁《锦西厢》(佚)无名氏《锦翠西厢》(佚)
7	孟棨《本事诗·情感第一》(《太平广记》卷166引，题《杨素》，注"出《本事诗》")	徐都尉(《醉翁谈录》"重圆故事"乐昌公主镜重破)				《乐昌公主破镜重圆》(残)《襄乐昌》(残)	沈和《徐驸马乐昌分镜记》(佚)		张凤翼《红拂记》
8	陈玄祐《离魂记》(《太平广记》卷358引，题《王宙》，注"出《离魂记》")	惠娘魄偶(疑"惠娘"为"倩娘"之讹)			倩女离魂	《倩女离魂》(佚)	郑光祖《迷青琐倩女离魂》	无名氏《离魂记》(佚)	谢廷谅《离魂记》(佚)

续表

序号	唐传奇	宋元话本	宋杂剧	金院本	金诸宫调	宋元南戏	元杂剧	明杂剧	明传奇
8		《醉翁谈录》《绿窗新话》卷上《张娘子情上离魂夺婿》					赵公辅《栖凤堂倩女离魂》(佚)	王骥德《倩女离魂》(佚)	
9	许尧佐《柳氏传》(佚)	章台柳*（当即《苏长公章台柳传》，出《熊龙峰刊小说四种》）《沙吒利夺韩翃柳妻》《绿窗新话》卷上《韩翃柳氏远离再合》(《醉翁谈录》"重圆故事")		杨柳枝		《章台柳》(残)	钟嗣成《寄情韩翃章台柳》(佚)	张国寿《章台柳》(佚)	梅鼎祚《玉合记》张四维《章台柳》(佚) 张仲豫、吴大震《练囊记》(残) 吴鹏《金鱼记》(佚)

续表

序号	唐传奇	宋元话本	宋杂剧	金院本	金诸宫调	宋元南戏	元杂剧	明杂剧	明传奇
10	白行简《李娃传》（《太平广记》卷 484 引，题《李娃传》，注"出《异闻录》"）	李亚仙 *（《醉翁谈录》癸集卷一《李亚仙不负郑元和》）（《宝文堂书目》）（宋）曾慥《类说》余公仁《燕居笔记·郑元和嫖遇李亚仙记》	病郑逍遥乐（疑）	病郑逍遥乐（疑）		《李亚仙》（残）	高文秀《郑元和风雪打瓦罐》（佚）石君宝《李亚仙花酒曲江池》	朱有燉《李亚仙花酒曲江池》	徐霖《绣襦记》（南戏）
11	孟棨《本事诗·情感第一》（《太平广记》卷 274 引，题《崔护》，注"出《本事诗》"）	崔护觅水（《绿窗新话》引作《崔护觅水逢女子》）	崔护六么崔护逍遥乐		崔护谒浆	《崔护觅水》（残）	白朴《十六曲崔护谒浆》（佚）尚仲贤《十六曲崔护谒浆》（佚）	孟称舜《桃花人面》凌濛初《颠倒烟缘》（佚）	杨之炯《玉杵记》金怀玉《桃花记》（残）无名氏《题门记》（南戏）（佚）无名氏《登楼记》（佚）

续表

序号	唐传奇	宋元话本	宋杂剧	金院本	金诸宫调	宋元南戏	元杂剧	明杂剧	明传奇
12	皇甫氏《原化记》裴铏《传奇·周邯》(《太平广记》卷232引,题《周邯》,明抄本作"出《录异记》",《类说》三十二引作"出《传奇》";《太平广记》卷422引,题《玉泉子》)无名氏《酉阳杂俎》(同为《太平广记》卷399引,题《贾耽》,题"出《玉泉子》";《八角井》,注"出《酉阳杂俎》")	八角井(《醉翁谈录》)《夷坚丁志·南丰知县》							
13	薛昭蕴《幻影传》李玫《纂异记》(以上均为《太平广记》卷74引,题《陈季卿》,注"出《纂异记》")	竹叶舟(《醉翁谈录》,即《宝文堂书目》的《陈季卿悟道竹叶舟传》)					范康《陈季卿悟道竹叶舟》		

续表

序号	唐传奇	宋元话本	宋杂剧	金院本	金诸宫调	宋元南戏	元杂剧	明杂剧	明传奇
14	沈既济《枕中记》(《太平广记》卷 82 引,注"出《异闻集》")	黄粱梦(《醉翁谈录》,即《宝文堂书目》的《黄梁梦》)				《吕洞宾黄粱梦》(佚)	马致远、李时中等《开坛阐教黄粱梦》	无名氏《吕翁三化邯郸店》车任远《邯郸梦》(佚)谷子敬《邯郸道卢生枕中记》(佚)	苏元儁《吕真人黄粱梦境记》汤显祖《邯郸记》
15	裴铏《传奇·许栖岩》(《太平广记》卷 47 引,题《许栖岩》注"出《传奇》")《十二真君传》(《太平广记》卷 14 引,题《十二真君传》)段成式《酉阳杂俎》	许岩(《醉翁谈录》)(疑)					无名氏《许真人拔宅飞升》		
16	裴铏《传奇·聂隐娘》(《太平广记》卷 194 引,注"出《传奇》")	聂隐娘(《醉翁谈录》)							

续表

序号	唐传奇	宋元话本	宋杂剧	金院本	金诸宫调	宋元南戏	元杂剧	明杂剧	明传奇
17	袁郊《甘泽谣·红线》《太平广记》卷195引,题《红线》,注"出《甘泽谣杨》"(单篇亦题杨巨源撰(见《唐人说荟》)	红线盗印(《醉翁谈录》)						梁辰鱼《红线女》夜窃黄金盒《红线记》汝嘉(佚)	更生子《双红记》无名氏《双红记》(佚)
18	段成式《酉阳杂俎》前集卷15(《太平广记》卷363引,题《刘积中》,注"出《酉阳杂俎》")	灯花婆婆(《宝目书目》,亦见《也是园书目》,一名《刘议谏中》,又名《龙树王斩妖》)							
19	裴铏《传奇·裴航》(《太平广记》卷50引,题《裴航》,注"出《传奇》")	蓝桥记*(《宝目书目》有清平山堂刊本)(《醉翁谈录》卒集卷一神仙会类有裴航遇云英于蓝桥)	裴航遇乐 相			(元)徐畎《蓝桥玉杵航遇仙》(佚)	庚天锡《裴航遇云英》(佚)		云水道人《玉杵记》,龙膺《蓝桥记》(佚)吕天成《蓝桥记》(佚)杨之炯《玉杵记》无名氏《玉杵记》(佚)

续表

序号	唐传奇	宋元话本	宋杂剧	金院本	金诸宫调	宋元南戏	元杂剧	明杂剧	明传奇
20	无名氏《补江总白猿传》《太平广记》卷444引,题"出《续江氏传》"（注《欧阳纥》）	陈巡检梅岭失妻*《宝文堂书目》,清平山堂刊本《陈巡检梅岭失妻记》				《陈巡检妻遇白猿精》（残）			
21	范摅《云溪友议》·苗夫人·玉箫化《太平广记》卷170、274引,分别题《苗夫人》《韦皋》,均注"出《云溪友议》"	玉箫女两世姻缘*《石卷即头之九》《玉箫女再世玉环缘》（疑即,点之《玉箫女再世玉环缘》）		玉环			乔吉《玉箫女两世姻缘》		无名氏《韦凤翔古玉环记》（南戏）杨柔胜《玉环记》陈与郊《鹦鹉洲》 无名氏《玉箫两世姻缘》（南戏）（佚）
22	沈亚之《异梦录》郑还古《博异志》	邢凤此君堂遇仙传*《西湖二集》卷14《邢君瑞五载幽期》疑与此有关							

续表

序号	唐传奇	宋元话本	宋杂剧	金院本	金诸宫调	宋元南戏	元杂剧	明杂剧	明传奇
22	陈翰《异闻集》《太平广记》卷282引,题《邢凤》,注"出《异闻录》"	《绿窗新话·邢凤遇西湖水仙》							
23	薛渔思《河东记·独孤遐叔》《太平广记》卷281引,题"出《河东记》";独孤遐叔《太平广记》卷282引,注"出《纂异记》"李玫《纂异记·张生》《太平广记》卷282引,题"出《纂异记》"白行简《三梦记》之刘幽求幽会事	三梦僧记*（疑即明）余公仁《燕居笔记》卷八之《独孤遐叔记》,或《醒世言·独孤生归途闹梦》）						叶宪祖《龙华梦》（佚）	
24	《薛昭传》《《太平广记》卷69引,注"出《传奇》;《类说》卷32《薛昭》引,题《薛昭》《传奇》,系上文本）	兰昌幽会《宝文堂书目》、《醉翁谈录》己集卷二《薛昭娶云容为妻》条）		兰昌宫			庾天锡《薛昭误入兰昌宫》（佚）		无名氏《绛雪记》（佚）

续表

序号	唐传奇	宋元话本	宋杂剧	金院本	金诸宫调	宋元南戏	元杂剧	明杂剧	明传奇
25	牛肃《纪闻·吴保安》《太平广记》卷166引，题《吴保安》，注"出《纪闻》"	吴保安舍家赎友 *，《古今小说》							沈璟《埋剑记》郑若庸《大节记》（南戏）（佚）
26	李复言《续玄怪录·薛伟》《太平广记》卷471引，题《薛伟》，注"出《续玄怪录》"	薛录事鱼服证仙 *《醒世恒言》							
27	郑还古《博异志·李黄》《太平广记》卷458引，题《李黄》，注"出《博异志》"	西湖三塔记 *（有清平山堂刊本）《警世通言·白娘子永镇雷峰塔》，《西湖佳话·雷峰怪迹》					郑经《西湖三塔》（佚）		

续表

序号	唐传奇	宋元话本	宋杂剧	金院本	金诸官调	宋元南戏	元杂剧	明杂剧	明传奇
28	颜师古《隋遗录》（一名《大业拾遗记录》）	隋炀帝逸游召谴＊（《醒世恒言》）		纤龙舟			关汉卿《隋炀帝牵龙舟》（佚）廉天锡《隋炀帝江月锦帆舟》（或《隋炀帝游幸锦帆舟》，佚）		
29	薛调《无双传》（《太平广记》卷486引，题《无双传》）					（元）白寿之《无双传》（残）无名氏《王仙客》（残）		梁辰鱼《无双传》（1折）	陆采《明珠记》（南戏）
30	李朝威《柳毅》（《太平广记》卷419引，题《柳毅》，注"出《异闻集》"）		柳毅大圣乐	张生煮海		《柳毅洞庭龙女》（佚）	尚仲贤《柳毅传书》（全名《柳毅洞庭湖龙》）尚仲贤《张生煮海》（佚）李好古《张生煮海》（全名《沙门岛张生煮海》）		黄维楫《龙绡记》（残）许自昌《橘浦记》
31	（五代）王定保《唐摭言》王播事			抛绣球		《吕蒙正风雪破窑记》	王实甫《破窑记》（全名《吕蒙正风雪破窑记》）		王錂《彩楼记》

续表

序号	唐传奇	宋元话本	宋杂剧	金院本	金诸宫调	宋元南戏	元杂剧	明杂剧	明传奇
31	（五代）孙光宪《北梦琐言》唐段文昌事						关汉卿《破窑记》（全名《吕蒙正风雪破窑记》）（佚）马致远《斋后钟》（全名《吕蒙正风雪斋后钟》）（佚）		
32	段成式《酉阳杂俎》（五代）杜光庭《仙传拾遗》《太平广记》卷54引，题《韩愈外甥》，注"出《仙传拾遗》"					《韩文公风雪阻蓝关记》（残）《韩湘子三度韩文公》（残）	纪君祥《韩退之》（全名《韩湘子三度之》）（佚）赵明道《韩退之记》，又名《韩湘子三赴牡丹亭》（残）无名氏《蓝关记》（残）		锦窠老人《升仙传》（佚）无名氏《蟾蜍记》（佚）

续表

序号	唐传奇	宋元话本	宋杂剧	金院本	金诸宫调	宋元南戏	元杂剧	明杂剧	明传奇
33	陈鸿《长恨歌传》曹邺《梅妃传》郭湜《高力士外传》(五代)王仁裕《开元天宝遗事》《太平广记》卷486引,题《长恨传》			击梧桐 洗儿会 (疑)梅妃		《马践杨妃》(佚)	白朴《梧桐雨》关汉卿《唐明皇启瘗哭香囊》(残)庾天锡《杨贵妃》(佚)庾天锡《杨太真霓裳怨》(佚)庾天锡《杨太真华清宫》(佚)岳伯川《罗公远梦断杨贵妃》(残)		屠隆《彩毫记》吴世美《惊鸿记》雪蓑渔隐《沉香亭》(佚)
34	裴铏《传奇·昆仑奴》《太平广记》卷194引,题《昆仑奴》,注"出《传奇》"					《磨勒盗红绡》(残)	杨讷《磨勒盗红绡》(佚)	梅鼎祚《昆仑奴》梁辰鱼《红绡妓手语传情》(佚)	更生子《双红记》无名氏《双红记》(佚)
35	李复言《续玄怪录·张老》《太平广记》卷16引,题《张老》,注"出《续玄怪录》"	种瓜神记 *《醉翁谈录》,或名《种瓜张老》,《古今小说·张古老种瓜娶文女》		菜园孤			赵文敬《张果老度脱哑观音》(佚)		

续表

序号	唐传奇	宋元话本	宋杂剧	金院本	金诸宫调	宋元南戏	元杂剧	明杂剧	明传奇
36	薛用弱《集异记·王涣之》			阄旗亭				张龙文《旗亭馆》	
37	（五代）金利用《玉溪编事》			女状元 春桃记				徐渭《女状元》	无名氏《春桃记》（南戏）（佚）何斌臣《女状元》（佚）
38	皇甫氏《原化记·崔尉子》《太平广记》卷 121 引，题《崔尉化子》"；温庭筠《乾馔子·陈义郎》《太平广记》卷 122 引，注"出《乾馔子》"；（五代）无名氏《闻奇录》《太平广记》卷 128 引，题《李文敏》，注"出《闻奇录》"	大朝国寺（疑为"大相国寺"之误）（《醉翁谈录》）						张国宾《相国寺公孙合汗衫》		

续表

序号	唐传奇	宋元话本	宋杂剧	金院本	金诸宫调	宋元南戏	元杂剧	明杂剧	明传奇
39	沈亚之《湘中怨解》(《太平广记》卷298引，题《太学郑生》，注"出《异闻集》")		郑生遇龙女薄媚(疑)						
40	裴铏《传奇·封陟》(《太平广记》卷68引，题《封陟》，注"出《传奇》")		封陟中和乐	封陟			庾天锡《骂上元》(全名《封骂上元先生骂上元》)(佚)		
41	沈既济《任氏传》(《太平广记》卷452引，题《任氏》)				郑子遇妖狐				
42	(五代)杜光庭《仙传拾遗》(《太平广记》卷479引，题《蚕女》，注"出《原化传拾遗》"，误)		马头中和乐(疑)	马明王(疑)					
43	范摅《云溪友议》白居易放杨枝事(《云溪友议》中无此记，疑友谅正壁误记)孟棨《本事诗·事感第二》		老孤遣旦姐(疑)	老孤遣旦(疑)					

续表

序号	唐传奇	宋元话本	宋杂剧	金院本	金诸宫调	宋元南戏	元杂剧	明杂剧	明传奇
44	薛用弱《集异记》卢肇《唐逸史》			广寒宫			白朴《幸月宫》[全名《唐明皇幸（一作"游"）月宫》]（残）		
45	扬州梦记《太平广记》卷273引，题《杜牧》，注"出《唐阙史》"			紫云迷四季			乔吉《扬州梦》（全名《杜牧之诗酒扬州梦》）		
45	孟棨《本事诗·高逸第三》								
46	（五代）王定保《《唐摭言》》《太平广记》卷175引，题《王勃》，注"出《摭言》"		闹八妆纂（疑）	滕王阁 闹八妆			无名氏《滕王阁》杂剧（佚）		
47	（五代）杜光庭《仙传拾遗·张子房》《太平广记》卷6引，题《张子房》，注《仙传拾遗》	张子房慕道记 *（清平山堂刊本）	慕道 六么				李文蔚《张子房圯桥进履》王仲文《从赤松张良辞朝》（残）吴弘道《子房货剑》（佚）		无名氏《张良圯桥进履》（南戏）（佚）无名氏《赤松记》

续表

序号	唐传奇	宋元话本	宋杂剧	金院本	金诸宫调	宋元南戏	元杂剧	明杂剧	明传奇
48	高彦休《阙史》（南唐）尉迟偓《中朝故事》（五代）孙光宪《北梦琐言》	赵旭遇仁宗传＊（《古今小说·赵伯升茶肆遇仁宗》）					高文秀《遇上皇》（全名《好酒赵元遇上皇》）		无名氏《衣珠记》（一名《珠袄记》）
49	刘肃《大唐新语》吕道生《定命录》胡璩《谭宾录》（《太平广记》卷164引，题"马周"，注"出谭宾录"）杜光庭《仙传拾遗》（《太平广记》卷19引，题《马周》，注"即《仙传拾遗》）	穷马周遭际卖䭔媪梦＊（冯）龙《古今小说》					庚天锡《中郎将常何荐马周》（佚）	茅维《醉新丰》	

说明：宋元话本多佚失或存佚情况不详，因此表只在有存本或有传本或传本有传有传本可取证的话本名目后标注"＊"。宋元杂剧与金院本均无存本；金诸宫调只有《西厢记诸宫调》有存本；宋元明戏曲的残、佚情况则见表中标注，未特别注明的则是有存本的。多数宋元南戏作者不可考，因此除标出作者姓名的，均为无名氏所作。

另：本表以南话本为基点作出如下简单统计：宋元话本取材于唐传奇或与之有关者，共计33种（重复著录，题目不同，但内容相同或基本相同者计为 1 种),有宋元明戏曲改编本者计 26 种。其中,话本创作时代存疑者 4 种(《吴保安弃家赎友》《薛录事鱼服证仙》《隋炀帝逸游召谴》《劳马周遭际卖趥媪》);仅话本题材来源存疑者 5 种(《大槐王》《葫芦儿》《莺莺传》《惠娘魄偶》《大朝国寺》),话本、戏曲题材来源同时存疑者 1 种(分别为《三梦僧记》《龙华梦》),仅戏曲题材来源存疑者 1 种(《许真人拔宅飞升》)。

附表 3　取材于唐传奇的元明戏曲

表 3－1：取材于唐传奇的宋元南戏①

序号	剧　目	作　者	本　事	题材类别
1	崔莺莺西厢记(残)	(元)李景云	参见王实甫《西厢记》条	爱情
2	倩女离魂(佚)	无名氏	参见郑光祖《倩女离魂》条	
3	崔护谒浆记(残)	无名氏	参见白朴《崔护谒浆》条	
4	韩翃章台柳(残)	无名氏	参见钟嗣成《章台柳》条	
5	李亚仙(残)	无名氏	参见石君宝《曲江池》条	
6	乐昌公主破镜重圆(残)	无名氏	参见沈和《乐昌分镜》条	
7	赛乐昌(残)	无名氏	参见沈和《乐昌分镜》条	
8	杵蓝田裴航遇仙(佚)	(元)徐甜	参见庾天锡《遇云英》条	
9	柳毅洞庭龙女(佚)	无名氏	参见尚仲贤《柳毅传书》条	
10	吕洞宾黄粱梦(佚)	无名氏	参见马致远等《黄粱梦》条	宗教
11	吕蒙正风雪破窑记	无名氏	参见王实甫《破窑记》条	轶事
12	韩文公风雪阻蓝关记(残)	无名氏	参见(元)无名氏《蓝关记》条	
13	韩湘子三度韩文公(残)	无名氏	参见(元)无名氏《蓝关记》条	轶事
14	马践杨妃(佚)	无名氏	参见白朴《梧桐雨》条	政治历史
15	无双传(残)	(元)白寿之	参见陆采《明珠记》条	侠义公案
16	王仙客(残)	无名氏	参见陆采《明珠记》条	
17	磨勒盗红绡(残)	无名氏	参见杨讷《盗红绡》条	
18	陈巡检梅岭失妻(残)	无名氏	(唐)无名氏《补江总白猿传》	其他

---

①本表所据文献主要有：庄一拂：《古典戏曲存目汇考》；钱南扬辑录：《宋元戏文辑佚》；李修生主编：《古本戏曲剧目提要》；(清)无名氏：《曲海总目提要》，北京，人民文学出版社，1959；北婴编著：《曲海总目提要补编》，北京，人民文学出版社，1959。另：宋元南戏的作者和确切时代大多不可考，所以凡作者佚名的在作者一栏标为"无名氏"，未特别注明时代。

表 3-2:取材于唐传奇的元杂剧[①]

序号	剧　目	作　者	本　事	题材类别
1	西厢记(全名《崔莺莺待月西厢记》,一作《张君瑞待月西厢记》)	王实甫一说关汉卿作,一说王作(前四本)关续(第五本),或关作王续	(唐)元稹《莺莺传》(又名《会真记》)	爱情
2	莺莺红娘着围棋(疑即为元末明初的詹时雨所作《补〈西厢〉奕棋》)	王 生(名号不详)	参见王实甫《西厢记》条	
3	张解元墙头调莺燕(体例不明)(佚)	刘珏	参见王实甫《西厢记》条	
4	倩女离魂(全名《迷青琐倩女离魂》)	郑光祖	(唐)陈玄祐《离魂记》(《太平广记》卷358引,题《王宙》,注"出《离魂记》")	
5	倩女离魂(全名《迷青琐倩女离魂》或《栖凤堂倩女离魂》)(佚)	赵公辅	参见郑光祖《倩女离魂》条	
6	流红叶(全名《韩翠苹御水流红叶》)(残,存曲词一折又一曲)	白朴	(唐)孟棨《本事诗·情感第一》(唐)范摅《云溪友议》(五代)孙光宪《北梦琐言》(宋)刘斧《青琐高议》	
7	题红怨(全名《金水题红怨》)(佚)	李文蔚	参见白朴《流红叶》条	
8	红叶传情(一名《红叶题情》)(佚)	无名氏	参见白朴《流红叶》条	
9	崔护谒浆(全名《十六曲崔护谒浆》)(佚)	白朴	(唐)孟棨《本事诗·情感第一》(《太平广记》卷274引,题《崔护》,注"出《本事诗》")	

①本表所据文献主要有:庄一拂《古典戏曲存目汇考》;傅惜华《元代杂剧全目》;赵景深主编,邵曾祺编著《元明北杂剧总目考略》;李修生主编《古本戏曲剧目提要》;(清)无名氏《曲海总目提要》;北婴编著《曲海总目提要补编》。另:元代有几种体例不明的作品,暂列入此表。

序号	剧　目	作　者	本　事	题材类别
10	崔护谒浆（全名《十六曲崔护谒浆》）（次本）（佚）	尚仲贤	参见白朴《崔护谒浆》条	
11	织锦回文（全名《苏氏进织锦回文》）（佚）	关汉卿	（唐）房玄龄等《晋书·列女传》 （唐）武则天《窦滔妻织锦回文记》	
12	曲江池（全名《李亚仙花酒曲江池》）	石君宝	（唐）白行简《李娃传》（《太平广记》卷484引，题《李娃传》，注"出《异闻录》"）	
13	打瓦罐（全名《郑元和风雪打瓦罐》）（佚）	高文秀	参见石君宝《曲江池》条	
14	两世姻缘（又简称《玉箫女》，全名《玉箫女两世姻缘》）	乔吉	范摅《云溪友议·苗夫人》《云溪友议·玉箫化》（《太平广记》卷170、274引，分别题《苗夫人》《韦皋》，均注"出《云溪友议》"）	爱情
15	扬州梦（又简称《诗酒扬州梦》，全名《杜牧之诗酒扬州梦》）	乔吉	（唐）杜牧《张好好诗序》 （唐）于邺《扬州梦记》（《太平广记》卷273引，题《杜牧》，注"出《唐阙史》"） （唐）孟棨《本事诗·高逸第三》	
16	紫云娘（佚）	郑光祖	参见乔吉《扬州梦》条	
17	杜韦娘（全名《春风杜韦娘》）（佚）	周文质	（唐）孟棨《本事诗·情感第一》 （唐）范摅《云溪友议》（《太平广记》卷273引，题《刘禹锡》，注"出《云溪友议》"）	
18	章台柳（全名《寄情韩翊章台柳》）（佚）	钟嗣成	（唐）许尧佐《柳氏传》（《太平广记》卷485引，题《柳氏传》） （唐）孟棨《本事诗·情感第一》	
19	念奴教乐（一作《念奴教乐府》）（佚）	李直夫	（五代）王仁裕《开元天宝遗事》	

序号	剧　目	作　者	本　事	题材类别
20	乐昌分镜(一名《分镜记》,全名《徐驸马乐昌分镜》)(佚)	沈和	(唐)孟棨《本事诗·情感第一》(《太平广记》卷166引,题《杨素》,注"出《本事诗》")	爱情
21	破镜重圆(体例不明)(佚)	无名氏	参见沈和《乐昌分镜》条	
22	柳毅传书(全名《洞庭湖柳毅传书》)	尚仲贤	(唐)李朝威《柳毅》(《太平广记》卷419引,题《柳毅》,注"出《异闻集》")	
23	张生煮海(佚)	尚仲贤	(唐)李朝威《柳毅》(《太平广记》卷419引,题《柳毅》,注"出《异闻集》") (唐)牛僧孺《玄怪录》(叶静能事,言及术僧饮海,道家煮海之术)	
24	张生煮海(全名《沙门岛张生煮海》)	李好古	参见尚仲贤《张生煮海》条	
25	张天师(又简称《断风花雪月》,全名《张天师断风花雪月》)	吴昌龄(一说无名氏)	剧中诸仙亦见载于(唐)段成式《酉阳杂俎》、(宋)洪迈《夷坚志》等	
26	兰昌宫(全名《薛昭误入兰昌宫》)(佚)	庾天锡	(唐)裴铏《传奇·张云容》(《太平广记》卷69引,题《张云容》,注"出《传奇》")	
27	孙恪遇猿(佚)	郑廷玉	(唐)裴铏《传奇·孙恪》(《太平广记》卷445引,题《孙恪》,注"出《传奇》")	
28	遇云英(全名《裴航遇云英》)(佚)	庾天锡	(唐)裴铏《传奇·裴航》(《太平广记》卷50引,题《裴航》,注"出《传奇》")	
29	人头峰崔生盗虎皮(佚)	无名氏	薛用弱《集异记》(《太平广记》卷433引,题《崔韬》,注"出《集异记》") 皇甫氏《原化记·天宝选人》(《太平广记》卷427引,题《天宝选人》,注"出《原化记》") 薛渔思《河东记·申屠澄》(《太平广记》卷429引,题《申屠澄》,注"出《河东记》")	

序号	剧　目	作　者	本　事	题材类别
30	黄粱梦（全名《邯郸道省悟黄粱梦》）	马致远、李时中、花李郎、红字李二	《列仙全传》《历代真仙体道通鉴》（唐）沈既济《枕中记》（《太平广记》卷82引，题《吕翁》，注"出《异闻集》"）	宗教
31	枕中记（全名《邯郸道卢生枕中记》）（佚）	（元明）谷子敬	参见马致远《黄粱梦》条	
32	竹叶舟（全名《陈季卿误上竹叶舟》，或《陈季卿悟道竹叶舟》）	范康	（唐）薛昭蕴《幻影传》（《唐人说荟》；《太平广记》卷74引，题《陈季卿》，注"出《慕异记》"）	
33	圯桥进履（全名《张子房圯桥进履》）	李文蔚	（五代）杜光庭《仙传拾遗》（《太平广记》卷6引，题《张子房》，注"出《仙传拾遗》"）	
34	从赤松张良辞朝（残）	王仲文	参见李文蔚《圯桥进履》条	
35	子房货剑（佚）	吴弘道	参见李文蔚《圯桥进履》条	
36	锁魔镜（全名《二郎神醉射锁魔镜》）	无名氏	（唐）无名氏《龙城录》	
37	蓝采和（全名《汉钟离度脱蓝采和》）	（元明）无名氏	（南唐）沈汾《续神仙传》（《太平广记》卷22引，题《蓝采和》，注"出《续神仙传》"）	
38	蓝采和锁心猿意马（残）	无名氏	参见无名氏《蓝采和》条	
39	幸月宫［全名《唐明皇幸（一作"游"）月宫》］（残）	白朴	（唐）薛用弱《集异记》（唐）李玫《异闻录》（唐）卢肇《唐逸史》（唐）郑处海《明皇杂录》	
40	骂上元（全名《封鹾先生骂上元》）（佚）	庾天锡	（唐）裴铏《传奇·封陟》（《太平广记》卷68引，题《封陟》，注"出《传奇》"）	
41	遇上元（全名《封陟遇上元》）（佚）	（元明）杨文奎	参见庾天锡《骂上元》条	

序号	剧 目	作 者	本 事	题材类别
42	哑观音（一作《张果老》，全名《张果老度脱哑观音》）（佚）	赵文敬	（唐）李复言《续玄怪录》（《太平广记》卷 16 引，题《张老》，注"出《续玄怪录》"）	宗教
43	三塔记（全名《西湖三塔记》）（佚）	（元明）郏经	（唐）郑还古《博异志·李黄（或璜）》（《太平广记》卷 458 引，题《李黄》，注"出《博异志》"）	
44	问哑禅〔一名《开哑禅》《四坐禅》，全名《志公和尚问（开）哑禅》《志公和尚四坐禅》〕（佚）	高文秀	（北魏）杨衒之《洛阳伽蓝记》 （明）《异僧传》（全取《太平广记》中异僧门所引唐人小说）	
45	刘弘嫁婢（全名为《施仁义刘弘嫁婢》）	无名氏	（唐）无名氏《阴德传·刘弘敬》（《太平广记》卷 117 引，题《刘弘敬》，注"出《阴德传》"）	
46	破窑记（全名《吕蒙正风雪破窑记》）	王实甫	剧中斋后钟情节取自（五代）王定保《唐摭言》（唐王播事） （五代）孙光宪《北梦琐言》（唐段文昌事）	轶事
47	破窑记（全名《吕蒙正风雪破窑记》）（佚）	关汉卿	参见王实甫《破窑记》条	
48	斋后钟（全名《吕蒙正风雪斋后钟》）（佚）	马致远	参见王实甫《破窑记》条	
49	裴度还带（全称《晋国公裴度还带》）（佚）	关汉卿	（五代）王定保《唐摭言》（《太平广记》卷 117 引，题《裴度》，注"出《摭言》"）	
50	风雪骑驴孟浩然（佚）	马致远	（唐）薛用弱《集异记·王涣之》	
51	冻吟诗踏雪寻梅（佚）	马致远	参见马致远《风雪骑驴孟浩然》条	

序号	剧　目	作　者	本　事	题材类别
52	蓝关记（残）	无名氏	段成式《酉阳杂俎》（五代）杜光庭《仙传拾遗》（《太平广记》卷54引，题《韩愈外甥》，注出《仙传拾遗》）	
53	韩退之（全名《韩湘子三度韩退之》）（佚）	纪君祥	参见无名氏《蓝关记》条	
54	韩退之雪拥蓝关记（又名《韩湘子三赴牡丹亭》）（残）	赵明道	参见无名氏《蓝关记》条	
55	荐马周（全名《中郎将常何荐马周》）（佚）	庾天锡	（唐）吕道生《定命录》（唐）刘肃《大唐新语》（唐）胡璩《谈宾录》（《太平广记》卷164引，题《马周》，注"出《谈宾录》"）（唐）杜光庭《仙传拾遗》（《太平广记》卷19引，题《马周》，注"出《神仙拾遗》"，即《仙传拾遗》）	轶事
56	滕王阁（佚）	（元明）无名氏	（五代）王定保《唐摭言》（《太平广记》卷175引，题《王勃》，注"出《摭言》"）	
57	三夺槊（全名《尉迟恭三夺槊》）	尚仲贤	（唐）刘𫗧《隋唐嘉话》（后晋）刘昫等《旧唐书·尉迟敬德传》（宋）欧阳修等《新唐书·尉迟敬德传》	
58	不伏老（全名《下高丽敬德不伏老》）	杨梓	参见尚仲贤《三夺槊》条	
59	单鞭夺槊（全名《尉迟恭单鞭夺槊》）	无名氏	参见尚仲贤《三夺槊》条	
60	小尉迟（全名《小尉迟将斗将将鞭认父》）	（元明）无名氏	参见尚仲贤《三夺槊》条	

序号	剧　目	作　者	本　事	题材类别
61	薛仁贵(全名《薛仁贵荣归故里》《薛仁贵衣锦还乡》,简名一作《衣锦还乡》)	张国宾	(后晋)刘昫等《旧唐书·薛仁贵传》 (宋)欧阳修等《新唐书·薛仁贵传》 (唐)胡璩《谈宾录·薛仁贵》(据《太平广记》卷191引,题《薛仁贵》,注"出《谭宾录》",即《谈宾录》)	轶事
62	飞刀对箭全名《摩利支飞刀对箭》	无名氏	参见张国宾《薛仁贵》条	
63	赚兰亭(全名《萧翼智赚兰亭记》)(佚)	白朴	(唐)何延之《兰亭始末记》(《太平广记》卷208引,题《赚兰亭序》,注"出《法书要录》";此条下有《又》,亦记此事,注"出《纪闻》") (唐)刘餗《隋唐嘉话》	
64	梧桐雨(全名《唐明皇秋夜梧桐雨》)	白朴	(唐)白居易《长恨歌》(诗) (唐)陈鸿《长恨歌传》(《太平广记》卷486引,题《长恨传》) (唐)姚汝能《安禄山事迹》 (唐)郭湜《高力士外传》 (五代)王仁裕《开元天宝遗事》	政治历史
65	哭香囊(全名《唐明皇启瘗哭香囊》或《唐明皇哭香囊》)(残)	关汉卿	参见白朴《梧桐雨》条	
66	江梅怨(全名《月落江梅怨》)(佚)	关汉卿	(唐)曹邺《梅妃传》并参见白朴《梧桐雨》条	
67	霓裳怨(全名《杨太真霓裳怨》)(佚)	庾天锡	参见白朴《梧桐雨》条	
68	华清宫(全名《杨太真华清宫》)(佚)	庾天锡	参见白朴《梧桐雨》条	
69	杨贵妃(全名《罗公远梦断杨贵妃》)(残)	岳伯川	参见白朴《梧桐雨》条	

序号	剧　目	作　者	本　事	题材类别
70	《梅妃旦》(体例不明)(佚)	书话关四	(唐)曹邺《梅妃传》参见白朴《梧桐雨》条	政治历史
71	牵龙舟(全名《隋炀帝牵龙舟》)(佚)	关汉卿	(唐)颜师古《隋遗录》(一名《大业拾遗记(录)》)(宋)无名氏《隋炀帝开河记》(宋)无名氏《隋炀帝海山记》	
72	锦帆舟(全名《隋炀帝江月锦帆舟》或《隋炀帝游幸锦帆舟》)(佚)	庚天锡	参见关汉卿《牵龙舟》条	
73	月夜紫鸾箫(或《紫鸾箫》,全名《杜秋娘月夜紫鸾箫》)(佚)	孙子羽	(唐)李肇《国史补》、(唐)孟棨《本事诗》(《太平广记》卷275引,题《李锜婢》,注"出《国史补》并《本事诗》")(唐)杜牧《杜秋娘》诗并序	
74	合汗衫(又名《汗衫记》,全名《相国寺公孙汗衫记》或《相国寺公孙合汗衫》)	张国宾	(唐)皇甫氏《原化记·崔尉子》(《太平广记》卷121引,题《崔尉子》,注"出《原化记》")(唐)温庭筠《乾𦠄子·陈义郎》(《太平广记》卷122引,题《陈义郎》,注"出《乾𦠄子》")(五代)无名氏《闻奇录·李文敏》(《太平广记》卷128引,题《李文敏》,注"出《闻奇录》")	侠义公案
75	替杀妻(又名《张千替杀妻》,全名《鲠直张千替杀妻》)	无名氏	(唐)沈亚之《冯燕传》(《太平广记》卷195引,题《冯燕》,注"出沈亚之《冯燕传》")	
76	盗红绡(全名《磨勒盗红绡》)(佚)	(元明)杨讷	(唐)裴铏《传奇·昆仑奴》(《太平广记》卷194引,题《昆仑奴》,注"出《传奇》")	

续表

序号	剧　　目	作　者	本　　事	题材类别
77	双勘钉（全名《包待制双勘钉》）（佚）	（元明）无名氏	（唐）段成式《酉阳杂俎》（《太平广记》卷 172 引，题《韩滉》，注"出《酉阳杂俎》"） （晋）陈寿《益都耆旧传》（《太平广记》卷 171 引，题《严遵》，注"出《益都耆旧传》"）	侠义公案
78	遇上皇（全名《好酒赵元遇上皇》）	高文秀	（唐）高彦休《阙史》 （南唐）尉迟偓《中朝故事》 （五代）孙光宪《北梦琐言》	其他
79	凌波梦（全名《秋夜凌波梦》）（佚）	庾天锡	（唐）卢肇《逸史》（《太平广记》卷 420 引，题《凌波女》，注"出《逸史》"）	

表 3－3:取材于唐传奇的明杂剧①

序号	剧　　目	作　者	本　　事	题材类别
1	桃花人面（又名《桃源三访》）	孟称舜	参见白朴《崔护谒浆》条	
2	颠倒姻缘（一名《桃花庄》）（佚）	凌濛初	参见白朴《崔护谒浆》条	
3	园林午梦	李开先	参见王实甫《西厢记》、石君宝《曲江池》条	爱情
4	崔氏春秋补传（佚）	屠本畯（一名屠畯）	参见王实甫《西厢记》条	
5	补西厢奕棋（疑即王生之作）	詹时雨	参见王实甫《西厢记》条	

①本表所据文献主要有：庄一拂《古典戏曲存目汇考》；傅惜华《明代杂剧全目》；赵景深主编,邵曾祺编著《元明北杂剧总目考略》；李修生主编《古本戏曲剧目提要》；（清）无名氏《曲海总目提要》；北婴编著《曲海总目提要补编》。

序号	剧　　目	作　者	本　　事	题材类别
6	倩女离魂(简名《离魂记》)(佚)	王骥德	参见郑光祖《倩女离魂》条	爱情
7	曲江池(全名《李亚仙花酒曲江池》)	朱有燉	参见石君宝《曲江池》条	
8	广陵月(一名《闻歌纳妓》,全名《广陵月重会姻缘》)	汪廷讷	(唐)段安节《乐府杂录》所载韦青与许永新、张红红故事(剧合许、张为一人)	
9	章台柳(佚)	张国筹	参见钟嗣成《章台柳》条	
10	梧桐叶(全名《李云英风送梧桐叶》)	李唐宾	参见白朴《流红叶》条	
11	三化邯郸(全名《吕翁三化邯郸店》)	无名氏	参见马致远《黄粱梦》条	宗教
12	邯郸梦(佚)	车任远	参见马致远《黄粱梦》条	
13	黄粱梦(佚)	无名氏	参见马致远《黄粱梦》条	
14	南柯梦(佚)	车任远	(唐)李公佐《南柯太守传》(《太平广记》卷475引,题《淳于棼》,注"出《异闻录》")	
15	拔宅飞升(全名《许真人拔宅飞升》)	无名氏	裴铏《传奇·许栖岩》(《太平广记》卷47引,题《许栖岩》,注"出《传奇》")《十二真君传》(《太平广记》卷14引,题《许真君》,注"出《十二真君传》")(唐)段成式《酉阳杂俎》《列仙传》	
16	山神庙裴度还带	贾仲明	参见关汉卿《裴度还带》条	轶事
17	踏雪寻梅(全名《孟浩然踏雪寻梅》)	朱有燉	参见马致远《风雪骑驴孟浩然》条	
18	旗亭谯	张龙文	参见马致远《风雪骑驴孟浩然》条	

续表

序号	剧　目	作　者	本　事	题材类别
19	孟山人踏雪寻梅	无名氏	参见马致远《风雪骑驴孟浩然》条	轶事
20	喝彩获名姬（佚）	恒居士	参见马致远《风雪骑驴孟浩然》条	
21	写风情（全名《刘苏州席上写风情》）	许潮	参见周文质《杜韦娘》条	
22	郁轮袍（全名《王摩诘拍碎郁轮袍》）	王衡	（唐）薛用弱《集异记·王维》（《太平广记》卷 179 引，题《王维》，注"出《集异记》"）	轶事
23	真傀儡（全名《杜祁公藏身真傀儡》）	王衡（一说陈继儒）	（唐）韦绚《刘宾客嘉话录》（将原作杜佑事移置宋代杜衍）	
24	城南寺	黄家舒	（唐）孟棨《本事诗》	
25	醉新丰（一名《新丰记》）	茅维	参见庾天锡《荐马周》条	
26	女状元（又名《黄崇嘏女状元》《求凰得凤》。全名《女状元辞凰得凤》）	徐渭	（五代）金利用《玉溪编事》（《太平广记》卷 367 引，题《黄崇嘏》）	
27	尉迟恭鞭打单雄信	无名氏	参见尚仲贤《三夺槊》条	
28	唐明皇七夕长生殿（佚）	汪道昆	参见白朴《梧桐雨》条	政治历史
29	梧桐雨（佚）	徐复祚	参见白朴《梧桐雨》条	
30	鸳鸯寺冥勘陈玄礼（佚）	叶宪祖	参见白朴《梧桐雨》条	
31	梧桐雨（佚）	王湘	参见白朴《梧桐雨》条	
32	秋夜梧桐雨（佚）	无名氏	参见白朴《梧桐雨》条	
33	明皇望长安（佚）	无名氏	参见白朴《梧桐雨》条	
34	红线女（又名《红线》，全名《红线女夜窃黄金盒》）	梁辰鱼	（唐）袁郊《甘泽谣·红线》（《太平广记》卷 195 引，题《红线》，注"出《甘泽谣》"）	侠义公案
35	红线记（又名《暗掌销兵》）（佚）	胡汝嘉	参见梁辰鱼《红线女》条	

续表

序号	剧 目	作 者	本 事	题材类别
36	虬髯翁（又名《正本扶余国》，全名《虬髯翁正本扶余国》）	凌濛初	（唐）杜光庭《虬髯客传》（《太平广记》卷193引，题《虬髯客》，注"出《虬髯传》"）侠义公案	
37	识英雄红拂莽择配（简名《北红拂》）	凌濛初	参见凌濛初《虬髯翁》条	
38	蓦忽姻缘（佚）	凌濛初	参见凌濛初《虬髯翁》条	侠义公案
39	昆仑奴（全名《昆仑奴剑侠成仙》）	梅鼎祚	（唐）裴铏《传奇·昆仑奴》（《太平广记》卷194引，题《昆仑奴》，注"出《传奇》"）	
40	红绡妓手语传情（佚）	梁辰鱼	参见杨讷《盗红绡》条	
41	无双传补（残）	梁辰鱼	参见陆采《明珠记》条	
42	龙华梦（佚）	叶宪祖	（唐）薛渔（或作涣）思《河东记》（《太平广记》卷281引，题《独孤遐叔》，注"出《河东记》"）	其他

表 3－4：取材于唐传奇的明南戏与传奇[①]

序号	剧 目	作 者	本 事	题材类别
1	南西厢（南戏）	陆采	参见王实甫《西厢记》条	
2	南调西厢记（南戏）	李日华	参见王实甫《西厢记》条	
3	升仙记（又名《续西厢记》）	黄粹吾	参见王实甫《西厢记》条	
4	新西厢（佚）	卓珂	参见王实甫《西厢记》条	爱情
5	锦西厢（佚）	周公鲁	参见王实甫《西厢记》条	
6	锦翠西厢（佚）	无名氏	参见王实甫《西厢记》条	
7	题红记	王骥德	参见白朴《流红叶》条	
8	红叶记（残）	祝长生	参见白朴《流红叶》条	

[①]本表所据文献主要有：庄一拂：《古典戏曲存目汇考》；傅惜华：《明代传奇全目》；李修生主编：《古本戏曲剧目提要》；（清）无名氏：《曲海总目提要》；北婴编著：《曲海总目提要补编》。另：取材于唐传奇的明代传奇作品数量大大多于南戏数量，故只在南戏作品名目后注明，未注明的均为明传奇。

序号	剧　　目	作　者	本　　事	题材类别
9	紫箫记	汤显祖	（唐）蒋防《霍小玉传》（《太平广记》卷 487 引，题《霍小玉传》）	爱情
10	紫钗记	汤显祖	参见汤显祖《紫箫记》条	
11	红蕖记	沈璟	（唐）无名氏《郑德璘》（《太平广记》卷 152 引，题《郑德璘》，注"出《德璘传》，《类说》三二引作《传奇》"）	
12	双珠记	沈鲸	（唐）孟棨《本事诗·情感第一》（《太平广记》卷 274 引，题《开元制衣女》，注"出《本事诗》"）（元）陶宗仪《南村辍耕录》卷 12《贞烈墓》条	
13	桃花记（残）	金怀玉	参见白朴《崔护谒浆》条	
14	题门记（一名《桃花庄》）（南戏）（佚）	无名氏	参见白朴《崔护谒浆》条	
15	登楼记（佚）	无名氏	参见白朴《崔护谒浆》条	
16	玉合记（又名《韩君平玉合记》）	梅鼎祚	参见钟嗣成《章台柳》条	
17	练囊记（残）	张仲豫、吴大震	参见钟嗣成《章台柳》条	
18	金鱼记（佚）	吴鹏	参见钟嗣成《章台柳》条	
19	章台柳（佚）	张四维	参见钟嗣成《章台柳》条	
20	绣襦记（南戏）	徐霖（一说不详。一说郑若庸作，误）	参见石君宝《曲江池》条	
21	韦凤翔古玉环记（又名《唐韦皋玉环记》）（南戏）	无名氏	参见乔吉《两世烟缘》条	
22	玉箫两世姻缘（南戏）（佚）	无名氏	参见乔吉《两世烟缘》条	
23	鹦鹉洲	陈与郊	参见乔吉《两世烟缘》条	
24	玉环记（佚）	杨柔胜	参见乔吉《两世烟缘》条	

序号	剧　目	作　者	本　事	题材类别
25	合镜记(残)	无名氏	参见沈和《乐昌分镜》条	
26	分镜记(残)	无名氏	参见沈和《乐昌分镜》条	
27	金镜记(佚)	无名氏	参见沈和《乐昌分镜》条	
28	橘浦记	许自昌	参见尚仲贤《柳毅传书》条	
29	龙绡记(残)	黄维楫	参见尚仲贤《柳毅传书》条	
30	龙膏记	杨珽	(唐)裴铏《传奇·张无颇》(《太平广记》卷310引,题《张无颇》,注"出《传奇》")	
31	玉杵记(又名《蓝桥玉杵记》)	云水道人	参见庚天锡《遇云英》条	
32	蓝桥记(佚)	龙膺	参见庚天锡《遇云英》条	
33	蓝桥记(佚)	吕天成	参见庚天锡《遇云英》条	
34	玉杵记	杨之炯	参见庚天锡《遇云英》条	爱情
35	玉杵记(佚)	无名氏	参见庚天锡《遇云英》条	
36	绛雪记(佚)	无名氏	参见庚天锡《兰昌宫》条	
37	邯郸记(一名《邯郸梦》又名《邯郸梦记》)	汤显祖	参见马致远等《黄粱梦》条	
38	梦境记(全名《吕真人黄粱梦境记》)	苏元儁	参见马致远等《黄粱梦》条	
39	南柯记(又名《南柯梦》《南柯梦记》)	汤显祖	参见车任远《南柯梦》条	
40	樱桃梦	陈与郊	(唐)陈翰《异闻集》(《太平广记》卷281引,题《樱桃青衣》,注"阙")	
41	李丹记	刘还初	(唐)李复言《续玄怪录》	
42	赤松记	无名氏	参见李文蔚《圮桥进履》条	
43	张良圮桥进履(南戏)(佚)	无名氏	参见李文蔚《圮桥进履》条	宗教

序号	剧 目	作 者	本 事	题材类别
44	醒世魔	无名氏	（唐）沈亚之《冯燕传》（《太平广记》卷195引，题《冯燕》，注"出沈亚之《冯燕传》"） （唐）薛用弱《集异记》	宗教
45	空缄记（佚）	王元寿	参见无名氏《刘弘嫁婢》条	
46	彩楼记	王錂	参见王实甫《破窑记》条	轶事
47	还带记（全名《裴度香山还带记》）（南戏）	沈采	参见关汉卿《裴度还带》条	
48	郁轮袍	张琦（张楚叔）	参见王衡《郁轮袍》条	
49	郁轮袍（疑与张琦同名传奇为同一本）（佚）	王元寿	参见王衡《郁轮袍》条	
50	春桃记（南戏）（佚）	何斌臣（一说无名氏）	参见徐渭《女状元》条	
51	征辽记（残）	无名氏	参见张国宾《薛仁贵》条	
52	衣珠记（《远山堂曲品》题为《珠衲记》）	无名氏	参见高文秀《遇上皇》条	
53	升仙传（佚）	锦窝老人	参见无名氏《蓝关记》条	
54	蟾蜍记（佚）	无名氏	参见无名氏《蓝关记》条	
55	彩毫记	屠隆	参见白朴《梧桐雨》条 （唐）孟棨《本事诗·高逸第三》（《太平广记》卷201引，题《李白》，注"出《本事诗》"）	政治历史
56	惊鸿记	吴世美	（唐）曹邺《梅妃传》 参见白朴《梧桐雨》条	
57	沉香亭（佚）	雪蓑渔隐	（唐）曹邺《梅妃传》 参见白朴《梧桐雨》条	
58	上林春	姚子翼	（唐）无名氏《卓异记》	
59	磨尘鉴	钮格	雷江澄事出（唐）郑处诲《明皇杂录》	

续表

序号	剧　目	作　者	本　事	题材类别
60	红拂记	张凤翼	参见凌濛初《虬髯翁》条	
61	女丈夫	冯梦龙	参见凌濛初《虬髯翁》条	
62	双红记	更生子	参见梁辰鱼《红线女》、杨讷《盗红绡》条	
63	双红记(佚)	无名氏	参见梁辰鱼《红线女》、杨讷《盗红绡》条	
64	埋剑记	沈璟	(唐)牛肃《纪闻·吴保安》(《太平广记》卷166引,题《吴保安》,注"出《纪闻》")	侠义公案
65	大节记(南戏)(佚)	郑若庸	部分情节取自(唐)牛肃《纪闻·吴保安》(《太平广记》卷166引,题《吴保安》,注"出《纪闻》")	
66	节侠记(许自昌改订本与此本同)	许三阶	(唐)牛肃《纪闻·裴伷先》(《太平广记》卷147引,题《裴伷先》,注"出《纪闻》")	
67	明珠记(别题《王仙客无双传奇》)(南戏)	陆采	(唐)薛调《无双传》(《太平广记》卷486引,题《无双传》)